Chiara Bianchi

IL CANTO DELLA FORTUNA

SALANI EDITORE

ISBN 978-88-310-1875-3

Per essere informato sulle novità
del Gruppo editoriale Mauri Spagnol visita:
www.illibraio.it

Scouting

CRUDO

dal 1862

Gruppo editoriale Mauri Spagnol, Milano
www.salani.it

Prologo

Aprile 1964

Una forza cieca guida il destino degli uomini verso la felicità o la sventura. Nessuno sa cosa sia, chi la generi e perché. Una dea bendata con un piede sulla ruota: così la immagina, da tempo immemore, la cultura popolare. Gioca con la vita, distribuisce miseria e successo. Costruisce e distrugge anche mentre si è distratti.

«Senza la fortuna non si combina niente» afferma spesso Angelo. E ora se lo ripete nella testa, mentre l'aereo viaggia a velocità di crociera sopra l'Atlantico, oltre le nuvole, dove il cielo è sempre terso e il tempo non ha consistenza. La luce fuori è accecante, i cumulonembi sembrano una landa deserta di un bianco candido su cui poter camminare. Sopra quella cortina, gli uomini sono sospesi nell'attesa di essere nuovamente richiamati dalla gravità, alla vita.

Nei suoi settantacinque anni, Angelo ha volato solo un paio di volte. Sprofondato nel sedile blu impregnato dalla nicotina, tamburella il bracciolo con le dita, seguendo il ritmo dei pensieri. Per un secondo si sente in trappola, fatica a deglutire, tenta di controllare un principio di vertigine.

Segue con lo sguardo il passaggio nel corridoio di un distinto signore che indossa, come tutti, un abito elegante – è così che si viaggia in prima classe – e che riconosce l'uomo seduto nella fila opposta, nonostante indossi occhiali da sole dalle lenti scure: si ferma e gli fa i complimenti per i suoi film. Capolavori, li chiama. L'altro ringrazia con aria innocente e timida. Angelo segue la scena e si ritrova con un bicchiere di champagne tra le mani tremanti.

L'addetto stampa, seduto accanto, gli sorride: «Stanno per servire il pranzo».

«Lo vedo». Cerca di divincolarsi dalla cintura di sicurezza.

Due hostess sorridenti avanzano trascinando il carrello delle vivande. Il profumo s'intensifica: lasagne al ragù. Intanto, tra le file, si brinda all'America, al regista e al produttore. Poi cala un silenzio intermittente: le posate tintinnano, le bocche masticano. Lo steward, curvo su Angelo, domanda: «Do you still want champagne?»

Angelo si divincola, recupera la visuale. «Federico, cosa sta dicendo?» chiede soccorso al regista. Li separa solo il corridoio.

«Se vuoi dell'altro champagne».

«Ah, ecco. Senti, traduci no, grazie, molto gentile».

«No, thank you. Just a little for me, please».

Si fa riempire la coppa, sotto l'occhio attento di Angelo che chiosa: «Va bene che viaggi con me, ma non esagerare!»

«Guarda che lo offrono a tutti».

Angelo porta il tovagliolo alle labbra e si pulisce vigorosamente. Lo appallottola e lo lascia scivolare nel piatto vuoto. Un poco infastidito riprende la conversazione: «Mi dicono che tra Milano e Los Angeles c'è una differenza di nove ore».

Federico Fellini annuisce, mentre accende l'ennesima sigaretta. Ha notato i due orologi, uno per polso, che il produttore sistema sotto i polsini della camicia.

«In tutti questi anni non ti ho mai chiesto una cosa. Tu a che ora vai di corpo?»

Il regista, spaesato, lancia uno sguardo a sua moglie che gli fa cenno di rispondere: «Dipende, di solito al mattino».

«Io invece alla sera. Alle nove precise. È un'abitudine presa ai tempi dell'orfanotrofio. Capisci bene: alle sei la sveglia, lavarsi in fretta, rifare i letti. Poi la colazione e subito a scuola o al lavoro. Mi segui, Fellini?» E senza aspettare continua: «Ecco. Me lo dici come facevo io, con soli tre cessi disponibili per sessanta ragazzini? E allora il mio intestino ha imparato a lavorare di sera. Alle nove, prima di dormire, potevo andarci in pace. Alle nove in punto. Mezz'ora dopo si spegnevano le luci. Hai capito?» Mette il bocchino con la finta sigaretta all'angolo delle labbra. «Ti starai domandando perché questo qui mi racconta i suoi problemi di intestino, non è vero?»

L'altro attende imbarazzato ma senza fiatare.

«Ora ci arrivo, al perché. Come ti dicevo, tra l'Italia e Los Angeles ci sono nove ore di differenza; quindi, ho bisogno di sapere anche in America quando sono le nove. Ma le nove di Milano, non le nove di Los Angeles!» e gli mostra gli orologi.

Il regista e sua moglie trattengono il riso.

Le luci si affievoliscono per rendere più confortevole la traversata. Il brusio diminuisce, qualcuno finalmente prende sonno. La calma però non basta ad acquietare i pensieri di Angelo. Ha lasciato l'azienda nelle mani di Andrea, suo figlio. La segretaria sa che deve tenerlo comunque aggiornato. Perché i Rizzoli hanno un solo capo, ed è lui.

Il cielo sembra percepire la sua frustrazione, la cabina vibra attraversando una lieve perturbazione. Gli assistenti di volo invitano a restare seduti. Angelo stringe i pugni, socchiude gli occhi e rivede sua moglie, Anna, tra le rose del giardino, un po' triste e un po' divertita dalla presenza dei nipoti che le girano attorno saltando e urlando come folletti. Quelli però erano altri tempi. Ora sono adulti e presto prenderanno le redini del suo impero. Se lo sente, e lo dice spesso, senza girarci intorno: distruggeranno tutto.

La voce del comandante attraversa l'abitacolo e avverte che stanno iniziando le manovre per l'atterraggio a New York. L'aereo buca la barriera delle nuvole, dai finestrini s'intravede il profilo della costa che disegna il confine con l'oceano. L'aria è grigia, pioviggina e un sottile velo di nebbia ricopre Manhattan, lasciando spuntare qui e là gli ultimi piani dei maestosi grattacieli.

Angelo preferisce fissare un punto del sedile davanti a sé, sente la gravità spingere il velivolo verso terra, il carrello aprirsi, infine il contatto con l'asfalto. Quando il portellone si spalanca, l'aria salata raggiunge le narici. È fredda, umida, sconosciuta.

Arrivati al terminal, Giulietta Masina e Sandra Milo camminano strette accanto a Fellini, come angeli custodi. Qualcuno lo riconosce e in breve vengono circondati. Applausi e pollici in su, sorrisi e saluti, mentre un manipolo di fotografi urla a gran voce il nome del regista. Defilato, Angelo si guarda attorno: il terminal è un enorme open space che si affaccia sulle piste, il pavimento è rivestito di moquette rosso fuoco, le pareti sono bianco latte, dalle forme morbide e tondeggianti.

Controlla l'ora italiana, vorrebbe telefonare in azienda. Cerca una cabina, ma desiste. C'è da prendere subito un altro volo.

I corridoi sembrano arterie. Il cuore di Angelo accelera il battito. Il viaggio sta diventando estenuante. Raggiunge la toilette, si rinfresca il viso. Un turista lo affianca ai lavandini e lo saluta in inglese, lui fa un segno col capo, intanto che si asciuga le mani. D'istinto palpa le tasche della giacca dove ha distribuito l'equivalente di cinquanta milioni di lire. Non si sa mai.

Altre scalette, altre hostess, altri steward, un altro decollo, questa volta la destinazione è Los Angeles.

La metropoli compare all'improvviso, dopo aver sorvolato chilometri di sabbia, aranceti e montagne: una cattedrale nel deserto, con un reticolo di strade che sorprende per la precisione con cui sono state disegnate. L'aereo punta all'oceano, sembra stia per sfiorare l'acqua, poi vira e atterra.

Angelo ricomincia a respirare. In piedi, si passa la mano fredda sulla fronte perlata. Fellini cerca di stirare con i palmi le pieghe del pantalone, lo guarda e dice: «Questo tintinnio di monete...» Angelo non capisce subito. «Le monete nelle tue tasche, Rizzoli. Mi ricordano la prima volta che ci siamo incontrati».

Angelo si gratta la tempia con il pollice, muove la sigaretta al bordo delle labbra. Fa risuonare ancora le monete alla ricerca di quel ricordo.

Fellini lo anticipa, mentre regge il cappotto di sua moglie.

«Era il '39 nella redazione del *Marc'Aurelio*».

«Ah, la concorrenza! Noi due abbiamo parlato in quella occasione?»

«No, no. Ero un umile collaboratore. Mi ricordo di averti visto parlare in corridoio con De Bellis».

«De Bellis, sì. Gran direttore».

«Indossavi un panama bianco, la sigaretta accesa all'angolo della bocca e avevi un occhio socchiuso per evitare il fumo».

«Fumavo ancora, certo». Di riflesso serra l'occhio.

«Avevi la mano destra nella tasca dei pantaloni, come ora. Il vostro colloquio era cadenzato al ritmo di quelle monetine».

Lasciano sfilare il ricordo.

Nel terminal c'è una calma insolita. Ma a pochi passi dall'ingresso li avvista un gruppetto di fotografi. Riconoscono il regista, lo inondano di flash.

Angelo e il suo addetto stampa chiudono la fila e nessuno si interessa a loro.

«Mi aiuti a cercare un telefono pubblico».

«Adesso?»

«Sì, adesso».

«Ma non può asp...»

«Ho detto adesso».

«Certo, mi segua». Un po' intimidito dallo sguardo serio di Angelo, ci mette qualche minuto a intercettare una cabina, e quando sta per perdere le speranze ne individua una. «Avrà bisogno di molte mone...»

«Eccole. Non perda tempo. Digiti il numero e si allontani, ma non troppo». Tira su il polsino e controlla l'ora italiana.

A Milano sono le otto di sera. Casa Rizzoli, in via del Gesù, è avvolta dalla penombra. La cena si è conclusa da poco. Andrea è tornato nel suo appartamento al piano di sopra. Anna si alza a fatica dalla poltrona, insegue il trillo del telefono: «Arrivo, arrivo».

Dopo il pronto, sente: «Mammetta, come stai?»

Non dice nulla per qualche secondo, il tempo di realizzare che quella voce lontana è di suo marito. Non vede Angelo da due settimane.

«Stavo per andare a letto, ma so che non dormirei pensandoti lì».

«Felice che tu stia bene, *maméta* cara. Ci risentiamo presto. Saluta la famiglia».

Anna non ha neppure il tempo di rispondere. Il buio ha inghiottito il giardino, le rose, ogni cosa. Resta il silenzio, come un segreto.

Angelo inserisce altre monetine e scaccia con la mano il suo dipendente accorso ad aiutarlo.

Compone un nuovo numero, squilla molte volte prima che Andrea risponda. Pochi convenevoli. Angelo è diretto, vuol sapere come stanno andando le cose in azienda senza di lui. Il figlio ha la voce stanca: «Tutto bene» si limita a dire.

Angelo s'irrigidisce: «Se è così, allora ti richiamo domani».

Andrea bisbiglia come se non volesse disturbare in casa, e per una volta risponde al padre: «Concentrati sul grande giorno. Ne riparliamo quando rientri a Milano».

Forse Andrea ha ragione, ma non glielo confesserebbe mai. 'I Rizzoli hanno delle responsabilità' ripete sempre, 'hanno dei doveri. Devono dare l'esempio'.

Riattacca.

UNO

Mi chiamo Angelo Rizzoli, classe 1889

Milano, febbraio 1897

Il funzionario incaricato di redigere le relazioni per le nuove ammissioni, il signor Giuseppe Bagatti, nel suo rapporto di tre pagine scrive a grandi lettere: 'una vita di stenti'. L'autorizzazione al ricovero è immediata.

Alle sette del mattino di mercoledì 10 febbraio, il bimbo di otto anni, con i piedi nudi chiusi in un paio di scarpe così grandi che lo costringono a camminare come una papera, percorre via Manzoni tra le sue aristocratiche facciate. Poche carrozze in giro, il freddo è pungente e il ritmo degli zoccoli dei cavalli sembra seguire quello dei denti che battono. La striscia di cielo tra i palazzi è coperta da una coltre di nebbia. Il bimbo tira dritto. Una signora anziana, uscita da un lussuoso cortile, gli rivolge lo sguardo e sospira: «Poverino». Per un attimo Angelo pensa di fermarsi e chiederle qualcosa da mangiare, lo stomaco brontola sotto il maglione logoro più grande di un paio di taglie.

All'angolo con via Morone c'è l'entrata dei Martinitt. Angelo si accosta al portone di legno, tira su dalla cintola i pantaloni rattoppati ed entra. Libera la testolina dal floscio berretto di lana: i suoi capelli, o quel che ne resta, dicono miseria. Oltre la soglia è buio, attende che qualcuno venga a occuparsi di lui. Non ha mai visto un orfanotrofio.

Gli occhi ci mettono un po' a distinguere i contorni

delle cose. Li stropiccia e appare un uomo che allunga la mano e gli dice di seguirlo. 'Papà' pensa il bimbo. Suo padre però è morto tre mesi prima che lui nascesse.

Dalle grandi finestre oscurate dalle persiane filtra il grigiore appena lasciato fuori. Il corridoio è un lungo passaggio di porte chiuse, il soffitto pare inarrivabile, almeno tre volte più alto della soffitta in cui vive con sua madre e le sorelle.

«Come ti chiami?»

«Angiulìn Rizzoli» risponde con flebile voce. L'uomo sorride e apre la porta dell'infermeria.

«Vieni, entra. C'è il dottore che ti aspetta».

«Ma io non sono malato» replica con un groppo in gola. Ha il viso magro arrossato dal gelo.

Nella stanza è tutto bianco, come fosse il paradiso: è così che sua madre gliel'ha descritto, è il luogo in cui si trova adesso suo padre – anche se non ne è certa neppure lei, perché ai suicidi non è concessa la pace eterna.

L'odore di disinfettante è così forte da farlo starnutire. L'infermiera, una donna dalle forme generose, bionda e con le guance rosee, lo accarezza: «Cosa è accaduto ai tuoi capelli, bel giovanotto?»

Ha la testa che sembra una groviera: ciuffi lunghi e porzioni rasate si alternano. Sua madre ha l'abitudine di mettergli in testa uno scolapasta e tagliargli i capelli a quel modo: in casa non ci sono i soldi nemmeno per mangiare, figuriamoci per andare dal barbiere.

Angelo si affretta a spiegare che non ha nessuna malattia e neppure qualche fastidioso animaletto addosso: «Di pulito, sono pulito» dice.

Il medico, un vecchio signore con la barba alla Cavour, sorride divertito, poi torna serio: «Come si chiama tua madre, Angiulìn?»

«La mamma? Giuditta. Giuditta Tatà-Tam-Tambù... Tam-bu-ri-ni».

«E che lavoro fa?»

«La portinaia e la stiratrice».

«E tu che cosa vuoi fare da grande?»

«Non lo so. Ma quando finisco la scuola voglio la-lavorare, così la aiuto».

«Molto nobile da parte tua, piccolo. Adesso fai Aaaa».

Lasciata l'infermeria, Angelo trova una fila di ragazzini ad attenderlo. Il gruppo di novelli, capitanato dall'uomo gentile che gli era apparso poco prima, si dirige verso il magazzino: uno stanzone dove luce e aria non trovano posto accanto al vecchio magazziniere, orbo da un occhio, scuro in volto, con le guance cadenti e il naso affilato. Si muove lento, mentre distribuisce a un bambino per volta le lenzuola, le coperte e la divisa dei Martinitt: pantaloni di panno con una lunga striscia rossa, come quella dei carabinieri, giubbotto che ad Angelo arriva a metà coscia e una cravatta di percalle rosso. Anche il berretto a visiera è di panno, sopra ci sono lo stemma e la matricola. Angelo Rizzoli è il numero 412, ricamato su camicie, calze, mutande, su tutto.

Il magazziniere lo fissa con l'unico occhio, gli punta il dito dritto in faccia e con voce profonda e graffiante dice: «Se perdi qualcosa sarai punito. Quindi attento!» Il bambino raggela, cerca conforto nel gruppetto alle sue spalle formato da mocciosi tristi e impauriti. Tengono lo sguardo basso, ignari di quanto li aspetti dentro quelle mura. Dopo le parole del magazziniere pirata, uno di loro se l'è fatta addosso e ora singhiozza in silenzio. Angelo cerca uno sguardo complice, non lo trova. In realtà, qualcuno dalla sua parte c'è, nascosto, per ora, e lui non se n'è accorto.

Ci si rimette in marcia. Nel corridoio vivo, piccole anime avanzano svelte verso la terza tappa: il refettorio. I muri della sala sono impregnati dagli odori di anni di pietanze fumanti. I lunghi tavoli di legno scuro disegnano la geometria dei posti a sedere. File di colonne si aggiungono al tracciato. Un crocifisso impolverato svetta dietro il tavolo posto su un palcoscenico, perpendicolare agli altri, a definire la posizione di controllo del direttore e degli educatori. Le finestre sono troppo alte per guardare oltre, così non resta che accontentarsi della facciata del ricco palazzo dal lato opposto della strada.

Un fascio di luce cade su uno dei posti e Angelo decide che quello sarà il suo. I ragazzini girano attorno ai tavoli, alla ricerca di un tesoro che, in quel momento, non c'è. Spostano rumorosamente le sedie, le misurano, immaginano il prossimo pasto garantito. L'educatore batte il palmo della mano sul legno, il rumore gela i ragazzini.

«Silenzio!» L'urlo fa vibrare i vetri. Qualche stomaco brontola.

Quando si è nati nella miseria più nera, attanagliati dai morsi della fame, la promessa di un pasto caldo è un motivo sufficiente per piegarsi alle regole, all'ordine e alla disciplina. Angelo sa bene che cosa significa. Sua madre, nonostante il cuore malato, si è sempre fatta in quattro per sfamare le sue tre creature, ma non bastava; così lui ha preso l'abitudine di passare le ore tra le strade polverose a rincorrere le carrozze o i ricchi signori a passeggio. Nei giorni buoni, appostandosi davanti a una drogheria, rimediava qualche centesimo, sufficiente per comprare avanzi di cotenna o un pezzo di *busecca.* In quelli meno buoni, scorrazzava tra le bancarelle del mercato ortofrutticolo rubacchiando una cipolla, due mele, un uovo. Ma da oggi Angelo può pregustare la minestra al burro, la carne, le verdure fresche e una pagnotta: quello sarà il pranzo, così gli hanno promesso. Mancano poche ore.

Una pesante porta di legno si apre sulla camerata che ospita sessanta posti letto. Ogni branda di metallo bianco sbeccato ha un materasso ripiegato su se stesso. L'odore è nauseabondo. L'uomo si dirige verso gli alti finestroni che danno sul cortile interno e annuncia il divieto di aprirli. È pericoloso. Il corpicino di Angelo è attraversato da un brivido di freddo. L'aria è umida, puzza di scarpe, il riscaldamento non c'è.

L'uomo gentile inizia a dividere i ragazzini in gruppi da quindici. Li sposta prendendoli per la nuca, agganciandoli da una spalla, come fossero pedine degli scacchi. Sarà lui a occuparsi di loro, risolverà i conflitti, darà punizioni, li osserverà e, qualche volta, li loderà.

«La sveglia è alle sei. Guai a poltrire nel letto un minuto più del necessario. Chiaro?» Poi il tono si fa più grave: «Non ci penso due volte a segnare il numero di matricola del dormiglione. Come punizione, sarà privato della frutta».

'Devo stare attento o qui non si mangia' pensa Angelo.

«Alla sveglia, due squadre si recano subito in lavatoio, le altre due rifanno i letti».

Mentre l'educatore parla, Angelo viene distratto da un ragazzino che lo urta con un gomito e gli dice a bassa voce: «Le punizioni sono molto più brutte di un frutto in meno per pranzo», poi si dilegua.

L'uomo continua con le istruzioni: «Il materasso va ripiegato, così, vedete?» Angelo cerca di avvicinarsi, non riesce a capire i movimenti esatti per rendere materasso, lenzuola, coperte e cuscino un cubo perfetto, proprio così ha detto, «Deve essere un cubo perfetto, chiaro!?», e continua: «Avete un quarto d'ora di tempo per richiudere il vostro e quello dei vostri compagni, poi le squadre si danno il cambio. Tutto chiaro?»

Silenzio.

«Tutto chiaro?» ripete con il tono di un comandante di brigata. I ragazzini raccolgono il fiato nei polmoni e urlano un collettivo: «Sì, signore!»

«Bene. Meglio per voi. Proseguiamo».

Nei bagni non c'è acqua calda.

«Avete l'obbligo di lavarvi faccia e collo ogni dì. La doccia potrete farla una volta ogni quindici giorni, camicie e mutande vengono sostituite una volta la settimana, mentre fazzoletti e calze ogni tre».

Angelo è saturo di informazioni e il suo stomaco ricomincia a protestare. Gli viene affidato un letto proprio accanto a quel ragazzino che ora è alle sue spalle.

«Mi chiamo Angelo».

«Giuanìn. Quanti anni hai?»

«Otto. Mi dici delle punizioni?»

Giuanìn ride tenendo le braccia incrociate. Gli mancano alcuni denti, altri sono cariati. Ad Angelo sta subito simpatico.

«Niente uscita la domenica, niente frutta, cella a pane e acqua».

«Cella? Come per i ladri?»

«Sì, è all'ultimo piano. La chiamano il *camarino*».

«E ci sei mai stato?»

«Certo che sì» risponde con fierezza, «ci siamo finiti tutti, tranne uno. Lo vedi quello lì?» e indica un ragazzino fino e lungo come un grissino, bianco come il latte, con gli occhi itterici.

«Sembra malato».

«Berto? Lo è! Nella testa! Sente le voci».

Entrambi lo fissano: sta appoggiato alla parete a guardarsi la punta delle scarpe e muove la testa come a dire no.

«Per esempio, quell'altro lì, Giuseppe. Ha fatto delle palline di pane e le ha lanciate ai compagni. L'educatore se n'è accorto. Ha fatto ribaltare la sedia per alzarsi. L'ha preso per un orecchio e...» Giuanìn si guarda attorno con aria sospetta.

«E... poi?» Angelo pende dalle sue labbra.

«E poi? E poi l'ha trascinato via verso il *camarino* senza dire niente. Così, vedi?» Giuanìn, come un perfetto mimo, mostra ad Angelo la scena. Si tiene con le dita il lobo dell'orecchio, con la testa reclinata, gli occhi chiusi e la camminata claudicante. Subito dopo si solleva dritto, con una mano al fianco e l'altra a trascinare l'aria, imita la camminata del terribile educatore, i passi lunghi e qualche inciampo sul corpo del malcapitato. Angelo accenna un battimano silenzioso.

«Tu fumi?»

«No. Tu sì?»

«Sì ma non dirlo a nessuno».

«Promesso».

Giuanìn si fida e decide di regalare altri consigli al suo nuovo compagno: «Non sbattere mai la porta dell'aula. E non rispondere male».

«Ma com'è questo *camarino*?»

Giuanìn sta un po' in silenzio prima di rispondere.

«Certi educatori la chiamano la stanza della riflessione. Perché se stai lì dentro, devi riflettere sui tuoi errori.

Là dentro non c'è niente, neppure una finestra! Sei al buio, dormi su un pezzo di legno marcio, mangi pane e acqua. E stai in silenzio».

Angelo rabbrividisce e pensa a quante cose potrà raccontare a sua mamma, alle sorelle Andreina e Antonietta Eva quando le rivedrà. Spera presto, perché d'improvviso la malinconia lo avvolge, stretta, fin quasi a soffocarlo.

Corre in corridoio e si rende conto di non poter andare proprio da nessuna parte.

La sera arriva in fretta.

Nel letto Angelo trema, tiene le mani infilate tra le gambe raggomitolate. Le lenzuola sono umide. Alcuni suoi compagni, come piccoli fantasmi nei loro camicioni bianchi, si muovono svelti con in mano dei grossi sassi. Li hanno lasciati scaldare sulla stufa in refettorio e, prima che la tromba suoni il silenzio, li infilano sotto le lenzuola e si avvoltolano nelle coperte.

Non lo sapeva. Giuanìn avrebbe dovuto dargli anche questo consiglio. Il freddo della notte, Angelo lo conosce bene. A casa, con sua madre e le sorelle, dormivano stretti sotto una pesante coperta di lana e, quando aveva gli incubi, sua mamma gli carezzava la testolina, mettendo pace al suo sonno. Singhiozza in silenzio. Non vuole che i compagni se ne accorgano, così nasconde la testa sotto le coperte.

Nel sogno, si ritrova in una stanza buia, le pareti si chiudono intorno a lui, sente delle voci chiamarlo da lontano e poi ridere. Sono i compagni della scuola elementare dei ricchi, dove sua madre lo ha mandato negli anni precedenti, nel tentativo di donargli la prospettiva di un futuro migliore. Si risveglia di soprassalto. Seduto sul letto, fa fatica a mettere a fuoco i contorni. Stropiccia gli occhi. L'oscurità amplifica i rumori. Il respiro dei compagni si accorda come una nenia spaventevole. Il cigolio delle brande, a ogni movimento, fa rabbrividire. Angelo sente le gocce di sudore allungarsi lungo la schiena, trema e sussurra: «Mamma».

Puntuale, alle sei del mattino, una campanella impazzita dà la sveglia. Angelo apre gli occhi, ancora gonfi. Deve richiudere a cubo i materassi. Osserva i ragazzini più grandi: strattonano, spingono, lanciano insulti in dialetto milanese, qualcuno sputa.

Quando l'educatore annuncia il cambio squadra, lui è riuscito a malapena a chiudere il suo, di materasso, ma è la prima volta, non se ne preoccupa, imparerà a essere più veloce.

Il gabinetto è alla turca, la fila è lunga ed è impossibile credere di farcela prima della chiamata al refettorio. Inoltre l'idea di stare accovacciato, sapendo che fuori ci sono tutte quelle orecchie in ascolto, lo mette a disagio. Deve pensare a una soluzione migliore. Così desiste, torna in camerata, si spoglia velocemente, ha la pelle d'oca. Indossa prima le calze, poi i pantaloni con la striscia rossa, la camicia, la giacca, il cappello. Come un cagnolino che vuole mordersi la coda, ruota su se stesso per sincerarsi di essere in ordine. La testa gli gira. Cade sul pavimento, il cappello gli scivola davanti agli occhi. È di nuovo buio per un attimo, il tempo di sentirsi richiamato da una voce amica. È Giuanìn: «Dai, Angiulìn. Andiamo!» Ormai è un Martinin.

*

Alle sette e un quarto il suono della tromba è il segnale. La camerata si svuota rapidamente: i più piccoli davanti, i grandi dietro; la colonna si dirige verso il refettorio per la colazione, allargandosi sempre più e invadendo l'ampia scalinata.

Simili a banchi di pesci scoordinati, i Martinitt si muovono uno scalino dopo l'altro verso il pianterreno. Gli educatori osservano e aspettano dabbasso, con il naso per aria cercano di intercettare sgambetti, sputi e spintoni. Battono le mani per dettare un ritmo che nessuno riesce a seguire. Il refettorio è in fondo al corridoio. L'esodo avanza al richiamo del tintinnio di posate e di pentole. L'acquolina muove i muscoli e risveglia le papille gustative. Qualcuno sbadiglia, qualcun altro tira su il moccio dal naso e si pulisce con la manica della divisa: sarebbe un guaio se lo notasse un educatore.

Angelo tenta di superare due ragazzini che continuano a insultarsi a vicenda. Uno dei due gli ha già intimato di non fissarlo o saranno guai.

I tavoli sono meno tristi quando sono imbanditi. Tovaglie bianche ricoprono il vecchio legno, latte pane e mele lo rallegrano. Anche lo stomaco di Angelo gioisce. Prima però bisogna ringraziare il Signore per il cibo donato. In nome del Padre, del Figlio e dello Spirito Santo, amen.

Angelo non sa come si faccia il segno della croce, a casa sua non si parla quasi mai di Dio. Inzuppa il pane nel latte, dà un morso alla mela e la infila nella tasca. Non si sa mai.

Alle otto in punto, quattrocento Martinitt scattano in piedi e lasciano l'edificio alla spicciolata. Sgusciano fuori dal portone come provenienti da un'altra dimensione. Si catapultano nel centro di Milano dove ad attenderli c'è la nebbia.

Due anziane, coperte da lunghi scialli, si attardano a osservare quel fiume di divise che allaga la strada. Un cocchiere urla di spostarsi a un gruppetto disperso fermo al centro della corsia. Riecheggia il suono della campana di una chiesa non lontana. Uomini e donne camminano a passi svelti per assistere alla messa del mattino. L'ora del risveglio della città ha l'odore di frutta, verdura, uova, formaggi appena consegnati al mercante con il suo carretto pronto a prender posto accanto agli altri, nella piazza.

Ogni ragazzino ha con sé un cartellino giallo, su cui è scritta l'ora di rientro. Non sono ammessi ritardi, pena una punizione.

Per Angelo è il primo giorno nella nuova scuola elementare in via Anfossi. Si fa strada in compagnia del suo amico Giuanìn.

«Cosa vuoi fare da grande, Angiulìn?»

«Non lo so, ci devo pensare».

«Io voglio fare l'orafo o il tipografo».

Angelo tace. Non sa cosa vogliano dire quelle due parole.

«L'educatore dice sempre che siamo fortunati. Mica tutti gli orfani hanno questa *fortüna*!»

«Quale *fortüna*? Siamo nati poveri!»

«Siamo nati poveri, vero. Qui però possiamo dormire, mangiare, studiare e lavorare. Siamo fortunati, ti dico».

Angelo ripete tra i denti: «Sì, sono fortunato» ma non ci crede tanto, non ancora.

«Ah, poi c'è pure la banda. L'orgoglio dei Martinitt!» Giuanìn usa un tono militare e poi scoppia a ridere. «Mica suoni tu?»

Angelo fa no con la testa. Sembra pensieroso, poi chiede: «Ma l'orafo è quello che lavora con l'oro, giusto?»

«Giusto».

«E il tipografo?»

Giuanìn sta per rispondergli, ma viene distratto da una scarpa slacciata: «Uff, non li so proprio fare».

«Aspetta, ti aiuto io» si china. La sua domanda cade nel vuoto.

Giuanìn riprende fiato e ricomincia a parlare. «Quando rientriamo da scuola c'è il doposcuola».

«Ma come? Ancora?»

«Sì, ma le aule dove si fanno i compiti sono calde. Si sta di un bene!»

«E se invece non voglio?»

«Ti spediscono in chiesa a recitare le litanie fino al momento di andare a letto». Giuanìn unisce le mani in preghiera, alza gli occhi al cielo e simula un'estasi, finendo di natiche a terra. Angelo lo guarda e ricominciano a ridere, dimenticandosi del freddo, della scuola e degli occhi della gente sulle loro povere divise.

Il martedì e il sabato, in refettorio distribuiscono due uova sode a ogni ragazzo. Angelo ne mangia una subito, l'altra se la gioca a carte con i compagni. Quando scorrazzava per strada, prima di giungere ai Martinitt, silenzioso e attento, si fermava a osservare gli uomini seduti a terra o su sedie improvvisate, accanto alla Stazione Centrale, mentre scommettevano e giocavano, bestemmiavano, fumavano e bevevano. Nessuno si accorgeva del piccolo mentre memorizzava ogni mossa. Vincere qui in orfanotrofio gli sembra più facile, i suoi compagni non sono furbi come gli adulti là fuori.

«Sette e mezzo!» urla soddisfatto a ogni vincita.

«Fortunato! Sei troppo fortunato, Rizzolino!» dicono in coro i compagni perdenti.

Lui, soddisfatto, riscuote la vincita e nasconde le uova dentro il materasso, attento a non farsi scoprire e poi a non schiacciarle nel sonno. Le porta in dono a sua madre e alle sorelle. Gli piace osservarle mentre le sgusciano come fossero caramelle, con gli occhi felici. Nell'abbaino la luce filtra incerta e si posa sulle poche cose tra quelle mura: i mobili abitati dai tarli con il loro fastidioso ticchettio nelle notti silenziose, il lettino su cui passa le giornate la piccola Rinella – è così che chiamano Andreina –, con la sua salute cagionevole, il catino, le tazze sbeccate sul tavolo, le coperte sdrucite ma abbellite da ricami variopinti dalle mani laboriose di Antonella che, a sedici anni, fa la sarta ed è anche brava.

L'intensità di quel quadro, così familiare e ora già un po' estraneo, punge lo stomaco di Angelo, lo stritola ogni volta. Quando è tempo di salutare, con teneri abbracci, separarsi è un inevitabile strappo al cuore.

Le settimane, all'interno dell'orfanotrofio, scorrono al ritmo di piccole punizioni e qualche menzione di lode. Angelo si impegna nello studio, ma soprattutto gli piace divertirsi. Finisce, così, a pane e acqua quando viene beccato in camerata a fare la lotta coi guanciali.

Una sera, in refettorio, gli educatori passano tra i tavoli a contare i ragazzi. Angelo sente qualcuno dire tra i denti: «Ne mancano due».

La voce si sparge veloce e dopo cena, in camerata, Giuanìn pronuncia due nomi: «Mario e Giovanni. Se ne sono andati. Puff. Spariti nel nulla».

«E dove?» domanda un altro.

«E chi lo sa? Quel che è certo è che ci prenderemo tutti una bella punizione» conclude Giuanìn.

Angelo preoccupato dice: «E noi che c'entriamo!?»

«Vedrai…» gli rispondono in coro.

La mattina seguente, durante la colazione, il direttore si alza in piedi, schiarisce la voce e annuncia: «Attenzione. Come sicuramente sapete già, due di voi sono fuggiti dall'istituto. Per questo abbiamo deciso di sospendere a tutti il diritto di uscita ogni quindici giorni come punizione preventiva».

I ragazzi mormorano. Non sono d'accordo.

«Silenzio! Silenzio!»

Dopo le lezioni, Angelo raduna un po' di ragazzini in cortile: «Zitti e ascoltatemi».

«E tu chi sei?» domandano quelli delle altre camerate.

«Mi chiamo Angelo Rizzoli. Classe 1889. E la decisione del direttore è ingiusta».

Quelli più grandi ridono: «E cosa vorresti fare, piccoletto?»

«Dobbiamo parlare con il direttore. Fargli capire che non c'entriamo niente». Le parole di Angelo si confondono con le risate sempre più grasse dei suoi compagni. Quindi, amareggiato conclude: «Bene. Se la pensate così, ci vado da solo». Stringe i pugni, attende qualche secondo, ma la situazione non cambia.

«E vai, vai Rizzolino. Vediamo che sai fare».

Le voci dei compagni sono lontane. Angelo sta salendo le scale a due a due. Arriva davanti alla porta della direzione con l'affanno e le guance in fiamme. Bussa. Poggia l'orecchio sulla porta. Niente.

Il direttore compare dietro di lui, spaventandolo.

«Che ci fai qui, ragazzino?»

«Devo parlare di una cosa importante».
«Più importante dei compiti?»
«Sì».
«E allora dimmi, di che si tratta?»
«Non è giu-giu-sto». Si blocca in preda alla paura.
«Non è giusto cosa?»
«La punizione».
«E perché mai?»
«P-p-perché io non ho fatto niente».
Dei passi nel corridoio interrompono la conversazione. È un educatore, giunto dal direttore per comunicargli che: «Il giovanotto qui presente, poc'anzi in cortile, stava istigando i suoi compagni alla rivolta».
«È vero ciò che dice il signor Bertoli?»
Angelo guarda entrambi negli occhi: «Non è giusto».
«Come ti chiami?»
«Angelo Rizzoli».
«Angelo Rizzoli, sei in punizione» poi rivolgendosi all'altro, «portatelo nella stanza della riflessione. Ha molto da pensare, vero?» Il direttore gli si avvicina mettendogli una mano sulla testa: «Sei un caro ragazzo, ma devi imparare molte cose ancora».
L'educatore lo invita a seguirlo.
«Due giorni al *camarino*!» vociferano nella camerata.

Un mese dopo, in lavatoio, Angelo viene sorpreso a organizzare un lancio di spazzole contro un gruppetto di ragazzi che contraccambiano lanciando saponette. L'educatore rivolge lo sguardo severo sulla robusta figura del giovanotto Rizzoli, che ricambia fissandolo dritto. Ha ancora la spazzola in pugno, lentamente la lascia cadere. I respiri si fanno pesanti. Angelo, gli occhi socchiusi e la mascella serrata, attende immobile l'uomo che si avvicina, lo tira su per un orecchio e lo rinchiude per l'ennesima volta. Ma Angelo non ha più paura.

Solo in quella piccola cella, gli occhi persi nel buio, non riesce neppure a piangere. Immagina di stare a casa con la mamma e le sorelle. Pensa a come sarebbe adesso suo padre, che cosa penserebbe di lui. A volte gli manca, come può mancare una persona che non si è mai conosciuta.

Quando torna in libertà, scopre da due compagni che le donne della sartoria hanno parlato troppo. Stanno cercando i colpevoli del vetro rotto a sassate di uno dei lampioni a gas. Lui però non c'entra niente e neppure i suoi compagni. Perché loro sono responsabili soltanto della trappola posizionata per far inciampare l'educatore mentre andava a recuperare il bastone per accendere i lampioni. Poi si erano riuniti in lavatoio dove era iniziata la lotta con le spazzole. Tutto nello stesso giorno.

Siccome è piuttosto bravo a scrivere, a sua discolpa, imbastisce una lettera al rettore.

Egregio Signor Rettore,

sperando che avrà la compiacenza d'ascoltarmi, le scrivo parlandole apertamente con franchezza e sincerità di ciò che avvenne e di cosa si parlò venerdì mattina colle donne della sartoria.

Me ne stavo da me solo in dormitorio, seduto sopra un letto e leggevo un libro, quando vidi aprire l'uscio e comparvero due dei miei compagni, il Dossi ed il Belloni.

Non ci scambiammo nemmeno una parola sia perché ero intento nella lettura sia perché i due si diressero direttamente in lavatoio per lucidare le scarpe. Quasi nello stesso tempo entrarono in dormitorio due donne della sartoria, la signora Virginia e la signora Antonia. La Virginia si diresse verso di me e mi domandò: «Così cosa vi disse ieri sera il signor Delegato?» Stavo per rispondere quando uscirono dal lavatoio i due miei compagni e vennero da me. Rispondemmo allora tutti insieme queste frasi: «Ci disse che la cosa è molto seria e volendoci applicare una punizione dovrebbe scacciarci dall'Istituto; ma però questa volta pur con rammarico la prendono come una ragazzata, ma che è una cosa incancellabile. Ci parlò della religione che non si potrà mai sospendere, essendo che i testamentari nei loro scritti dicono chiaramente che desiderano si impartisca l'istruzione religiosa». Lei Signor Rettore deve tener conto che noi tre sospettavamo che quelle persone venissero lì ad interrogarci per riportare il sentito ai superiori. Quindi ci adattammo a non raccontare schiettamente ciò che accadde, sempre non dicendo ciò che a pensar nostro non ci conveniva dire. Parlammo inoltre di lei, Sig. Rettore, dicendo ciò che accadde quando lei arrivò a parlare del bastone del gas, poiché i ragazzi si misero a commentare dicendo che non era un bastoncino ma un bastone.

Poi capirà, da una parola all'altra, con qualche domanda da parte delle donne si parlò del triste fatto accaduto mercoledì notte, e raccontammo tutti i particolari.

Da prima si parlò della corda tesa per impaurire l'assistente, ma che però non riuscì bene, avendo l'assistente sospettato di qualche cosa, mandò avanti un orfano a prendere il bastone del gas e questi per caso inciampò e fece cadere la cordicella. Si parlò come se volesse farci recitare la preghiera in ginocchio e come noi ci fossimo rifiutati riuscendo a dirla in piedi. Parlammo del vetro del lampione del gas che si ruppe non so per quale motivo, per cui il sig. Ossola disse che la causa della rottura del vetro si attribuisse ad un altro sasso scaliato. Raccontammo che noi poi andammo a radunarci nel lavatoio, e di là ci fu chi si mise a scagliar spazzole o altro al sig. Mauri, e come l'intervento del sig. Rozza riuscì a farci sloggiare dal lavatoio e ad indurci ad andare a letto.

Dicemmo che ci fu chi per 208 volte tentò di alzarsi ma dovette di nuovo coricarsi; poi verso le 11 ci cambiarono l'assistente e alle 11 e 1/2 di nuovo le altre camerate vennero di sopra e vedendo il sig. Colombo si diedero alla fuga.

Ora la pregherei caldamente che se qualora ella non avesse a prestar fede alle mie parole, chiederei se fosse possibile mettermi al cospetto delle donne a cui raccontammo tutto, e allora credo potranno convincersi che ciò che scrivo è la pura verità. Distinti saluti

A. Rizzoli

Il rischio questa volta è serio. Lo scherzo all'educatore si è trasformato in una catastrofe. Il lampione rotto, le donne che parlano troppo. Potrebbe essere cacciato dai Martinitt. In attesa del verdetto, Angelo ha paura.

«Secondo te che succederà?» chiede a Giuanìn.

L'altro alza le spalle mentre, di nascosto, sbuffa il fumo della sigaretta.

«Ma se ci mandano via, cosa dico a mia madre?» Angelo si copre la testa con le mani, non vuole deluderla.

Giuanìn resta in silenzio.

La decisione del rettore arriva dopo qualche ora. Dovrà pulire il cortile per un mese e i suoi pasti saranno dimezzati. Un moto di gioia attraversa il suo corpo. Decide che, ora più che mai, si concentrerà sullo studio.

L'indomani, dopo essere passato a salutare sua madre, Angelo allunga la strada e si ritrova dinnanzi al teatro alla Scala. È un'abitudine coltivata negli anni, la tiene tutta per sé: si appoggia a uno dei pilastri e osserva l'arrestarsi delle carrozze trainate da possenti cavalli. Al momento di ripartire, dagli zoccoli si leva, ferro contro pietra, uno sfavillio che lo rapisce. Segue con lo sguardo le eleganti signore ricoperte di gioielli e vestite di pellicce di ermellino scortate da eleganti e distinti gentiluomini e dice tra sé, sottovoce: «Rizzolino, dai, chissà che un giorno anche tu...»

Il futuro è il suo rifugio. E non si accorge che l'orario scritto sul suo cartellino giallo è passato da un po'. Corre svelto verso l'orfanotrofio, dove giunge senza fiato. Bussa. Aspetta. È pronto a incassare la ramanzina, che arriva puntuale. Prova a spiegare, ma le parole escono spezzate lasciando il tempo all'interlocutore di punirlo. Oltre ai pasti dimezzati, niente frutta.

«Ma n-no-non è giu-gius-giusto». Vorrebbe prendere a cazzotti qualcuno o qualcosa. Fugge a letto carico di rabbia.

Luglio 1900

«Otto in italiano, nove nel dettato, sette in calligrafia, nove in aritmetica, otto in storia e geografia». Angelo sta dritto come un soldatino nella sua divisa estiva, calzoni corti e blusa bianchi, mentre legge alla madre l'ottima pagella ricevuta per la licenza media.

«E cosa dice il maestro?» chiede Giuditta seduta accanto al tavolo, con le braccia abbandonate e i capelli in disordine. Ha delle profonde occhiaie e il colore del suo volto la fa somigliare a un fantasma.

Angelo si mette a leggere, con tono orgoglioso: «'Rizzoli Angelo dà prova di autonomia, di ardito e risoluto carattere, di nobiltà d'animo, di vivida intelligenza'». Poi guarda la madre, spera di veder spuntare un bagliore di felicità dentro quei suoi occhi ormai di vetro. Da quando Rinella non c'è più, si è spenta lentamente.

Sono passati due anni, ma Angelo quel giorno se lo ricorda vividamente.

Era l'ora di disegno, stava colorando una mucca, ma la tonalità non era quella giusta. Allora aveva detto a gran voce: «Vacca troia!», senza sapere bene cosa significasse, l'aveva sentito dai ragazzi più grandi mentre giocavano a calcio in cortile. All'improvviso lo aveva raggiunto un ceffone dal maestro. Si era ritrovato, poco dopo, sbattuto fuori dall'aula, senza aver capito il motivo. Solo, mortificato, colmo di rabbia, aveva lasciato l'edificio.

In città era in corso una protesta per l'aumento del prezzo del pane. Per strada c'era gente che correva da tutte le parti. Schegge di vetro, provenienti dalle vetrine in frantumi, scricchiolavano sotto le suole delle scarpe. Da lontano, lo raggiunse l'eco degli spari. I soldati, comandati dal generale Bava Beccaris, non si facevano scrupoli a sparare sulla folla che si agitava per il centro di Milano. Il ragazzino, deciso a raggiungere la casa materna, si era avventurato optando per un giro più lungo e forse più sicuro. Il passo svelto e, a ogni angolo, il cuore in gola.

Giunto a casa, aveva visto Rinella nel suo lettino: respirava a malapena. L'abbaino era gettato nella penombra e l'aria malata gli era parsa irrespirabile. La sorella aveva sollevato una palpebra con evidente fatica e, per un momento, sembrava aver riconosciuto il fratellino. Cercava di dirgli ancora qualcosa. Un debole suono, incomprensibile.

La madre e Antonietta Eva, la maggiore, singhiozzavano sempre più forte. Poi era giunto il rantolo che accompagna l'ultimo respiro. Non avrebbe più riaperto gli occhi.

All'arrivo del dottore, si erano fermate persino le lacrime. Una vana speranza che potesse riportarla in vita illuminava gli occhi lucidi della madre. Auscultando il cuore, l'espressione dell'uomo era immutata. Dalla borsa di cuoio aveva tirato fuori uno specchietto. Lo aveva posizionato sotto le narici di Rinella, ma nessun velo di nebbia ne aveva addensata la superficie. Angelo aveva seguito tutte le operazioni, come a controllare che non ci fossero errori, dimenticanze. Infine il dottore aveva scosso la testa, mentre armeggiava con i suoi strumenti. In quel momento, il tempo aveva ricominciato a scorrere, inesorabile, decretando la condanna della bambina, dopo soli dodici anni di vita.

Meningite. Così aveva stabilito il dottore. Giuditta soffocava il pianto con il fazzoletto premuto sulla bocca. Angelo si era aggrappato al cappello di panno con la matricola dei Martinitt, lo stritolava tra le dita. La mascella serrata. Gli occhi fissi sul corpo muto della sorellina. Per un attimo gli era sembrato si muovesse ancora. Era corso accanto al lettuccio, ma a un passo da lei si era bloccato. «Rinella» aveva detto sottovoce, «scusami». Gli era venuto spontaneo. Per tutte le volte che correndo in cortile l'aveva lasciata indietro, per tutte le altre in cui non era riuscito a portarle una fetta di panettone o almeno l'uvetta che le piaceva tanto.

Nella stanza erano arrivate altre persone. Nell'oscurità, Angelo non riusciva a distinguere i volti.

«Portate delle candele» aveva detto Elisa, la vicina di casa.

«Ne abbiamo trovate soltanto due» aveva risposto suo marito.

«E allora cercatene altre. Fate in fretta». Nel frattempo la donna posava un telo per coprire lo specchio del comò.

Avevano mandato il figlio ad avvisare le pompe funebri. Angelo ricorda i passi svelti scendere le scale e lui scivolare fuori dall'appartamento in preda all'agitazione. Le voci dei bambini, in cortile, d'improvviso erano svanite. Il silenzio mordeva ogni cosa e il piccolo Martinin riusciva a sentire il battito del suo cuore vivo.

Tornato dentro, aveva visto Antonietta avvicinarsi, con la compostezza di una giovane donna, alla sorellina. Le aveva dato un bacio leggero sulla fronte già fredda. Per lei, aveva ricamato, in tutta fretta, su un telo bianco le iniziali, A.R. Ora il suo volto era scomparso sotto quel velo. Angelo, facendosi coraggio, l'aveva sollevato di nuovo, per dare anche lui un bacio d'addio a Rinella.

In quel momento aveva capito qualcosa: non era stata la malattia, a portarsi via la sorella. Era stata la miseria.

Avevano adagiato il corpicino nella cassa di legno vivo. Angelo era rimasto dritto di fianco a sua madre. Entrambi inermi e silenziosi.

Una lenta processione, all'alba del giorno dopo, mosse verso il cimitero. Non c'erano fiori per Rinella. Il cielo era plumbeo e senza speranza. Angelo, passando tra le case dei ricchi, ancora con gli scuri chiusi, si staccò dal corteo. Dopo qualche minuto era di nuovo accanto a sua madre, tra le mani due rose bianche.

«Dove le hai prese?» aveva chiesto lei.

'Il prete mi perdonerà' aveva pensato, senza rispondere.

Finito di leggere il giudizio del maestro, osserva sua madre, invecchiata nei dispiaceri. Il letto di Rinella non c'è più. Al suo posto, un piccolo baule dentro cui la donna conserva i ricordi della bambina: disegni, letterine e un ritratto di famiglia.

È l'ultima estate senza un lavoro per Angelo. Presto inizierà il suo periodo da apprendista. È già diventato l'uomo di casa.

Passa l'estate, torna l'autunno e poi l'inverno. A Milano l'uomo dei lampioni a gas attacca il turno molto presto.

All'inizio del nuovo anno, il 1901, muore Giuseppe Verdi e nelle strade, dalle case di nobili e borghesi, risuonano le note delle sue composizioni. Torna anche la primavera. Il 12 maggio la prima pagina della *Domenica del Corriere* annuncia l'arrivo a Milano del primo Giro d'Italia in automobile. L'immagine di una vettura rossa affascina Angelo. Ha quasi dodici anni e, con alcuni compagni, s'intrufola tra la folla che sventola bandiere italiane, in attesa di salutare le auto al traguardo. I suoi amici sono in visibilio; lui però preferisce le carrozze trainate dai cavalli. Sono sempre meno, sostituite da quelle lucide ferraglie.

In ottobre, Angelo Rizzoli riceve il primo libretto di lavoro dal comune di Milano. Alla voce 'Professione e mestiere' viene scritto 'Apprendista orefice'. Si è fatto convincere dall'amico Giuanìn. La bottega si trova a Porta Monforte, ogni mattina la raggiungono assieme. Il padrone è un tipo scontroso, non ama che gli allievi parlino o facciano troppe domande.

L'orafo è un mestiere di precisione e Giuanìn sembra nato per armeggiare con bulini, lame e seghetti. Angelo invece si spazientisce, tutte quelle minuzie gli fanno venire il mal di testa. Gli strumenti gli scivolano continuamente di mano, provocando un gran baccano e causando gli sguardi arcigni del maestro. Perciò gli viene affidato un compito diverso: alzare la saracinesca al mattino e ripulire lo sporco che la cagna, lasciata l'intera notte chiusa dentro a far la guardia, ha disseminato per tutta la stanza.

Non gli piace affatto iniziare la giornata così. E infatti, dopo qualche settimana, si rivolge al figlio del padrone, suo coetaneo: «Ehi tu! Da oggi a pulire la cacca del cane facciamo un giorno ciascuno». Il ragazzo è piccolo e accetta il compromesso. Tanto lo sa che Rizzolino non resterà a lungo.

Ma le richieste del padrone non finiscono al mattino. Il pomeriggio è costretto ad andar dietro alle sue due figliole, quando escono a passeggiare, il compito è controllare che non vengano avvicinate da malintenzionati.

Alla sera, quando mette finalmente piede fuori dalla bottega, una stanza in cui la luce del giorno non entra mai, Angelo, amareggiato, pensa alla sua paga: cinquanta centesimi la settimana. Una cifra con cui, la domenica, riesce a stento a comprare pane e salame da dividere con sua madre. Quello non è il suo posto.

Un giorno, il padrone, vedendo spuntare le figlie sulla soglia, chiama Angelo che è intento a dividere – ordinandole a seconda del taglio – le pietre preziose, e gli fa cenno di andare. È il solito compito. Ma questa volta la rabbia monta, si mescola con l'insoddisfazione e la malinconia: la sera prima aveva deciso di fare una sorpresa a sua madre, era passato dall'abbaino, aveva aperto piano la porta, felice perché al posto del pane e salame aveva portato un dolce all'uvetta; ma quando era entrato l'aveva vista piegata sul baule, dove conserva i ricordi di Rinella, piangeva in silenzio.

Angelo allora esplode, sbatte i pugni sul tavolo e urla al padrone: «Devo lavorare!» Il padrone non si scompone. Fissa una gemma caduta a terra. Si rimette al suo tavolo e, con tono neutro, dice: «Rizzoli, sei licenziato».

Per una settimana Angelo continua a uscire la mattina e a rientrare nel tardo pomeriggio: non dice nulla all'istituto. Se ne va a zonzo per la città, osservando le vetrine, i treni, la gente che lavora.

Quando all'istituto scoprono che si è fatto cacciare, passa due giorni nel *camarino*, a riflettere. Il terzo torna a trovare sua madre. Nel vecchio abbaino l'odore di muffa sovrasta quello del caffè bollente pronto per essere servito.

«Cosa ti turba, Angiulìn?»

«Non voglio fare l'orafo. Questo è». La sua voce è ferma.

Giuditta avvicina la tazza alle labbra, socchiude gli occhi, poi continua: «E cosa vorresti fare?»

Anche Angelo avvicina le sue labbra alla tazzina. La vuota in un sorso.

«Mentre camminavo, prima che mi scoprissero, ho sentito un rumore di macchine provenire da un vicolo. L'ho seguito e sai dove mi sono trovato?» I suoi occhi, colmi di stupore, interrogano quelli della madre.

«Dove? Non saprei».

«Era la bottega *d'el* Scanziani, il tipografo».

«L'hai salutato?»

«Sì sì. Poi mi ha domandato: 'Mica vuoi fare il tipografo, Angiulìn?' e io ho pensato: 'Faccio tutto quello che volete, ma non l'orafo!'»

«E glielo hai detto?»

«Gli ho risposto: 'Il tipografo. Voglio diventare ti-tipogra-fo'».

«E lui?»

«Mi ha detto che vuole parlare con te».

«*Dacordi*, Angiulìn. Parlerò con *el* Scanziani».

Prima, però, Giuditta si mette a scrivere una lettera al rettore dei Martinitt.

Al Sig. Rettore

Affidandomi alla ben nota gentilezza dell'animo suo vorrei chiederle un favore che al certo verrà esaudito.

Per consiglio anche del medico e più ancora per la volontà di mio figlio, sarebbe altrettanto necessario che questi abbia a cangiare la sua arte tornando questa di danno alla sua salute poiché offende il suo organo visivo.

Questo e null'altro è il motivo che mi obbliga a indirizzarle la mia preghiera che Ella, Egregio Rettore, vorrà sentitamente accogliere.

Interpellato da me, mio figlio mi rispose che l'arte cui si sentirebbe indirizzato è l'arte grafica e quindi non ci sarebbe di meglio che occuparlo in qualche tipografia, che l'età e lo studio stesso permettano.

Una volta che fosse occupato in detta arte sceglierà quale deve perfezionarsi cioè quella del combinatore o quella dello stampatore, ma credo meglio quest'ultima, sempre per la stessa sua infermità visiva, essendo questa di minor applicazione della mente.

Nella fiducia che il mio voto, che è il voto di una madre cui sta a cuore la sua creatura, venga coronato con suo pregio rallegrarmi dalla S.V.

Rizzoli Giuditta

Ottobre 1902

Corre, Angelo. Non vuole arrivare tardi.

La notte prima non è riuscito a prendere sonno. Continuava a pensare a sua madre, a quanto aveva fatto per lui, anche questa volta. 'Non la deluderò' si era ripetuto, con gli occhi sgranati, nel buio della camerata. 'Non la deluderò'.

Quando è arrivata l'ora di alzarsi, ha indossato l'abito delle feste: il pantalone di fustagno blu, il gilè abbottonato in alto, il fazzoletto annodato attorno al colletto della camicia, la giacca. In testa, un cappello di panno. Sono piovute le prese in giro da parte dei compagni: Angelo non se ne è curato ma, appena giunto in refettorio, l'educatore gli ha intimato di andare subito a cambiarsi: «La divisa, Rizzoli! La divisa!»

«Mi scuso, signore. Vado a cambiarmi».

Si è allontanato e anziché prendere le scale per tornare in camerata, si è mischiato alla folla di ragazzini sgattaiolando fuori nel suo abito migliore. L'ha fatta franca.

E ora corre, diretto in via Manuzio, scansando la gente con gli ombrelli aperti. Pioviggina, ma per lui è una giornata tersa. Rallenta il passo a pochi metri dalla bottega. La tipografia è ancora silenziosa. Attirato dai rumori provenienti da uno stanzone oltre il corridoio, si spinge fino a una porta socchiusa che gli lascia spazio per annusare l'aria all'interno: odore d'inchiostro. Non si accorge che alle sue spalle un uomo lo osserva, è il suo nuovo maestro e gli spalanca la porta.

Ugolino Marucelli è un signore mite, ha la voce calma, baritonale. È bassino, ma la sua magrezza lo fa sembrare altissimo agli occhi di Angelo.

Lo invita a entrare, a guardarsi attorno.

C'è molta luce all'interno, proviene dalle grandi finestre che si elevano fino a sfiorare i soffitti, dai quali pendono lunghi fili elettrici per le lampade che ricadono su ogni postazione.

Sono almeno in dieci a lavorare in quel reparto. Si chiamano compositori. I caratteri mobili giacciono dentro la cassa tipografica: un'enorme struttura di legno con un centinaio di scomparti di eguali dimensioni. A destra, le maiuscole sono disposte in ordine alfabetico, accanto ai caratteri commerciali e a qualche segno di punteggiatura; a sinistra, ci sono le lettere accentate e le doppie. Nella cassa bassa, altri scomparti contengono le minuscole, di differenti dimensioni, i numeri e gli spazi, sistemati in modo che i segni più usati siano più vicini al compositore.

Angelo si solleva sulla punta dei piedi per guardare quell'ordine in tutta la sua stravagante bellezza. Ogni cosa ha il suo posto e, nonostante l'odore intenso di inchiostro, non c'è nulla di più lindo di quelle lettere.

Alle pareti sono stati affissi alcuni dei lavori effettuati dalla squadra: manifesti pubblicitari, perlopiù.

Marucelli gli allunga un grembiule: «Sarà meglio metterlo subito, o ti sporcherai il bel vestito che indossi». Angelo sente le guance arrossire. L'uomo osserva i suoi movimenti con un sorriso stampato in volto.

Il ragazzino non vuole sbagliare nulla, non questa volta. «Grazie maestro» gli viene fuori una timida voce; invece vorrebbe gridare di gioia.

«Tua madre è una donna forte. Si capisce da come vi ha cresciuti».

«Voglio molto bene a mia madre».

«Non darle dispiaceri. Capito?»

«Non la deluderò, maestro». Marucelli non capisce se il ragazzo si riferisce a sua madre o a lui. In fondo, non importa.

«Bene. Stammi accanto. Oggi osserverai».

Man mano, il laboratorio si anima e la strana eco di voci – la sua e quella del maestro – scompare per lasciare il posto a movimenti precisi e costanti, che seguono il ritmo dettato da altri suoni provenienti dai laboratori accanto.

Angelo divora tutto con gli occhi. Osserva Marucelli attingere dalla cassa i singoli caratteri, affiancarli rovesciati, da sinistra a destra, sul compositoio, dove crea la riga di parole, stando attento a dare i giusti spazi e le giuste misure in altezza e in lunghezza.

Quando il maestro si accorge che Angelo è ancora sulle punte dei piedi, gli suggerisce di salire su uno sgabello.

«Così. Bene. Osserva» gli dice, «ogni riga va spostata su questo piano metallico, si chiama *vantaggio*. Qui incolonniamo la pagina. Una volta pronta, la si lega con uno spago. Infine saldiamo tutto con questi cunei. Chiaro?»

«Incolonnamento, spago, cunei». Angelo ripete i passaggi e con le braccia simula i movimenti.

«Poi si passa all'*imposizione*: le pagine vengono distribuite nell'ordine e nell'orientamento richiesto dalla futura fascicolazione. La *tiratura* è il segnale della fine del lavoro. A questo punto, il compositore deve disfare e riassettare l'ordine dei caratteri nelle casse, affinché siano disponibili per la prossima composizione. Deve farlo velocemente».

Angelo è ammaliato dai gesti fluidi e puliti del maestro, lo ascolta, si appunta tutto nella testa. Il suo camice è ancora intonso, ma presto, pensa, diventerà come quello dell'uomo: un crocevia di forme, linee e impronte.

«Adesso tocca a te, Rizzoli».

«Ma, maestro, già oggi?»

«Adesso tocca a te. Prendi». Gli porge la bozza su cui è segnata la sua prima commissione.

Si arrampica sullo sgabello, respira: «Giusti spazi e giuste misure. Riga, incolonnamento...» ripete a bassa voce e inizia a collocare i primi caratteri.

All'istituto, oramai, ci va solo per dormire, la maggior parte della sua giornata la passa in tipografia. Diventa ogni giorno più bravo. Un ragazzo sveglio, dicono, un buon lavoratore, secondo il giudizio del rettore.

Il Marucelli ne riconosce il valore, ma sa che il suo temperamento è alto, vibra di indipendenza, non ammette sconfitte ed è polemico di fronte alle ingiustizie.

Il 29 ottobre del 1904, la direzione dei Martinitt riceve una lettera scritta di pugno dal tipografo:

Sono spiacente di riportare a conoscenza di codesta Onor. Direzione che ieri il giovinetto Rizzoli Angelo, alle nostre dipendenze in qualità di impaginatore, mancò gravemente di rispetto al suo capo, solo perché, nell'intento di istruire anche gli altri giovinetti suoi colleghi d'istituto, affidò ad uno di essi un lavoro che avrebbe preteso di svolgere lui.

La causa lieve fece ancora più grave la sua continuata mancanza di rispetto e disciplina, epperò questa mattina l'ho redarguito severamente avvertendolo che ove dovesse ripetersi un fatto simile sarebbe stato senz'altro allontanato dallo stabilimento.

Con stima

Marucelli Ugolino

La domenica stessa, di mattina, arriva la convocazione nell'ufficio del rettore. «Rizzoli, se continua così, sarò costretto a rimuoverla dall'apprendistato presso Marucelli. È questo che vuole?»

Angelo infila un dito nello spazio tra il collo e la camicia, è teso, ha paura, non può più sbagliare, l'ha promesso a se stesso, a sua madre.

«No signore. Io voglio fare il tipografo, ma...»

«Ecco, lo vede qual è il problema, Rizzoli? Per lei c'è sempre un ma! Torni dai compagni e cerchi, per il tempo che le resta qui dentro, di non creare fastidi».

«*Sissciôr*. Grazie signore».

Estate 1906

Dopo un lungo restauro, riappare la facciata del Castello Sforzesco. Negli ultimi decenni, sulle sue sorti c'è stato un gran dibattito: abbatterlo per dimenticare un pesante passato legato alla dominazione austriaca, con le prigioni segrete che qui avevano trovato posto? Oppure lasciarlo com'è?

Ha prevalso la via del restauro e, in fondo, i milanesi sono felici che sia andata così.

Contemporaneamente, nella vecchia piazza d'armi centinaia di piante trovano dimora, diventando un meraviglioso giardino in stile inglese. È il Parco del Sempione dove è ospitata una parte dell'Esposizione Internazionale. Nel programma degli eventi di maggio, c'è anche la posa della prima pietra della nuova Stazione Centrale. In città, a giugno si festeggia l'arrivo dell'acqua potabile.

È un agosto afoso, Angelo ha quasi diciotto anni e un piede fuori dai Martinitt. Viene dimesso il giorno 11, è un sabato. Sulla nota finale redatta dall'istituto viene scritto:

Durante la permanenza fu quasi sempre fra i distinti.
Nel 1899 fu anche insignito del fregio di merito.

Frequentò la scuola elementare di via Augusto Anfossi e conseguì il certificato di proscioglimento dall'obbligo di istruzione elementare inferiore con buoni risultati.

Fu avviato all'apprendistato dell'arte di orafo. In seguito, su richiesta della madre – Sig.ra Giuditta – nel 1903 fu collocato presso la lito-tipografia editrice U. Marucelli & C. per apprendere l'arte del tipografo. Vi rimase fino al momento della dimissione, dopo nove anni di permanenza.

Dallo stato disciplinare dell'allievo emerge che si è classificato distinto 27 volte e insignito del fregio di merito una volta. Le sue 'mancanze' sono consistite in:

– *disturbo a scuola*
– *scherzo a un assistente*
– *possesso di un libro proibito*
– *basso voto in condotta*
– *arroganza con l'assistente*
– *essere andato a lavoro con il vestito da festa*
– *lancio di guanciali in dormitorio*
– *ritardo al lavoro*
– *partecipazione ad una indisciplina collettiva*
– *strappo della matricola dal berretto*

Principali punizioni subite:

– *privato dell'uscita*
– *ammonizione del Rettore*
– *privato del vino e/o del contorno e/o del dolce*
– *segregato in cella di riflessione*

Angelo la legge e gli pare di rivivere in un attimo tutti quei nove anni lì dentro. In fondo, pensa, aveva ragione Giuanìn: 'Siamo stati fortunati'.

Prima del congedo, la direzione dell'orfanotrofio tira le somme per il giovane Rizzoli. Negli anni ha accumulato circa ottocento lire. A lui sembra una grossa cifra, così acquista un paio di vestiti e tre camicie, spendendone duecento. Con l'abito migliore addosso, profumato e sbarbato, va in visita dalla sorella maggiore.

«Voglio mettermi in proprio!» le dice convinto.

Antonietta sospira, mentre versa con attenzione il caffè nella tazza del fratello. «Cosa vorresti fare, Angiulìn? Hai diciassette anni!»

«Non voglio padroni. Non più». Stringe il pugno.

Dalla finestra semiaperta provengono le risate dei bambini che giocano in cortile. La sorella posa la mano su quella di Angelo. Lui la guarda negli occhi e s'accorge di quanto assomigli alla loro madre. I capelli raccolti lasciano scoperto il collo candido.

«E sapresti come fare?» dice, scostando la mano.

«Sì, penso di sì». La sicurezza della prima risposta si perde a poco a poco nel liquido nero bollente.

«Mi sembri convinto, ma...» Sorseggia il caffè.

«Cosa?»

La sorella posa la tazza e continua: «Angiulìn, non sfidare la sorte. Cerca una tipografia che ti assuma. Meglio non rischiare, adesso». Ma in cuor suo, sa che il fratello farà di testa propria, come sempre.

Si abbracciano.

«E trovati una moglie!» urla Antonietta quando il fratello ha già superato l'uscio. Lui si gira a guardarla, sorride e scompare risucchiato dalla penombra delle scale. 'Una moglie? Ma se ho solo diciassette anni!' pensa, accendendosi l'ennesima sigaretta della giornata.

*

«Le *a* con le *a*, le *b* con le *b*. *T'hee capì?*» gli apostrofa il proto della ditta Alfieri & Lacroix, specializzata in pubblicazioni d'arte e di lusso.

Angelo, operaio semplice, risponde: «*Sissciôr!*»

Sono giorni, però, in cui si distrae. Il sogno di mettersi in proprio è un pensiero prepotente, proprio come quel proto che torna e gli urla: «*Tì te seet un asin* analfabeta, Rizzoli!» E giù uno scappellotto così forte che al proto vola via la grossa matita che tiene sempre infilata dietro l'orecchio. «Tira su!» sbraita.

Angelo, con un balzo da ranocchia, raccatta il lapis cercando di schivare la furia dell'uomo e promette a se stesso: 'Arriverà il giorno in cui anch'io avrò la mia bella matita…'

«*Bela papina!*»

Angelo sente qualcuno pronunciare quelle parole, seguite da una risata divertita.

«Già» risponde toccandosi la nuca con la mano sporca d'inchiostro.

Alle sue spalle c'è Pietro Pizio, un suo collega. È un po' avanti con l'età, lavora sodo e parla poco. È affascinato dall'indole ardente del giovane Angelo – il modo in cui stringe i denti a ogni offesa – e lo osserva con un pizzico di invidia. Si ritrovano spesso durante la pausa pranzo.

«Non mi piace stare sotto padrone» bofonchia Angelo mentre addenta la michetta.

Pizio risponde grugnendo.

«La paga non è male, ma… sai, Pizio, io voglio mettermi per conto mio» s'infervora, ha il fuoco negli occhi.

L'altro si limita a battergli il palmo della mano sulla spalla, poco convinto.

*

Sono passati due anni dal primo giorno di lavoro nella tipografia in via Mantegna, e Angelo, ormai ventenne, ha l'abitudine di fermarsi ogni mattina dall'osteria di Gino *La Vittoria,* nel cuore di Brera. Siede sempre allo stesso tavolo, appena accanto alla porta d'entrata. L'odore di buon cibo è invitante. Lui finge di scegliere qualcosa di nuovo dal menu del giorno, ma alla fine opta sempre per il piatto più economico: *minestron a la milanesa* – un misto di patate, cipolla soffritta nel burro, riso, cotiche di maiale, pancetta a pezzettini, un battuto di lardo e la *dote* (sedano, prezzemolo e carote). Una colazione corroborante, prima delle undici ore di lavoro.

È un giorno di febbraio, sta buttando giù la solita pietanza quando un distinto signore – alto più di un metro e ottanta – supera la porta guardandosi attorno smarrito. Si toglie il cappello mostrando una nordica chioma bionda. Raggiunge l'oste che sta dietro il bancone, gli chiede qualcosa e quello, mentre asciuga piatti e bicchieri, indica, allungando il mento, proprio Angelo.

Il signore teutonico ha con sé una valigetta. Angelo, continuando a ingollare cucchiai strabordanti, lo vede avvicinarsi. Gli fa segno di accomodarsi di fronte, alza il dito per richiamare l'attenzione del Gino che, senza bisogno di parole, gli porta un quartino di bianco.

«Mi chiamo Hans Lindermann, sono un rappresentante di macchine tipografiche, le migliori prodotte in Germania. Il gentile oste, ieri l'altro, mi ha detto che lei è un tipografo, signore».

«Angelo Rizzoli, piacere. Bel vestito!»

Il signore non capisce se è una battuta. Si guarda la manica della giacca e risponde: «Grazie».

«E allora mi dica, signor Lindermann. Perché dovrei scegliere la sua azienda?»

Lindermann prende un lungo respiro e inizia a descrivere le sue macchine, il loro perfetto sistema di inchiostrazione che richiede il minimo sforzo del compositore, mentre Angelo gli offre una sigaretta.

«Senta, come sono le donne tedesche?» lo interrompe.

L'altro, spiazzato, ride di una risata piena di 'oh', poi dalla valigetta estrae una fotografia stropicciata.

«Questa è Inge, la mia amante».

Grossi fianchi, viso pieno, capelli acconciati protetti da un cappellino, il collo largo e lo sguardo severo.

«Gran bella donna, se posso permettermi».

L'altro ride con la bocca chiusa, come a dargli manforte.

«Allora, signor Linde…?»

«Lindermann, Herr Lindermann».

«Ecco… mi dica: quanto costerebbero una pedalina e una platina?»

L'uomo con carta e penna scrive e fa calcoli. Poi allunga il foglio. Angelo legge la cifra.

«Allora, brindiamo al nostro accordo. Le prendo entrambe». Infila la mano nella tasca interna della giacca e tira fuori cinquecento lire. «Li prenda come anticipo».

Lindermann stiracchia un sorriso: «Ma… signor Rizzoli…» Vorrebbe dirgli che sul totale di seimilaseicento lire, quell'acconto è una miseria. Ma non ha bisogno di parlare, perché Angelo ha già un piano.

«Il resto glielo pago in cinque anni. D'accordo?» E gli allunga la mano per sigillare il patto.

L'uomo, per qualche secondo, fissa la mano tesa di Angelo. Ha la bocca semiaperta, incredulo. Incontrando lo sguardo di Rizzoli gli viene da sorridere, quel giovane così sfacciato gli sta simpatico. Ricambia la stretta e gli paga pure il pasto.

Gino chiede: «Solo per oggi?» riferendosi alla lunga lista a credito di Angelo.

«Gino, Gino, *muchela*! Te li darò con gli interessi. Stanne certo!» Saluta tutti mettendo mano al cappello, come i veri gentiluomini.

«Pizio, Pizio! *Vien föra*».

«Che succede, Angiulìn?»

«Ho comprato una pedalina e una platina».

«E per far cosa?»

«Te l'ho già detto, mi metto in proprio. Basta padroni!»

«E i *danée*?»

«Un piccolo anticipo e poi firmerò cambiali. Cosa vuoi farci?»

«Contento te».

«Pizio, senti...»

«Soldi da imprestarti non ne ho, lo sai».

«Non voglio i tuoi soldi. Io voglio te. Diventiamo soci».

Pizio non sa cosa rispondere. Angelo gli offre una sigaretta. Al primo sbuffo tace, al secondo gli dice di sì. Non sembra vero neppure a lui: gli pare di essere stato ipnotizzato.

Appena finito il turno, Angelo passa da via Cerva dove ha visto un 'FITTASI' sulla porta di quello che sembra un garage. Suona al campanello del portone accanto e chiede chi è il proprietario. La fortuna vuole che lo abbia già trovato.

È uno stanzone più lungo che largo, con un'unica finestra e un minuscolo gabinetto ricavato da una nicchia senza porta. Un'altra stretta di mano e le sue ultime cento lire finiscono nell'anticipo dell'affitto.

Il mattino seguente firma le sue dimissioni dalla ditta Alfieri & Lacroix.

Dopo aver passato il primo giorno da disoccupato a spazzare e ripulire l'interno del locale, Angelo si prende cura dell'esterno. Pizio lo trova intento a ridipingere le inferriate arrugginite della finestra – ha usato una vernice che sbiadirà presto.

«*L'è vegnud ben*» commenta orgoglioso Angelo, «entra, ti faccio vedere».

Batte il palmo più volte sulle assi di legno con cui ha coperto il gabinetto alla turca.

«Il mio ufficio padronale».

Pizio lo guarda e dice: «È una latrina, Angiulìn!»

«Era un *céss*, Pizio. Ora non *l'è* più!» risponde con le mani in tasca e la sigaretta fumante tra le labbra.

Ridono.

La settimana successiva, in dogana c'è da ritirare la pedalina arrivata dalla Germania. Serve un carretto, che viene preso in prestito da un amico fruttivendolo.

Pizio, Angelo e Domenico, suo cugino, lo spingono verso la sede della tipografia. Arrivati a Porta Venezia, sui bastioni, una ruota esce dall'asse e la pedalina scivola quasi a terra. Ad Angelo viene da piangere. Raccoglie le ultime energie, prima del tracollo, rimette in piedi il carretto e riparte. Arrivati, dice a Pizio: «Per la platina chiamiamo una ditta specializzata in trasporti». Poi si accende una sigaretta, soddisfatto.

Il giorno dopo, Pizio trova una targa appiccicata alla saracinesca. In grande c'è scritto 'TIPOGRAFIA' e in piccolo il nome della ditta: 'A. RIZZOLI & C.', in un bel verde pisello.

«Mi porta fortuna questo colore» dice fiero.

Pizio ci pensa un secondo su. «Sai che per la targa dobbiamo fare una ditta? Legalmente, dico. Lo sai?»

Il ragazzo è impulsivo, forse gli piace proprio per quello.

Angelo allarga le braccia: «Ci penseremo domani» e sistema la matita dietro l'orecchio.

DUE

Ci sto provando e ci riuscirò

Milano, 18 settembre 1908

Ruggerone l'aviatore, detto 'Eros', decolla pian piano da una zona agricola puntando verso la guglia della Madonnina. La gente per ammirarlo si affolla intorno al Duomo. Il trabiccolo, rombante e di un giallo vivo, volteggia a bassa quota sopra le loro teste. Stanno tutti col naso all'insù. Si levano grida di stupore e applausi. Il biplano sorvola il centro e poi prosegue verso l'aerodromo, compiendo un volo magnifico, sembra sfiorare le tribune, si risolleva, per poi abbassarsi dolcemente verso terra, leggero. È la prima volta che si vede un aereo a motore nel cielo di Milano. Sembra il futuro.

Angelo indossa il suo vestito migliore, si annusa, sistema i capelli specchiandosi nella vetrina di un negozio. Quando si accorge di essere osservato dall'interno, saluta svelto e s'allontana. Vorrebbe spingersi fino al Duomo, dove c'è la folla, ma devia per una stradina secondaria e arriva sulla soglia della tipografia Marzorati. Butta la sigaretta. Si sistema il panciotto. Entra.

Dietro la scrivania, in abito nero e camicia bianca, siede una giovane donna. Tiene in mano la penna e ha un dito vistosamente sporco d'inchiostro. Angelo tossisce per attirare la sua attenzione e si presenta: «Buongiorno, sono Angelo Rizzoli della 'A. Rizzoli & C.'»

Lei non dice nulla, continua a fissarlo con calma serafica.

«Sto cercando di ampliare il mio giro di co-com-commissioni e...» Si blocca, non gli capitava da un po' di balbettare. Viene da giorni difficili. Porta con sé il peso della sconfitta. Come un mendicante, come quando era bambino, a far visita alle tipografie della città, in cerca di commesse, uscendone sempre a mani vuote.

La ragazza interviene con voce dolce e gli chiede: «È molto importante per lei, non è vero?»

Angelo non ha bisogno di proferire parola, e lei aggiunge: «Bene, ne devo parlare con il titolare. Torni domani».

Quando scivola fuori, Angelo si sente confuso. Anche Pizio, che lo ha aspettato in bottega, nota che c'è qualcosa di strano in lui.

«Di', che ti è successo?»

«Niente, perché?»

«Non mi hai detto del tuo giro di oggi. Com'è andata?»

«Li conosci i Marzorati?»

«Sì, che domande! Ci lavora un mio caro amico».

«E la segretaria? La conosci?»

Pizio ride: «Segretaria? Ma quale segretaria? Quella è Anita. Anita Marzorati».

«La figlia del capo?» Si picchia la fronte con il palmo della mano: avrebbe dovuto capirlo da solo.

Pizio ridacchia senza guardare il povero Angelo che avvampa nel suo vestito buono.

«Domani ci torno per parlare col padre».

«Sì, certo. Per il padre».

Angelo fa finta di non aver colto, si accende una sigaretta ed esce a sedere sulle scale. Pizio lo raggiunge.

«Carina, vero? Ha tre sorelle e un fratello. Ha perso la madre a quattro anni. Dopo le elementari l'hanno mandata a lavorare come camiciaia».

All'idea che anche la giovane sia orfana di un genitore, Angelo pensa di avere già qualcosa in comune con lei.

«E il padre? Com'è?»

«Un tipo abbastanza *robusto*» Pizio sghignazza e poi prosegue, «ha messo in piedi la tipografia da solo, ma di soldi, dicono, ne girano pochini».

Angelo sputa il tabacco rimastogli sulla lingua, aspira ancora e, avvolto nella nuvola di fumo, abbandona le braccia sulle ginocchia. Fissa un punto davanti a sé, resta serio. Infine si alza. «Chiudi tu, Pizio. Ci vediamo domani. Ho da fare».

Il buio sta per vincere il giorno. Angelo si tiene ben nascosto dietro l'angolo del palazzo proprio di fronte alla tipografia Marzorati. È quasi ora di chiusura. La porta si apre, lasciando intravedere appena una figura graziosa: non è Anita, ma le assomiglia, dev'essere una delle sorelle, sembra più piccola. Saltella sul posto, prima su un piede poi sull'altro, infine si lancia incontro ad Anita che appare, subito dietro di lei, sull'uscio. Angelo si stropiccia gli occhi. Sente il cuore accelerare.

Anita si guarda attorno con discrezione. Ha un cappotto lungo che mostra appena le caviglie. Il suo corpo è esile, delicato come la sua voce, i movimenti leggiadri, gli occhi grandi e marroni. I capelli neri e corti, che Angelo ha notato al mattino, ora sono coperti da un foulard.

La segue con lo sguardo fin dove la strada svolta a destra e di lei e della sorella non resta che l'ombra.

*

«Buongiorno. Si ricorda? Sono...»

«Angelo Rizzoli della 'A. Rizzoli & C.', prego si accomodi. Mio padre sarà subito da lei». Anita vuole metterlo a suo agio, ma lui è intimidito davanti a quella giovinetta.

Natale Marzorati compare dal nulla, alle spalle della figlia. Ha un paio di occhiali con lenti spesse che rendono i suoi occhi piccoli, lontani, imperscrutabili. Si accarezza la barba lunga. Addosso ha l'odore, inconfondibile e così familiare, dell'inchiostro.

Si allontanano assieme verso le macchine e quando tornano nella stanza dove sta la giovane donna, sulle labbra di Angelo compare un lieve sorriso.

«Anna, prepara i documenti per la commessa 36. Il signor Rizzoli la ultimerà per noi» dice Natale alla figlia.

Quando saluta, stringe ancora una volta la mano del signor Marzorati, si inchina più volte e, in segno di riconoscenza, solleva il cappello ripetutamente guardando verso la ragazza.

«Pizio, il lavoro ce l'abbiamo. Facciamo girare queste macchine!?»

Angelo è rientrato come una furia nella bottega di via Cerva, si è spogliato del panciotto, si è sfilato la giacca e la camicia.

«E la ragazza?»

«Marzorati ci ha commissionato questi manifesti». Mostra una bozza fatta a mano da Natale. «Due colori. Consegna tra una settimana, se consegniamo prima meglio. *T'hee capì?*»

«*Sissciôr!*»

«*Sperèm*».

Pizio attende ancora un attimo e poi torna all'attacco. «E la *tusa*? L'hai vista o no?»

Angelo tace. Si dirige verso il suo ufficio. Poi nel silenzio: «Pizio, vieni qua!»

L'efficiente socio si materializza davanti a quel giovane che sembra più spaesato che contento di avere ottenuto quel lavoro.

«Si chiama Anna, non Anita. Il padre ha detto Anna».

E Pizio, che sa sempre tutto, risponde: «Anita è un omaggio alla fedele moglie di Garibaldi. A un certo punto Anita, per qualche misterioso motivo, si è trasformata in Anna. La chiamano tutti così».

Angelo muove i muscoli verso le macchine per dare avvio alle stampe, ma la sua testa è altrove.

Nei giorni seguenti torna ogni volta che può alla tipografia dei Marzorati, ma non riesce a liberarsi della timidezza che lo investe appena gli occhi scuri di Anna incontrano i suoi. Allora, quasi senza rendersene conto, inizia a essere particolarmente gentile con la sorella minore, a farle complimenti e sorrisetti. E quella sta al gioco. Anna, di contro, sembra disinteressata, impassibile.

Natale Marzorati è soddisfatto delle stampe della bottega Rizzoli. La collaborazione tra i due si intensifica, ma le riserve di inchiostro di Angelo stanno per terminare e le taniche in magazzino non sono sufficienti a coprire gli impegni presi. Inoltre, lui non ha ancora il becco di un quattrino. La lista dei debiti è lunga e nessuno gli fa credito. Per fare soldi, serve avere i soldi: sembra una condanna.

Quando arriva di fronte alla bottega dei Marzorati tentenna. Ha un piano. Si accende una sigaretta, fa su e giù dal marciapiede. Ha le mani sudate. Sta per desistere quando la porta della tipografia si apre. Anna lo chiama: «Rizzoli, è lei?»

L'ha riconosciuto, non può più fuggire.

Alza la mano mentre le si avvicina: «Sono passato per salutare».

«Venga dentro».

Oramai è diventato un volto familiare. Angelo mette a tacere i pensieri e passa all'azione. Appena può si allontana dall'ufficio senza dare troppo nell'occhio. Entra guardingo nel deposito di inchiostro, afferra una tanica e si dirige verso l'uscita. Sente le gambe molli e in bocca ha un sapore acido.

Vede il portone; dall'altra parte c'è la strada. Poi si volta. Anna è lì, in piedi, che lo fissa con le braccia conserte. Lui posa la tanica: «Giuro, restituirò tutto entro la prossima settimana», gli occhi imploranti e la voce ferma: non è mai riuscito a dirle così tante parole una di seguito all'altra.

Ora è lei quella in silenzio, una statua di sale. Angelo attende il verdetto, rassegnato. 'Adesso chiama suo padre e va tutto in malora' pensa. Ma la tensione sul viso della ragazza si attenua. Gli fa un cenno con il capo. Lui la ringrazia e intravede una luce nuova in quello sguardo. Fa un passo verso di lei, sono così vicini da sentire il calore del suo corpo. Ancora un passo, lei resta immobile, Angelo non resiste e, con le labbra, le sfiora una guancia.

Dopo il furto non si fa vedere per qualche giorno. A Pizio non ha detto nulla. Mentre lavorano fianco a fianco, Angelo è silenzioso e irascibile. Lancia per aria, d'improvviso, le stampe appena uscite dalla macchina. Urla contro il socio: «Sei un buono a nulla! Non va!» Ma Pizio non c'entra niente. Ha promesso ad Anna che avrebbe restituito la tanica, piena, dopo una settimana, e il tempo sta già per scadere. Infine decide di prendere una delle taniche che servirebbe per ultimare la commessa in corso e va da lei.

Anna lo saluta come fosse un estraneo.

«Una promessa è una promessa» riesce a dire.

«Vado a chiamare mio padre. Gli dico che il signor Rizzoli è qui per lui».

«No! Ehm... sì, grazie».

Anna scompare nel retro.

Ad Angelo gira la testa. Sente le gambe arrendersi. Non sa come, ma si ritrova per strada, ansimante. Lontano da lei.

Il giorno seguente, in abito grigio, elegante, pettinato e profumato, si ripresenta al cospetto di Anna. Le chiede un bicchier d'acqua. Beve.

«Mi perdoni per ieri. Non mi sono sentito molto bene. Ho necessità di incontrare suo padre. Adesso». Prova a essere perentorio e gentile.

Lei lo guarda. Il signor Marzorati, dopo qualche secondo, arriva. Ad Angelo quel tempo da soli pare infinito.

«Rizzoli! Ieri ti sei dato alla macchia... Vieni, vieni». Natale lo richiama alla realtà e lo invita a seguirlo nel laboratorio dove armeggia con le macchine, spostandosi velocemente. Angelo cerca di stargli dietro, in silenzio. L'uomo attende che sia il ragazzo a parlare. Ritornati al punto di partenza, Angelo accelera il passo, supera l'altro frapponendosi al suo avanzare.

«Signor Marzorati, mi permetta di chiederle qualcosa di molto importante».

«Mi dica, Rizzoli, che succede?»

È agitato, ma non abbassa mai lo sguardo, fisso sull'uomo. In mezzo al fragore delle macchine, tra carta e inchiostro, schiarisce la voce e inizia.

«Vorrei che mi concedesse la possibilità di...»

«Papà!»

La voce di Anna lo ha interrotto bruscamente.

«Sì, arrivo» risponde Natale, con le braccia conserte in attesa delle parole di Angelo, «continua figliolo, continua».

«Ecco, vorrei che mi concedesse di conoscere sua figlia Anna. Sento di esserle profondamente affezionato».

«E pensi che lei ricambi?» Natale sghignazza, conosce sua figlia, non ha gusti facili.

Angelo non ha risposta a questa domanda.

«Sei un bravo figliolo».

Natale accarezza la lunga barba, in silenzio. Sembra acconsentire.

Per primo, dall'ufficio, esce Angelo. Anna non lo degna neppure di uno sguardo. Poi è il turno del padre, che si rivolge a lei: «Angelo vorrebbe... insomma, mi ha chiesto di te, Anna».

Lei è sbigottita. Lui avvampa in viso, ma cerca di non scomporsi, fin lì era riuscito a comportarsi egregiamente, secondo i piani.

«Ecco, avete la mia benedizione». Poi, rivolgendosi verso Angelo: «Ma devi sistemarti per bene con il lavoro».

«Ci sto provando e ci riuscirò, signor Marzorati».

Per la prima volta, Angelo cattura l'immagine del sorriso di Anna: è durato una frazione di secondo, non è riuscita a nasconderlo. Lui lo custodirà per sempre.

*

La domenica, Anna e Angelo iniziano a passeggiare insieme per le strade del centro. Non sono mai soli: le sorelle di lei, il fratello, a volte persino il padre.

Angelo, sempre composto, fresco di rasatura, i capelli con la riga a lato, il vestito blu stirato per bene da sua sorella, accorda il passo a quello lento di Anna, fasciata da abiti lunghi, morbidi nelle linee e dalla stoffa leggera e drappeggiata. Ai suoi occhi sembra una principessa. Illumina ogni cosa con la sua semplicità. Si stringono la mano di nascosto, si sfiorano evitando la gente, parlano poco, ma l'intesa diventa ogni settimana più solida.

Fanno tappa fissa al bar Cova, dove lui è solito offrire il caffè. Attraversano la piazza dove i bambini scorrazzano urlanti e capannelli di persone circondano giocolieri e musicisti. In un angolo appartato ci sono gli uomini che giocano a carte. Angelo se ne tiene alla larga, ricorda gli anni trascorsi in mezzo a loro, sembrano appartenere al passato di un fantasma.

Quando accompagna Anna a casa, la saluta sotto gli occhi curiosi di tutto il vicinato. Le teste spuntano, discrete, dalle finestre semiaperte. Dopo qualche tempo, la coppia ci gioca un po', simulando ogni volta una serie di inchini, come nobili in una danza antica. Sono felici.

Milano, ottobre 1911

Certe notti Angelo dorme in tipografia, sulle cataste di carta in mezzo all'odore dell'inchiostro.

Lavora come un matto. Adesso, far soldi è una priorità: deve sposare Anna.

Stampa soprattutto etichette per i grossisti di frutta e verdura, e i cartoncini manila, eleganti e sottili, che vengono utilizzati per i biglietti da visita e per le partecipazioni. Fa il padrone, l'operaio e il commesso, tutto insieme. A volte, durante le consegne, lo scambiano per un fattorino e gli lasciano la mancia. Lui si infila banconote e monete in tasca; e non dice nulla.

Una domenica, vestiti di tutto punto, Angelo e Anna passeggiano a braccetto. Davanti alla Scala, Angelo si ferma. L'opera in programma è il *Sigfrido* di Wagner, diretta da Tullio Serafin. In pochissimi arrivano in automobile; le carrozze sono ancora in grande maggioranza.

Restano incantati a osservare quel viavai di persone. Poi lui rompe il silenzio: «Un giorno, lì sopra ci staremo anche noi due». Anna si stringe più forte a lui, vorrebbe abbracciarlo. La carrozza che Angelo ha indicato riparte.

Giunti in piazza Duomo, i due fidanzati, mano nella

mano tra la folla, assistono ai festeggiamenti per lo sbarco delle truppe italiane a Tripoli. Al chiosco dei giornali c'è la fila: sulla prima pagina, la notizia della conquista. Angelo si fruga in tasca, ha pochi spiccioli, meglio tenerli dove sono. La fanfara dei bersaglieri galoppa lungo la piazza, le piume al vento, la fierezza negli occhi, gli applausi della gente.

Angelo all'improvviso è distante, perso nei pensieri, il frastuono scompare. Ha avuto un'idea. Riaccompagna Anna a casa prima del solito, senza spiegarle il perché di tanta improvvisa fretta. Poi ritorna in piazza, intercetta un uomo ben vestito, gli si avvicina: «Buongiorno, *sciôr*! Quando ha finito col giornale, lo lascerebbe a me?»

L'uomo abbassa il monocolo, scruta il giovane davanti a sé e gli fa cenno di aspettare.

Mentre la sigaretta si consuma, Angelo dà dei piccoli calci all'aria, è agitato. Lo sconosciuto gli passa il giornale. Lui si accomoda sul gradino del marciapiede, scruta la prima pagina, poi volta i paginoni, fino in fondo: non ci sono foto dello sbarco, soltanto una riproduzione illustrata dei bersaglieri accolti a riva dagli 'indigeni'. Come immaginava. Sorride. Torna a casa e passa la notte insonne.

La mattina dopo, molto presto, Angelo varca la soglia dell'officina di via Cerva. Ha due occhi assatanati cerchiati di occhiaie. Senza nemmeno dargli il buongiorno, immobilizza Pizio in un angolo.

«Immagina. Immagina, Pizio. Un gruppetto di bersaglieri in riva al Naviglio!»

«In riva al Naviglio. I bersaglieri?»

«Non interrompere! Non dei bersaglieri veri».

«Non afferro, Angiulìn».

«Bersaglieri fasulli, ma armati di tutto punto come se stessero veramente sbarcando sulla spiaggia di Tripoli».

Pizio continua a non comprendere, ma decide di restare in silenzio. Angelo va su e giù per il laboratorio.

«Dei ventilatori! Ci servono dei ventilatori per rendere più credibile la scena, dobbiamo trovare dei ventilatori potenti».

«E a che servono?»

«A far vedere pure la sabbia che si tira su. Pizio! L'hai visto il giornale di ieri?»

«Sì, l'ho visto, certo».

«E hai visto qualche foto dello sbarco?»

«Non ricordo, ma mi pare...»

«Te lo dico io: nessuna! Solo un'illustrazione».

«E quindi?»

«E quindi le facciamo noi. La gente vuole le foto, vuole vedere le notizie, non si fida dei disegni!»

«Ohibò, Angiulìn. *Ti te sarai scem!*»

«Ho già contattato un fotografo, ci pensa lui a procurare gli uomini, le divise, le armi. Il giorno è dopodomani. Quelle foto le stampiamo in migliaia di cartoline!»

«E poi?»

«Pirla di un Pizio! Le vendiamo! Facciamo i *danée*!»

Il socio si tocca il mento con due dita, resta in silenzio per qualche secondo, poi si accende una sigaretta, gliela passa e ne accende una anche per sé.

Dopodomani è arrivato: è il giorno dello sbarco sul Naviglio. Gli attori, una trentina, radunati sulle rive, in abiti militari, attendono le direttive del fotografo.

«Tu qui, tu qua, tieni quest'arma, fai finta di sparare. Tieni la bandiera. Fai la faccia della vittoria».

Angelo assiste a braccia conserte in un angolo. Qualche passante si ferma a domandare cosa stiano facendo e lui, prontamente, risponde: «Fatti nostri. Aria!»

Devono fare in fretta, prima che le guardie vere arrivino a rovinare il progetto. Ha ingaggiato un paio di ragazzi di strada, li ha pagati per fare da palo agli angoli delle strade. Un fischio se arriva gente, due se arrivano le guardie. Tutto fila liscio.

Qualche giorno dopo, Angelo stringe tra le mani la prima cartolina uscita dalla macchina da stampa. La mostra a Pizio, orgoglioso. È perfetta. Pare davvero di stare sulle rive del mare. Sul retro c'è scritto 'Sbarco a Tripoli – 11 ottobre 1911'.

Con quel prototipo, Angelo fa il giro di tutte le edicole e i giornalai di Milano. La vende come un'esclusiva irripetibile. Angelo ha un fuoco negli occhi a cui non si può dire di no. Il successo è enorme. In una mattina tutte le cartoline sono esaurite.

Bisogna stamparne altre. Subito. Ancora e ancora. E più si stampa più si incassa. La fortuna aiuta gli audaci, si dice così.

La sera stessa, Angelo è solo nell'ufficio padronale, seduto su quello che era un gabinetto alla turca: sta contando gli incassi. Non ha mai visto così tanti soldi tutti insieme. Fa mucchietti separati: uno per le cambiali, uno per pagare il socio, uno per comprare altra carta e inchiostro. Gli resta in mano una bella pila di contanti: comprerà nuove macchine tipografiche, assumerà due operai; e gli resteranno i soldi per sposarsi con la sua Anna.

Natale Marzorati sarà orgoglioso di lui, e ci tiene che sia così, lui che un padre non l'ha mai avuto.

Milano, 1912

Mancano poche settimane alla fine dell'anno. L'aria è gelida, il Natale alle porte. La città indossa il mantello dell'inverno, è una mattina grigia, dimenticata dai raggi del sole, che si nascondono timidi dietro nuvole e nebbia.

Anna, nel suo abito bianco, confezionato da Antonietta Eva coi migliori tessuti, si fissa raggiante allo specchio. La sua futura cognata è riuscita a renderla bellissima nella semplicità delle forme, nella leggerezza di quel velo che le incornicia il viso e scende lungo la schiena.

Casa Marzorati è in festa.

Angelo, invece, si trova nell'abbaino. Indossa un abito scuro, cerca di sistemare il fiore all'occhiello, ma le sue dita tremano. Sua madre si avvicina, le mani del figlio strette nelle sue, e lo aiuta. Nonostante siano passati quattordici anni dalla morte di Rinella, non ha mai smesso di vestire il lutto. Poi gli si accosta all'orecchio e gli augura tutta la fortuna che lei non ha avuto. «Andiamo, Angiulìn».

La cerimonia si svolge nella chiesetta a pochi passi da casa Marzorati. Il prete non bada a convenevoli, deve celebrare altre unioni: giovani coppie pronte a mettere su famiglia.

Il ricevimento è in un'osteria poco distante: un pasto frugale, un brindisi, il taglio della torta su cui troneggiano due sposini di marzapane, una delizia non facile da trovare.

Giunti ai saluti, gli uomini hanno il viso rosso per il vino. Natale nasconde un sorriso, poi dà uno sguardo a sua figlia. Una lacrima gli riga il volto e va a perdersi nella folta barba. Dopo essersi scambiato una vigorosa stretta di mano con Angelo, lo tira a sé come ad abbracciarlo e in un sussurro gli dice: «Trattala come hai promesso». Angelo è intimidito, ma non gli manca il coraggio di guardare suo suocero negli occhi. Natale annuisce. Senza dirsi molto, hanno parlato abbastanza.

I due sposi salutano le famiglie, Anna abbraccia forte le sorelle: è difficile separarsi. Ma la voce di Angelo la richiama alla sua nuova vita: «Andiamo?»

Arrivati alla porta della loro casa, Angelo prende Anna in braccio. Varcano la soglia. È un piccolo appartamento in affitto, in via Anfossi – poco lontano dal nuovo laboratorio della 'Rizzoli & C.' –, un paio di stanze. Le loro risate riecheggiano negli ambienti ancora spogli. Ballano senza musica, sempre più vicini. Angelo le toglie il lungo velo, le accarezza i capelli. Anna si libera delle scarpe mentre slaccia la cravatta al suo uomo. Girano in tondo, estasiati.

Si baciano dolcemente, come non hanno potuto prima d'ora. Angelo si libera della giacca e del panciotto, mentre Anna, svincolata dall'abbraccio di lui, si è diretta in camera. Saltella seduta sul letto. Bianche e profumate lenzuola sono nascoste da un copriletto interamente ricamato. Lei passa la mano sul disegno fiorato, nel rilievo sente la fatica di chi lo ha imbastito. Persa tra i suoi pensieri, non s'accorge che Angelo è lì a osservarla. Le si inginocchia ai piedi, le bacia un ginocchio, poi l'altro. Anna trema. Angelo si ferma: si fruga in tasca, trova i fiammiferi, si accende una sigaretta, la tiene stretta al bordo delle labbra, cerca qualcosa dentro una borsa e, dunque, sistema sul comodino una retina per capelli.

«Non mi dire niente. Ho questa abitudine notturna».

Anna prova a trattenere il riso. Non ce la fa. Esplodono in una risata liberatoria e, mentre la cenere si consuma, per finire sul pavimento, Anna lo invita ad aiutarla a liberarsi del vestito. La sua pelle è candida. Le mani di Angelo ruvide.

Nel giro di alcuni mesi, Anna trasforma quelle due stanze spoglie in una vera casa: umile ma accogliente. Angelo si è fatto crescere un bel paio di baffi, di cui si prende molta cura. Lavora duramente, cammina con il petto in fuori, si dà arie da padroncino.

Una mattina, nella vetrina di una gioielleria del centro, nota un orologio da taschino con la catena d'oro. Entra e lo acquista. Mentre raggiunge la tipografia, di tanto in tanto lo tira fuori, lo mostra al mondo, mentre sbuffa il fumo della sigaretta che tiene sempre incastrata all'angolo delle labbra. Quando varca la soglia dell'officina, l'orologio scompare dentro la tasca.

Il sabato seguente bisogna fare le paghe. Angelo ha la cassa vuota. 'Ma chi ti credi di essere?': gli rimbombano nelle orecchie quelle parole, che Anna, la sera prima, gli ha lanciato addosso. Era tornato a casa di malumore e si era subito seduto a tavola. Sulla lama del coltello c'era una piccola macchia di unto e se l'era presa con la moglie. 'Ma chi ti crede di essere?' gli aveva risposto lei, guardandolo fisso negli occhi.

Ora Angelo è asserragliato nel suo ufficio. Gli operai hanno capito che gira male, così mandano avanti il Tamburini, che con il padrone ha una certa confidenza.

«È sabato. È quasi ora di andare. Angelo, le paghe?»

Lui resta muto. Tamburini anche. Poi si mette a fissare la tasca del panciotto del capo. Infine gli si avvicina, con fare allegro, cantando l'aria della *Bohème*:

'Vecchia zimarra, senti,
io resto al pian, tu ascendere
il sacro monte or devi'.

Su quelle note, Angelo si dirige al Monte di Pietà. Impegna la catena d'oro per cento lire e paga gli operai.

Il martedì successivo, dopo aver riscosso qualche fattura, torna a riscattarla.

Nei primi mesi del 1914, Anna è sempre stanca, ha perfino dei mancamenti. Angelo inizia a preoccuparsi, vuole che la moglie vada da un medico. Lei è quasi certa di sapere quale sia la causa dei suoi malesseri, ma preferisce non dire nulla al marito. Si confida con la vicina, una signora anziana con la quale si sofferma di tanto in tanto a chiacchierare in cortile. Si chiama Emilia, fa la levatrice. Le basta uno sguardo.

«Aspetti un figlio».

«È sicura?»

La donna annuisce.

«Lascia che ti aiuti. Aspetta qui». Entra in casa, lasciando Anna sulla porta.

«Tieni. Prepara dell'acqua bollente, un paio di cucchiai di questa, filtra e bevi».

«Di cosa si tratta? Ha un buon profumo».

«Una mistura di erbe. Per la nausea e tutti i malesseri. Ora va' a casa. Nelle tue condizioni è meglio riposare».

Anna sale le scale. Chiusa la porta si abbandona alla parete e, per la prima volta, si accarezza il ventre. Aspetta impaziente la sera per dirlo ad Angelo. Nell'attesa la travolge un'insolita malinconia, avrebbe voluto sua madre accanto. Si lascia andare a un pianto liberatorio: si concede il lusso di essere bambina, forse per l'ultima volta.

I mesi passano in fretta, la pancia di Anna cresce e, con l'aiuto di Emilia, tutto procede bene. L'anziana la scruta e stabilisce: «Sarà un maschio».

«Come fa a saperlo?»

«Il tuo corpo mi parla. La forma della tua pancia, piccola e a punta. Non sbaglio mai, io».

«Mi pare di sentire mio marito» ride Anna, il volto dolce, più di prima, gli occhi limpidi.

Le doglie arrivano una notte di settembre. Angelo si sveglia di soprassalto, Anna sta sudando freddo. Scende al pianterreno, bussa alla porta e solo allora si rende conto di essere uscito di casa con la retina in testa e senza scarpe. Emilia lo guarda e senza batter ciglio dice: «È ora». Si avvolge in uno scialle e lo segue.

Anna è in piedi, sta camminando come le aveva spiegato l'anziana.

In un'anta dell'armadio ha riposto lenzuola e asciugamani di lino bianco, pronti per l'occasione.

I dolori si intensificano, i due l'aiutano a stendersi.

«Ci siamo quasi» dice Emilia.

Angelo è in cucina. Fuma. A ogni urlo della moglie sobbalza.

Il grido più intenso è seguito da un lunghissimo istante di silenzio. Poi il primo pianto sgraziato della vita.

Emilia si affaccia e lo invita a entrare. Anna è sfinita, i capelli arruffati e gli occhi stanchi. È bellissima. Tra le braccia tiene stretto a sé il fagotto: «Ti presento Andrea. Questo è il tuo papà». Alla vista di quel visino roseo e paffuto, sul volto di Angelo si allarga un sorriso. È l'alba di un nuovo giorno.

Estate 1915

Nel mondo fuori da quella casa piena d'amore, Francesco Ferdinando arciduca d'Austria è stato assassinato a Sarajevo, dando inizio al primo conflitto mondiale. Quando l'Italia entra in guerra, Andrea non ha ancora compiuto il primo anno d'età. Qualche mese dopo, tra le braccia di sua madre, vedrà uscire di casa il padre con una valigia.

Angelo ha venticinque anni. Costretto a indossare la divisa nelle fila della Fanteria. Il giovane addetto dall'altra parte della scrivania del centro di reclutamento gli chiede: «Che mestiere fai?»

«Tipografo».

«Hai la patente di guida?»

«No, non ho mai guidato niente, neppure il biroccio trainato dal cavallo».

«Bene, allora vai alle ambulanze. Ne guiderai una».

È come essere tornato al suo primo giorno ai Martinitt: gli radono i capelli a zero, gli ordinano di tagliarsi gli amati baffi, gli consegnano una divisa due taglie più grande della sua. Il destino sembra aver tirato indietro le lancette del tempo: proprio ora che ha una moglie, un figlio, una piccola azienda che inizia a produrre degli utili. Tutto potrebbe sparire nel nulla da un momento all'altro. E per che cosa poi? Lui, di austriaci, non ne ha mai conosciuto neanche uno. E di tedeschi, solo quel Lindermann da cui ha comprato le sue prime macchine tipografiche: e gli era pure sembrato simpatico.

Dopo il corso preparatorio alla patente di guida, Angelo Rizzoli viene assegnato a Marostica, dove sono acquartierate le truppe del 151° reggimento impegnate a combattere sull'altopiano dei Sette Comuni. Al volante di un'ambulanza recupera i feriti da far evacuare dalle retrovie, lontano dal fronte. Non è la trincea, ma fa comunque paura.

Mentre avanza per la prima volta sul campo di battaglia, vorrebbe chiudere gli occhi per evitare di incontrare i corpi senza vita dei soldati. Il terreno, sconquassato dall'artiglieria nemica, nasconde i feriti ma non le loro urla di dolore. Carne e sangue colorano quello spettacolo ignobile. Arti mutilati giacciono abbandonati tra le sterpaglie. Angelo avanza, frena, il portellone si apre, i suoi compagni caricano i feriti, bussano sulla carrozzeria, è il segnale per ripartire. Lui preme il pedale dell'acceleratore, ma dopo pochi metri deve fermarsi. Sente gelare il sangue. Scende, si appoggia al parafango e vomita.

«Forza, novellino, datti da fare!» gli urlano i compagni.

«Acqua, acqua, mi sento bruciare» lo supplica un ferito disteso a terra.

Angelo resta imbambolato per qualche secondo, poi fa la prima cosa che gli passa per la mente: si dirige all'ambulanza per tirare fuori l'acqua dal radiatore. Lo fermano appena in tempo.

A Marostica, il soldato Rizzoli divide la tenda con sette commilitoni. Gli scoppi delle bombe sono distanti, ci fa l'abitudine. Quando non è in servizio, passa il tempo disteso sulla branda, impegnato a scacciare i pidocchi. Di tanto in tanto, trascinato dalla nostalgia, rilegge le lettere di sua moglie. Lei gli scrive di Andrea, dei suoi pianti, delle sue prime parole. E ad Angelo si inumidiscono gli occhi.

Lui non ama scrivere. Le sue lettere sono quelle di tutti i soldati al fronte, piene di 'mi manchi', 'non stare in pensiero per me', 'ci riabbracceremo presto'. La verità è che la guerra ha reso sua moglie, suo figlio, la sua casa, la sua azienda, dei fantasmi lontani.

Un giorno, il soldato di turno al controllo della posta gli dice: «Rizzoli, hai sbagliato la data sulla lettera».

«No, nessun errore» risponde svelto lui, «in questo modo, mia moglie riceverà la lettera come se l'avessi scritta solo pochi giorni prima». Per non dar pensiero ad Anna, ha iniziato a posticipare le date di due settimane, lo fa sistematicamente. Ogni tanto scrive anche a Pizio.

Presto tutto questo finirà e tornerò da voi, in mezzo alle mie macchine e all'inchiostro. La fortuna non ci abbandonerà proprio adesso.

Porta i saluti alla mia povera madre, nella speranza che stia bene.

Ossequi,

AR.

È una giornata tersa di fine marzo, quella in cui Anna si reca per la prima volta a Marostica, con Andrea, per far visita al marito.

Un mese prima, il 14 febbraio 1916, Milano è stata bombardata per la prima volta da un'incursione aerea:

tre velivoli austriaci, ciascuno con ottanta chili di bombe a bordo, hanno cercato di colpire una centrale elettrica, ma nella nebbia fitta hanno mancato l'obiettivo e colpito delle abitazioni. Poche decine di morti a Porta Romana, ma un gran numero di notti insonni per tutti i milanesi. Angelo lo legge nei solchi scuri attorno agli occhi della moglie. Prima di chiederle come sta, alla vista di quel piccoletto urlante, si commuove.

Si prendono le mani. Fanno una lunga passeggiata tra i campi intorno, la guerra sembra essersi presa una pausa. Arrivano in una trattoria, mangiano una minestra calda, pane e formaggio. Il proprietario mette a disposizione dei soldati alcune camere, così anche la piccola famigliola si ferma per la notte.

Angelo e Anna si amano, lui ha una furia sconosciuta di cui lei ha quasi timore, ma devono fare silenzio per non svegliare la creatura che dorme lì accanto con le guance rosee e un sorriso di pace in volto.

«Milano non è più sicura per voi. Dovete andare a nascondervi da qualche parte, nelle campagne» è la prima cosa che Angelo le dice al mattino.

«Lo so» risponde lei risoluta, «andiamo a Nereto, negli Abruzzi, dai cugini di mio padre. Ho trovato un passaggio da Milano già domenica».

«E ci andrete?»

«Sì, ci andremo».

«Bene». Il groppo in gola non gli permette di aggiungere altro. Dovrebbe essere lui a proteggerli, invece…

«Ti scrivo presto l'indirizzo di Nereto. Abbracciami, Angiulìn».

«Stai attenta». La stringe a sé respirando il profumo dei suoi capelli. Poi si volta verso il piccolo Andrea, lo prende in braccio: «Non far arrabbiare la mamma, *t'hee capì*?»

«Mam-ma». Andrea guarda Anna.
«Sì, mamma».
Le lacrime sono sul punto di scendere, ma i due preferiscono stringere i denti e lasciarsi con un sorriso.
«A presto».
«A presto».

Alle sei del mattino del 15 maggio, i cannoni austriaci aprono il fuoco sulle linee italiane di Asiago. Angelo e i suoi compagni sentono l'allarme suonare. Il nemico sta bombardando a tappeto e l'esercito italiano è impreparato al contrattacco. Da lontano, le montagne sembrano lava, e coltri di fumo nero si stagliano nel cielo. Angelo prega. L'aveva fatto solo ai Martinitt, per non finire in punizione. Si mette a bordo dell'ambulanza e va incontro al suo destino, come ogni mattina.
Quel giorno non riesce nemmeno a contare il numero dei feriti. Molti muoiono tra urla strazianti, mentre lui tiene gli occhi incollati sulla strada di fronte a sé.

Sono settimane in cui la sconfitta italiana sembra sempre più vicina. La posta tarda a raggiungere il campo. Angelo non sa più come sta sua moglie, come sta il piccolo Andrea: saranno arrivati a Nereto? Staranno bene?
Poi giunge un giorno di strana calma: è luglio inoltrato, ad Angelo vengono consegnate due lettere, sono entrambe di Anna.
La prima dice che stanno bene, che si sono sistemati dai parenti di lei.
La seconda, del mese successivo, annuncia che sua moglie è di nuovo incinta.

Angelo si accascia al suolo, accanto alla branda e, in silenzio, inizia a piangere. Spera che sia femmina.

Qualche giorno prima di Natale, giunge una nuova lettera.

Il primo dicembre, tra queste montagne abruzzesi, è nata Pinuccia. Una bella bimba dai capelli neri che aspetta di conoscere il suo papà.

Angelo annusa la carta, gli manca casa, vuole conoscere sua figlia. Prende una penna, risponde alla moglie:

Sono vivo. Vorrei abbracciarvi tutti e tre. Il tempo passa in fretta e non si vede la fine. Stai attenta, proteggi i nostri figli. Te ne sarò grato per sempre.

Con amore

A.R.

Alla fine dell'inverno, un'altra lettera, questa volta da sua sorella, Antonietta.

È morta senza soffrire. Ti ha benedetto.

Poche parole per annunciare la scomparsa della loro amata madre.

Angelo lascia la tenda, fuori piove, è buio. Inizia a correre senza meta. Quando il fango gli impedisce di fare un passo di più, si inginocchia, ha gli occhi secchi. Nella notte la sua fronte scotta. Un paio di colpi di tosse gli squassano le costole. Accende una candela e scrive:

La notizia che mai avrei voluto ricevere, cara sorella mia. Non ho potuto neanche dirle addio.

Ti ricordi quando ancora piccoli vivevamo nell'abbaino con lei? Le notti erano fredde e buie come quelle viste durante questi mesi in guerra. Però, avevamo lei che ci riscaldava con il suo amore. Che si toglieva il pane di bocca per darlo a noi tre. Ah, che buono quel pane raffermo sopra cui amorevolmente strofinava pezzi di cipolla! Te lo ricordi?

Piango la sua scomparsa. Spero sia in pace, accanto alla nostra cara Rinella.

Ora, siamo rimasti solo noi due.

Ti abbraccio dal profondo del mio cuore.

Con affetto

Angelo

I mesi passano, la sua salute, da quella notte tremenda, peggiora sempre di più. Spesso non può far altro che stare sdraiato su una branda dell'infermeria del campo, in preda alla febbre e ai tremori. I medici sentenziano: paratifo. Lo curano con la tintura di iodio. Lui non migliora, perde conoscenza diverse volte. La diagnosi viene riformulata: ha una pleurite. Dev'essere rispedito a casa in convalescenza per tre mesi.

Anna e i bambini tornano a Milano in fretta e furia. Quando Angelo varca la soglia non ha neppure la forza di sorridere, mentre guarda negli occhi la figlia per la prima volta. Anna lo aiuta a distendersi a letto, sotto lo sguardo attento e incerto di Andrea e Pinuccia: per loro è un estraneo.

La lettera di congedo arriva presto: due anni di guerra e nessuna medaglia.

24 ottobre 1917: le truppe austriache sbaragliano quelle italiane a Caporetto. Metà novembre: l'avanzata viene bloccata lungo le rive del Piave.

Per Angelo la guerra è già finita. È tempo di rimboccarsi le maniche. C'è un'azienda da portare avanti.

La barba perfettamente rasata, un bagno di colonia sulla pelle che brucia, il vestito blu, il panciotto, la camicia inamidata, il nodo perfetto al cravattino. È pronto per ricominciare a girare tra le tipografie della città. Ha quasi trent'anni, una famiglia da sfamare, e ci sono anche quelle dei suoi dipendenti. Una mattina di fine novembre è deciso a giocarsi il tutto per tutto.

La targa sul campanello brilla dorata. Le lettere in un bel gotico dicono 'Casa editrice d'arte Bestetti e Tumminelli'. Angelo suona deciso.

L'elegante portone si apre su un atrio decorato da marmi lucidi. Non sente nessuna voce. Si avvia verso il primo piano attraverso la scala rivestita di un tappeto bordeaux. Si sistema la giacca, si sfila il cappello, passa una mano sui baffi impomatati. Dà un'ultima occhiata all'orologio da taschino e si accorge di avere tra le labbra ancora la sigaretta accesa: la spegne sotto il tacco della scarpa e se la ficca nella tasca dei pantaloni.

Arrivato al piano, le pareti sono rivestite di una carta da parati a strisce dorate su cui è stato posizionato uno specchio. Si osserva, prova qualche espressione del volto. La porta è semiaperta, Angelo la spinge con la punta delle dita. In fondo al lungo e silenzioso corridoio appare Calogero Tumminelli. Avanza sistemandosi i polsini di un vestito beige dal taglio americano, ha un sorriso rassicurante.

Angelo va verso di lui con la sua espressione migliore. Il cuore corre velocissimo, lui si sforza di procedere a passi misurati. Tumminelli gli stringe la mano, lo invita ad accomodarsi nel grande studio. Le pareti sono ricoperte di librerie in mogano scuro, appesantite da grossi volumi dai dorsi decorati. L'odore di polvere è pungente.

«Gradisce qualcosa da bere?»

L'accento dell'uomo non è milanese. Indossa occhiali da vista tondi da vero intellettuale, e ad Angelo pare che quell'uomo sia circondato da un'aura luminosa, come provenisse da un'altra dimensione.

«Un caffè, grazie».

Una severa segretaria entra con le tazze fumanti.

«E così lei è il proprietario della 'A. Rizzoli & C.'»

«Al suo se-servizio, sì».

«E mi dica, Rizzoli, come vanno gli affari?»

Angelo ingoia un boccone d'aria, prende tempo, poi dopo aver acceso una sigaretta, risponde: «Si lavora, ma io voglio di più».

«Cosa intende con 'di più'?»

«Espandere la mia tipografia».

«Espanderla?»

«Ehm, sì... avere più dipendenti, più spazio».

«E cos'altro?»

Angelo dice la prima cosa che gli passa per la testa, la più sincera: «Essere come voi».

Tumminelli non nasconde un sorriso.
«Come posso esserle utile, Rizzoli?»

La sensazione è quella di tornare a respirare dopo una lunga apnea. Angelo lascia la sede della casa editrice carico di aspettative, forse più vicine a speranze. S'incammina verso la sua tipografia, allentando il nodo del cravattino.

Pizio è lì sulla porta che lo attende.

«Cosa c'è? Qualcosa non funziona?»

«No, no. Tutto funziona, Angiulìn. Solo che...»

«Parla, Pizio, parla!»

«Ecco, abbiamo ricevuto una telefonata».

«Chi era?»

«Tumminelli».

«Sono stato lì poco fa. Non mi pare di aver dimenticato nulla».

«Dice che hanno degli ordinativi che la loro tipografia non riuscirebbe a consegnare per tempo. Li vuole passare a noi».

«E tu cosa hai risposto?»

«Che sarebbe molto difficile anche per noi in questo periodo, con la guerra e tutto quello che succede...»

«Dimmi che stai scherzando, Pizio».

Pizio si avvicina, gli dà una pacca sulla spalla e urla: «Ma certo che sto scherzando, pirla!»

Si abbracciano vicini alle lacrime.

«Pirla sei tu! E ricorda che le decisioni qui le prendo io».

«Lo so, Angiulìn. Lo so. Com'è andata?»

«È andata bene, direi».

*

La guerra finisce davvero. E Tumminelli mantiene le sue promesse: le commesse arrivano una dopo l'altra.

Le macchine della tipografia 'A. Rizzoli & C.' lavorano a ritmi indiavolati: cartoline, cataloghi, manifesti, calendari.

Gli operai sono diventati una trentina: tra loro c'è anche Giovanni Buzzi, Giuanìn, alla fine è passato anche lui all'arte tipografica. Chiama il suo capo per nome, Angiulìn, come fa Pizio; ma per tutti gli altri, Angelo è il signor Rizzoli.

All'appello mancano alcuni volti: la guerra se li è portati via. Angelo manda soldi e cibo alle loro vedove. Lo fa di nascosto, non vuole che lo si sappia in giro.

Tiene tutti in riga, è severo. Arriva in tipografia ogni giorno alle nove in punto e ci rimane fino a sera. Gira tra le macchine, parla in dialetto, poi si rinchiude nel suo ufficio a controllare i conti. Ogni tanto passa a trovarlo Anna, con i bambini che si rincorrono urlando tra i lavoratori, la carta, l'inchiostro. Presto la famiglia si allargherà ancora. Aspettano il loro terzo figlio. Un'altra bocca da sfamare.

Irene Riva è una delle addette alla legatoria della 'A. Rizzoli & C.'. Ogni giorno crea dei mucchietti da dodici cartoline raffiguranti dipinti, foto di piazze, chiese; poi le infila in una busta.

Ha sedici anni, è alta, le gambe lunghe, i capelli castani. I ragazzi per strada si voltano a guardarla. Abita vicino alla tipografia, in una casa di ringhiera, e dopo le elementari ha lavorato come *picinina* presso una modista. Si è fatta cambiare il nome perché quello che ha, Rachele, non le piace.

Angelo la osserva per giorni, poi la convoca nel suo ufficio.

La ragazza è spaventata. Forse ha sbagliato qualcosa, non sa che cosa pensare. Di fronte al capo tiene lo sguardo basso.

Angelo si schiarisce la voce e le dice: «Irene, lei deve riprendere a studiare». La ragazza non capisce, guarda l'uomo negli occhi, solo per un attimo. «Se lei riprende a studiare, poi viene con me in ufficio. Ho bisogno di una segretaria, da solo non ce la faccio più».

Poco dopo, Irene lascia l'ufficio ancora stordita. Le altre addette alla legatoria, curiose, vogliono sapere.

«Devo rimettermi sui libri» risponde loro, «il signor Rizzoli vuole una segretaria e ha scelto me». Poi ricomincia a imbustare cartoline. Deve capire come permettersi gli studi e continuare a lavorare.

Casa Tumminelli, in via Gustavo Modena, la domenica mattina si riempie di ospiti. Tra questi ormai c'è anche Angelo, che viene invitato con tutta la famiglia, compresa l'ultima arrivata, che ha solo pochi mesi: si chiama Giuditta, come sua nonna. Ad Anna quel nome non piace, ha accettato soltanto per non dare un dispiacere al marito. Sembra una bambola di porcellana, i dottori hanno detto che la sua salute è cagionevole.

«Come si chiama questo angioletto?»

«Rina» risponde Anna, mentre Andrea e Pinuccia cantilenano «Rina Rinella, ti ha portata una stella».

Calogero e Angelo, quando sono con le famiglie, parlano poco di lavoro, per di più bevono e giocano a carte, godendosi la reciproca compagnia.

Ogni volta che i Rizzoli tornano a casa, le due stanze di

via Anfossi sembrano ancora più strette. Hanno bisogno di un nuovo appartamento, ma gli affitti in centro sono troppo alti.

Finalmente Angelo trova una modesta villa poco fuori, in via Pascoli. Immersa nel verde, per i bambini è perfetta. Ha due camere da letto, una cucina spaziosa, un salotto. E poi, ci sono i servizi igienici! La prende senza indugi.

Il silenzio della campagna tutto intorno, ogni mattina, viene bruscamente interrotto dal vociare di una piccola orda di uomini: arrivano trascinando carrette piene di biancheria e lenzuola, riempiono d'acqua le tinozze dal vicino ruscello, fino a colorare la distesa di campi coi panni messi ad asciugare. Lo chiamano il prato dei lavandai, ma si racconta sia un covo di ladri. Andrea e Pinuccia accelerano il passo ogni volta che passano di lì. E lo stesso fa Anna, con la piccola Rinella tra le braccia. La sera, la villetta scompare nel buio. Quell'isolamento preoccupa Angelo che spesso rincasa tardi dal lavoro.

Un sabato mattina esce di buon'ora. Anna sveglia i bambini. Sono attorno al tavolo a fare colazione con pane e burro quando dall'esterno sentono abbaiare. Andrea si catapulta alla finestra. Fuori c'è suo padre con un cucciolo dal pelo fulvo.

«Ha portato un cane! Un cane!» grida il bambino correndo verso la porta. Alla vista di quella palla di pelo, stringe una gamba di suo padre e piangendo dice: «Grazie papà. Ti voglio bene!»

Davanti a tutta quella gioia, Angelo risponde: «Lo chiameremo Flock».

«E farà la guardia?»

«Certo! È un cane coraggiosissimo! Non è vero, Flock?»

Anna segue tutta la scena dalla finestra, sorride.

Ladri e paure in un lampo non ci sono più.

*

L'ufficio in cui Irene lavora è spazioso. Ha un telefono, una stufa a carbone, un armadio e ben tre scrivanie: una occupata da lei, l'altra dal ragioniere che viene solo il pomeriggio, e la terza è di Angelo. La ragazza ha finito la scuola in un anno e adesso sta imparando il francese, perché il Rizzoli vuole così.

Abituata a lavorare tra le donne della legatoria, è a disagio a condividere la stanza con il capo. A volte, si sente osservata. Gli occhi pensierosi di lui si posano sulle sue gambe, o così le pare. Nel dubbio, fa cadere qualcosa sulla scrivania per riportare l'uomo alla realtà e, di solito, funziona.

Ciò che l'affascina di quell'uomo è il metodo tutto personale di appuntare i conti. Nel portafoglio ha un cartoncino bianco, grande quanto un pacchetto di sigarette, su cui annota continuamente delle cifre: il costo del personale e delle materie prime, le cambiali in scadenza, le entrate. Lo controlla più volte al giorno. Poi urla come un ossesso se qualcuno dimentica le luci accese. E, quando alla fine di ogni giornata, si avvicina alla scrivania di Irene, sceglie tre fatture a caso, le esamina attentamente mugugnando e infine le sigla con una erre maiuscola a inchiostro verde. Poi infila l'intera pila di fatture nella borsa e se la porta a casa: è il suo lavoro dopocena.

Un sabato, poco prima di chiudere, Pizio raggiunge Angelo nel suo ufficio. Sembra teso. Cerca le parole giuste, poi si accontenta delle prime che trova: «Angiulìn, son vecchio. Ho bisogno di riposare. Ce la farai anche senza di me».

«Te ne vai in pensione?»

«È ora, Angiulìn».

Angelo si alza, gira attorno alla scrivania, raggiunge l'amico e lo abbraccia.

«Sei sicuro?»

«Sì, sono sicuro».

«Pizio, io devo ringraziarti per aver tenuto in piedi l'azienda durante la guerra. Senza di te, non so cosa avrei fatto». Ha la voce spezzata. Irene assiste alla scena in disparte, tira fuori il fazzoletto dalla borsetta e si tampona gli occhi.

«Bisognerà che rilevi la tua quota. Dammi un mese».

Pizio acconsente.

Passa un mese e la promessa viene mantenuta: grazie a una cospicua commessa di volantini per la Rinascente, passatagli dal Tumminelli, Angelo ha il denaro sufficiente per liquidare il vecchio socio.

Ora è l'unico proprietario della tipografia: «Inutile cambiare il nome della ditta, prima o poi Andrea verrà a lavorare con me» dice a Pizio, prima dell'ultima stretta di mano.

Andrea ha da poco iniziato la scuola. Va spesso a casa Tumminelli per giocare con Roberto, il figlio di Calogero, che ha solo un anno più di lui, ma sa già leggere bene. D'altra parte, quelle pareti sono piene di libri. Così, un pomeriggio, Andrea torna a casa con un tomo dei *Miserabili*. È il primo libro in casa Rizzoli.

«Dove l'hai preso?»

«Me lo ha regalato il Tumminelli». Andrea si aspetta una ramanzina da suo padre e invece…

«Di che parla?»

«Parla di miseria».

'Ne so qualcosa' pensa Angelo restando in silenzio.

«E poi ci sono preti e soldati e guerre, c'è Parigi, Napoleone». Andrea è entusiasta.

Il padre bofonchia qualcosa.

«Papà?»

«Dimmi».

«Tu sei bravo nel tuo lavoro».

«Oh, ma grazie».

«Me l'ha detto il Tumminelli».

Gli dà un buffetto sulla testa, poi Angelo si allontana e ascolta la voce di Andrea mentre cerca di sillabare le parole di quel libro. Si accorge che il ragazzino tiene la testa troppo vicina alle pagine, va da sua moglie a riferirglielo.

«Anna, il ragazzino non vede bene».

«L'ho notato anch'io».

«Portiamolo da un dottore allora».

«Angiulìn, gli occhiali costano tanto. Non so se...»

«Questo lascialo dire a me. Portalo da un dottore».

La sera, seduto in poltrona, Angelo prova a sfogliare il tomo di Hugo. Lentamente, si sofferma sulle parole che non capisce, rilegge le frasi che lo emozionano: «'Vero o falso che sia, quel che si dice degli uomini occupa spesso altrettanto posto nella loro vita, e soprattutto nel loro destino, quanto quello che fanno'».

Dopo poche pagine, vinto dal sonno, rimanda la lettura, che non concluderà mai.

«È troppo difficile» dice ad Anna il mattino seguente.

Andrea lo guarda perplesso, poi aggiunge: «Lo leggo io per te, papà».

«Va bene giovanotto, poi me lo racconti».

«Affare fatto».

*

Qualche tempo dopo, in un'edicola del centro viene conquistato dal titolo di un libro per ragazzi, *Incompreso.*

Angelo inizia a leggerlo di notte e pagina dopo pagina non riesce a smettere. Pensa a quel ragazzino, senza più la madre, circondato da adulti ostili, che non sanno nulla di ciò che prova, con un fratellino a cui badare. Gli sembra che quell'autore abbia capito tutto di lui, della sua infanzia, della sua vita, e forse della vita in generale. Talvolta, all'alba, si ritrova senza aver chiuso occhio, con le guance rigate dalle lacrime.

Una domenica mattina, gli abitanti del villino di via Pascoli vengono risvegliati da una musica soave. Viene dal salotto buono. I bambini, richiamati dalle note, giungono assonnati. Il loro papà, con l'aria soddisfatta, è accanto a un grammofono a manovella acquistato per poche lire.

«È come quello del Tumminelli!» esclama Andrea.

E Angelo ribatte con assoluta serietà: «Dobbiamo imparare le opere, tutti quanti». I bimbi gli danzano attorno sulle musiche di Puccini e di Verdi.

Lui guarda la moglie, la trova ancora bella. Lei ripensa a quando, fidanzati da poco, si fermavano fuori dalla Scala a osservare la gente ricca e le loro carrozze. Ricorda la solenne promessa di Angelo che intanto, mentre Pinuccia e Andrea litigano per chi deve girare la manovella, si è addormentato sulla sedia.

«Mammetta» è così che chiama sua moglie, «mi è capitata un'occasione».

Angelo è tornato a casa con un sorriso diverso, si sta sfilando le scarpe sull'uscio.

Anna è già preoccupata, ma continua ad apparecchiare la tavola. Poi si siede di fronte al marito, incrocia le braccia, in attesa.

«Immagina il caldo dell'estate» inizia lui, «l'ombra degli alberi, l'aria buona, un parco attorno casa e i bambini che corrono felici».

«Sì, *e alùra*?»

«Ho comprato una villetta a Brunate, sopra il lago di Como. Ci andremo d'estate e tutte le volte che vorremo!»

«Una villetta?»

«Sì, con il giardino!»

Anna è perplessa: «Potevi parlarmene prima».

«Per dirti cosa?»

«Giusto, tanto l'avresti comprata lo stesso».

«L'ho fatto per voi! Io faccio tutto solo per voi, lo capisci?»

Anna abbassa lo sguardo, non ha voglia di insistere. Angelo non capisce e, forse, non capirà mai.

Lo chiamano mal di pietra e, di solito, colpisce chi non ha mai avuto niente nella vita.

Il giorno dopo, in azienda, Angelo chiede l'attenzione di tutti i suoi dipendenti: «Ho una notizia da darvi. Ci sarà una bella festa, fuori Milano. Diciamo una scampagnata a base di pane e salame». Gli operai battono le mani, incerti. Poi lui riprende: «Prenderemo il treno per Como e da lì a piedi fino a Brunate».

Irene alza la mano: «Ma… signor Rizzoli, non per contraddirla, ma la strada per Brunate è tutta in salita!»

Qualcun altro aggiunge: «E ci vorranno almeno due ore!»

Lui ribatte: «Al ritorno sarà tutta discesa!»

Sabato mattina, l'incontro alla stazione è previsto per le sette. Non tutti sono presenti, qualcuno ha desistito. Non fa così caldo da godersi una scampagnata. Irene c'è, come anche il gruppo di sue colleghe, tutte in ghingheri, pronte a conquistare la provincia.

Anna è curiosa di vedere per la prima volta la villa acquistata dal marito: Andrea, Pinuccia e Rinella sono bardati con cappotti, sciarpe, guanti e cappelli. C'è anche il cane Flock.

Sul treno, Angelo fuma una sigaretta dietro l'altra. Lancia qualche battuta ai suoi dipendenti e fa capannello con i suoi amici storici. Uno dei quali ha già aperto una fiaschetta di vino.

Brunate sta su un monte sopra Como, lo chiamano il Balcone delle Alpi e per raggiungerlo bisogna percorrere una mulattiera. Di tanto in tanto si aprono i belvedere da cui la compagnia s'affaccia per godere del paesaggio sottostante: il lago, le case sempre più piccole, il verde dei boschi tutt'attorno.

Nascosta tra gli alberi, la facciata della casa sverniciata dai venti gelidi si lascia intravedere e, per Anna, non è di buon auspicio. Giunta al cancello, storce il naso. Angelo fa strada. Hanno tutti il fiatone. È un vecchio villino di inizio Ottocento, le finestre piccole, simili a feritoie. Una breve scalinata conduce all'ingresso, dove si apre un angusto portico ornato di colonne lisce, anch'esse preda dei venti.

Anna si aggira per le stanze umide, guarda i muri scrostati. Dice ai figli di non toccare nulla, pur sapendo che coi bambini certe raccomandazioni sono inutili.

S'affrettano a mangiare il pane col salame e, prima che i muscoli si raffreddino e che la giornata volga verso l'oscurità, la comitiva si rimette in marcia per la stazione. Le facce sono stanche, durante la discesa si parla poco.

Angelo si sforza di tenere le fila della combriccola e, una volta in treno, dice a sua moglie: «È stata una bella giornata, faticosa ma bella» accarezzando il viso dei due figli addormentati sulle sue gambe.

La donna, con in braccio Rinella, è spossata. Guarda il marito di traverso. Sembra un bambino, con un'azienda, una trentina di dipendenti e un'ambizione sterminata. La luce nei suoi occhi però è contagiosa. Almeno per il momento.

Passano un paio di settimane. Angelo è di nuovo seduto a tavola con Anna, uno di fronte all'altra.

«Ho comprato un biroccio con cavallo!»

«Ma che ne sai tu di cavalli?»

«Niente, ma se ho guidato le ambulanze sotto le bombe...»

Tre giorni dopo, consegnano il cavallo. Anna resta in casa, ha l'orecchio teso e ogni tanto sbircia da dietro le tende.

Imbracciate le redini, Angelo si rende conto di essere stato troppo ottimista. Il cavallo è tutto tranne che mansueto, basta il risuonare delle monete nelle tasche del suo nuovo padrone per farlo imbizzarrire. Prova a domarlo, ma durante la breve passeggiata l'animale si ferma a ogni fontanella, annoiato, per nulla collaborativo. «Sei peggio di un mulo!» gli urla, strattonandolo. Nulla da fare. Il giro attorno all'isolato diventa un incubo. Persino i bambini, che lo hanno seguito per un pezzo, si arrendono e rientrano in casa, seguiti poco dopo dal padre, sudato e stremato.

«La villetta...» gli dice Anna mentre si asciuga le mani sul grembiule.

«Quale villetta?»

«Il tuo acquisto di Brunate».

«Cos'ha che non va?»

«Non ha uno straccio di bagno».

«Ne farò costruire uno in cortile».

«Di notte farà freddo, e c'è sempre vento».

«Staremo in casa quando fa freddo. Accenderemo la stufa e serreremo le finestre».

«Non va bene per la bambina».

È vero, Rinella è gracile, ha avuto da poco una broncopolmonite. Angelo ha l'istinto di ribattere, ma stavolta non lo fa. Il lunedì mattina fa sparire carretto e cavallo e, poche settimane dopo, vende anche la villa.

23 marzo 1919

All'alba, Milano si presenta vestita di una coltre di nebbia e gelo. Entro sera non sarà più la stessa. Non distante dal Duomo, al chiuso di una sala riunioni di Palazzo Castani, in piazza San Sepolcro, prende la parola l'editore del *Popolo d'Italia.* È un trentaseienne romagnolo che risponde al nome di Benito Mussolini. Esponente di spicco del Partito Socialista, schierato durante la guerra mondiale tra gli antinterventisti, aveva cambiato rotta a metà del conflitto, venendo espulso dal partito e dall'*Avanti!* Nell'immediato dopoguerra ha iniziato a raccogliere lo scontento di molti per quella 'vittoria mutilata' toccata all'Italia. Di fronte a lui, in una sala tappezzata di un tenue verde lago, un centinaio di persone, tutti uomini.

Il mattino dopo, sul suo giornale, si legge in prima pagina il resoconto dell'*Imponente Adunata di ieri a Milano.*

'Noi ci permettiamo di essere aristocratici e democratici, conservatori e progressisti, reazionari e rivoluzionari, legalisti e illegalisti, a seconda delle circostanze di tempo, di luogo e di ambiente': le parole di Mussolini rimbombano nel chiuso delle pareti della sala. Ben presto entreranno nelle case e nelle teste di tutti gli italiani'

Sono nati i Fasci italiani di combattimento.

*

7 settembre 1919: esplode un ordigno artigianale nei pressi del ristorante Biffi, in galleria Vittorio Emanuele. Un morto e quattro feriti.

25 giugno 1920: una bomba a mano lanciata da un'auto in corsa raggiunge la vetrina del caffè Cova uccidendo un ex capitano degli alpini che passava per caso di là.

7 agosto 1920: un fagottino bianco dal quale si leva un filo di fumo rotola davanti al Cova, basta un'occhiata per capire che è un'altra bomba. Rimangono feriti tre clienti svizzeri e vanno in frantumi, oltre agli specchi e ai lampadari del locale, alcuni vetri della Scala.

Due sere dopo, un'altra esplosione in un sottoscala del Palazzo Castani in piazza San Sepolcro. Uno scoppio fragoroso ma senza conseguenze.

23 marzo 1921: al teatro del Kursaal Diana, frequentato dalla borghesia milanese, è in cartellone *La Mazurka blu,* arrivata alla quindicesima replica. Dietro le quinte dello spettacolo regna l'agitazione. Si protesta contro il licenziamento di un orchestrale. I colleghi indicono uno sciopero improvviso. Dopo lunghe trattative, trovato l'accordo, lo spettacolo può cominciare, anche se in ritardo. Mancano pochi minuti alle ventitré quando il trillo che annuncia l'inizio dello spettacolo viene annullato dall'esplosione. Centosessanta candelotti di gelatina esplosiva in una cesta, ricoperti di paglia e bottiglie vuote, collocata all'ingresso artisti. Ferite ottanta persone, ventuno i morti.

Mussolini accorre sul luogo dell'attentato e, mentre osserva il disastro e pensa che stavolta si è varcato un confine pericoloso, duecento dei suoi squadristi si battono in campo aperto con anarchici, socialisti e comunisti.

Il giorno dei funerali, la città si ferma per rendere omaggio alle vittime dell'attentato. Molti negozi restano con le serrande abbassate, nelle fabbriche viene concesso agli operai di assentarsi per parteciparvi. Mussolini e i suoi discepoli non mancano all'appuntamento.

Angelo è pieno di debiti. Si è sempre professato socialista, quasi anarchico. Ma non è più giovane, prende le distanze da qualsiasi fede e decide di posizionarsi nel mezzo, la strada più breve per spostarsi da una parte o dall'altra, quella più sicura per garantire il presente e il futuro dei suoi affari.

Con la mano sinistra stampa manifesti e opuscoli per i socialisti, con la destra manifesti e opuscoli per i fascisti.

Un giorno, passeggiando per il centro, Angelo incontra Paolino Valera, giornalista e scrittore, vicino ai socialisti, che aveva conosciuto in occasione di alcuni comizi, appena finita la guerra. A quel tempo la passione la sentiva davvero; o forse era solo la rabbia per quello che aveva visto al fronte.

«Angelino, sei tu?»

«Valera! Quale piacere! Come state?»

«Eh, sono vecchio. Tu piuttosto. Cosa combini? Ancora dietro alla politica?»

«No, ho smesso. Me ne tengo ben lontano. Devo lavorare». E poi aggiunge, sottovoce: «Si deve lavorare con tutti».

L'altro scuote la testa e continua: «Angelino, tu sei dritto e ci freghi tutti. Sei un vero democratico, ma solo quando ci sono di mezzo i quattrini».

Lui, di risposta, sorride, sornione, accendendosi una sigaretta.

«Ma tieni gli occhi bene aperti, Angelino. Questi non

scherzano!» Si stringono la mano, è l'ultima volta che si incontreranno.

A novembre del '22, durante le riunioni abituali a casa Tumminelli, si parla continuamente di Mussolini. Il re Vittorio Emanuele è stato costretto ad affidargli l'incarico di formare un nuovo governo.

Tra gli ospiti fissi c'è anche un uomo che di nome fa Senatore, e che qualche anno dopo diventerà senatore del Regno d'Italia.

Senatore Borletti è un imprenditore di grande successo: ha iniziato con i filati, poi ha ampliato la sua attività alla meccanica di precisione e agli orologi, infine si è arricchito enormemente con la produzione di spolette per l'industria bellica. È un grande amico di Gabriele D'Annunzio, ha finanziato la sua impresa di Fiume. Il Vate gli ha restituito il favore dando nome ai grandi magazzini che Borletti ha fatto ricostruire, all'ombra del Duomo, dopo un terribile incendio: la Rinascente.

Una domenica si avvicina ad Angelo con un vermouth in mano.

«Rizzoli, come va la tipografia?»

«Bene, sto cercando un modo per espandere l'attività».

«Ti servirebbe una marcia in più».

«In che senso?»

Borletti sposta per un attimo lo sguardo su Tumminelli, che assiste poco distante alla scena.

«Una marcia in più, come l'Arnoldo, intendo».

Borletti ride, mettendo le braccia nella posizione di comando alla Mussolini.

Tumminelli guarda Angelo: quando tira su il sopracciglio a quel modo, accendendosi l'ennesima sigaretta, vuol dire che sta ascoltando, che sta già creando.

«Io davvero non ho inteso» dice Angelo sottovoce.

Tumminelli gli tocca un braccio e gli fa segno di tacere.

Una volta soli, Angelo non ha potuto frenare la curiosità. E alla domanda «Chi è questo Arnoldo?», Calogero ha cominciato a raccontare la storia.

Sono coetanei, ed entrambi hanno conosciuto la miseria. Arnoldo Mondadori è cresciuto nella provincia di Mantova. Un'infanzia immersa nella povertà, una famiglia numerosa. Avrebbe voluto studiare, ma non ha potuto.

«Poi ha iniziato a lavorare nell'azienda tipografica di Ostiglia, il suo paese, e nel giro di poco ne è diventato il proprietario». Tumminelli cammina su e giù per la stanza.

«Ha un amore spropositato per i libri. Sarà stato perché impossibilitato ad averne da piccolo, chissà... Ama così tanto la letteratura che, a un certo punto, ha deciso che non gli bastava più fare il tipografo. Lui voleva di più».

«Vuoi dire che io, invece, mi accontento? È questo che intendeva il Borletti?» La voce di Angelo è alterata. Sta ascoltando, ma vuole sapere direttamente il finale della favola, con la morale.

«Non ti agitare, amico mio. È bene che ognuno conosca i suoi rivali».

«Rivali?»

«Lo capirai... Dunque, per prima cosa Mondadori ha cercato di inserirsi nell'editoria scolastica. Ma sai, quello è un settore chiuso, sempre gli stessi al servizio del governo. Eppure...»

«Lui ci è riuscito».

«Esattamente. Poco prima della guerra ha sposato la

sorella di Tomaso Monicelli, un giornalista. Durante la guerra ha approfittato per stampare alcune riviste distribuite in trincea».

«Mentre io guidavo ambulanze e raccoglievo cadaveri?!» Angelo si accende una sigaretta.

«Non che se la passasse bene, sia chiaro. Lavorava per commissioni. Ecco perché ha iniziato a cercare finanziatori, soci. Mentre tutto sembrava andare a rotoli, lui ha pensato in grande».

«In che senso?»

«Comprando stabilimenti e macchinari. E nel '19 ha creato la casa editrice che porta il suo nome».

«Ma manca una parte della storia, Calogero; o no?»

Secondo Angelo, Senatore Borletti, l'uomo dal fisico imponente, calvo, coi lunghi baffi biondi e il pizzetto da moschettiere, che ha fatto vacillare le sue certezze, è la chiave per capire il successo di Arnoldo.

«C'entra il *Corriere della Sera*». Angelo a questo punto sembra essersi perso, e non fa niente per nasconderlo. «I soldi sono importanti, Angiulìn; ma controllare le informazioni, l'opinione pubblica, lo è ancora di più. Questo non scordartelo mai». E continua: «Per farla breve: quando Albertini diventa direttore del *Corriere*, le vendite si moltiplicano in maniera esponenziale. E, di contro, crollano quelle del *Secolo*, il giornale del nostro amico Borletti. Che non se ne sta lì con le mani in mano... deve trovare un modo per salvare la faccia e soprattutto il portafoglio; e che cosa fa?»

«Riempie di soldi quello là».

«E diventa il presidente di quella nuova 'Arnoldo Mondadori Editore' aperta qui a Milano».

«E lui?»

«Arnoldo, per sé, tiene il ruolo di consigliere delegato».

Angelo viene distratto da una mosca che si posa sul tavolino di fronte.

«Ma Calogero, io stampo manifesti, cartoline, non ho interesse nei libri».

«Amico mio, una cosa non esclude l'altra. E tu devi imparare a guardare oltre. A conquistare l'orizzonte».

Vorrebbe far fuori quella mosca con una manata, ma non è a casa sua, farebbe una figuraccia.

Tumminelli continua, dando un tono grottesco alla sua voce: «'La mia ambizione è dare all'Italia la casa editrice che si merita'. Ha detto così. E ti assicuro che era molto convincente. La domanda però è questa: siamo sicuri che il suo progetto sia l'unico realizzabile? Senatore mi ha detto che stanno puntando sull'infanzia: giornalini, rivistine, libri scolastici. E tu, Angelo, se io ti chiedessi qual è la tua di ambizione, sapresti rispondere?»

Angelo ci pensa un attimo. Spegne la sigaretta appena accesa: «Io so solo che voglio espandere la mia attività tipografica. Periodici, giornali, riviste. Senza colpi di testa. Senza fare più debiti con nessuno».

Finalmente Tumminelli ha la reazione che si aspettava. Angelo ha il fuoco negli occhi e Calogero sa che è arrivato il momento di aiutarlo a fare quel salto. Lui sa anche come.

Il 30 maggio 1924, alla Camera dei Deputati prende la parola Giacomo Matteotti. Un discorso interrotto più volte da fischi e insulti. Il deputato denuncia con forza e rigore le violenze e gli abusi compiuti dai fascisti durante le elezioni tenutesi in aprile.

Dieci giorni dopo, nel pomeriggio, Matteotti esce dalla sua abitazione romana per dirigersi a Montecitorio.

Due uomini lo avvicinano, lo afferrano e lo trascinano dentro un'auto. Il deputato si dimena, viene tramortito ma quando rinsavisce continua a lottare. La colluttazione all'interno della macchina che si sta allontanando da Roma è furiosa, finisce con una pugnalata al torace.

Il cadavere di Giacomo Matteotti, spogliato di tutto, viene abbandonato nelle campagne fuori città e ritrovato soltanto due mesi dopo.

Angelo legge la notizia prima di entrare in tipografia. Resta in silenzio tutto il giorno. Si limita a controllare nervosamente il foglio dei conti, che tiene sempre nel portafoglio.

Le prime parole le pronuncia una volta tornato a casa, seduto a tavola con Anna: «Non voglio più saperne dei fascisti!» C'è un lungo silenzio. E poi il rumore dei pugni che fanno sussultare piatti, posate e bicchieri.

«Angelo, non capisci? Questo è il tuo momento. Ora o mai più!»

Tumminelli, ormai, è diventato il suo padre putativo.

«Ma, Calogero, che cosa me ne faccio di quattro testate sull'orlo del fallimento? Hanno pochi lettori. Abbiamo visto insieme i bilanci: sono dei colabrodo. A essere ottimista, sarò costretto a chiuderle tutte in un anno».

«Tu pensaci» replica, calmo, Tumminelli, «Ojetti crede sia un affare».

«Ojetti?»

«Ugo Ojetti. Fa parte dell'Accademia Mondadori».

«Ancora quel Mondadori!»

«Ojetti è ovunque e sa più di quel che dovrebbe sapere. L'amico Borletti tiene i fili, lo sai anche tu, ma Ojetti è quello che ha la vista più lunga».

«Ci penserò».

«Bene».

«Calogero, dimmi. Ojetti ha parlato di me?»

«No, non ti conosce ancora».

«Però conosce bene l'Arnoldo…»

«Sì, molto bene».

Angelo si accende una sigaretta: «Calogero».

«Prenditi il tuo tempo, Angelo. Ma non farne passare troppo, fidati».

«Facciamolo».

Quarantamila lire per quattro riviste: *Il Secolo illustrato*, *Novella*, *La Donna* e *Comoedia*. Ora Rizzoli è un editore.

La prima persona con cui Angelo vuole parlare è il direttore di *Novella*: Guido Cantini, il cognato di Arnoldo. La sua idea è quella di trasformare la rivista in un settimanale popolato di figure di attrici e di attori. Per Mondadori era una pessima idea. Per Rizzoli si trasformerà in una gallina dalle uova d'oro.

Fortuna chiama fortuna, denaro chiama denaro. Calogero ha subito un'altra proposta per Angelo, il suo figlioccio.

Tumminelli è seduto al tavolo con Giovanni Treccani, un bresciano nato in campagna, emigrato in Germania per fare l'operaio tessile, e poi – grazie ai suoi cotonifici – diventato uno degli uomini più ricchi d'Italia.

Da mesi vagheggia una grandiosa iniziativa: stampare un'enciclopedia, sul modello di quella di Diderot e D'Alembert, in trentasei volumi, senza scopo di lucro, per il bene e l'erudizione del popolo.

Allo stesso tavolo ci sono Borletti e Ugo Ojetti. È tutto predisposto, manca solo un tipografo a cui affidare il progetto.

Tumminelli propone Rizzoli. Treccani non sa chi sia. Esce dalla riunione dicendo che ci deve riflettere.

«Mesi di silenzio, e nemmeno una parola!» sbotta Angelo, mentre fuma una delle ottanta sigarette al giorno, dopo cena. Ma non può fare altro che aspettare.

«Aspetta e vedrai» gli ripete ogni domenica Calogero. Angelo sa che può contare solo su di lui, per gli altri non è ancora nessuno.

Il rogito notarile per la costituzione dell'Istituto Giovanni Treccani viene firmato a febbraio 1925. Giovanni Treccani siede al tavolo di legno scuro del consiglio direttivo. Si alza in piedi: «Ci tengo ancora una volta a precisare che l'istituto nasce senza scopo di lucro e, cosa più importante, la politica qui non c'entra né deve entrarci mai. Spero sia chiaro a tutti voi». Sposta lo sguardo attorno. Qualcuno annuisce, qualcun altro tiene gli occhi bassi. Giovanni Gentile, invece, li tiene fissi su di lui: «Il senatore Gentile sa molto bene cos'è e cosa deve essere un'enciclopedia degna di tal nome. Egli è uomo di partito e di idee, sì è vero, ma è uomo leale e di fede. Tra lui e l'istituto ci saranno dei patti chiari».

Tutti tacciono.

«Vorrei inoltre procedere alla ripartizione dei compiti per la realizzazione».

Tumminelli ha le mani nelle tasche dei pantaloni: nasconde le sue dita incrociate.

«La parte grafica sarà impostata e realizzata dalla Bestetti e Tumminelli di Roma e Milano; mentre il lavoro di stampa verrà affidato all'officina tipografica Rizzoli di Milano».

Qualcuno si agita sulla propria sedia.

Treccani conclude: «È un ottimo tipografo, ha un'ottima tipografia ed è amico di Tumminelli. Non posso che fidarmi».

«Alziamo i calici, cari miei!» Angelo si è messo il vestito buono per festeggiare.

«Salute!» rispondono in coro i presenti.

Anche Tumminelli brinda con lui: «Tre volumi l'anno, Angiulìn, una commessa d'oro! Congratulazioni!»

Anna sorride, se suo padre fosse ancora su questa terra sarebbe fiero di Angelo. Guarda i suoi figli, stanno crescendo. Poi posa lo sguardo su Angelo, gli sembra di vederlo sempre più lontano.

«Cosa c'è, Angiulìn?» domanda Tumminelli.

«Via Broggi…» È una traversa di corso Buenos Aires, lo stabilimento della 'A. Rizzoli & C.' ha sede lì. Qualche anno prima c'è stato il trasferimento da via Anfossi, lo spazio non era più sufficiente per ottanta dipendenti.

«Via Broggi non basta. Mi serve più spazio. Prendo in affitto un posto più grande» dice, «oppure…»

«Oppure?»

«Ne costruisco uno tutto nuovo».

La domenica successiva, in casa Tumminelli, Calogero prende la parola: «Siamo tutti d'accordo?» Giovanni Treccani, Ettore Bocconi e Senatore Borletti fanno un cenno col capo.

Angelo fa l'unica cosa che gli viene in mente, alza il bicchiere in aria e brinda ai suoi nuovi finanziatori.

Quella è una colazione epocale, la persona a cui deve di più.

Gli è stato appena promesso un milione e mezzo per la costruzione del nuovo stabilimento, l'altro milione e mezzo lo metterà lui stesso, quasi tutto in cambiali. Angelo accetta l'entrata dei tre, tutti senatori del Regno, nel capitale della 'A. Rizzoli & C.' a una condizione: poter rientrare un giorno in possesso dell'intera proprietà.

L'accordo è secretato. Per tutti, Angelo Rizzoli è ancora il padrone unico della sua azienda.

Non perde tempo. Compra un appezzamento di terreno in piazza Carlo Erba, accanto allo stabilimento Bianchi, che produce automobili e camion militari. È letteralmente a due passi da casa.

Affida i lavori a Gabriele, il suo capomastro di fiducia.

«Di corsa» dice alla squadra di operai, «il progetto deve essere terminato nel minor tempo possibile. Intesi?»

Giorno dopo giorno, sulle fondamenta sorgono pilastri, muri, finestre. La struttura è pensata su tre piani più un seminterrato. Angelo passa ogni mattina a controllare i lavori. Si ferma dall'altro lato della piazza, e osserva. Le mani dietro la schiena, la testa protesa verso l'alto. Un pezzo importante del suo regno sta prendendo forma.

Quando si avvicina agli operai, non li lascia mai privi di complimenti. Li motiva, li incita a fare più in fretta. Saranno tutti ben pagati. A volte si ferma con loro a condividere il desco e racconta qualche ricordo della sua infanzia di Martinin.

Meno di un anno dopo, Angelo passeggia per i corridoi ancora deserti, sale le grandi scalinate poste al centro dell'androne dove si erge una statua in bronzo, una Venere nuda a grandezza naturale. L'opera è di Giannino Castiglioni: un artista per cui Angelo ha stampato alcuni bozzetti, qualche anno prima.

I passi del capo rimbombano nello stabilimento. Le monete tintinnano nelle tasche dei suoi pantaloni. I soffitti sono altissimi. Al secondo piano ci saranno le redazioni delle riviste, al primo gli uffici del progetto Treccani, lo scantinato servirà da magazzino, alle rotative verrà destinata un'area interna.

«Discorso, discorso, discorso!»

L'inaugurazione del nuovo stabilimento, al civico 6 di piazza Carlo Erba, è una festa a cui partecipano i cento dipendenti dell'azienda con le rispettive famiglie. Angelo ha il calice pieno, la mano in tasca e la sigaretta in bocca. Accanto a lui, Anna bada a Rinella. La bambina tossisce spesso.

«Grazie a tutti per essere qui a festeggiare assieme questo grande traguardo della nostra azienda». Tutti ascoltano in religioso silenzio. «Domani, però, le macchine tornano a girare. *Capì?*»

Applausi e risa accompagnano il brindisi di Angelo, che non stava scherzando. La mattina seguente, le macchine ripartono.

A marzo del 1929, Angelo stringe tra le mani il primo volume Treccani.

Riceve un invito su carta intestata per la presentazione a Roma dell'imponente opera. Sarà presente Benito Mussolini in persona.

Quando torna a casa da Anna, le mostra il biglietto.

«Non posso andarci». Fuma e cammina a passi nervosi nel salotto.

«Non capisco».

«Certo, certo che non capisci! Come potresti?» Così la lascia sola. Poi torna. Ha tra le mani una camicia bianca, inamidata. «La vedi questa?»

«La camicia?»

«Bianca, *maméta.* È bianca».

«*E alùra? Tè se drè a tiram ciucc!*»

«Non posso andarci con questa! Lo capisci?»

Anna abbassa lo sguardo.

«Mi rifiuto di indossarla nera!» e lancia quella bianca verso il divano.

A quell'incontro, Angelo Rizzoli non si presenta.

Ottobre 1929

Angelo ha quasi quarant'anni e una delle sue attività quotidiane consiste nel firmare cambiali. Le ore peggiori sono quelle passate accanto al telefono, nel suo ufficio, in attesa della decisione delle banche riguardo alle sue richieste di credito.

È un giovedì di ottobre, i quotidiani riportano la notizia del crollo della Borsa di Wall Street. Nel giro di qualche giorno, le cattive notizie si moltiplicano: fallimenti aziendali, fabbriche chiuse, licenziamenti, suicidi. Il telefono di Angelo tace. Anche in Italia, le conseguenze di quella che iniziano a chiamare la Grande Depressione sono devastanti. Il Credito Italiano ha i telefoni staccati, troppe richieste, e Angelo ha bisogno di liquidità, subito.

Per via delle politiche protezioniste di Mussolini, lo scossone generatosi con il Giovedì nero in Italia passa più in fretta che altrove.

In casa Rizzoli, come tutte le mattine, Angelo attende il barbiere a domicilio per una rasatura perfetta. Pinuccia ha iniziato a studiare presso un istituto privato di suore benedettine frequentato dalle ragazze dell'alta borghesia milanese, l'ha deciso suo padre. E, finalmente, la sera porta la famiglia alla Scala. Anna indossa un abito scuro che le disegna la figura ancora piacente, Angelo ha un nuovo completo blu. Andrea in camicia, giacca e pantaloni di fustagno, con un grazioso papillon a incorniciargli il collo. Pinuccia e Rinella sono vestite di bianco.

Quando calano le luci, Angelo cerca d'istinto la mano della moglie, si tengono stretti per tutto il primo atto della *Turandot.* I figli cantano le arie di Puccini che conoscono a memoria. Il palco prenotato ha un'ottima vista.

Tornano a casa a piedi, passeggiando sereni nelle vie del centro, come una famiglia di ricchi. È quello che sono diventati.

Per le strade le carrozze sono state sostituite dalle automobili.

In città, le generose mance di Angelo Rizzoli sono ormai famose. Giunta l'estate, per la prima volta nella sua vita porta tutta la famiglia in vacanza sulla spiaggia più popolare d'Italia, a Riccione. La stessa frequentata da Mussolini.

Sta cercando di crearsi un'immagine pubblica rispettabile, anche se la sera, in albergo, confessa a sua moglie: «Ti sembro un parvenu?»

Anna gli accarezza la fronte. «Angiulìn, sei un uomo gentile, affidabile, onesto. Che t'importa di cosa pensano gli altri?»

«È che… non so atteggiarmi a gran signore».

«E allora non farlo».

«So appena leggere, Anna. Sono un ignorante».

«Angiulìn, guardati attorno. Ti rendi conto di come viviamo? Siamo fortunati».

«Sì, sono un uomo fortunato».

La stringe a sé.

Pinuccia sbuca dalla porta. Sorride. Non sa dare una definizione precisa a quello che vede: ma dev'essere quell'amore che ha imparato a leggere nei libri.

Dopo il lavoro, Angelo prende l'abitudine di fermarsi al bar a parlare con i suoi collaboratori: uomini di cultura, redattori, scrittori e scrittrici. Mentre bevono cognac e discutono a voce alta di letteratura e politica, qualcuno gli chiede: «E lei, Rizzoli, cosa ne pensa?»

Angelo si alza, con la sua Turmac bianca sempre all'angolo della bocca e risponde: «Solo se avessi la metà della vostra cultura, oggi sarei un D'Annunzio, un Alessandro Manzoni!» Sbuffa il fumo che non aspira mai, la cenere gli cade, come sempre, sulla camicia, lancia dei soldi sul tavolo e urla: «Mancia!» e se ne va.

Gira per le strade di Milano a bordo di una Lancia Lambda color amaranto, e ha acquistato una 514 Fiat, un'auto sportiva, per il sabato pomeriggio. La domenica invece porta in gita Anna e i bambini in Brianza.

«Dobbiamo cercare una bella casa, ché qui l'aria è buona. Vero, Rinella?»

La bambina sorride rannicchiata sul sedile posteriore in mezzo al fratello e alla sorella.

Canzo è a poco più di un'ora di automobile da Milano: la villa dell'onorevole Magno Magni è in vendita. Angelo parcheggia, il cancello è aperto. Cammina con Anna e i bambini. La villa, in stile liberty, ha un parco immenso, in cui statue e tempietti si fondono alla natura coronata da un laghetto su cui andare in barca a vela. Una scalinata maestosa porta alla struttura principale.

«Saranno almeno dieci camere da letto!» dice Angelo.

«Una villa con tutti i comodi» esclama Anna.

Lui la osserva, cerca di decifrare il suo volto.

«Già! Per visitarla da cima a fondo ci vorrebbero tre giorni!»

«Proprio come casa nostra!» Anna scatta con un gesto della mano, si copre la bocca col palmo e ride, ride a crepapelle con suo marito.

La acquista per poco più di mezzo milione di lire. Poi contatta l'architetto Marius Stroppa, uno dei migliori su piazza, e gli chiede di costruire un galoppatoio, un campo da tennis e uno da bocce. L'architetto si concede la licenza di creare, nel parco, un piccolo teatro in stile greco. Le pareti del salone si colorano con scene di caccia, sovrastate da soffitti intarsiati. Sulla ringhiera di legno massiccio dello scalone che conduce ai piani è scolpito un intero esercito romano in marcia. Lance e spade, realizzate in tridimensione, finiscono per mettere a repentaglio le dita di Andrea la prima volta che sale le scale, con il naso rivolto all'insù. Ormai ha quindici anni.

Quando i lavori della villa sono conclusi, la salute della piccola Rinella peggiora. È debole, mangia come un uccellino, non riesce neppure a frequentare la scuola. Il medico rassicura Angelo e Anna, dice loro che andrà tutto bene, che è solo una questione di sviluppo. Ma di notte, nella nuova casa che Angelo ha acquistato in viale Majno, non dorme più nessuno. Spasmi, vomito, attacchi di tosse secca, forte, incontrollabile, che terminano con una inspirazione simile al verso di un animale. Pinuccia piange, ha paura. Alla madre chiede: «Che cosa possiamo fare, mamma?»

«Niente. Torna a letto».

Rinella ha il viso bluastro, a volte perde il respiro per secondi che paiono interminabili. Anna chiama il medico ogni due ore per aggiornarlo sulla situazione.

La mattina del 30 maggio 1930, la vita di Rinella Rizzoli si spegne ad appena dodici anni.

«Fate silenzio» è l'unica frase che Anna, per settimane, pronuncia tra i denti. Quando riprende a uscire di casa, lo fa solo per andare sulla tomba della figlia.

Angelo tenta di non mostrare cedimenti, passa più di dieci ore al giorno in ufficio, compreso il sabato.

La domenica mattina, per sfuggire al silenzio straziante che regna in casa, prende con sé il cane Flock e cammina nei prati. C'è una panchina, sistemata all'ombra delle fronde di una grande quercia, si siede. Estrae dal portafoglio un pezzo di carta ripiegato. Riporta la data del 2 ottobre 1927.

Caro papà,

sento in cuore che ti voglio tanto bene perché tu sei il papà più buono che c'è al mondo e ti auguro di star sempre sano, di avere tanta felicità, di godere per molti anni la tua vita con noi che ti vogliamo tanto bene. Ti prometto di non essere impertinente, di non dare dispiaceri e di studiare.

È la calligrafia infantile di Rinella. L'ha scritta in occasione dell'onomastico del suo amato papà.

Le lacrime gli rigano le guance. Sperduto, svuotato, inutile, viene squassato da un pianto a cui non sa come mettere fine. Il cane gli si avvicina, appoggia il naso freddo e umido sulla mano che stringe il foglio.

La fortuna si è girata dall'altra parte e, alle sue spalle, Angelo non ha più la forza di raggiungerla, guardarla negli occhi, chiederle: perché?

TRE

Io, i ricchi, li ho sempre odiati

Quando Angelo riceve la lettera, non riesce a essere felice come vorrebbe, o come dovrebbe. Legge quelle parole con un groppo in gola.

'I "Martinitt" vorrebbero, possibilmente, offrirgli – nella loro sala dei Benefattori – presente l'E.V., le altre Autorità cittadine, la Comunità e gli ex allievi, le insigne di Cavaliere del Lavoro.

Del peculio col quale uscì dell'Istituto si giovò per impiantare una minuscola tipografia e rendersi così indipendente. Inoltre, è benefattore generoso di altri ex allievi bisognosi, di Istituzioni, del Dopolavoro Rizzoli, ecc.'

'Le insigne di Cavaliere del Lavoro': deve rileggere, non è facile seguire quell'italiano formale e paludato.

In casa regna il silenzio. Anna è chiusa ermeticamente nel suo dolore. Lui finge di star bene e passa la maggior parte delle ore di veglia in stabilimento; di notte invece fuma una sigaretta dietro l'altra pensando a Rinella. Pinuccia e Andrea sembrano aver superato il lutto, sono ragazzini vivaci e, sotto la pressione del padre, concentrano tutte le energie negli studi. Angelo è severo, vuole che si impegnino, e tanto.

A quella lettera risponde alzando la cornetta del telefono. Chiama Irene e le detta due frasi di ringraziamento. Poi aggiunge che non ci sarà. La beneficenza per lui è un affare privato. Inoltre, c'è il lutto.

*

Angelo avanza nell'ampia sala della tipografia e saluta portando la mano alla visiera di un caschetto immaginario. Accenna persino un sorriso, o forse è soltanto il movimento del labbro al quale è appiccicata la sigaretta. Il rumore costante delle macchine in funzione ha un effetto benefico su di lui.

Gira per le postazioni, supervisiona il lavoro tipografico: sfoglia le riviste pagina dopo pagina, controlla che le foto siano stampate con la giusta qualità e che le righe degli articoli siano allineate. Non appena trova qualcosa che non va, urla così forte che la sua voce si sente dalla strada: «Pirla! Guarda qua! Ti sembra perfetto?!» I dipendenti hanno quasi smesso di fare caso ai suoi eccessi d'ira, specie da quando il capo ha perso la figlioletta. Ma resta la paura nascosta di essere licenziati.

È quasi Natale quando Angelo riceve un bigliettino di auguri da una delle dipendenti. È scritto con una bella calligrafia, su carta intestata dell'azienda.

La accarezza con un dito. Poi alza la cornetta e chiede a Irene di convocare la dipendente che, poco dopo, varca la soglia dell'ufficio e trova il padrone appoggiato alla scrivania, in piedi, di fronte a lei, le dita intrecciate sulla pancia, immerso in una nube di fumo.

«La ringrazio per il gentile pensiero» dice incrociando le braccia.

«Sono felice che abbia apprezzato» risponde la donna, abbozzando un timido sorriso.

«No, non ho apprezzato» continua, lapidario.

Il gelo cala nella stanza, la donna è paralizzata.

Angelo alza il tono della voce e spiega: «Questo si chiama spreco, cara mia, spreco. Ha capito? Per una cosetta che poteva benissimo dirmi a voce, lei ha preferito usare una costosa carta».

La donna, rammaricata, non sa cosa dire, e sta quasi per piangere.

«La prossima volta ci pensi meglio, e ora vada a lavorare!» Circondato da sentieri di fumo e rabbia, le indica la porta con un movimento della testa, dandole poi le spalle.

Appena solo, tira fuori dal taschino della camicia il pacchetto di Turmac e con la sua stilografica dall'inchiostro verde appunta una cifra che si va a sommare a quelle della domenica mattina, quando gira per lo stabile deserto, a caccia di qualcosa che non va.

IL SECOLO ILLUSTRATO – Settimanale di attualità e varietà. Cronaca fotografica degli avvenimenti. In ogni numero una novella, una puntata di romanzo, articoli di varietà.

IL SECOLO XX – Il più moderno quindicinale illustrato! I migliori collaboratori! I più noti artisti! Trentasei pagine di grande formato, completamente stampate in rotogravure.

LA DONNA – Fascicoli mensili di moda, arte, letteratura, mondanità e vita femminile. Modelli dei grandi sarti parigini.

NOVELLA – Il settimanale più vario e divertente di letteratura narrativa. Illustratissimo! Sei-otto novelle di autore ogni fascicolo.

COMOEDIA – La maggiore rassegna mensile illustrata del mondo teatrale italiano e straniero. In ogni fascicolo una commedia d'autore.

*

Angelo sa che *Novella* è il suo vero capolavoro. Nelle mani di Mondadori era un contenitore di novelle sentimentali, scritte da autori importanti, raffinati, ma non vendeva. Ora si è trasformato in un rotocalco popolare, settimanale, che esplode di fotografie, colori, illustrazioni.

«Da settemila di quel *gangster* a centomila! *T'hee capì?*» Angelo lo ripete spesso, nei corridoi di piazza Carlo Erba, a voce alta.

La fetta più importante del pubblico di *Novella* è femminile: ragazzine, donne, signore di tutta Italia sfogliano quelle pagine immaginando le splendide e irraggiungibili vite di Hollywood; nell'Italia fascista, imparano a sognare alla maniera americana.

Nel frattempo, le tasche di Angelo si riempiono sempre di più. Ma il denaro non può tutto: ormai l'ha imparato bene.

Un giorno si rende conto di aver riso. Di averlo fatto tra le mura di casa, a fine giornata, di fronte ad Anna. I numeri e i guadagni l'hanno per un attimo allontanato dal pensiero della figlioletta. Per farsi perdonare, prima di andare al lavoro, la mattina seguente punta verso il cimitero. Chiede scusa alla sua piccolina: «Tu avresti voluto che fossimo felici, vero Rinella?» dice con le lacrime agli occhi e il palmo poggiato sul marmo freddo.

Angelo Rizzoli è diventato il re dei periodici, ma non basta. Vuole fare i libri. Perché 'libri' significa prestigio. Mondadori l'ha capito bene. E l'ha capito per primo. Mentre lui lottava con i creditori e le banche, Arnoldo aveva lanciato una nuova collana di libri gialli: storie poliziesche di autori stranieri. E sta riscuotendo molto successo. Ora Angelo deve recuperare il terreno perduto.

Così contatta Tomaso Monicelli, uno che con Mondadori, nella Bassa padana, è cresciuto: sarà lui ad occuparsi del nascente reparto dei libri Rizzoli. È una personalità gradita al Duce, e Mussolini in persona spinge per la sua assunzione: Angelo pensa a quell'invito per la presentazione dell'Enciclopedia Treccani, alle sue camicie, tutte bianche; ma, questa volta, manda giù il boccone amaro.

Non basta. Il nuovo obiettivo è sfilare i pezzi più pregiati dalla macchina mondadoriana. Il regime ha tarpato le ali a molti scrittori e giornalisti antifascisti. Angelo trasforma la sua azienda in un porto sicuro per quelle penne: vuole apparire più coraggioso, con le spalle più larghe del suo rivale.

Il primo a trasferirsi è Giuseppe Marotta. Alto e magro, con lo sguardo da guappo tagliato da un ciuffo di riccioli ribelli. Ha lasciato Napoli per sfuggire la fame, con in tasca le immagini dei santi che sua madre gli ha consegnato prima della partenza. «Signor Rizzoli, mi chiami pure Peppino» dice, appena arrivato a Milano, mentre Angelo si limita a stringergli la mano.

Prima faceva il correttore di bozze in Mondadori, ora diventa redattore capo di *Novella*. Voci di corridoio dicono che Marotta sia un tipo molto geloso e che tenga chiusa in casa la sua giovane sposa. Angelo non indaga, non ha tempo per le vite private dei suoi dipendenti. È concentrato, indisponente, spesso urla. Irene, dalla sua scrivania, sobbalza a ogni rumore sordo oltre la porta del suo ufficio. Angelo lancia per aria qualsiasi cosa gli sia a tiro quando pensa a Rinella, alla solitudine di Anna, alle notizie dei successi di Arnoldo.

Il Duce spesso ripete che il cinema è l'arma più forte di una nazione. Angelo lo ascolta, storce il naso, poi affida a Marotta l'incarico di dirigere un nuovo periodico, *Cinema illustrazione*, il primo settimanale interamente dedicato al cinema.

Cesare Zavattini, un giovane giornalista di origini reggiane, ha raggiunto Milano. Angelo assume anche lui, come correttore di bozze, per seicento lire al mese: uno stipendio magro, da far fatica ad arrivare a fine mese. Cesare vive con la moglie e due figli piccoli in una camera con cucinino all'ultimo piano di un palazzo in via Jommelli, la stessa strada in cui vive Marotta, che spesso se lo ritrova dietro la porta di casa alla ricerca di un aumento o di un anticipo.

Cesare scrive. Il suo primo manoscritto finisce nelle mani di Valentino Bompiani, che lo pubblica. E, quando Angelo capisce che lo Zavattini scrittore è lo stesso che lavora presso di lui, decide di organizzare un pranzo da centocinquanta coperti nella villa di Canzo. In realtà, l'unico regalo che vorrebbe Cesare è una promozione a giornalista. Ma Angelo continua a sostenere di averne troppi.

A Canzo, Rizzoli è davvero il Duca: si aggira tra gli ospiti nel suo completo migliore, con il cappello in testa, la sigaretta al lato delle labbra e gli occhi piccoli, vispi, sorridenti. Quando è tra la gente sta meglio, almeno all'apparenza. A ogni invitato mette in mano mille lire e, anche se la maggior parte di loro pensa sia una cafonata, nessuno rifiuta quei soldi. La presenza di gente nota gli dà lustro, quella meno conosciuta lo fa sentire importante.

Ad animare le feste ci sono Giovanni Barrella e Carlo

Accetti, poeta e attore il primo, avvocato e socialista il secondo. Giovanni ha un bel faccione sempre sorridente, trasuda ottimismo. Talvolta fa recitare con sé, nel teatrino greco nel parco della villa, anche Pinuccia e Andrea. Carlo, invece, inventa giochi e passatempi secondo il principio: «Un po' di baldoria fa sempre bene».

«Alta Corte di Ingiustizia!» urla, invitando con le braccia a seguirlo.

«Di che si tratta?» chiede qualcuno.

Carlo risponde: «Venite e vedrete!»

Non è la prima volta che fanno quel gioco. Si tratta di un processo burla, con regole ben definite, procedure, arringhe di accusa e di difesa, una giuria. Ci sono state volte in cui le voci sul processo in corso sono giunte fino al paese, tanto da ritrovarsi il comandante dei carabinieri al cancello della villa in cerca di delucidazioni.

«È solo uno scherzo» rassicura il Duca, «*l'è un consess compost dìon bordeleri de elemnt,* matti dal primo all'ultimo!»

A processo ci sono già finiti in tanti. Oggi è il turno di Angelo.

È un'afosa giornata estiva, nel parco ci sono più di duecento persone. Accetti e Barrella iniziano: «L'imputato è accusato del furto dei Corni di Canzo», le due cime della montagna che sovrasta il paese.

I giudici, in toga nera, si accomodano sotto la scritta 'La giustizia è uguale quasi per tutti'. Il presidente della giuria è il senatore Rossini, l'accusa è nelle mani di Alberto Colantuoni, un celebre maestro di attori, alla difesa c'è Achille Campanile.

Sono tutti in attesa dell'accusato. Una carrozza trainata da un cavallo bianco si fa strada verso il giudizio. A bordo, Angelo in divisa da carcerato e con le manette ai polsi. Il cocchiere arresta il cavallo, tutti trattengono il fiato – qualcuno il riso – Angelo viene preso di peso e, con una certa violenza, rinchiuso in una vera gabbia di legno. Ai suoi piedi vengono posizionati un ceppo e una mannaia.

Il processo inizia. Si alternano accusa e difesa. I toni si fanno sempre più accesi, le sviolinate divertenti si fanno sempre più rare e lasciano il posto ad accuse via via più secche, pungenti.

«L'imputato, oltre a giocare con le sue ricchezze per avere i servigi di noialtri, manca di una particolare attitudine all'indicativo imperfetto, sintomo di sprovvedutezza e ignoranza». Colantuoni batte il pugno, infervorato nell'interpretare la sua parte.

Il padrone di casa, come molti presenti, ha l'impressione che un sottile limite sia stato valicato. Si contorce sulla sedia, suda. I giudici sembrano in difficoltà, qualcuno tossisce per prendere tempo. Una scena troppo lunga.

Angelo, a un certo punto, si alza in piedi, urta la testa contro la gabbia, e con le mani ancora legate urla che il gioco è finito e che è durato anche fin troppo.

Nel primo piano dello stabilimento Rizzoli, Cesare Zavattini entra in bagno e trova Marotta in lacrime accanto alla finestra: «Sono stato licenziato» gli dice, ricomponendosi.

«Ma cosa è successo?»

«Un racconto. Ho scritto un racconto basato su un episodio vecchio di vent'anni, quando ancora Rizzoli era un operaio».

«Non l'ho letto, mi spiace».

Marotta allora tira fuori dalla tasca il ritaglio dell'articolo e lo passa a Zavattini: «All'epoca, il Duca barattò la sua vecchia bici con una nuova di un suo compagno di lavoro, riuscendo a farsi dare anche cinquanta lire in contanti».

«Ma ci hai messo il suo nome?»

«Come vedi, no. Questa storia me l'ha raccontata un tipografo».

«Stai su, Peppino, troverai un posto migliore».

Il signor Rizzoli, per quasi tutti i suoi dipendenti, è un uomo senza cuore. Ma che ne sanno loro del suo cuore? Sta vacillando da mesi ormai. Il successo della sua azienda è travolgente, ma manca tutto il resto. È un cuore pieno di amarezza. E l'amarezza si trasforma facilmente in rabbia. Angelo sa che non ritroverà più negli occhi di Anna quella luce di un tempo. Si accosta a un operaio, per lunghissimi secondi gli punta lo sguardo addosso, poi esplode: «Hai fumato nel gabinetto. Passa alla cassa e fuori dai piedi». Prosegue. Si china accanto a un linotipista per osservare da vicino le ultime righe della composizione: «Non sono allineate, prendi le tue cose e fuori dai piedi». Mentre l'operaio si allontana, lui chiude la chiavetta del gas lasciando che il piombo si raffreddi nelle macchine, come sangue gelato di un corpo senza più vita.

Un giorno chiama a rapporto Irene.

«Dobbiamo risparmiare sulla distribuzione delle copie omaggio. Sono troppe! E avverta tutti i dipendenti: è vietato portarsele a casa. Chiaro?»

«Va bene, ma come facciamo a verificare che non le prendano?» domanda lei.

«Perquisiamoli all'uscita».

In legatoria, lavora Gianna. Ha diciannove anni e incolla fascette. Ogni tanto si infila dentro la camicetta una copia di *Novella*. A fine turno, stanca e desiderosa di raggiungere casa per leggere il nuovo numero della rivista, incappa in una perquisizione. Viene convocata nell'ufficio del capo. Angelo ha il viso in fiamme: «Si è ladri indipendentemente dal valore di ciò che si ruba!» La ragazza scoppia in lacrime mentre Rizzoli le indica la strada verso il nulla. Anziché correre via verso l'uscita, lei raggiunge il terrazzo. Si sporge sulla balaustra. La fermano appena in tempo.

Irene è sconvolta. Con lo sguardo basso bussa alla porta di Angelo.

«Si stava ammazzando» dice con un filo di voce.

Lui, nella sua solita nube di fumo, è rivolto verso la finestra. La vista sui tetti dello stabilimento.

«Che cielo terso» dice come assorto nei pensieri.

«Cosa facciamo?» Irene è sempre più preoccupata. Il suo respiro, lentamente, si fa impercettibile. Lui crede se ne sia andata. Si volta e la vede ancora lì, in piedi.

«Vada, Irene. Dica a tutti che le perquisizioni proseguono».

A casa, Angelo torna solo a notte inoltrata. Sta iniziando a perdere i capelli, ma di notte non rinuncia a indossare la sua retina. È un'abitudine, come quella di andare a letto fumando l'ultima sigaretta senza scacciare mai via la cenere.

«Mi metta alla prova» insiste Cesare Zavattini. Non vuole essere costretto a lasciare l'azienda anche lui.

Angelo resta immobile. Osserva lo scrittore che sta seduto, implorante. Non siede dietro la scrivania, come al solito sta appoggiato al bordo, a pochi centimetri dall'interlocutore.

Rompe il silenzio: «Caro amico, va bene. Ora può fare il giornalista. Anzi, da oggi è lei il direttore della rivista». Si accende una sigaretta e cammina verso la porta. La apre e lo invita ad andarsene.

«Non la deluderò» promette Zavattini. Ha gli occhi lucidi e le mani giunte.

Cesare, lavoratore infaticabile, si lancia nella sua crociata dedicando anima e corpo al nuovo incarico. Resta in redazione fino a sera inoltrata. Di solito, lui e Angelo sono gli ultimi a lasciare lo stabilimento.

Un certo Adolf Hitler sta prendendo potere e consensi in Germania, mentre Mussolini ha firmato con i sovietici un patto di non aggressione, negli Stati Uniti la presidenza va a Roosevelt. Cesare lo aggiorna, quasi fosse il suo gazzettino privato, e mese dopo mese inizia a conquistare la sua fiducia. Sa che Angelo punta in alto, subisce il fascino delle persone di cultura. Una forma di invidia e di aspirazione, insieme.

Per gli intellettuali, Rizzoli è quello dei giornaletti per signorine, pieni di belle immagini e poco altro.

Una mattina di novembre Angelo riceve una lettera siglata dal re in persona. Si siede, la apre lentamente, ha paura. Sono poche righe: è stato nominato Commendatore dell'Ordine della Corona d'Italia.

Sente qualcosa muoversi dentro, una gioia ormai sconosciuta. Per lui è più che un'onorificenza. Chiama Irene: «Telefoni a casa mia. Ho bisogno di parlare con mia moglie».

«Certo, faccio subito».

Il telefono squilla a vuoto. Irene attende, al decimo squillo mette giù.

«Mi dispiace, signor Rizzoli. Non risponde nessuno».

«E allora riprovi ancora!»

Al quarto tentativo, Irene non sa come dirglielo. Si fa coraggio: «Niente, mi spiace».

È quasi l'ora di pranzo, quando Angelo indossa il cappotto color cammello e il cappello. Accende una sigaretta, infila la porta. Irene lo guarda scivolare lungo il corridoio. Il passo sicuro. Nessuna parola.

A casa c'è la solita irreale quiete ad attenderlo. I domestici sono riuniti in cucina per il pranzo. Angelo si ferma sulla soglia e, senza proferire verbo, riceve i loro sguardi sconsolati.

«La signora non ha voluto pranzare».

Delicatamente bussa alla porta della camera di Anna. Un flebile «Sì?» raggiunge il suo orecchio appoggiato al legno.

«Sono io. Posso entrare?»

«Vieni, Angiulìn».

La stanza è immersa nella penombra. Il letto sfatto, i capelli scompigliati dal lungo sonno. Anna ha gli occhi gonfi e la pelle trasparente di chi non vede la luce del sole da mesi.

«Mi hanno detto che non hai pranzato».

«Non ho fame. Che ora è?»

«L'ora di pranzare». Le si avvicina lento e agganciandola per un braccio la costringe ad alzarsi. È debole. Le ginocchia cedono. «*Mamèta*...» Non sa come continuare. Riadagia il corpo smunto di sua moglie sul bordo del letto. Va alla finestra e spalanca le tende. Il sole è filtrato da un sottile strato di nuvole. Quella luce grigia è violenta. Anna mette le mani sugli occhi.

Quando Angelo torna da lei, le accarezza il capo. Le sue braccia scivolano lungo il corpo.

«Andiamo a mangiare qualcosa. Hai bisogno di metterti in forze».

«Non voglio».

«Anna, i tuoi figli hanno bisogno di te. Io ho bisogno di te». Angelo si ritrova ai suoi piedi, con la testa appoggiata sulle ginocchia di lei che trova la forza di posargli un palmo gelido sulla fronte calda.

«Devo darti una notizia».

«Che sia bella, però».

«Il re mi ha scritto. Da oggi sono Commendatore».

«Angiulìn il *Cumenda*. Suona bene. Congratulazioni, marito mio».

Non è riuscito a farla sorridere, non ancora.

Il giorno dopo, Angelo sale le scale senza salutare nessuno, attraversa il corridoio, arriva alla stanza di Irene, la porta è socchiusa. Lei è china, dietro pile di fatture, a scrivere a macchina. Ha una nuova capigliatura; o forse è la stessa da qualche settimana e Angelo non l'aveva notata. Sembra non essersi accorta di lui. Poi, il ticchettio dei tasti si interrompe. Lei solleva la testa.

«Mi scusi, mi ha messo paura. Ha bisogno di qualcosa?» dice, mentre sposta fogli, riviste, quel che può.

Angelo si mette in piedi, di lato alla scrivania, nota il modo in cui Irene accavalla le gambe. Si accende una sigaretta, il fumo s'intramezza tra loro.

«Ce l'hai un uomo, Irene?» Le dà del tu, involontariamente.

Lei lo guarda e si sistema la gonna, tirandola un po' più giù.

«Non proprio».

«Mi scusi per la domanda. Sono stato indiscreto».

«Non si preoccupi. Me lo chiedono in molti».

«Sa, ieri ho ricevuto una bella notizia».

«Sono lieta per lei».

«Il re mi ha nominato Commendatore».

«Che orgoglio deve essere per lei».

«Già...»

«Dobbiamo festeggiare!» Irene va verso il mobile di legno scuro, si piega lasciando che le sue forme dolci fioriscano sotto lo strato di vestiti. Angelo segue con lo sguardo i suoi movimenti. Ingoia il fumo, spegne la cicca della sigaretta sul pavimento, calpestandola con la suola, come un insetto.

La donna si volta, ha tra le mani una bottiglia di vermouth e due bicchieri. Un regalo di Angelo, del primo giorno in cui si sono installati nel nuovo stabilimento. Brindano.

Angelo butta giù in un solo sorso il liquido. Cerca lo sguardo di Irene, lo incontra, lei arrossisce.

«Vado di là e scusi il disturbo».

Irene attende che Angelo sia sulla soglia, poi concitata dice: «Signor Rizzoli, grazie. Lei è come un padre per me».

Angelo le sorride. Accende un'altra sigaretta.

«Buon pomeriggio, papà»: la voce di Andrea, in fondo al corridoio.

Un piccolo pacchetto ben incartato giace sulla scrivania di Angelo. Sono biglietti da visita, stampati su carta filigranata, sui quali campeggia, in un verde scintillante, la scritta 'Rizzoli & C.', e il suo nome preceduto dal novello titolo di Commendatore.

È stato Andrea a fargli questo dono. Ormai ha diciannove anni e assomiglia come una goccia d'acqua al nonno materno.

Seduti attorno al tavolo ovale, pronti per assaporare la cena fumante nei piatti, Angelo infila una mano in tasca e ne estrae un foglio, lo spiega e inizia a leggere.

L'ex allievo Comm. Angelo Rizzoli ha verbalmente approvato, per il premio 'Rinella Rizzoli' da lui istituito in memoria di una sua cara bimba defunta, la seguente motivazione da me proposta allo stesso Comm. Rizzoli, ieri 11 Dicembre ed, oggi, all'On. Consiglio:

'Premio perpetuo Rinella Rizzoli' costituito dal reddito annuo del capitale di L. 5.000 in cartelle del Debito Pubblico, da assegnarsi ad un orfano della Scuola del Libro (preferibilmente), o che sia apprendista tipografo, e che abbia conseguito, fra i suoi compagni di classe o di lavoro, i migliori risultati.

Riesce ad arrivare in fondo fermandosi di tanto in tanto, bevendo un goccio d'acqua. Anna si copre il volto con il tovagliolo e inizia a singhiozzare, con il cucchiaio ancora immerso nel piatto di minestra. Pinuccia accorre a stringerla forte, facendo cadere la sedia sulla quale era seduta. Angelo allunga un braccio verso la moglie e sussurra: «La ricorderemo per sempre».

Andrea resta immobile. Porta lenti spessissime, a causa del difetto alla vista è stato riformato alla visita militare. È un omone introverso, ma ha superato brillantemente la maturità. Con le ragazze è molto timido, in famiglia parla poco. Ma quando è fuori con gli amici si libera da qualche freno, si lancia in lunghe discussioni sugli argomenti ai quali è interessato: moto, auto, nuoto. Ed è sorprendentemente bravo a raccontare barzellette. La sofferenza viva di fronte a lui, a quella tavola, non gli appartiene. Non del tutto, non così viva.

Nell'estate del 1932, Andrea Rizzoli è a Riccione, ha una sdraio e un ombrellone sulla stessa spiaggia di Mussolini, sempre circondato da folle di bagnanti che vogliono vederlo, toccarlo. Andrea si fa strada tra gli agenti di scorta e urla: «Duce, Duce!», applaudendo.

Le sue idee politiche non sono chiare, ma nutre profondo rispetto e timore per le figure potenti, come quella di suo padre, che raggiunge a Milano alla fine di agosto.

«Volevi dirmi qualcosa, Andrea?»

Silenzio. Il figlio si aggiusta gli occhiali guardando verso il pavimento.

«Hai bisogno di soldi?» lo incalza Angelo. «Scommetto che hai sperperato tutto in vacanza».

Andrea si fa coraggio: «Ho deciso di iscrivermi alla facoltà di Legge».

Ora è Angelo a restare senza parole.

Passano secondi infiniti. Le pareti sembrano infuocate, Andrea allenta il nodo della cravatta, mentre il padre si asciuga la fronte con un fazzoletto bianco. «Da domani, tu cominci a lavorare in azienda. Ricordati che si lavora anche il sabato e la domenica mattina».

Andrea china nuovamente il capo, obbedisce senza ribattere, non un fiato.

*

Come l'ultimo degli impiegati, Andrea guadagna poco. Il padre ha fatto sistemare una scrivania in un angolo del suo ufficio, mentre in quello del suo mentore Zavattini ha soltanto una sedia. Col padre impara come si gestisce un'azienda, con Cesare come si fa un giornale.

«Papà, ho una proposta».

Angelo accende una sigaretta, si accomoda dietro la scrivania e, con gli occhi socchiusi guarda il figlio che è scattato in piedi. «Ti ascolto».

L'altro si schiarisce la voce: «Noi compriamo le foto degli attori di Hollywood dalle agenzie, giusto?»

Il padre si limita ad annuire, non capisce dove voglia arrivare.

«Noi le compriamo, ma potremmo ottenerle gratis direttamente dalle case produttrici!» È serio, come la sua proposta.

«*Tas ti, pirla,* stai zitto e non dire altre stupidaggini».

Andrea è pietrificato davanti all'uomo più duro del mondo.

«E adesso vai a controllare che le luci siano tutte spente, va'».

Il giorno seguente, Angelo raggiunge l'ufficio del direttore Bonaventura Ferrazzutto, basso di statura, magrissimo e pignolo, gran lavoratore.

«Ho un'idea, sta' a sentire. Invece di comprare le foto degli attori di Hollywood dalle agenzie, le chiediamo gratis direttamente alle case produttrici». Ferrazzutto la trova una mossa astuta e si adopera immediatamente. Poche ore più tardi, gli americani accettano l'accordo: spediranno le foto, senza alcun costo.

Qualche giorno dopo, davanti a un caffè, Zavattini svela ad Andrea cosa sta succedendo in ufficio.

«Tuo padre è un uomo dalle grandi intuizioni».

«Vero».

«Sai che ha chiuso un affare con gli americani? Una mossa astuta!»

«Ah sì? Non so nulla...»

«Le foto dei divi. Ci arriveranno gratuitamente dalle case produttrici. Che mossa!»

Andrea muove solo il capo. Finisce il caffè, dice: «Ti aspetto in ufficio» e se ne va.

Angelo guarda fuori dalle grandi vetrate dello stabilimento. Quella mattina, il cielo a sprazzi azzurro gli mette buonumore. Poi si volta verso la sua scrivania e un'ombra gli cala sul volto. La foto dei tre figli piccoli, ritratti appena fuori dalla vecchia casa di via Pascoli, è un pugno nello stomaco. Rinella, ora, avrebbe quattordici anni.

Bussano alla porta e, senza avere il tempo di rispondere «Avanti», ecco Pinuccia avanzare verso di lui.

Lo abbraccia, lo bacia. Lui si sistema la cravatta, accende una sigaretta e dice: «Ho un appuntamento», ma non le dice di andare via, così Pinuccia resta, si accomoda alla poltrona e inizia a sfogliare le riviste sul tavolino.

Irene introduce l'ospite, dopo aver bussato e atteso. Dietro di lei si fa strada Ojetti. Angelo si alza per accoglierlo, mentre Pinuccia resta seduta, assorta tra le pagine di *Novella.* Non è più una bambina, ha diciotto anni.

«Quando qualcuno entra in una stanza, bisogna alzarsi in piedi, sempre!» la riprende il padre. «Ora saluta come si deve e vai».

La ragazza, indurita dalla ramanzina, con uno scatto

rapido lascia cadere la rivista sulle altre, stringe la borsetta con entrambe le mani, si dirige verso la porta e con un lieve inchino toglie il disturbo.

Una rivista che si rivolge al pubblico delle signore borghesi e alle casalinghe esiste già dal 1927. Si chiama *Sovrana* ed è di proprietà del solito Arnoldo. Moda, attualità, passatempi, lavori femminili e viaggi; rubriche con le lettrici.

Angelo decide di fondare *Lei*. I principi sono gli stessi: prima la morale e poi la politica. Un settimanale di poche pretese, dicono in redazione.

Angelo sfoglia il primo numero. In copertina c'è una donna in pantaloni, saluta con il braccio alzato. Il titolo, in basso, dice *CI SONO ANCH'IO*. Una svolta rivoluzionaria rispetto all'idea di donna che vuole Mussolini: fianchi larghi, casalinga, madre e fattrice di futuri guerrieri per la patria.

Tra i collaboratori, quelli più intellettuali, c'è malcontento. Riuniti attorno al tavolo, alla presenza del Commenda, esprimono il loro disappunto.

«Signor Rizzoli, qui si pubblicano giornali uno identico all'altro» avanza qualcuno.

«Tranne che per il colore dell'inchiostro! Blu, seppia, marrone, viola». Una battuta a cui segue una risata disomogenea e un'occhiata maligna da parte dell'editore, che tuttavia tace.

Sul tavolo giacciono una accanto all'altra le ultime uscite. Angelo si allunga verso la copia di *Lei*, la sfoglia e dice: «Be', di seppia è seppia. Devo ricordarmi di fare i complimenti agli stampatori di sotto».

Alcuni pensano stia sdrammatizzando, mentre quelli che lo conoscono meglio sanno che non finirà bene.

Cala il silenzio. Poi il Commenda riprende la parola: «Vendiamo e guadagniamo. Sono i numeri che contano, non le vostre opinioni».

Sul cartoncino le cifre in verde dicono che è il momento. Angelo è pronto per riscattare le quote azionarie dei suoi finanziatori. Compone il numero di casa Tumminelli a Roma.

«Come stai, Calogero?»

«Bene, Angelo, a cosa devo questa chiamata?»

«Sono pronto a riprendermi ciò che è mio».

«Intendi restituire il denaro ai finanziatori?»

«Direi di sì».

«Mi avevano detto che stava andando tutto bene per la Rizzoli, ma…»

«Ma?»

«Ma non immaginavo così tanto bene. Buon per te. Il momento è propizio».

«Ah, e come mai?»

«Treccani è in difficoltà».

«Buon per me».

«Te l'ho detto…»

«Di' a Treccani che liquido in contanti. Lui mi dà subito la quota, e mi fa pure uno sconto».

Tumminelli sorride nella cornetta.

«Provo a parlargli. Ti richiamo a breve».

Nell'attesa Angelo riprende in mano i suoi calcoli e mette un 'visto' accanto alla voce: *azioni AR*.

Il telefono non tarda a squillare, l'attesa è durata il tempo di un paio di sigarette. Contornato da una nube di fumo, risponde.

«Sei tu?»

«Sono io».
«*Alùra?*»
«Accordato. Ma c'è di più».
«Una notizia bella o brutta? Perché se è brutta non la voglio sapere adesso».
«Bella bella».
«Allora ti ascolto».
«Hanno deciso di uscire anche gli altri due senatori. È tutto tuo, Angelo».
Si alza in piedi, respira nella cornetta. Non sa se urlare o contenere la gioia.
«Ci sei?»
«Sì, Calogero, sono qui. Dove vuoi che vada?»
«Congratulazioni».
«Grazie per il tuo prezioso aiuto».
«A presto, saluti alla famiglia».
«A presto».
Con l'ennesima sigaretta tra le labbra, esce dall'ufficio e si incammina per i rumorosi corridoi del suo regno.

Le redazioni sono stanze che si susseguono una dopo l'altra lungo il corridoio, piene di scrivanie disordinate, macchine da scrivere sui cui tasti i polpastrelli dei giornalisti battono il ritmo, posaceneri traboccanti di mozziconi e di cenere, tazzine di caffè incrostate da tempo immemore, finestre serrate e nebbia fumosa alla nicotina viva.

Angelo non ha l'abitudine di varcare quelle soglie: preferisce da sempre origliare. Da quando c'è Ettore Margadonna, però, gli piace soffermarsi a parlare con lui. È il più ordinato di tutti. Un intellettuale ridotto alla fame per le sue tendenze politiche di sinistra, radiato dall'albo dei giornalisti, vive con gli occhi puntati addosso. Con lo pseudonimo di 'Donna Francesca', scrive una rubrica di consigli per le lettrici di *Novella.*

«Come stai?»

«Bene, Commenda. Lei?»

«Si lavora. Ti ha cercato tu sai chi?»

«No, nessuno. Il mare è calmo».

«Ci sono novità?»

«In realtà avrei una proposta».

«Ti ascolto».

«Commenda, lei dovrebbe guardare al cinema».

«Il cinema? Non ci sono mai stato».

Margadonna sorride: «No, dico che lei dovrebbe proprio produrre film».

«Ma non so nulla di cinema».

«Guardi. Questo romanzo a puntate di Gotta ha una storia che potrebbe fare al caso suo». E gli mostra una uscita di *Novella* con *La signora di tutti.* Gli allunga la copia.

Angelo la prende, sfoglia le pagine, cerca di non pensare alla qualità delle stampe. Borbotta qualcosa.

«Grazie».

Mentre prosegue lungo il corridoio, incontra Zavattini.

«Cosa c'è?» gli chiede con tono poliziesco.

«Niente...» risponde Cesare con aria sorpresa.

«Zavattini...» Angelo non si ferma, prosegue, mentre l'altro si tiene il mento con il palmo, pensoso.

«Mi dica».

«Tu l'hai letto il romanzo a puntate di Gotta?»

«Sì».

«E che ne pensi?»

«Non male. Non male».

Raggiunto il suo ufficio, Angelo lancia la copia di *Novella* sulla catasta di scartoffie che riempie il piano della scrivania. Si accomoda e, da lontano, continua a fissare la rivista.

«*La signora di tutti*» dice tra sé, «al cinema...»

Accende una sigaretta e chiama Irene.

«Venga qui, dobbiamo fare i conti».

La donna porta con sé i libri contabili. Da quando Angelo è irascibile e facile al licenziamento, è più accorta.

«Irene. Lei l'ha letto il romanzo di Gotta?»

«Oh, sì. Mi è piaciuto molto». Gli occhi della donna non riescono a non illuminarsi.

«Bene, mi faccia vedere quei registri».

Poche settimane dopo, Angelo annuncia a tutti la nascita di *Novella Film*, la sua società di produzione cinematografica. Ad applaudire, in un impeto di gioia, c'è ovviamente Margadonna.

«Brindiamo al cinema, cari miei! Il cinema che sembra il Far West. E dove, come sempre, vinceranno solo i migliori!» e indica se stesso con il pollice. L'ovazione generale lo eccita a tal punto da rovesciarsi addosso l'intero contenuto del bicchiere. Con l'alone sulla camicia, un'ora dopo, bussa alla porta di Margadonna.

«Raccontami la trama» gli dice.

«La trama?»

«Sì, di quel romanzo a puntate».

«È la storia di una donna ambiziosa per la quale un professore si uccide e un altro dissipa le proprie ricchezze fino a morire sotto un'auto».

Non commenta, si gira e se ne va.

Alla sera, dopo cena, Pinuccia gli si avvicina per dargli

il bacio della buonanotte. Lui le accarezza una guancia e le chiede: «Ti piacerebbe andare al cinema?»

«Dici sul serio, papà? Al cinema?»

«Sì, sono serio».

«Certo che sì!» gli si lancia al collo.

«Ci andremo domani sera. D'accordo?»

Lei annuisce. Poi, come levitando, si ritira nella sua camera.

Pinuccia ha atteso tutta la notte e tutto il giorno per poter indossare quell'abito nuovo di un verde scuro, quasi blu. La gonna le arriva appena sotto al ginocchio, il giacchino le tiene scoperti i fianchi. Suo padre, però, tarda ad arrivare. Il campanello rompe il silenzio. Lei raggiunge sua madre e le dice: «Esco con papà».

Anna è sorpresa, abbozza un sorriso. Raggiunge Angelo rimasto in corridoio e, senza dire una parola, gli chiede una spiegazione con il solo sguardo.

«Questioni di lavoro, mammetta. E poi, mi fa piacere fare qualcosa con la Pinuccia».

Anna si stringe nella sua vestaglia di seta, ha una lunga treccia che le scivola dietro le spalle. Lo sguardo, fisso su di lui, taglia lo spazio tra loro.

Al cinema proiettano *Liebelei*, un film sentimentale diretto dal regista tedesco Max Ophüls. Padre e figlia si fanno strada nella sala buia densa di fumo. Ci sono pochi altri spettatori. Angelo si guarda attorno, poi tira il naso all'insù. La pellicola scorre, il rumore battente del nastro che gira nel proiettore s'intreccia alle musiche drammatiche. Gli attori parlano in tedesco, ma le espressioni dei volti dicono tutto quello che c'è da dire.

La storia avanza. Un tenente, una relazione con una

baronessa, l'incontro con la figlia di un musicista, Christine. L'amore. Poi il ritorno dal passato della baronessa, questa volta è suo marito a cercare il tenente, ha scoperto della loro vecchia relazione. Si sfidano a duello. Il tenente muore sotto i colpi inflitti dal marito ferito nell'orgoglio. Nell'ultima scena, Christine scopre di aver perso per sempre il suo adorato tenente. In lacrime, nella totale disperazione si lancia da una finestra. Un capannello di gente accerchia il corpo senza vita della giovane. La musica cresce e riempie l'aria di tristezza. Il dramma è compiuto. Nelle ultimissime immagini, prima della parola 'Ende', un camposanto ricoperto di neve.

Durante quei novantatré minuti, ogni tanto Angelo allunga la mano in cerca di quella di sua figlia. Quando riaccendono le luci, Pinuccia si sta soffiando il naso.

«Andiamo» dice lui, «c'è troppo fumo qui». Anche i suoi occhi sono velati dalla commozione.

Il giorno seguente convoca Margadonna e pretende che sia Max Ophüls a girare il film ed entusiasta chiede di partecipare alla scelta degli interpreti.

«Inoltre, il protagonista maschile sarà Memo Benassi. Da quando abbiamo pubblicato le sue foto con la Duse su *Novella* lo conoscono tutti».

Margadonna prende appunti.

«Una parte femminile per Tatiana Pavlova. Non transigo».

«Sarà la protagonista, giusto?»

«No. Per la protagonista voglio un volto nuovo. Una bellezza italiana da contrapporre alle dive di Hollywood».

«Ha già in mente qualcuno, signor Rizzoli?»

«No. Faremo un concorso! E io sarò nella giuria».

*

Una fila lunga e chiassosa di donne giovanissime si snoda nei corridoi del vecchio Convegno, nido dei cineasti milanesi. Ai provini sono presenti Angelo, Ophüls e Margadonna. Andrea fa capolino di tanto in tanto, non riesce a nascondere l'imbarazzo.

È il turno di una ragazza esile, dal volto pallido e malinconico. È vestita di nero, con un modesto boa di pelliccia intorno al collo. Dice di chiamarsi Isa Miranda, in realtà all'anagrafe è Ines Sampietro.

«Raccontaci qualcosa di te» le chiedono.

Angelo non riesce a staccarsi da quegli occhi, hanno una luce strana. Non è la solita sciocchina che sogna il cinema.

«Sono nata povera, padre tranviere e madre cucitrice. Faccio la modella, ma ho lavorato anche come dattilografa e in sartoria».

Ha già fatto qualche particina ma in film di poco conto.

La donna lascia la stanza. Angelo si alza in piedi, vorrebbe seguirla, trattiene quell'istinto. Fuma una sigaretta dietro l'altra, cammina su e giù. Arresta il passo, guarda gli altri selezionatori e dichiara: «Ne faremo la nuova Greta Garbo». La scelta è fatta. La sera stessa viene presentata ai giornalisti.

Le riprese del film vengono girate alla villa di Canzo. Angelo è sempre presente sul set, cordiale e disponibile con tutti.

«I poveri hanno una sola ricchezza, mio Commenda».

Angelo ha prenotato un tavolo per due da Cassè, uno dei ristoranti più eleganti di Milano.

«E quale sarebbe, cara?» si rivolge a Isa. Una collana di perle, un regalo di lui, le decora il collo affusolato, lasciato libero dai capelli raccolti. Una linea nera disegna il contorno degli occhi, accentuando lo sguardo ammaliatore. Il vestito lungo le disegna il corpo. Mentre accavalla le gambe gli si avvicina e, a un passo dal suo volto, schiocca un bacio nell'aria con le labbra color ciliegia.

«La fantasia!»

«E i ricchi, invece?»

«Solo i soldi e l'arroganza».

Sfila la sigaretta dalle dita di lui e con movimenti lenti sorseggia dalla coppa di champagne, fissandolo dritto negli occhi.

«Io, i ricchi, li ho sempre odiati».

La donna ride, le ultime gocce di champagne finiscono per bagnarle il collo, si asciuga con il tovagliolo.

«Sono nato povero anch'io» aggiunge lui, temendo di non essere stato preso sul serio.

«Lo so, me l'hai già raccontato» e gli accarezza la mano.

La mente di Angelo vola altrove, per un momento. Lei se ne accorge.

«A che pensi?»

«Sai, il problema sono i figli dei ricchi: sono come dei sottoprodotti». Sta parlando di Andrea, anche se non lo dice apertamente.

«Essere giovane non è semplice» commenta lei, mentre un cameriere porta gli antipasti. «Da bambina sono stata presa da un vigile urbano in borghese. Ha abusato di me».

Angelo resta in silenzio.

«Poi ho sposato l'uomo sbagliato. Era violento. Dopo che l'hanno arrestato, ho scoperto di portare in grembo suo figlio. Non ho voluto farlo nascere». Le loro mani s'intrecciano. Se potesse vedersi da fuori, Angelo non si riconoscerebbe, non riconoscerebbe come sua la naturalezza di quei gesti, non potrebbe accettare il pensiero che… no, non ha pensato nemmeno per un attimo ad Anna, alla loro casa silenziosa.

Alla fine della cena si dividono ancora una sigaretta.

Luciana Peverelli è una scrittrice, ha trent'anni, è una delle firme di punta dei periodici Rizzoli. Ed è amica di Anna.

«Devi dirglielo che lo sai» la incalza, in uno dei loro soliti pomeriggi sedute in salotto a bere caffè.

«Cosa dovrei sapere, Luciana? Cosa?» E, preda di forti emicranie, si stringe la testa tra le mani.

«Lo sai di cosa parlo. Angelo se ne va a zonzo con quella…»

Anna le rivolge uno sguardo tra l'interrogativo e il disinteressato.

«Quell'attrice, la Miranda. E tu te ne stai qui a casa. Non è giusto!»

Anna accende una sigaretta, ha iniziato a fumare da poco, si tocca il lobo decorato da un orecchino costoso. Tace.

Angelo torna a casa nelle ore più improbabili, lei dorme già o finge. Da quando è morta la figlioletta, i due dormono in stanze separate, Anna preferisce star sola. Lui passa comunque a salutarla o semplicemente a guardarla. Apre la porta della sua camera e un filo di luce nel buio illumina le coperte sotto le quali è nascosto il viso di sua moglie. Il respiro regolare: «Buonanotte» dice sottovoce, tutte le volte.

In quella quiete irreale, non c'è nessuno ad attenderlo. Angelo si sposta in salotto e, nella penombra, illuminata solo dalla combustione della sigaretta, raggiunge la poltrona. Sotto le suole scricchiola qualcosa. Si china. È ciò che resta di un bicchiere frantumato. Sul tavolino c'è una copia di *Novella* con le sue foto in compagnia di Isa Miranda. Sono stati bravi. Li hanno fatti sembrare molto intimi.

Sono giorni che non riesce a incontrare Anna sveglia. Bussa ancora alla sua porta. Silenzio. Riprova. Niente. Allora decide di entrare. Accanto al letto, brilla la luce di una candela.

«Anna...» la chiama.

Lei mugola qualcosa. Poi con uno scatto nervoso si tira su.

«Cosa vuoi?»

«Dormivi?»

«Vattene, Angiulìn. Non ho voglia di parlare».

«Perché? Cosa c'è che non va?»

«Dimmelo tu».

Un passo verso il letto e lei è già in piedi. Si sistema i capelli, s'infila svelta la vestaglia. Lo squarcia con uno dei suoi sguardi.

«*Maméta*... te lo giuro sul bene che voglio a tutti voi: non c'è niente tra me e lei».

«La gente mormora. E non la pensa come te».

«Ma tu devi fidarti di me! Soltanto di me!» Il tono morbido di qualche attimo prima diventa grave. Se ci fosse abbastanza luce, lei noterebbe il fuoco che ha negli occhi.

«Tu devi credermi».

Anna attende l'inverno. Quando la nebbia di Milano comincia a intristirla troppo, ha preso l'abitudine di abbandonare la città per raggiungere il sole di Sanremo, lasciando solo suo marito. Senza dire nulla.

Una domenica, di ritorno dalle corse dei cavalli, Angelo si ferma a bere qualcosa in Galleria con Zavattini. Sceglie un tavolo lontano dal viavai. Ma non basta per evitare di essere riconosciuto. Una signora elegante si avvicina. Lo saluta divorandolo con gli occhi. Lui solleva il corpo dalla sedia e dice: «Cesare, questa è Laura». La donna è avvolta in una pelliccia, ha la fede all'anulare, una vistosa collana. I due si scambiano un paio di sguardi infuocati che mettono in soggezione persino Cesare, poi si salutano frettolosamente. Zavattini non chiede nulla, mentre osserva il Commenda che la segue con lo sguardo fino a che la sua schiena non si confonde tra la gente.

In azienda voci di corridoio dicono che il signor Rizzoli ha una relazione con la Ginetta, un'operaia trentenne dal corpo minuto. Dicono di averli visti appartarsi all'ultimo piano dello stabilimento per pomeriggi interi. Ma a molti sembra impossibile: secondo loro il capo non ha tempo per queste cose.

Venezia, agosto 1934

'La cinematografia è l'arma più forte': un motto che Mussolini ama ripetere, e che verrà fissato a lettere cubitali su un muro, in un cantiere della nascente Cinecittà.

La richiesta del regime è chiara: competere con le pellicole d'oltreoceano. Hollywood è il modello, e va superato.

Alla Mostra internazionale d'arte cinematografica, a Venezia, fa un caldo infernale, l'umidità tocca picchi straordinari. La città viene invasa da attori, attrici, registi, produttori di diciassette diverse nazioni. Passeggiano a mucchietti, sotto gli sguardi stupiti degli autoctoni. Donne che somigliano a dee camminano sinuose su tacchi alti, tra le calli, indossando deliziosi abiti, gonne lunghe che lasciano intravedere le caviglie e avvolgono i fianchi. Reggono con una mano il cappello per guardare in alto la striscia di cielo tra gli antichi splendori della città, con l'altra portano a spasso piccoli cani al guinzaglio o ombrellini parasole dai delicati colori pastello. Gli uomini sono ombre eleganti accanto a loro.

A Venezia, Angelo arriva in treno, con Isa Miranda, fasciata in uno splendido abito bianco. Le sue forme incantano. Lui pretende che gli cammini vicino, a braccetto, mentre nel suo completo di lino bianco sfumazza e saluta chiunque incroci per strada: molti si chiedono chi sia quell'uomo fortunato, forse un attore non più giovane, chi lo sa.

La sala del Palazzo del Cinema è gremita di gente per la prima della *Signora di tutti.* C'è grande attesa perché è un film tutto italiano: la casa di produzione, il soggetto, i tecnici, gli attori. Ma c'è attesa anche perché si sa che per realizzarlo non sono stati risparmiati sforzi, una pubblicità in grande stile batte da mesi le redazioni dei giornali e il Lido è tappezzato di manifesti.

Angelo si accomoda in un posto defilato, pronto alla fuga in caso di catastrofe. Un applauso parte spontaneo quando lo speaker dall'altoparlante annuncia i presenti in sala; vengono nominati il regista, gli interpreti, l'autore delle musiche, non il produttore. Le luci si abbassano, la pellicola parte. Angelo legge il suo nome tra i titoli di apertura e viene invaso da un senso di orgoglio, vorrebbe indicare lo schermo, urlare a tutti 'Sono io!', ma trattiene ogni slancio.

Per Gaby Doriot, la protagonista interpretata da Isa Miranda, perdono la testa tanti uomini. Un noto professore si suicida per lei. Poi tocca al vecchio Leonardo, che ha conosciuto la donna tra le sue mura domestiche. Lei è interessata a suo figlio Roberto, lui la conduce in giardino, è notte, le confessa il suo amore. Non sa di essere stato visto da sua moglie in sedia a rotelle che, per inseguire i due, precipita dalle scale e muore. Gaby, rosa dai sensi di colpa, finirà per diventare una diva del cinema.

Ma la fama non libera dai mali oscuri. Alla fine della pellicola, la bella e triste Gaby si suicida.

Alla fine del primo tempo, le approvazioni non sono unanimi e in una parte del pubblico serpeggia un certo scetticismo. All'inizio del secondo, Angelo ha già respirato abbastanza freddezza e lascia la sala.

Poco dopo, per la prima volta nella sua vita, varca la soglia del Casinò. Ha solo una vaga idea di come funzioni. Si reca alla cassa e cambia una grossa somma di denaro in fiches. Finisce ipnotizzato dalla roulette. Qualcosa si muove dentro, un calore lo avvolge, si sente vivo come non succedeva da tempo.

In mezz'ora perde tutto. Prima di andarsene, dice a voce alta: «È proprio una giornata sfortunata. Basta! Non farò più cinema!» Lo sentono in tanti.

Nel frattempo, al Lido, *La signora di tutti* si aggiudica la 'Coppa del Ministero delle corporazioni per il film italiano tecnicamente migliore'. Il primo trofeo della sua carriera di produttore. Isa Miranda, che coi suoi primi piani ha stregato tutti e salvato la serata dal fallimento completo, è già tra le stelle del firmamento cinematografico italiano. Stanno festeggiando senza di lui.

La mattina, nella A. Rizzoli & C., i giornalisti timbrano il cartellino al pari degli operai, c'è il divieto di non sostare nei corridoi e la pausa caffè al bar è malvista. Nel decalogo aziendale delle regole non scritte, al primo posto c'è la puntualità, per i dipendenti e per la diffusione dei giornali: «Se non si arriva in tempo in edicola» dice il Commenda, «è come fare cilecca a letto con una bella donna. Basta una volta sola e sei finito». E così le sue riviste, alle volte, sono pronte con una settimana di anticipo.

Sulla sua scrivania, Angelo trova una busta. All'interno ci sono le cartoline stampate con alcuni fotogrammi del film: Isa Miranda al telefono, gli occhi vispi e i riccioli biondi. Isa vestita di bianco, in un primo piano del suo viso truccato, lo sguardo languido verso la camera. Isa e Memo Benassi mentre danzano stretti, occhi negli occhi. Accanto a ogni fotografia, in tre lingue differenti (italiano, inglese e francese) viene riportato il nome dell'interprete a cui segue 'nel film: LA SIGNORA DI TUTTI'. Sul retro: 'Film prescelto per la II Biennale Cinematografica di Venezia e premiato con la coppa…'

Angelo sente ancora sotto i polpastrelli la sensazione di quella pelle liscia e candida, la morbida forma dei riccioli di Isa. Il trillo del telefono lo interrompe.

«Signor Rizzoli» è Irene, «hanno telefonato da parte di Mussolini».

«Come? Chi?»

«Mussolini».

«E cosa vogliono da noi?»

«Mi hanno parlato di foto da stampare, ma a essere sincera non ho ben capito».

«Hai un numero da richiamare?»

«Sì, certo».

«Bene, richiama e passami la telefonata».

Dieci minuti dopo, la porta dell'ufficio si spalanca, Angelo sistema i polsini e il cravattino e avanza verso la stamperia.

Chiede l'attenzione dei suoi dipendenti. Lo guardano preoccupati.

«Nuova commessa» esordisce nello sconforto dei sospiri di tutti. «Lo so, abbiamo molto lavoro, ma questo ha la priorità! La richiesta arriva dai vertici del governo. Ci hanno incaricato di stampare le foto del Re e di Mussolini. Foto che finiranno sui muri degli uffici e delle scuole di tutto il Regno. I negativi arriveranno nel pomeriggio. Mettetevi all'opera. Non abbiamo tempo da perdere!»

Scomparendo tra i macchinari, di lui resta soltanto la scia di fumo della ennesima sigaretta.

«Ha sentito che cosa ha in mente Mondadori?»

Zavattini sa molto bene che basta pronunciare quel nome per avere tutta l'attenzione del capo.

«No, non ho sentito».

«Un giornale umoristico. Dicono che sarà pronto tra pochissimo tempo».

«E dunque, Zavattini? A me che cosa dovrebbe interessare ciò che fa quello là?»

«Sono sicuro che noi potremmo farlo molto meglio. Faremo un grande settimanale, il giornale più umoristico d'Italia. La gente farà a pugni per comperarlo!»

In quel momento entra in ufficio Andrea; è d'accordo con l'idea di Zavattini, che s'infervora sempre più: «Nino Guareschi! Lui è la penna che ci serve! Non ha nemmeno trent'anni, ma ha un grande futuro davanti, ne sono certo. E lo sa, lo sapete, che difficilmente mi sbaglio su queste cose».

Andrea, galvanizzato da quel plurale che non si aspettava, anticipa per una volta suo padre: «Dovremmo chiamare anche Mosca». Angelo inarca un sopracciglio, più stupito che arrabbiato per quella insubordinazione. Andrea finge di non essersi accorto di nulla: «Giovanni Mosca. Scrive sul *Marc'Aurelio.* È bravissimo. Che ne pensi, papà?»

Silenzio.

«D'accordo. Vai dove sta e porta qui anche quel signore».

Durante l'assenza di Andrea, Zavattini attende Angelo in ufficio. Ha la faccia scura.

«Sono stato a Roma a parlare con il segretario del sindacato fascista dei giornalisti. Non ha opposto resistenza alla mia iscrizione».

Angelo non ha fatto nemmeno in tempo a varcare la soglia: «Come come? Ma se sono io che devo farle la dichiarazione prima dell'iscrizione?»

«Certo» replica, «ma lei non me l'avrebbe mai fatta».

Angelo litiga con i fiammiferi, finalmente accende la sua Turmac: «Ma non possono, non possono! Lei ora deve ritirare la domanda!»

«No, non la ritiro».

«Allora lei è licenziato!»

Cinque minuti dopo, mentre Cesare sta liberando la sua scrivania, squilla il telefono. Irene, la segretaria, gli dice: «La vuole il presidente, può salire subito?»

Angelo è ancora al suo posto, fissa Zavattini che rimane sulla soglia: «Riconosce di aver fatto male?»

«No, non lo riconosco».

«E allora sa che le dico? Che di lei me ne frego!»

«Irene, non ci sono per nessuno. Chiaro?»

«Sì, signor Rizzoli. Va bene».

Siede sulla poltrona. Il rumore delle macchine, in quel silenzio, si sente fin lassù. Cerca di ordinare i pensieri, ma non riesce a placare la sua ira. Squilla il telefono, è Andrea: «Ho saputo di Cesare».

«Senti, non ho tempo adesso».

«Volevo solo dirti che ha accettato una proposta da Mondadori».

«Quel diavolo! Come fa a sapere che Zavattini era fuori? Come? Aspetta un attimo...» La cornetta abbandonata sulla scrivania, la poltrona che si sposta, lui alla finestra, teme che ci sia qualcuno a spiarlo.

«Papà, ci sei?»

«Devo chiudere. Ti saluto».

Ora il problema è trovare un sostituto per la direzione di un giornale ancora in fase di progettazione.

Nel frattempo la missione di Andrea a Roma si rivela più difficile del previsto. Mosca gli sguscia dalle mani come un pezzo di sapone. Non ha nessuna voglia di lasciare la capitale e il *Marc'Aurelio* per trasferirsi in mezzo alla nebbia e alle catene di montaggio milanesi.

«E poi» confessa ad Andrea Rizzoli mentre ordina un caffè nel bar dell'albergo, «ho già ricevuto una proposta».

«Una proposta da chi?»

«Arnoldo Mondadori».

Andrea non ha il carattere focoso del padre, ma deve comunque impegnarsi molto per dissimulare la sua espressione di stizza. E l'altro se ne accorge.

«Non ho ancora firmato, però. E potrei cambiare idea».

Andrea resta da solo nella hall dell'albergo. Roma, fuori dalla vetrata, è avvolta nel buio della sera. Guarda l'ora. Le otto. Suo padre sarà ancora in ufficio. Compone il numero.

La voce di Angelo è bassa: «Cosa vuoi?» Il tono freddo e distaccato è quello di sempre.

«Mosca accetta solo ad alcune condizioni».

«Che sarebbero?»

«Vuole che venga assunto anche Vittorio Metz».

«E chi è?»

«Uno a posto. Scrive di satira. Anche per il cinema. Ci può tornare utile». Il silenzio del padre non lo tranquillizza. «Mosca va da Mondadori se non ascoltiamo le sue richieste. Ha detto che…»

Angelo lo interrompe: «Accetto tutto» e riaggancia.

Il giorno dopo, all'ora di pranzo, Andrea torna fuori dalla sede del *Marc'Aurelio.* Attende l'uscita di Mosca. Lo vede. Si scambiano un'occhiata. Poi il giornalista si dilegua svelto tra i passanti. Nel pomeriggio chiama in redazione, chiede di Mosca, viene messo in attesa, gli dicono che non c'è. E il copione si ripete anche il giorno successivo e quello dopo ancora.

Non può fare altro che chiamare suo padre: «Mi arrendo. Non vogliono venire a Milano, è chiaro».

Silenzio. Il rumore di un pugno sulla scrivania.

«Ci penso io. Tu torna a Milano».

Dopo tre sigarette di fila, Angelo rialza la cornetta e contatta il conte Dell'Anguillara, un nobile decaduto, dalle spalle larghe.

«Ho bisogno di un favore».

«Commenda, è sempre un piacere. Come posso aiutarla?» Ha una sottile inflessione romanesca decorata da una erre moscia.

«Quel pirla di mio figlio… è a Roma. Gli avevo chiesto di convincere due giornalisti a venire a Milano a lavorare per noi. Non hanno accettato. Ma a me servono qui».

«Ci penso io. Chi sono codesti?»

Il giorno seguente, Mosca e Metz sono a cena con un paio di colleghi. Si sentono osservati, eppure il ristorante è vuoto. Tra un boccone e un altro si guardano attorno con circospezione. Bevono, fumano e chiacchierano finché il vino non termina.

Appena fuori, si salutano. Metz volta l'angolo e, sotto la luce di un lampione, un'ombra lo raggiunge: «Mò, tu vieni a Milano a dire a Rizzoli che non *te va de venì*».

Metz, sollevato per il bavero, trema.

«Va bene. Va bene».

«Domattina, tu e il compare tuo, alle nove fatevi trovare a Termini. C'è un treno che v'aspetta». Il conte lo lascia andare, Metz inciampa, cade sulle ginocchia. Si rialza e inizia a correre a perdifiato per raggiungere Mosca.

Il conte Dell'Anguillara entra nel ristorante.

«Siamo chiusi» avverte una voce dal fondo della sala.

«Mi permette una telefonata, per cortesia?» I modi sono gentili.

«Certo. Da questa parte».

Squilli. La voce di Angelo dice: «Pronto».

«Sono io».

«*Alùra?*»

«Partono, partono. Domattina».

La redazione del nuovo periodico è al secondo piano dello stabilimento di piazza Carlo Erba: uno stanzone ammobiliato con un grande tavolo e una dozzina di sedie. All'inizio, molti silenzi. Poi il gruppo si affiata. Andrea, al sabato, li porta tutti alla villa di Canzo: chi va in barchetta, chi gioca a bocce, chi monta a cavallo, chi si diverte a suonare i campanelli per far correre i camerieri in guanti bianchi. La 'banda di matti', come li chiama Angelo, non ha ancora un nome per la rivista che deve nascere.

Andrea offre un premio di tremila lire – l'equivalente di cinque mesi di stipendio – per la proposta migliore.

A vincere è Mario Brancacci: *Benissimo.*

Ma poi Mosca ha un ripensamento. Una mattina piomba in redazione, dice che la rivista si chiamerà *Bertoldo,* come quel villano saggio e astuto della tradizione, è appena uscito nelle sale una pellicola con quello stesso protagonista.

«Brancacci, le tremila lire restano tue».
Tutti d'accordo.
La banda di matti è insofferente a ogni imposizione. Non rispettano le scadenze, non timbrano il cartellino, fanno chiasso, lavorano dove capita, leggono ad alta voce gli articoli intervallando grasse risate, bevono litri di caffè.

Un giorno Ferrazzutto è in cima allo scalone d'ingresso quando entrano Manzoni e Metz. Tira fuori l'orologio dal panciotto e, con una voce carica di rimprovero, dice: «Sono le dieci e un quarto».

«Solo le dieci e un quarto? Allora andiamo a prendere un caffè» replicano. E con un rapido dietrofront si dirigono verso l'uscita.

Dopo mezz'ora, Mosca viene convocato nell'ufficio di Angelo, che siede dietro la scrivania, coi gomiti appoggiati e le mani in preghiera. Non lo fa nemmeno accomodare, lo guarda e gli urla contro dieci minuti di filippica che si conclude con un: «Vale per tutti voi, chiaro?» e su quella frase Mosca lascia la stanza.

Poi invita i colleghi a raggiungerlo al bar. Seduti attorno al tavolino, spiega: «Il Commenda è furioso, dice che diamo il cattivo esempio. Non dobbiamo più scendere a prendere il caffè».

Mario Ortensi, all'arrivo del cameriere, lo rimanda indietro con il vassoio colmo di tazzine fumanti: «Da oggi aranciata».

Il *Bertoldo* vede la luce il 14 luglio 1936. È il giorno di San Bonaventura ed è anche il compleanno di Metz e di Mosca. Costa trenta centesimi e il primo numero ha un grande successo. La gente ha bisogno di critica, legge tra le righe molto più di quello che i giornalisti scrivono.

A settembre, in piazza Carlo Erba arriva anche Giovannino Guareschi, Nino per gli amici. Si è appena trasferito a Milano con Ennia, sua moglie, vivono in una stanza in affitto in via Gustavo Modena. Angelo l'ha assunto come redattore capo della banda dei matti. Il lavoro è arduo. Durante le riunioni, Mosca introduce i temi scottanti, da evitare: «No alle parole straniere, solo lingua italiana, niente dialetto. No al lei, sì al voi. Sì argomento sport, ma attenti sempre alle parole straniere. No opposizione, dubbi o sospetto sul regime. Attenti a morale, magistratura, casa reale e forze armate. Censura su qualsiasi tema disturbante per il modello stabilito dal regime. Indi: no Duce, no guerra, no patria, no maternità, no autarchia, no individualismo…»

Durante la cantilena, i giornalisti sospirano dolorosamente. «Quindi, su cosa possiamo scherzare?»

Silenzio.

La banda di matti ha una passione smodata per il gioco d'azzardo. Spesso capita che la redazione si trasformi in una specie di bisca. Al posto del denaro, giocano con pezzi di carta su cui scrivono a mano le cifre: un'idea di Andrea, che teme le ire del padre. Angelo, naturalmente, sa tutto. Ha acquistato da poco un nuovo appartamento in via del Senato 12, duecento metri quadri in uno stabile di recente costruzione, pieno di marmi lucidi. Un sabato sera organizza una serata e raduna l'intera redazione del *Bertoldo*. Si gioca coi soldi veri, però.

Alle otto si ritrovano nell'atrio del palazzo.

Angelo li invita a servirsi dell'ascensore, i vetri sono in cristallo molato e il sedile in vera pelle: «Salite voi, io vi raggiungo a piedi».

La porta dell'appartamento si apre. Gli ospiti sono in soggezione, abituati alle loro piccole affollate case. La cameriera li invita a consegnarle i cappotti. Loro ubbidiscono inibiti. Il marmo sotto ai loro piedi scintilla, ci si può specchiare. Candelabri d'oro, tende di velluto, mobili stile Luigi XIV. È la casa di un sultano.

Alla soglia appare Angelo, affaticato dai quattro piani a piedi: «È un aggeggio strano». Gli altri si guardano non capendo a cosa si riferisca. Poi prosegue: «A vent'anni mi trovai in un ascensore proprio nel momento in cui è andata via improvvisamente la luce. Sono rimasto prigioniero di quell'affare per più di due ore, a cinque metri d'altezza e al buio. Da allora non ci sono più salito e, giuro, non ci salirò mai!»

La banda, scortata dal maggiordomo, raggiunge la sala da pranzo. La tovaglia è di un bianco accecante, le posate tirate a lucido, i piatti lucenti. Al centro tavola, un vaso con delle profumate rose rosse. C'è il tocco di Anna, ovunque; ma lei non si vede.

Leo Longanesi è arrivato da poco nella squadra del Commenda. Veste sempre di blu, con la cravatta nera. Ha i capelli nero corvino. Come tutti i geni è dispettoso, collerico, litigioso, a volte maleducato. È da un po' che sta progettando un giornale illustrato d'informazione stampato in rotocalco. Nel gennaio del 1936 scrive un telegramma a Mussolini in persona, per chiedergli l'autorizzazione.

Il Duce lo convoca nella sala del Mappamondo, a Montecitorio. Permesso accordato: Longanesi sarà il direttore, Tomaso Monicelli l'amministratore, *Omnibus* il nome della testata. Longanesi accetta tutte le condizioni. Sa già a chi rivolgersi per la stampa a rotocalco.

«Longanesi, lei sarà il direttore, come deciso dall'alto» gli dice Angelo Rizzoli. «Ma non le concedo una redazione. Dovrà affidarsi a collaboratori esterni. Qui siamo già in troppi».

Quello che entrambi non sanno è che Mussolini, tramite Monicelli, ha tirato in mezzo pure l'Incantabiss, come chiamano Arnoldo Mondadori, l'incantatore di serpenti.

Grazie a Tomaso, i due si incontrano in territorio neutro a Milano. Un appuntamento organizzato per brindare all'inaspettata alleanza tra editori concorrenti rivali.

Il Commenda arriva puntuale, accompagnato da Longanesi.

Si accomodano nel bistrot della Galleria.

«Quello là è in ritardo».

«Lo so. Abbia pazienza».

Finalmente arriva. Scortato da Monicelli, Arnoldo allunga la mano, Angelo la stringe più forte che può. Indossa un abito doppio petto scuro, la cravatta e la camicia bianca. È tarchiato e, se non fosse per i capelli che ancora ha, lui e Angelo si somigliano parecchio.

I due si scambiano solo occhiate, non parlano. A spiegare il progetto del giornale è Leo Longanesi. È chiaro che sono lì solo perché costretti dal Duce.

«*Omnibus* sarà una rivista grande formato, con molte fotografie e poche parole, ma giuste. Sarà per tutti, come il titolo stesso intende». Angelo lo guarda. «In latino significa 'per tutti'. E parlerà di tutto, dalla politica alla guerra, dallo spettacolo alla critica di costume. Inchieste e reportage. Insomma, sarà una grande rivista».

Come si poteva immaginare, dopo meno di centottanta giorni, l'unione naufraga. È Arnoldo a ritirarsi e a lasciare spazio ad Angelo.

Sui giornali non si parla d'altro che della nuova gallina d'oro di Mondadori: foto a tutta pagina con il celebre

Walt Disney, fumettista e padre di Mickey Mouse, che presto per gli italiani diventerà 'Topolino'.

La domenica pomeriggio, Angelo è in ufficio. In piedi in mezzo allo studio, gambe divaricate e sguardo rivolto in basso, scuote la testa: «Non va bene, avanti un'altra!» Un tipografo prende un'altra prova della prima pagina, la depone per terra tra le gambe del Commenda.

«Non mi piace, un'altra!»

È da oltre un'ora che va avanti, bocciando tutte le prove mostrate. Si sono riunite più di sessanta persone ad assistere.

«Basta! Questa va bene!» A parlare, stremato, cercando di tagliare corto, è Leo Longanesi.

Angelo ribatte: «Questa fa schifo. Fatemene vedere altre».

Quando trova quella che gli piace è ormai l'alba, si limita a fare un cenno di assenso con il capo. La decisione è salutata da un urlo collettivo.

Omnibus rischia il sequestro ogni settimana. Le giovani penne che ne riempiono le pagine sono velenose e pungenti. E spesso gli articoli sul partito fascista o sui gerarchi costringono il Duce in persona a intervenire. Leo, più volte, è costretto a precipitarsi al Minculpop, per cercare di salvare il salvabile. Sbollentato Mussolini, si torna a pubblicare, in attesa del prossimo rimprovero.

«Vada, Rinaldo! Ma attenzione: non corra e nessuno spavento»: è questa la frase di apertura di ogni viaggio in auto alla volta di Roma. Ora Angelo ha un autista privato. Si chiama Rinaldo Barbaglia, un uomo grassoccio e piccolino, già responsabile del garage dell'azienda.

Dopo le raccomandazioni, Angelo mette sulle ginocchia una borsa di pelle marrone ed estrae un plico di documenti. Prende appunti, legge, tira fuori dal taschino il pacchetto di Turmac dove ha appuntato 'Debiti, Crediti e Liquidità', li confronta con le fatture compilate da Irene. Lavora in silenzio per un'ora, poi finisce addormentato con la testa a ciondoloni sul petto, sul sedile posteriore della sua nuova Lancia Aprilia.

Nella capitale alloggia al Plaza, in una delle camere più costose. Al bar dell'albergo incontra Mario Camerini e Vittorio De Sica. Sta cercando di allargare la cerchia di conoscenze nel mondo del cinema.

I due gli presentano Arturo Osio, un uomo sulla cinquantina, mantovano, direttore della Banca Nazionale del Lavoro, la più grande banca del regime. È lui a decidere i finanziamenti per le produzioni cinematografiche. Le vicende di *Omnibus* hanno portato solo guai. Osio convince Rizzoli ad acquistare la rivista *Cinema* e gli suggerisce, senza girarci troppo intorno, che la scelta migliore alla direzione sarebbe Vittorio, il secondogenito del Duce.

Vittorio Mussolini ha l'età di Andrea, studia Legge, ha combattuto in Abissinia. Conosce Hal Roach, un produttore americano, con il quale ha aperto due società di produzione: la Era Film e la Aci Film. Ma i suoi progetti sono prossimi al fallimento. Negli Stati Uniti il figlio del dittatore non è visto di buon occhio.

«Il Duce pensa che tu sia un pessimo fascista, Angelo» dice Osio, «ma ti ritiene una persona per bene. Devi accettare».

Il Commenda è alle strette. Entra nella società e rileva la maggioranza delle quote della Era Film.

*

Inizio settembre 1938. Sesta edizione della Mostra internazionale del cinema di Venezia. Questa volta, Angelo è venuto da solo. Isa Miranda è dall'altra parte dell'oceano, a Hollywood, impegnata a inseguire il suo futuro; non si sentono più nemmeno al telefono.

Luciano Serra pilota, film prodotto da Vittorio Mussolini, vince la Coppa Mussolini. Per festeggiare, suo padre ha organizzato un banchetto speciale.

Il telegramma, ricevuto in albergo, parla chiaro: Angelo Rizzoli è invitato a un incontro con il Duce.

Stavolta non può sottrarsi.

La sera si avvicina, dopo un ardente tramonto sul mare, l'aria umida rinfresca. Angelo indossa il migliore dei completi bianchi, di lino. È nervoso.

Si dirige verso la banchina del porto. Fuma una sigaretta dietro l'altra. Continua a sistemare i polsini, che è come se si rifiutassero di restare al loro posto. Una lancia si avvicina, un fascio di luce lo accececa. Si sente chiamare per nome. Sono due ufficiali della marina militare.

Risponde: «Sono io».

Sale a bordo. Lo scortano fino alla nave da guerra ormeggiata al largo.

Mussolini padre non c'è, e neppure il figlio. Ci sono comandanti, cavalieri del lavoro, camicie nere. Li distingue dalle mostrine e dalle onorificenze tenute in bellavista sulle divise o sui completi eleganti, tutti neri. Angelo spicca con il suo abito candido. Si è persino dimenticato la coccarda di commendatore, ma tanto non sarebbe bastata a nascondere l'imbarazzo.

Tra gli ospiti ci sono dei gerarchi tedeschi. Sghignazzano tra loro. Le donne che accompagnano i mariti sono serie, poco truccate, ben coperte in mantelle adatte alla temperatura estiva ma umida del mare. Bevono tutti. Angelo recupera una coppa di champagne che qui chiamano semplicemente vino. C'è un quartetto in un angolo. I musicisti suonano senza che nessuno faccia caso a loro. Poi la musica s'arresta d'improvviso. Anche il vociare scompare. È apparso il Duce. In un abito elegante, nero, saluta alzando il braccio. Gli altri restano immobili, col braccio bene in vista. Sono minuti interminabili. Angelo, il braccio, l'ha tirato su per un secondo. Poi ha preferito mettere la mano nella tasca dei pantaloni. Ed è in quella posizione quando Vittorio lo raggiunge e lo invita a seguirlo.

«Lui è Angelo Rizzoli».

Mussolini lo scruta. Angelo non sa se tirare su il braccio o stringergli la mano. Fa le due cose di fretta.

«Rizzoli...» dice senza staccargli gli occhi di dosso, «voi siete un imprenditore di questo impero. Grazie per i servigi che offrite al popolo italiano».

«Sono solo un umile servitore». Si pente all'istante di quella risposta.

Il Duce si allontana per non tornare più. Lasciato solo, impalato come una marionetta, Angelo vorrebbe abbandonare la festa nell'immediato. Ma non può. E resta, silenzioso e solo, a osservare, triste, l'epilogo della serata.

Angelo è nel suo ufficio quando la segretaria annuncia al telefono l'arrivo di un prete: «Vuole parlare con lei. Ha insistito. Che faccio?»

Angelo ci pensa un attimo, non ha tempo da perdere: «Va bene, fallo entrare».

Si chiudono la porta alle spalle e, quando la riaprono venti minuti più tardi, si salutano con una stretta di mano, subito intercettata da Longanesi che lo apostrofa: «Ma che fai? Adesso ti metti pure con loro?»

«Quello è un prete speciale» ribatte prontamente l'editore, «mi ha chiesto di pubblicare una storia di Cristo».

Longanesi lo guarda stranito e preoccupato mentre Angelo continua: «Ce ne sono mille di queste storie, lo so. Ma questa è diversa».

«Sono curioso».

«Ecco, dice che durante la guerra aveva fatto voto di scrivere una vita di Cristo se fosse tornato a casa sano e salvo. Ora ha capito che un'altra guerra si sta avvicinando: gli è parso il momento giusto per scriverla».

L'abate Ricciotti e la sua *Vita di Cristo* vendono di colpo centomila copie.

Ed è proprio a Leo Longanesi che il Commenda affida la collana di libri 'Il Sofà delle Muse'. Vengono pubblicati per la prima volta Dino Buzzati, Elsa Morante, Mario Soldati.

Una mattina, in azienda, una donna si presenta al cospetto di Irene.

«Mi chiamo Nella Raineri. Ho un colloquio con il Rizzoli».

Irene non sa nulla di quell'appuntamento. Telefona ad Angelo e annuncia l'arrivo della donna.

«Sì, falla entrare».

Il gracile corpo di Nella Raineri si accomoda all'altro capo della scrivania. Ha quasi quarant'anni, gli occhi piccoli dietro spessi occhiali da vista, indossa un completo grigio senza pretese. È riservata, forse anche timida.

«*Alùra*, signora Raineri. Sto cercando una segretaria di grande esperienza professionale, abile a scrivere ciò che detto. Facciamo una prova, va bene per lei?»

«Certo. Sono qui per questo». La timidezza iniziale ha lasciato il posto a una certa sicurezza.

Angelo inizia a dettare le sue frasi spesso grammaticalmente discutibili. La signora Raineri è rapida alla macchina da scrivere. Consegna il foglio.

«Non vedo errori» ma in realtà non saprebbe dirlo con certezza, «l'assumo. Torni domattina».

La donna ringrazia calorosamente e lascia la stanza.

«Irene, venga qui». Deve comunicarle la sua decisione. «Irene, per me lei è una di famiglia. La prima persona ad assistermi nel lavoro. Le sono riconoscente. Ma… adesso ho bisogno di un altro tipo di aiuto». Non le dice nulla dell'immagine aziendale, delle frasi scritte in un italiano imperfetto.

«La trasferisco nell'ufficio conto lavorazione. La sua precisione sarà il valore aggiunto di quel reparto».

Irene è perplessa.

«Grazie, signor Rizzoli. Comprendo le sue necessità. Non la deluderò».

«So che non accadrà. Ora torni a lavorare».

Il giorno dopo, all'arrivo nella sua nuova postazione, Irene trova un mazzo di fiori e un biglietto, scritto di pugno da Angelo, con l'inchiostro verde: 'Cara Irene, grazie di cuore per tutto'.

I figli sono felici quando il padre è a Roma. Hanno entrambi poco più di vent'anni, vogliono divertirsi.

Pinuccia sgattaiola fuori casa con gli amici, gli stessi che frequenta Andrea. Va a ballare all'Astoria, ascolta musica francese, adora il tormentone *Portami tante rose* e, appena iniziano a suonarlo, ancheggia leggiadra a ritmo di musica. Si approccia a lei un giovane studente di Medicina, dice di chiamarsi Valerio Consigli. Nella conversazione Pinuccia è impacciata. Non sa cosa dire e, quando scocca la mezzanotte, come la migliore delle Cenerentole fugge e si rintana nell'auto pronta a partire, guidata dall'autista di famiglia.

Andrea, invece, al ballo preferisce l'ora dell'aperitivo al Cova, tra via Manzoni e via Verdi. Il bar è frequentato dai giovani-bene della città. Giocano a seven-eleven, la puntata minima è dieci lire, e lui vince spesso. Sa di non essere attraente: il corpo appesantito dai chili di troppo, gli occhiali per la sua miopia, una calvizie già evidente. Soffre per non avere una ragazza fissa.

Quella sera, il gruppo decide di fare una capatina al Porlezza, la casa chiusa più rinomata della città.

La sala del bar ha le luci soffuse. Tra i tavoli, gli avventori si lasciano avvicinare dalle donne. Il gruppo di amici prende posto, ordina da bere. Stanno già scegliendo con chi andare. Andrea suda freddo. Deve aver bevuto troppo. Gli occhiali si appannano. Proprio mentre sta cercando di rimuovere la patina di nebbia, sente un corpo posarsi alle sue spalle, i seni morbidi, l'odore acre di sudore misto a nicotina. Una mano gli passa davanti al volto. Le dita sottili, le unghie smaltate. Poi un boa rosso lo stringe in una morsa attorno al collo. Cerca di divincolarsi, ma ormai è una preda conquistata.

La donna si accomoda sulle sue gambe. Gli sfiora le labbra con le sue. Andrea ha sempre più caldo. La signora è mora, sulla quarantina, ha un seno generoso, esposto. Gli sussurra qualcosa all'orecchio. Lo prende per mano e gli fa cenno di seguirla. Gli amici fischiano e lo incitano. Nella stanza, essenziale e pulita, la signora copre l'abat-jour con il boa. Spinge Andrea sul letto. Lui allenta la cravatta. Lei gli sfila la giacca, i pantaloni, lo lascia nudo e gli sale a cavalcioni. Avvinghiata a lui, inizia ad ansimare. Lui tiene le braccia lontane dal corpo di lei. Poi, finalmente, si lascia andare, la afferra per i fianchi, la guarda negli occhi. In quel momento la porta si spalanca: «Andrea, Andrea, c'è tuo padre che ti cerca. Sta già salendo le scale». Completamente nudo, si libera del peso della donna, finisce per terra in un groviglio di gambe e, terrorizzato, mentre s'infila gli occhiali, cerca un posto per nascondersi.

I suoi compagni sono nel corridoio. Dopo un momento di silenzio, una fragorosa risata esplode. Era uno scherzo.

Dopo soli due anni, *Omnibus* è costretto a chiudere. Quello che, nelle intenzioni del Duce, avrebbe dovuto essere uno strumento di propaganda, si è trasformato in breve tempo nell'unica rivista capace di criticare il regime dall'interno, raggiungendo un gran numero di lettori.

Angelo è in partenza per Roma, per provare a giocarsi qualche carta di persona. A dire il vero, non è molto speranzoso.

Dettate le ultime raccomandazioni in azienda, sale sull'auto guidata da Barbaglia: «Prima di andare, fa' un giro attorno allo stabilimento».

«Sissignore».

Abbassa il finestrino, tende l'orecchio e dice: «Rinaldo».

«Mi dica».

«Sente questi battiti?»

«Certo» risponde l'autista, «sono le rotative, Commenda».

«E sa» replica Angelo «cosa vogliono dire?»

«Non saprei, signor Rizzoli».

«Ognuno di quei battiti lì, caro Barbaglia, significa una lira che entra in tasca mia».

È il febbraio del 1939, Angelo ha quasi cinquant'anni ed è multimilionario.

QUATTRO

Fammi sentire. Come fa la ranocchia?

Milano, ottobre 1940

Sono passati quattro mesi dall'entrata in guerra al fianco della Germania nazista. In città l'aria è tesa, la gente spaventata. Gli sfollati aumentano. Di notte, nessuno dorme più.

Ancor prima che l'Italia imbracciasse le armi accanto all'alleato tedesco, tutta la penisola è stata oggetto di ricognizioni aeree da parte degli inglesi, pronti a fronteggiare un nuovo nemico. A giugno, ad appena ventiquattro ore dalla dichiarazione di guerra, hanno bombardato Torino senza puntare obiettivi precisi, solo per seminare il panico. La notizia delle bombe si è diffusa a macchia d'olio, e anche a Milano è tornata la paura. Un milione e centomila abitanti immaginano il triste destino dinnanzi a loro.

La città, ormai, è un grande centro industriale: Alfa Romeo, Edoardo Bianchi, officine Galileo, Magneti Marelli, officine Borletti, Tecnomasio Italiana Brown Boveri, Pirelli, Isotta Fraschini, Breda, Caproni, Ansaldo, Falk acciaierie. Sono tutte nel mirino degli aerei militari.

Ogni caseggiato ha allestito un rifugio nelle cantine. La popolazione sa che, in caso di pericolo, ci sarà un allarme trenta minuti prima dell'attacco. Una seconda sirena, invece, precederà di pochi minuti lo sgancio delle bombe.

*

È da agosto che non cade una bomba sulla città. Gli allarmi hanno smesso di suonare. L'autunno in casa Rizzoli ha il profumo delle rose. Pinuccia si sposa. I preparativi sono stati guidati da un'attenta mammetta, che nulla ha lasciato al caso: i fiori in ogni angolo, le tende stirate e profumate, il vestito migliore: un abito bianco dalle maniche lunghe che avvolgono le braccia esili, le spalline leggermente a sbuffo, un fiocco sullo scollo appena accennato, il tessuto liscio, delicato, segue il movimento delle sue forme, alla vita, un altro fiocco a preparare la lunga discesa della gonna. Pinuccia ha i capelli mossi, raccolti con i ferretti. Si è truccata appena. Ha solo ventiquattro anni.

Il suo promesso sposo ne ha due in più, si chiama Gian Gerolamo Carraro, per gli amici Mimmo.

Si sono conosciuti nell'estate del '36, a Riccione. Erano entrambi in vacanza al Grand Hotel. Un giovane brillante, studente di Medicina, amante della mondanità. Veste sempre bene, si comporta da gran signore e va in giro con una Balilla rossa. Frequenta la Scala, dove suo padre, Nicola, chirurgo rinomato, ha un palco privato. Ci sa fare con le donne e frequenta i tè del GUF, riunioni settimanali tra studenti tenute presso l'hotel Principe e Savoia, è amico di Vittorio e Bruno Mussolini.

Il calcio è la sua passione. Ha seguito un corso per diventare arbitro professionista.

In un campetto di periferia, Mimmo, nella sua divisa nuova di zecca, aveva fischiato il calcio d'inizio. Dopo pochi minuti, un fallo a gamba tesa: aveva estratto il cartellino giallo. Il giocatore aveva bestemmiato, se l'era presa con lui. Cartellino rosso. Sugli spalti gli spettatori avevano iniziato a litigare, in campo un'ammucchiata di carne, ossa, pugni e sputi. Mimmo non sapeva come sedare la rissa. Lo aveva raggiunto un calcio al mento, facendolo svenire. Suo padre si era precipitato sul campo e aveva cominciato a picchiare chiunque gli capitasse a tiro, pur di difendere l'incosciente Mimmo steso a terra. La sera Pinuccia era andata a fargli visita: l'occhio era livido, alcune escoriazioni sulla guancia e un grosso cerotto a coprire il labbro gonfio.

«Mi hanno ricucito. Cinque punti» le aveva detto.

Lei lo aveva abbracciato.

«Non credo che farò l'arbitro, Pinuccia».

«Va bene così» lo aveva consolato.

Un mese dopo, le cicatrici sono riassorbite. Pinuccia e Mimmo erano a cena in un ristorante del centro. A lume di candela lei risplende. Prima di lui, non si era mai sentita così bene, così al sicuro. Tra una portata e l'altra, gli aveva chiesto: «Perché non ci sposiamo?» Mimmo si era sistemato la giacca di ottima fattura, aveva stretto il nodo della cravatta regimental, le aveva preso la mano: «Pinuccia, ci sono delle priorità. Devo laurearmi, fare carriera».

Lei aveva abbassato lo sguardo.

«Capisci? Dimmi di sì».

Aveva annuito.

Alla fine della cena, l'aveva riaccompagnata a casa.

Il giorno dopo, al telefono, Pinuccia gli aveva detto che era finita.

Per il giorno della sua laurea, Mimmo aveva organizzato una festa alla quale aveva invitato anche la famiglia Rizzoli. Non vedeva Pinuccia da tempo, ma tutte le volte che incontrava Andrea gli chiedeva della sorella. Lui gli aveva risposto: «Non saprei. Telefonale, no?»

A casa Carraro era giunto un grosso pacco con i libri pubblicati fino a quel momento dalla casa editrice, tra cui i romanzi di Luciana Peverelli, Carola Prosperi, Wanda Bontà e poi Rovani, Tasso, Dumas, Castiglione, Prezzolini, Leopardi, Mazzini, Monti, Gasparo Gozzi. Il tutto accompagnato da un biglietto scritto con inchiostro verde dal Commenda: 'Complimenti per il traguardo raggiunto. A. Rizzoli'.

Al bar Cova, Mimmo aveva mostrato la sua piccola conquista e Andrea non aveva tardato a commentare: «Una rarità! Ti consiglio di incorniciarlo e farne un quadretto». Il rapporto con suo padre non è mai cambiato, anzi, a volte crede sia peggiorato: più passano gli anni più sente di perdere la sua fiducia.

«Che hai, Andrea?»

«Nulla». Aveva sollevato il calice e brindato all'amico.

«Stavo pensando...» Mimmo gli si era seduto accanto, «mi sa che Pinuccia me la sposo».

«Ma se non sai neppure se vuol tornare con te!»

«Ci provo. Mi dai una mano?»

«Non ci penso proprio».

Andrea era quasi certo che sua sorella avrebbe accettato anche senza una sua spinta. Gli era capitato più volte di sentirla nominare Mimmo. Ora che il suo amico aveva deciso di tornare alla carica, aveva provato come un fastidio. Perché è lui il fratello più grande, toccherebbe a lui sposarsi per primo. Ma una donna non ce l'aveva ancora.

Quando Mimmo aveva richiamato Pinuccia, la voce di

lei era distante. «Stai frequentando qualcuno?» le aveva chiesto ansioso di sapere.

«No».

«Bene... cioè mi spiace... volevo dire... ti va di uscire stasera?»

Pinuccia aveva accettato. Lo aveva confidato a sua madre che si era raccomandata di stare con gli occhi bene aperti. «Gli uomini sono volubili» le aveva detto.

Mimmo non aveva perse tempo e appena insieme l'aveva baciata. Pinuccia non aveva fatto resistenza. Lui aveva infilato una mano nella giacca, estraendo una scatolina blu.

All'interno un brillante. «Pinuccia, mi vuoi sposare?»

«Tirati su».

«Allora è un no?»

«Non è un no. Ma devi chiedere a mio padre! Vorrai mica scavalcare il Commenda?»

«Va bene. Però, prima... dimmi che mi sposerai».

«Certo che ti sposerò».

Si erano abbracciati.

Trovare il signor Rizzoli durante l'orario lavorativo era semplice. Mimmo, senza prendere appuntamento, si era presentato alla porta del suo ufficio.

Era un venerdì pomeriggio. Angelo fumava silenzioso, in piedi rivolto verso la finestra. Il ragazzo aveva bussato.

«Salve signor Rizzoli, sono Mimmo…»

«Carraro, vieni qui. Che piacere. Accomodati».

Un po' spaesato da tutta quella gentilezza, si era seduto.

«Hai ricevuto il mio dono per la tua laurea?»

«Sì e ci tenevo a ringraziarvi personalmente. È stato inaspettato e graditissimo».

«Bene. Cosa posso fare per te, dottore?»

Mimmo taceva, come per prendere la rincorsa.

«Vorrei chiedere a Pinuccia di sposarmi» l'aveva detto tutto d'un fiato.

«Ma so da mia moglie che non siete più amici». «Diciamo che ci siamo allontanati per un periodo. Avevo bisogno di concentrarmi sulla laurea, sulla carriera». Angelo lo aveva scrutato, si era acceso una sigaretta, gli aveva puntato un dito contro.

«Solo se sarai in grado di garantirle un buon tenore di vita».

«Ci proverò».

«Non basta».

«Ma come?»

«Tu devi riuscirci. Ci riuscirai?»

«Sì. Ci riuscirò».

«Allora hai la mia benedizione».

«Grazie signor Rizzoli».

«Domenica festeggiamo la tua laurea a casa mia. Quindi fai in fretta. *Capì?*»

Mimmo aveva annuito e, colmo di fiducia, aveva stretto la mano del suo futuro suocero.

Riaccolto in casa Rizzoli, Mimmo la domenica sera si era presentato con una bottiglia di champagne.

«Al primo laureato di questa famiglia!» aveva brindato Angelo, raggiante.

«Ma come 'di questa famiglia'?» aveva domandato Anna.

«Ecco, ho chiesto a Pinuccia di sposarmi».

La ragazza aveva mostrato l'anello al dito e Anna si era avvicinata per osservarlo con attenzione. Poi si era rivolta ad Angelo: «E tu lo sapevi?»

«Lo ha chiesto prima a me, il dottore».

Avevano battuto le mani, scoordinati ed euforici. Pinuccia era raggiante, avvolta dall'affetto dei suoi genitori. Andrea, invece, con il bicchiere a mezz'aria, era felice a metà.

Come testimone di nozze, Pinuccia sceglie suo fratello. Lui fa fatica a mantenere il sorriso nelle foto di rito. Il pranzo si tiene all'hotel Gallia, alla presenza di più di cento invitati, tra i quali molti giornalisti.

Nel tardo pomeriggio, la sposa si fa accompagnare dal suo novello sposo alla casa paterna, in via del Senato. Mimmo la aspetta in auto, il tempo di un cambio d'abito prima del viaggio di nozze. Davanti al portone, Pinuccia trova suo padre, le mani sprofondate nelle tasche dei pantaloni. Senza dire una parola, segue con lo sguardo la sua bambina mentre attraversa l'atrio, le va dietro ed entra con lei in ascensore: «Papà, in ascensore?» Angelo non risponde, preme il bottone del quarto piano e scoppia in lacrime. Si abbracciano e, al pianto, si aggiungono i singhiozzi.

Un matrimonio perfetto. Vi ringrazio per l'amore donatomi in tutti questi anni. Da lontano, i ricordi scorrono nella mia memoria. Vi ho amato molto, nonostante i momenti bui ho sempre sentito la vostra preziosa presenza. Ora avrò una nuova vita, ma sarò sempre la tua bambina, papà. Alla mamma dico grazie per avermi insegnato ad essere donna.

Non dimenticatevi di me.

Vostra, con immenso affetto

Pinuccia

Dopo aver aperto la lettera della figlia, Angelo passa una notte insonne. La mattina dopo decide di precipitarsi a Portofino, dove la coppia è in viaggio di nozze. Ci va con Anna. Non sa perché, ma quelle righe gli hanno messo agitazione.

Passeggiano tutti e quattro nella piazzetta, di fronte c'è il porticciolo, sono taciturni, non fa caldo e il vento scompiglia i capelli.

Angelo rompe il silenzio. «Mammetta, perché non ti fermi una settimana anche tu con loro?»

Anna lancia uno sguardo fulminante a suo marito: «Ma Angelo, cosa dici? Sono in luna di miele!», mettendolo a tacere per il resto della breve permanenza.

Pochi giorni dopo, il presentimento del Commenda trova conferma. Mentre la giovane coppia sta facendo colazione nella hall dell'albergo, la radio annuncia l'attacco alla Grecia. Spaventati, Pinuccia e Mimmo decidono di rientrare a Milano. Non è prudente restare lontano dalla famiglia.

«Ho come l'impressione di essere seguito, di essere spiato». Ferrazzutto ha la fronte perlata, nonostante non faccia caldo. È nell'ufficio di Angelo, che sposta indietro la poltrona su cui è seduto, si alza, gira attorno alla scrivania e posa una mano sulla sua spalla: «Forse non è niente di grave. E comunque, se ci fosse bisogno, ricorreremo a Mussolini. Per il momento non preoccuparti».

Sono mesi difficili. A novembre, un rapporto da 'fonte confidenziale' giunge sulla scrivania del Ministero degli Interni. Dice che *negli ambienti fascisti, in particolare in quelli culturali e giornalistici, è oggetto di commento e critiche tanto l'attività editoriale della Casa Rizzoli quanto il Rizzoli stesso come fascista.* Soprattutto, le critiche sono rivolte a Ferrazzutto, indicato come *persona scaltra nel saper occultare i propri sentimenti di acerrimo antifascista.*

A dicembre, un altro rapporto. Questa volta, sotto tiro c'è anche Longanesi. Il solito confidente scrive: *Longanesi, conosciuto per i suoi sentimenti antifascisti, dimostra la sua poca italianità nella direzione di una collana di romanzi intitolata 'Il Sofà delle Muse', pubblicando autori quasi esclusivamente stranieri.*

Una settimana dopo, Angelo è a Sanremo. Invita Vittorio, il figlio del Duce. Devono discutere della sceneggiatura di un film con il regista Julien Duvivier. Dopo cena, il Commenda lo trascina al casinò. Seduti attorno alla roulette, Angelo lo guarda: «La pallina è beffarda ma bisogna amarla e assecondarla» poi controlla alle sue spalle, «via di qua, per favore. Non voglio nessuno dietro di me».

All'ingresso ha cambiato circa due milioni di lire in fiches. Ne regala un po' a Vittorio, che si aggira tra i tavoli, ma alla fine rinuncia a giocare e va a cambiarle. Suo padre non vede di buon occhio i giocatori d'azzardo. Quando rientra a Roma, non gli racconta niente e con i soldi ricevuti da Rizzoli si compra un divano e due poltrone.

Gennaio 1941. Il prefetto di Milano, Giovanni Marziali, scrive: *Sia il Rizzoli che il Ferrazzutto serbano regolare condotta senza dar luogo a rilievi e dagli accertamenti eseguiti non è risultato che diffondano notizie sull'andamento della guerra o muovano critiche all'indirizzo del regime.*

Per tutto l'anno la tensione nei corridoi dello stabilimento è altissima. Ci si guarda le spalle a vicenda ed è chiaro che tra di loro c'è il nemico. Angelo questo l'ha messo in conto. Non se ne preoccupa finché, in autunno, decide di chiudere la collaborazione con Vittorio Mussolini, uscendo dalla società Era Film. Qualcosa sta cambiando e Angelo è abile a fiutare i pericoli in anticipo.

Febbraio 1942

Alla sera, è ormai abitudine comune ricoprire le lampade e le finestre degli appartamenti di carta azzurra per evitare che le luci attirino l'attenzione delle incursioni aeree.

Il terrore, in casa Rizzoli, è attutito dalla trepidante attesa per il lieto evento.

Pinuccia è agli sgoccioli della gravidanza. Anna le ha già preparato da tempo la valigia con tutto il necessario da portare in ospedale. Angelo ha allertato l'autista: che si tenga sempre pronto, giorno e notte.

È la prima domenica del mese, Pinuccia lamenta dei dolori.

«Saranno mica doglie?» chiede preoccupata al marito.

«Non è niente» la rassicura Mimmo, «è ancora presto, vedrai che tra poco ti passa».

Pinuccia però non si sente affatto bene, telefona a sua madre e le chiede di andare a tenerle compagnia. Quando Anna suona alla porta di casa Carraro-Rizzoli, ad aprirle è il genero. La guarda ed esclama: «Visto che ci siete voi, io quasi quasi vado a vedere Milan-Atalanta. Sai, ho bisogno di allentare un po' la tensione».

E così prende la giacca, davanti alla suocera incredula, e prima che gli si chiuda la porta alle spalle, lei dice: «Scusa, tua moglie sta per partorire e tu te ne vai alla partita?»

Lui ribatte, sicuro e del mestiere: «Non dovete preoccuparvi. Sono solo dolorini. Ho lasciato in vista un lassativo. Se proprio non passa, ne prenda una pastiglia e tutto si sistema». E se ne va.

Pinuccia è sul sofà, bianca come un cencio. Per prima cosa Anna prende il telefono, chiama Angelo, lo prega di raggiungerle.

Al suo arrivo, i dolori della figlia aumentano. Una fitta ogni venti minuti.

«Angiulìn, queste sono doglie! Non c'è dubbio! Prendi la valigia e portiamola in ospedale»

La donna viene condotta in sala parto a travaglio già iniziato. Dopo poche ore, dà alla luce un maschietto: Nicola.

Dal gracchiante altoparlante, la voce annuncia: «Il dottore Gian Gerolamo Carraro è atteso con urgenza in direzione. Ripeto. Il dottore Gian Gerolamo Carraro è atteso con urgenza in direzione».

Raggiunge l'ospedale quando tutto ormai è finito. Nel corridoio incrocia Angelo. È scuro in volto: «Neanche i calli mi farei curare da te, dottore!» gli urla brusco.

Mimmo incassa senza proferire parola.

«Vi dico che qui non è più sicuro». Angelo insiste affinché tutta la famiglia si trasferisca a Canzo.

Nicola ha pochi mesi, dorme beato tra le braccia di Pinuccia. Lei lo guarda e dice: «Ha ragione papà».

Mimmo è strano da giorni. Sembra malato, senza energie. Probabilmente farà bene anche a lui allontanarsi dalla città. Sta cercando di specializzarsi in urologia nella clinica dove lavora suo padre. Coi colleghi non riesce a legare, preferisce stare con i malati. La verità è che si è accorto che la vita del medico non gli interessa e inizia a chiedersi perché lui, rampollo di una ricca famiglia, sposato con la figlia di un uomo ancora più ricco, debba faticare tanto per quel lavoro.

Il trasferimento alla villa è presto fatto. Carichi di bagagli, Anna e Angelo hanno preferito portare con sé quante più cose di valore: vestiti, quadri, mobili, gioielli.

Mimmo nel frattempo ha deciso: dirà addio alla carriera da medico. Forse entrerà nell'azienda del suocero. Arriva però la chiamata alle armi.

Il primo giorno di servizio saluta sua moglie e suo figlio senza nascondere le lacrime. Quello che ancora non sa è che il suo servizio si svolgerà alla periferia di Milano, in un ospedale da campo inattivo.

Nella cronaca meneghina del *Corriere della Sera* del 21 ottobre compare un trafiletto:

> *Nella chiesa di San Bartolomeo, con la speciale benedizione del Pontefice, si sono uniti in matrimonio la signorina Lucia Solmi, figlia del gr. uff. Giorgio Solmi, segretario generale della Provincia e il camerata Andrea Rizzoli, figlio dell'editore gr. uff. Angelo, Cavaliere del lavoro.*

Lucia ha meno di vent'anni, si è iscritta alla facoltà di Lettere e Filosofia, Andrea ne ha compiuti ventotto. Come per la sorella Pinuccia, anche l'amore tra i due ragazzi nasce al mare nell'estate precedente, questa volta a Rapallo, dove i Rizzoli alloggiano all'Excelsior con la barca, che porta il nome di Pinuccia, ancorata nel porticciolo. Lucia ha i capelli biondi, gli occhi scuri e un corpo grazioso, allenato dalla sua passione per il nuoto e gli sci, che stride con il tono aspro della sua voce.

Quella estate aveva partecipato a una gita in barca organizzata dai fratelli Rizzoli. C'erano molte belle ragazze, si scherzava, si rideva, la colazione era a base di panini farciti. Aveva osservato Andrea fare la corte a una giovane prosperosa. Uno dei suoi amici gli era passato dietro, urtandogli il gomito, facendo finire il contenuto del calice di vino sulla malcapitata. Nel tentativo di scusarsi, Andrea aveva afferrato un tovagliolo e stava tamponandole il seno. Lei, esterrefatta, gli aveva sganciato un ceffone. Gli occhiali erano volati per terra e lui era finito a gattoni alla ricerca, cieco come una talpa. Lucia aveva lanciato sguardi infuocati agli amici, che nel frattempo si sbellicavano di risate. Si era accovacciata accanto a lui, restituendogli gli occhiali. Quando Andrea li aveva inforcati, l'aveva vista per la prima volta.

A vacanze terminate aveva deciso di spedirle un dono. Lucia aveva ricevuto il pacco e, prima di aprirlo, aveva letto il biglietto: 'Ti potrà semmai servire come zeppa se hai un tavolo traballante'. Le aveva regalato un libro di Luciana Peverelli, una storia romantica. Poco più tardi le aveva telefonato per dirle che gli avrebbe fatto piacere incontrarla.

I due si erano dati appuntamento. Al momento dei saluti, Andrea le aveva chiesto di poterla accompagnare a casa e lei aveva accettato. Si erano rivisti ogni domenica, spesso a bordo di due biciclette con cui facevano brevi e piacevoli gite. I gagliardi amici di Andrea non avevano tardato a tempestarlo con qualche altra burla: iniziarono a pedinarli, a spiarli, li chiamavano la Bella e la Bestia.

Poco alla volta, Lucia si era scoperta innamorata di lui.

Era attratta dalle persone interessanti, spiritose, gentili. E Andrea era tutto questo. All'inizio dell'inverno, una sera, giunti ai saluti dell'ennesima uscita assieme, l'aveva baciata appassionatamente.

Gli amici gli consigliarono di non illudersi: «Ti sposerà solo per i soldi». Ma lui sapeva che il loro amore era sincero, Lucia era la donna giusta.

Da più di un anno, gli aerei disertano i cieli di Milano. Il pomeriggio del 24 ottobre il suono delle sirene coglie la popolazione d'improvviso, come un incubo che si ripresenta dopo lunghi sonni quasi sereni. Si tenta di raggiungere i rifugi, ma le prime bombe cadono soltanto dopo tre minuti. Non c'è scampo per quanti si trovano ancora in strada.

Poco dopo, un secondo attacco sul centro. Gravi sono i danneggiamenti degli stabili di zona Ticinese, corso Roma, piazza Tricolore, corso Buenos Aires. Anche il carcere di San Vittore viene colpito. Una breccia nei muri perimetrali permette la fuga di numerosi detenuti. Nella notte piombano sulla città altri bombardieri.

La mattina seguente, migliaia di milanesi si accalcano su treni e corriere per raggiungere la provincia.

L'Italia sta sprofondando con il Duce. L'esercito è stato umiliato in Grecia, Hitler è fermo alle porte di Stalingrado e i giapponesi hanno bombardato Pearl Harbor. Le possibilità di vittoria per l'Asse diminuiscono ogni giorno.

«La guerra è una parentesi. Una volta finito questo massacro, non ci sarà neppure più il fascismo. Vincerà la democrazia. E sai che cosa significa democrazia?»

Angelo sta parlando con Mimmo mentre, dalla terrazza di Canzo, guardano le luci degli incendi su Milano.

«Significa che...»

«Significa informazione. Giornali. Settimanali. Mensili. L'azienda crescerà e io avrò bisogno di persone fidate su cui contare». Angelo guarda Mimmo per un paio di lunghi secondi.

Ancor prima che Mussolini firmasse la dichiarazione di guerra, lui ha riempito i magazzini delle sue tipografie di Roma e di Milano con un'abbondante scorta di carta da giornale.

Nella villa di Canzo sono in quindici: il Commenda e sua moglie Anna, Andrea e Lucia (per loro il viaggio di nozze è rimandato), Pinuccia e Mimmo con il piccolo Nicola, qualche parente che va e viene dalla città, balie, camerieri, maggiordomo e cuoca. Non si trova il pane, la farina è un miraggio, la carne un ricordo lontano. Angelo fa costruire, in un angolo del parco, una conigliera con cento conigli che, nel giro di pochi mesi, finiranno per quadruplicarsi.

Poi, nonostante lo stato di allerta, fa un viaggio fino a Merano: acquista da una famiglia ebrea una specie di castello e, siccome i conigli continuano a moltiplicarsi, mette in piedi un'attività industriale per la produzione di lana d'angora, dando alla società un nome dal sapore internazionale: In happiness.

La famiglia a Canzo è al sicuro, Angelo ne è convinto. Fa nascondere nel parco della villa le due Lancia: «Sotto le cataste di legna, così che i tedeschi non le trovino» suggerisce. Ogni giorno una delle due cataste viene smantellata e, al mattino presto, parte con il figlio alla volta dello stabilimento in città. La benzina è razionata. Quando finisce, non resta che utilizzare una vecchia Ardita a carbone. Con un pieno macina duecento chilometri.

Padre e figlio non si scambiano molte parole, e quelle poche riguardano il lavoro.

«Tua sorella è stata molto chiara. Mimmo non ha intenzione di praticare la professione di medico. È depresso, dice».

«E quindi lo lasciamo entrare in azienda? Questa è la soluzione?»

Angelo sospira.

«Devo pensare al benessere di tua sorella e di nostro nipote. Troveremo qualcosa da fargli fare. Non è stupido. E poi ha una grande cultura. Ti pare?»

Andrea abbassa il capo e tace. Teme che gli equilibri aziendali possano cambiare, che la presenza del cognato possa portargli via qualcosa che gli appartiene, qualcosa che va oltre la sola azienda.

«Come vuoi tu» dice dopo un minuto di silenzio.

Il padre annuisce: «Allora è deciso».

Il Commenda viaggia con la stessa auto a carbone anche quando, tre volte al mese, si reca a Roma per firmare documenti e controllare la situazione delle sue attività nella capitale. Con l'autista partono con il portapacchi carico di sacchetti. Sulle montagne della Cisa fanno rifornimento e, ogni volta che la macchina perde velocità, sono costretti a fermarsi, aprire il fornello e scaricare la brace rovente. Angelo dorme per tutto il viaggio, cullato dall'andatura da crociera del veicolo e, di solito, si sveglia in prossimità dei passaggi a livello chiusi. L'attesa lo snerva. Impaziente, tira fuori dal portafoglio duecento lire, li allunga al Barbaglia e dice: «Guardi se si può fare qualcosa». L'altro scende dall'auto, consegna i soldi al casellante e le sbarre, tutte le volte, si alzano.

Milano, febbraio 1943

Il preallarme è suonato alle nove e mezza di sera. Un'ora dopo, il cielo è di nuovo invaso dagli aerei. L'ennesima pioggia di bombe. Questa volta, oltre a molte aree civili, è toccato anche al Palazzo Reale, alla Pinacoteca, al Conservatorio. Il conteggio dei morti sale di ora in ora, arriva a centotrentatré persone, con più di quattrocento feriti e migliaia di senzatetto. La città si svuota ancora, le scuole vengono chiuse a tempo indeterminato.

Gli sfollati invadono le strade e l'autista è costretto a un'andatura a passo d'uomo. Andrea stenta a credere ai propri occhi. Suo padre resta serio, impassibile accanto a lui. Non commenta. Entrambi attendono col fiato sospeso di giungere in azienda.

Questa volta ci è mancato davvero poco. La fortuna ha voluto che le bombe cadessero tutt'attorno. Ma è difficile anche per i dipendenti rimasti in città raggiungere piazza Carlo Erba. Molte vie sono sbarrate e i cumuli di macerie fumanti costringono a fare lunghi giri. Incendi divampano ovunque.

Ogni mattina il rito è sempre lo stesso. Dopo la notte insonne, Angelo s'affaccia sul terrazzo della villa, con lo sguardo verso la città dove si alzano alte nuvole di fumo.

«Brucia tutto» dice sottovoce.

*

I mesi passano, quelli invernali sono più duri. Non arriva quasi più cibo e Angelo, in casa, ha molte bocche da sfamare. Si cerca di sorridere per il piccolo Nicola, ci si conforta con la consapevolezza di essere molto più fortunati di tanti altri: ma è una consolazione che non può mettere radici troppo in profondità.

Un'altra primavera. Poi un timido inizio d'estate.

La mattina del 25 luglio, Andrea accende la radio per sentire gli aggiornamenti, come al solito.

La voce parla lenta, ha perso la prodezza degli scorsi annunci.

«Attenzione. Attenzione. Sua Maestà il Re e Imperatore ha accettato le dimissioni dalla carica di Capo del governo, Primo ministro e segretario di Stato, presentate da Sua Eccellenza il cavaliere Benito Mussolini. E ha nominato Capo del governo, Primo ministro e segretario di Stato Sua Eccellenza il cavaliere maresciallo di Stato Pietro Badoglio». Il messaggio ricomincia da capo, ancora e ancora.

Quando pensano che sia tutto finito, i milanesi vengono colti dal feroce bombardamento dell'8 agosto. Le bombe anche questa volta piovono con il favore delle tenebre. Il centro storico è considerato dagli Alleati un unico obiettivo militare, senza distinzioni: notte dopo notte vengono colpiti ospedali, monumenti, teatri, scuole, chiese, abitazioni, linee ferroviarie, fabbriche. Le prime luci del mattino illuminano una città di rovine e voragini, ogni mattina il copione è lo stesso: in capo a una settimana il corpo di Milano è straziato.

Giovanni Mosca si è rifugiato appena fuori dalla città, a Pioltello, ogni giorno fa la spola da lì allo stabilimento di piazza Carlo Erba. Il 13 agosto, finito il turno, decide di restare nel suo appartamento in città. È convinto che, dopo tutte quelle notti di bombe, il peggio sia passato. Ha fatto male i suoi calcoli. Poco prima dell'alba le sirene iniziano a suonare. Mosca scende svelto nel rifugio del palazzo, in viale Romagna, a due passi dalla sede Rizzoli. Fatta eccezione per la famiglia di portinai – madre, padre e una ragazzina – lui è l'unico abitante rimasto nello stabile. Al fragore delle bombe, sopra le loro teste, i tre si stringono a lui, deve farsi coraggio per tutti. Più i sibili si fanno forti, più vicina è la fine. Uno spostamento d'aria li fa volare, ancora abbracciati. Atterrano. Restano immobili per un tempo indefinito, forse secondi, minuti. Poi si guardano negli occhi, domandandosi se sono già morti. Il suono del cessato allarme li riporta alla vita.

«Mosca! Mosca, ci sei ancora?» Un uomo urla dalle scale. È Eugenio Gara, lavora con lui.

Giovanni risponde: «Sì, ancora». Per festeggiare puntano dritti alla cantina: è ancora intatta. Prendono una bottiglia di vino. Escono. Il paesaggio è desolante. Ci sono fumo e fiamme ovunque, grida e pianti soffocati. Dopo un brindisi sommesso, si dirigono verso piazza Carlo Erba.

Il rumore delle esplosioni arriva, attutito dalla lontananza, anche a Canzo. Angelo si sveglia di soprassalto. Scivola fuori dal letto e, in mutande e canottiera, si precipita sul terrazzo. Andrea è già lì con addosso solo i pantaloni del pigiama. Pian piano arrivano tutti gli altri. Milano sembra una torcia, un serpente infuocato che si allunga esplosione dopo esplosione. Mentre ancora sulla città lampeggiano le bombe, il Commenda è già in auto, con lui partono anche Andrea e Mimmo.

Piazza Carlo Erba è densa di fumo. Gli ultimi due piani dello stabilimento sono in fiamme. Angelo punta gli occhi più sotto, individua la finestra del suo ufficio, al primo piano: spuntano lingue di fuoco.

In pochi minuti l'aria si fa irrespirabile. Bisogna coprirsi bocca e naso. Mosca e Gara hanno le facce nere come la pece: si sono avvicinati troppo, nel tentativo di entrare negli uffici. Tossiscono. Si sono riparati in un angolo. Fa caldo, la piazza sembra una fornace.

«Tutto bene?» domanda Angelo.

«Tutto bene, Commendatore» rispondono all'unisono.

«E i pompieri?» Si guarda attorno. «Se arrivano in tempo, forse riusciamo a salvare le macchine».

«Li stiamo aspettando» risponde Gara.

Le autobotti non tardano ad arrivare. Angelo è inquieto. Cerca di intercettare il capo squadra.

«Con chi posso parlare di voi?» urla, ma nessuno lo degna di attenzione.

«Non mi danno retta» dice ad Andrea.

«Aspetta. Ci vorrà tempo».

«Non abbiamo tempo!»

Il fuoco si arrende all'acqua, lentamente. Il fumo aumenta. L'aria è acre, bollente. Gli scoppiettii diminuiscono.

«Chi è il proprietario?» Il vigile del fuoco cerca Angelo.

«È qui!» urla Mimmo.

«Signor Rizzoli, i danni sono ingenti».

«Le macchine. Le macchine si sono salvate?»

«Signor Rizzoli...»

«Le macchine. Tra una settimana dobbiamo tornare a stampare!»

«Papà» Andrea lo prende per un braccio, «andiamo».

«Lasciami! Io non vado da nessuna parte. Mosca, sta' a sentire. Trova un telefono, chiama gli operai».

«Adesso?» Tossisce. È stremato.

«Adesso».

Sono da poco passate le undici, Angelo e suo figlio salgono sul tetto facendosi largo tra il fumo che ancora toglie il respiro.

Gli uffici, le redazioni, gli archivi: tutto distrutto. Dei vecchi giornali non è rimasta che cenere. Ma le macchine, no. Quelle si sono salvate.

«Grazie» dice Angelo rivolgendosi ai pompieri, «ora potete andare». Nota però che gli uomini stanchi, sudati e anneriti dal fumo non rispondono all'ordine che viene rinnovato. «Andate! Non vedete che altri debbono lavorare?»

«Altri? Chi?» chiede qualcuno.

«Come chi? I muratori!»

Una squadra di operai appare oltre la nube di fumo. Armati di piccone si mettono subito all'opera.

«E se stanotte bombardano di nuovo?» domanda Andrea esterrefatto.

«Le bombe sono come il fulmine. E dove il fulmine è caduto una volta, non ricade più» taglia corto Angelo. Poi si avvicina ai muratori: «Ragazzi, lavorate sodo e, se fra cinque giorni avrete finito, vi darò tanto che ciascuno di voi potrà farsi una casa!»

Dopo dieci giorni, i giornali della Rizzoli appaiono di nuovo in tutte le edicole.

Verso sera, l'8 settembre, i programmi della radio di Stato vengono interrotti, sostituiti da marce militari. Alle diciannove e quaranta, la voce familiare di Giovan Battista Arista annuncia un messaggio del maresciallo Badoglio e subito dopo parte la voce registrata.

'Il governo italiano, riconosciuta la impossibilità di continuare la impari lotta contro la soverchiante potenza avversaria, nell'intento di risparmiare ulteriori e più gravi sciagure alla nazione, ha chiesto un armistizio al generale Eisenhower, comandante in capo delle forze alleate anglo-americane.

'La richiesta è stata accolta.

'Conseguentemente, ogni atto di ostilità contro le forze anglo-americane deve cessare da parte delle forze italiane in ogni luogo'.

Angelo è in stabilimento con Andrea e Mimmo. La voce di Badoglio risuona per i corridoi vuoti.

Giovannino Guareschi ascolta lo stesso messaggio mentre si trova nella caserma di artiglieria di Alessandria. I tedeschi lo prelevano e lo spingono su un treno diretto in Germania, in un campo di concentramento.

Da redattore capo del *Bertoldo* alla divisa, Guareschi ci è finito per un pasticcio qualche anno addietro. Dopo aver alzato un po' il gomito a una cena tra amici, urlò «Abbasso il Duce» sulla strada verso casa. Poi, barcollando, fermandosi soltanto il tempo necessario per una boccata di sigaretta, aveva ripreso: «Questi coraggiosi gerarchi se ne stanno coi loro culi comodi a Roma, mentre nella steppa russa la povera gente muore di fame!» E di nuovo: «Abbasso il Duce!»

Una finestra si era aperta: «Silenzio!»

«Abbasso il Duce!» aveva urlato lui ancora più forte. Qualche angolo dopo, non era più solo. Le milizie lo raggiunsero e lo arrestarono.

Angelo aveva fatto di tutto per provare a liberarlo. Prima dal prefetto, poi dal segretario federale, infine al comando della Milizia. Niente.

Una settimana dopo l'armistizio, alla porta di Angelo bussa Indro Montanelli. Sembra ancora più alto nella sua magrezza. Ha la barba e un paio di occhiali scuri. È ricercato dai tedeschi per aver scritto sul *Corriere* alcuni articoli in cui mette sotto accusa il fascismo e racconta della guerra partigiana in Jugoslavia. I suoi nascondigli in città non sono più sicuri.

«Sono alla fame. Ho bisogno di soldi. Posso tradurti dei libri dall'inglese, ma a condizione di poter consegnare il lavoro alla fine della guerra».

Angelo non batte ciglio: «Di quanto hai bisogno?»

«Diecimila lire».

«Te ne do trentamila».

«Guarda che me li dai a scatola chiusa. Mi stanno cercando».

«Non me ne importa» ribatte Angelo, «vuoi nasconderti da me a Canzo?»

«Ti ringrazio, ma ho altri progetti».

Si salutano stringendosi la mano.

Dopo qualche mese, Montanelli viene catturato, rinchiuso a San Vittore e processato. Grazie al doppiogioco di un poliziotto dell'Ovra, riesce a fuggire e a raggiungere la Svizzera.

Mimmo Carraro diserta, e anche lui cerca di scappare oltralpe. Il confine nei pressi di Lugano è invalicabile, ripiega su Stresa dove c'è suo padre, per poi tornare a Canzo.

«Qui sei al sicuro».
Angelo lo tranquillizza.
«Ma come? Come?»
«Seguimi».
Al calare della sera della seconda domenica di settembre, Mimmo e Angelo, seguiti dal resto della famiglia, camminano all'interno del parco della villa. Dinnanzi a un alto muro d'edera, Angelo si arresta. È una torretta nascosta dalla vegetazione.
«Se vengono a cercarti, tu ti arrampichi, poi ti immergi nell'acqua a mo' di ranocchia. Fammi sentire. Come fa la ranocchia?»
Mimmo dà prova delle sue abilità vocali. Angelo interrompe bruscamente le risate, si rivolge ad Andrea: «Esercitati anche tu a fare la ranocchia. Non si può mai sapere».

Nelle settimane successive, Angelo cerca di mettersi in contatto con Leo Longanesi: dovrebbe trovarsi a Roma con la famiglia. Non sa che, assieme allo scrittore Mario Soldati e al regista Steno, ha fatto un po' di rumore durante il breve governo Badoglio. Così i tre sono stati costretti a ripiegare verso Napoli e, intercettati dall'ufficio di propaganda americano, sono stati assoldati per condurre un programma radiofonico molto ascoltato, *Stella Bianca.* Leo prende in giro il fascismo, Steno imita la voce di Mussolini inventando dei discorsi ridicoli.

Da quando la Gestapo ha fatto irruzione nella sua abitazione privata in via Locatelli 5, di Bonaventura Ferrazzutto non si è saputo più niente, se non che è stato trasferito in un campo di concentramento in Germania. Era assai attivo tra le file dei partigiani. E con l'*Avanti!* era tra i fondatori del Centro Clandestino Raccolta Notizie.

Angelo si tortura. Pensa di non aver fatto abbastanza per proteggerlo. Cerca di disperatamente informazioni su di lui; ma non arrivano.

12 novembre 1943

I tornanti sembrano non finire mai. La strada da Canzo al più vicino ospedale, quello di Como, non permette accelerate, è necessario seguirne la conformazione, salite e discese, curve a gomito, rallentamenti in prossimità degli abitati. Andrea teme di perdere la necessaria lucidità, mentre Lucia lamenta i dolori delle doglie sul sedile posteriore. L'ora più lunga.

C'è un'atmosfera surreale nei corridoi, sembra di essere al fronte. Dai reparti si sentono urla e lamenti, Andrea non riesce a distinguere quelli di sua moglie. Presto potrà conoscere il suo primogenito.

Lo chiameranno Angelo Giorgio, per tutti sarà Angelo junior.

In auto con il Barbaglia, Angelo senior sta raggiungendo Como per dare il benvenuto al piccolo. È felice, sente che nonostante tutto Andrea sarà un buon padre. L'autista nota dallo specchietto retrovisore la fronte corrucciata del padrone.

«Sa, Barbaglia, oggi è nata la terza generazione dei Rizzoli, quella che manderà in rovina tutto quanto ho costruito».

L'autista ride: «Non dica così, i figli sono benedizioni e i nipoti ancora di più».

«Le spiego. Io costruisco, mio figlio mantiene, i nipoti distruggono. È la regola».

CINQUE

Sono innocente

Febbraio 1945

Canzo si è riempita di famiglie milanesi sfollate. Gente che spera di sfuggire dalle persecuzioni raggiungendo la vicina Svizzera e altre, come la famiglia Rizzoli, in attesa di rientrare in città. Nel frattempo, però, mentre i partigiani svolgono le loro attività sui monti attorno ai Corni, in paese si sono insediate le truppe tedesche.

Bussano spesso alla porta di Villa Rizzoli, Angelo non c'è quasi mai e la famiglia cerca di assecondare il volere di quegli uomini, senza lasciarsi sopraffare, dando loro del cibo, acqua, coperte, e un pezzo di parco, che per alcuni giorni diventa la loro base di comando.

In casa, tutti hanno paura. Nessuno si avvicina alle finestre. Della vasta scelta di camere nessuno sa che farsene: durante il giorno donne e bambini restano in salotto, lo stesso che la sera si trasforma in un accampamento. Dormono tutti insieme, o almeno ci provano. Col tempo, Anna e Angelo hanno riposto nelle cantine, ben nascosti, i quadri più costosi, le statuette e i mobili. Sulle pareti è rimasto soltanto l'alone di uno sfarzo che non è tempo di esibire.

Le strade sono pericolose. Lucia ha scelto di affidarsi a una levatrice per far venire alla luce, in casa, il suo secondogenito.

La neve è caduta lenta nella notte. È febbraio. Il fuoco dei grandi camini resta attizzato. Lucia ha un travaglio lungo e solo poco prima dell'alba, sfinita, dà alla luce Alberto. Il suo primo vagito squarcia il prudente silenzio della casa. Tutta la famiglia è lì a dare il benvenuto alla creatura, compreso il piccolo Angelo, che ha poco più di un anno.

Qualche giorno dopo la nascita del nipote, il Commenda arriva in stabilimento. Nel suo ufficio viene raggiunto da una pattuglia di militari. Lo prelevano, lui non fa domande, viene condotto all'hotel Regina, sede del comando delle SS. In una sala poco illuminata, dietro una scrivania di legno scadente, siede il colonnello. Parla un italiano smozzicato, ma sa come porre le domande per ottenere delle risposte.

«Sa perché è qui, Herr Rizzoli?»

«Me lo spieghi lei, colonnello».

«Cosa mi dice a proposito di documenti d'identità falsi stampati nel suo stabilimento?»

«Non credo sia possibile».

«Come fa a essere così sicuro?»

«Semplicemente, la Rizzoli & C. non fa di queste cose. Perché dovremmo?»

«Quindi mi conferma che sono solo voci?»

«Le confermo che io non ne so niente e che dubito possibile non mi sia accorto di un simile oltraggio nella mia proprietà».

Il colonnello, in piedi davanti a lui, lo fissa con aria di sfida, o forse sta soltanto perdendo la pazienza. Si muove verso la porta e scompare. Dalle finestre serrate è impossibile capire se sia ancora giorno. Lo stomaco di Angelo brontola e le mani sudano freddo. Dopo un tempo che sembra infinito, il colonnello ricompare. Lo invita a seguirlo. Angelo deglutisce, cerca di comporre sul suo volto un'espressione impassibile. Si sistema la giacca, il collo della camicia, i polsini e lo segue. Il corridoio porta all'uscita. Il colonnello si volta e gli dice: «Lei è fortunato, difficilmente una persona va via di qui con le proprie gambe». Apre il portone chiuso a serraglio e aggiunge: «Stia in guardia, Herr Rizzoli».

«Signorsì signore. La saluto».

Appena fuori, suona l'allarme aereo.

«Vuole venire nel nostro rifugio?» chiede in fretta il colonnello.

«No grazie» ribatte Angelo, «preferisco andarmene». E si allontana il più velocemente possibile. Girato l'angolo si arresta, sente l'aria mancargli, cerca un punto d'appoggio e lo trova nella pietra fredda della facciata di un palazzo sulla quale sono evidenti le stigmate delle bombe.

Chiude gli occhi per un attimo, poi sente l'eco di una voce: «Signore, vada via di là! Svelto!» Dalla prima sirena non sa quanto tempo sia trascorso. Il rombo degli aerei che avanzano si fa sempre più vicino. 'È la fine' pensa. Di nuovo la voce irrompe: «Signore, mi sente? Da questa parte!»

Angelo ha la vista sfocata, il respiro pesante, i piedi incollati al pavimento. Pensa ad Anna, ad Andrea e Mimmo che l'hanno visto portato via dalle guardie. Saranno preoccupati. Realizza di essere uscito vivo e senza un graffio da quel covo di serpi. Si tasta l'addome, come a verificarne la vitalità. Poi inizia a muovere un passo dopo l'altro, inseguendo la voce di quel ragazzo così giovane che gli porge la mano per aiutarlo a scendere delle scale, le scale del rifugio più vicino.

*

Passano due ore prima che le strade siano sicure. Con la paura ancora alle calcagna, Angelo raggiunge a piedi piazza Carlo Erba dove, ad attenderlo, ci sono Andrea e Mimmo, bianchi in volto come se avessero appena visto un fantasma. Angelo è provato, non ha segni visibili, ma la paura lo ha prosciugato dentro. Abbraccia il figlio e inizia a piangere. Lacrime di spavento, di emozioni confuse.

In auto per Canzo è silenzioso. Mimmo prova a chiedergli cosa è accaduto. Lo incalza. Angelo segue il ciglio della strada illuminato appena dalle luci dell'auto che avanza, la sigaretta al bordo delle labbra, un'espressione in viso immobile, sembra essere altrove, aspira il fumo e sbuffandolo risponde: «Chissà cosa troveremo a tavola oggi» e, rivolgendosi ad Andrea, aggiunge: «Tieni gli occhi ben aperti sulla strada. Non si sa mai».

A marzo, Angelo riceve la telefonata di Pietro Nenni.

«L'hanno ammazzato». Parla di Bonaventura Ferrazzutto.

Angelo abbassa la cornetta. Cerca la forza per tenere insieme la voce.

«Che possa trovare pace».

Poi piange.

Aprile 1945

Una fiumana di gente sta raggiungendo a piedi piazzale Loreto. Le strade sono impraticabili. La città è stata liberata da qualche giorno. Angelo, Andrea e Mimmo risalgono la corrente, si muovono in direzione contraria alla massa, riescono a fatica a raggiungere lo stabilimento.

Anche nei corridoi c'è fermento, un operaio si accosta al Commenda e in preda all'eccitazione, balbettando, dice: «Mussolini. Il Duce, Kaputt» e fa scorrere il pollice sul collo da sinistra a destra.

Andrea lo raggiunge: «L'hanno appeso a testa in giù».

Angelo resta in silenzio.

«Andiamo a vedere». Mimmo sembra preso dalla frenesia collettiva.

«Restiamo qui» lo redarguisce Angelo.

«Ma ci sarà tutta Milano!»

«Da qui non si muove nessuno. Chiaro?»

«Ma papà, ha ragione Mimmo. Dovremmo...»

«Ignobile!» Alza la voce: «Tornate a lavorare!»

Paonazzo in volto si allontana, lasciando pietrificato Andrea che non si muove da piazza Carlo Erba. Mimmo invece, appena può, si dilegua tra la folla.

*

Angelo siede in silenzio alla scrivania. Fuori dalla finestra il vociare si alza sempre più di volume. Dietro di lui, sulla parete, sono appese le foto del re e del Duce, quelle stampate dalla sua azienda. Non ha il coraggio di girarsi e guardare negli occhi l'uomo che adesso è un cadavere, appeso a testa in giù a poco più di un chilometro da lì.

Boccata di sigaretta dopo boccata, torna il ricordo dell'unica volta in cui l'ha incontrato, a Venezia, su quella nave. Gli invitati con il braccio alzato in segno di rispetto, il suo senso di nausea, la sua camicia bianca, la sua risposta servile. 'Tutto finisce' pensa.

Sono passati pochi giorni dall'esposizione pubblica del cadavere. Alle nove e trenta, Angelo giunge in stabilimento, al solito c'è Barbaglia al volante. Entrano in azienda dalla porta di servizio e, accanto al portiere, immobile, trovano ad attenderli cinque uomini armati di mitra e pistole, hanno ben in vista dei ciondoli con falce e martello.

«Lei è Rizzoli?» chiede quello che sembra il capo.

«Sì, sono io» deglutisce.

«Bene, venga con noi».

Lo prelevano quasi di peso, Angelo non collabora. Trascinato e spintonato fuori dall'edificio viene caricato su un camioncino col motore già acceso. Un'accelerata, una sterzata a destra e scompare nella polvere. I suoi dipendenti, dalle finestre, hanno visto la scena.

Mimmo sale le scale di corsa fino all'ufficio del suocero. Prende il telefono e chiede aiuto al comando militare italiano. Andrea, invece, monta sul motorino di un operaio e cerca di raggiungere il mezzo. Riesce a stargli dietro per poco, poi, lo perde di vista.

Sono giorni, settimane, in cui a Milano le persone vengono giustiziate; e non di rado si tratta solo di vendetta personale.

Andrea titubа, non sa se avvertire la famiglia. Consulta Mimmo e decidono di aspettare.

Il camioncino si ferma, spengono il motore. Angelo è bendato e non sa dove si trovi. Lo fanno scendere, inciampa, cade, sente il freddo del ferro dietro al collo, il bacio dell'arma che uno dei partigiani gli ha puntato contro.

«Alzati, Rizzoli» gli intima.

Si alza a fatica, ha i polsi legati. Lo spingono su una sedia, lo legano. Sente il respiro che si fa sempre più svelto, il cuore pompare, la polvere scricchiolare tra i denti, ingoia un misto di saliva e terra.

Si fa coraggio: «Cosa volete da me? Chi siete?» Tossisce.

«Qui le domande le facciamo noi». Una voce lo mette a tacere. L'arma puntata alla nuca. Gli tolgono la benda dagli occhi, ma non riesce subito a mettere a fuoco. La luce colpisce l'iride e gli pare di stare sott'acqua. Gli uomini che lo circondano hanno il viso semicoperto. Quando la vista schiarisce, si guarda attorno: campagna, una vecchia cascina abbandonata.

«Rizzoli, sei qui per essere processato da questo tribunale del popolo».

«Per cosa?» la voce trema.

«Per aver collaborato con gli invasori tedeschi e coi repubblichini durante l'occupazione».

Un ghigno compare tra le labbra di Angelo.

«Visto che morirò, posso avere una sigaretta?»

L'accontentano. Uno degli uomini gli incastra una sigaretta tra le labbra. Lui aspira, riempie i polmoni di fumo, più che può, il tabacco brucia e la cenere si spegne sulle sue gambe. Osserva i vestiti sporchi e per un momento è di nuovo un ragazzino.

Rialza la testa: «Se questa è la vostra accusa, vi dico che sono innocente».

Ridono, sputano ai suoi piedi.

«Sono nato povero. Ho costruito con le mie mani tutto ciò che ho. Non devo dire grazie a nessuno. Nella mia azienda ho dato lavoro a tanti antifascisti, ho permesso loro di continuare a lavorare, di prendersi cura delle loro famiglie. Ho difeso anche l'indifendibile ed è solo grazie a me che sono vivi. Ditemi, è questo un reato?»

C'è troppo silenzio. Angelo aspetta solo la morte.

«Sono innocente» e sputa per terra il mozzicone, che viene immediatamente calpestato dal capo del commando.

«E quindi, Rizzoli è innocente».

«Sì, lo sono».

Dopo queste parole, Angelo sente solo il silenzio alle sue spalle. Davanti ha il muro scrostato del cascinale. Stranamente si sente sereno, lucido.

«Riportatemi dalla mia famiglia. Non ho ancora finito».

«Riportatelo indietro». Il capo sputa nuovamente ai suoi piedi, si volta e si allontana tra gli alberi.

È sera quando Angelo ricompare in piazza Carlo Erba. Gli operai di fine turno stanno superando i tornelli. Lo notano, pallido, il viso stravolto, i vestiti mal messi. Ha cinquantacinque anni, ma in quel momento sembra che ne abbia venti, trenta di più. Circondato dai suoi dipendenti viene affidato ad Andrea e Mimmo che lo riportano a casa.

«Non diciamo nulla in famiglia» riesce a dire con un filo di voce.

Verso la fine di novembre, Angelo riceve un telegramma. Il figlio di Calogero Tumminelli gli annuncia la morte improvvisa del padre, stroncato da un attacco cardiaco.

Guarda quelle poche righe, non le rilegge, continua le attività della mattina.

All'ora di pranzo, prima di lasciare lo stabilimento, avverte Nella: «Mancherò per tutto il pomeriggio».

«Va bene, signor Rizzoli».

Sono passati molti anni da quando Angelo non era nessuno e Calogero era stato il primo a credere in lui, senza neppure conoscerlo.

Negli ultimi tempi si erano persi. Calogero aveva spostato i suoi interessi nella capitale, più vicino al regime. Aveva fondato una sua casa editrice, stampava periodici antisemiti.

Non si erano più incontrati.

Angelo monta in auto, Barbaglia mette in moto, sta per partire. Angelo lo ferma, scende.

«Resta qui».

«Non è sicuro, signor Rizzoli».

«Faccio solo due passi».

Angelo si dirige verso via Pascoli, è proprio dietro lo stabilimento. I campi dei lavandai, dove una volta viveva con la famiglia nella villetta, non ci sono più. Al loro posto gli edifici di quella che chiamano Città Studi.

Lì, da qualche parte, ci deve essere ancora la panchina sotto la grande quercia.

Non c'è. Ma è certo di essere nel punto esatto dove pianse la sua povera bambina. Da lì può vedere il profilo del suo stabilimento. Poi abbassa lo sguardo, si fissa le scarpe. Piange Tumminelli: aveva solo tre anni più di lui, era stato il padre che non ha mai avuto. Cammina con le spalle dritte e lo sguardo limpido. Raggiunge l'autista, lì ad attenderlo, e sale in macchina.

«Vada, Barbaglia».

«Sissignore. La porto a casa?»

«Sì, da mia moglie».

SEI

E io, se le dico di sì, cosa ci guadagno?

Settembre 1949

Non si sono più incontrati. Dopo che è partita per l'America l'ha potuta accarezzare solo sulle copertine ruvide dei suoi periodici, immaginandone la pelle vellutata. Primi piani, fotogrammi dei film. Articoli in cui si parlava di Hollywood e di come il regime fascista le avesse cucito addosso l'etichetta di traditrice. È ancora sposata con quel produttore. Chissà se è finalmente felice, Angelo se lo chiede spesso. Finita la guerra, è riuscita a tornare in Italia. Poi l'incidente nel '45, alla Vigilia di Natale: sulla Nomentana l'auto su cui viaggiava si è scontrata con un autocarro degli Alleati; sembra uno scherzo del destino. Per fortuna si è ripresa e ha ricominciato a recitare.

Ad Angelo mancano le loro serate, i tavoli per due nei ristoranti di lusso, le messinscene di fronte ai flash dei fotografi, le chiacchiere della gente sulla loro 'storia d'amore', che si tramutavano in vendite in edicola.

'Chissà se le manco anch'io' pensa. Sono passati quasi dieci anni da quella prima volta a Venezia. Isa è una sua creatura, partorita dal ventre del suo ingegno. Ne è ancora convinto.

Dai giornali ha scoperto che la donna sta girando un film di produzione italo-francese con la regia di René Clément, tra Roma e Genova. Ha anche pensato di raggiungerla. Ma per dirle cosa? E poi, il responsabile della produzione è suo marito, quel Guarini, con i suoi cappelli da *gangster* e il sorriso beffardo. Ha una decina di anni meno di lui, eppure si assomigliano in maniera inquietante.

Andrea entra in ufficio strappando il padre dal flusso dei suoi pensieri.

«Si va a Cannes!»

«A far cosa?»

«C'è il festival del cinema».

Angelo si accende una sigaretta. Il figlio continua.

«Potremmo andarci in barca».

«Io e te?»

«Portiamo tutta la famiglia!»

Angelo ha da poco acquistato tre ex dragamine della marina militare, uno l'ha fatto rimettere a nuovo per le vacanze in famiglia, gli altri due li ha fatti trasformare in imbarcazioni per la pesca al tonno.

Fa finta di pensarci per qualche secondo. Ecco l'occasione per rivederla. Isa Miranda sarà lì, Angelo lo sa dai giornali.

«D'accordo» dice.

«Perfetto. Chiamo la mamma e Lucia. Si parte dopodomani».

«Ora vai».

Due giorni dopo, al porto di Sanremo, Angelo saluta il Barbaglia: «Ci rivediamo qui tra due settimane».

L'altro, al posto di guida, porta la mano al cappello e ricambia con un sorriso: «Divertitevi».

Il *Sereno* – il nome l'ha scelto Angelo indicandolo come il luogo della serenità – è ormeggiato a pochi metri. La passerella di ferro dipinta a nuovo, di bianco, brilla sotto i raggi del sole, come il resto della barca. Sembra una metafora: la guerra è finita e su quelle macerie si iniziano a ricostruire le fortune della nuova nazione.

Appena vengono mollati gli ormeggi, Angelo viene assediato dal mal di mare. Ma Cannes non è lontana. Resisterà, per una buona causa.

Anna, silenziosa, ha il capo avvolto in un foulard, come le dive. Si accomoda su una sdraio e dalla borsa tira fuori una pila di riviste, sotto gli occhi attenti del marito. I nipoti urlano a ogni pesce che spunta nel blu delle acque, Andrea li asseconda, si impegna nello stesso gioco. 'È un buon padre' pensa Angelo, 'forse migliore di me'.

Appena messi i piedi a terra, ad aspettarli ci sono due taxi.

«Ma non dormiamo in barca, nonno?» chiedono i bambini.

«Quante volte vi ho detto di non chiamarmi così?» Ha uno sguardo pacifico ma insieme molto serio. «Chiamatemi, non so, 'zio' piuttosto!» ride, con la sigaretta stretta tra le labbra. Un buffetto sulla testa di entrambi i nipoti e la spiegazione: «Staremo più comodi in albergo. Ho prenotato due suite vista mare. Sapete che cosa sono le suite?» Si perde la risposta e incrocia lo sguardo di Andrea: anche lui vorrebbe restare a bordo. Il viaggio in taxi dura pochi minuti. Nella hall, Angelo saluta frettolosamente la famiglia: «Ho un appuntamento, ma non tarderò per la cena».

Anna ha gli occhi puntati sul bagaglio preso in consegna da un facchino, non bada al marito che infila la porta a vetri e se ne va.

Appena fuori, sulla Promenade de la Croisette, il vento investe Angelo, che alza il bavero della giacca di lino del suo completo bianco. Ritorna verso il mare, punta la spiaggia, una lunga lingua di sabbia dorata. Il viale pullula di artisti. Le dive internazionali brillano nei loro abiti scollati. Chiome bionde, more, rosse, ricce, lisce. Angelo lancia lo sguardo a destra e a sinistra, discreto ma attento. Sa che Isa è lì da qualche parte. Il cuore accelera ogni volta che gli pare di averla riconosciuta tra la folla. Poi, eccola, seduta composta in un bar. Ha un abito nero, i guanti lunghi, la sigaretta accesa. Tiene gli occhi bassi. Accanto a sé Guarini, il marito, che parlotta con un cameriere. Sembra stanca.

Fa un passo verso la vetrina, spera si giri. Si è persino tolto il cappello, per rendersi riconoscibile.

«Rizzoli, è lei!» Una voce conosciuta.

«Cesare!» Angelo va incontro a Zavattini.

«Che ci fa qui, Commenda?»

«Potrei farle la stessa domanda».

Entrambi sono in imbarazzo. Tra il piacere di ritrovarsi e il ricordo di come si erano lasciati.

«Sceneggiatore. Scrivo anche per il cinema».

«Mi sembra una buona cosa. E per chi?»

«Se lo ricorda Alfredo Guarini? Ah, ma guarda, è lì! Venga, c'è anche Isa!»

Zavattini s'incammina verso il bar, poi si volta e Angelo non c'è più.

Alla proiezione del film ci va da solo. Al solito, sceglie un posto defilato, in fondo alla sala. Di fianco a lui è seduta una coppia sulla sessantina, lei indossa uno Chanel, lui un completo di ottima fattura, Angelo vorrebbe toccarlo per sentire la finezza del tessuto. Sa tutto di stoffe, grazie a sua sorella, Antonietta.

Sua sorella ormai è una sarta nota in tutta Milano. Si è dedicata anima e corpo ai vestiti. Ha sposato un certo Ubezzi che di lavoro fa il tipografo. Strana la vita.

Intanto Angelo ha individuato la fila dove si sono accomodati gli interpreti, accanto a loro c'è anche Zavattini, ma lei no. Vorrebbe chiedere ai vicini di posto se sanno dove sia Isa Miranda e perché non è lì, ma non può, non conosce una parola di francese.

Le luci si abbassano. Parte la musica, è drammatica, travolgente. Lo schermo nero lascia il posto ai titoli di testa. I primi due nomi, in stampatello, sullo sfondo di un paesaggio in riva al mare, sono Jean Gabin e Isa Miranda. Scorrono le prime scene, i dialoghi sono in francese. Dopo quindici minuti, bussano alla porta di una stanza, un uomo dice 'Avanti', la porta si apre ed eccola, bellissima, in un vestito nero, un grembiule in vita. Deve essere una cameriera, ha un vassoio con del cibo, tiene lo sguardo basso, poi inizia a parlare con il marinaio. Che portamento quando lascia la stanza sfoggiando un gran sorriso.

Angelo è rapito. Ingoia a fatica. Fuma. Tossisce. Isa, nella pellicola, si chiama Marta, si destreggia tra il francese e l'italiano, il suo volto parla, da grande attrice. Ha una figlia, una ragazzina gelosa di lei, insofferente al marinaio che corteggia sua madre. Sullo sfondo c'è Genova, i caruggi, il porto. Sul finale, Gabin e Isa sono nella trattoria. Angelo si rivede accanto a lei. Ricorda il suo profumo. La musica è sempre più nervosa. Camminano per le strade, sta per succedere qualcosa di irreparabile. Stanno salendo una scalinata, lei lo guarda in adorazione, due poliziotti li raggiungono e portano via lui. È accusato di omicidio. Il volto di Marta, di Isa, si deforma tra le urla. Sopraggiunge la figlia, la prende per mano e, insieme, si incamminano verso casa. 'Fine'.

La sala si riaccende tra gli applausi. Angelo porta agli occhi il fazzoletto. Si alza, accenna un applauso e, prima che la gente muova verso l'esterno, se ne va.

«Stai bene?» gli chiede la moglie, seduta al ristorante dell'albergo con Lucia e i bambini.

Lui grugnisce.

«Domattina ripartiamo. Ditelo ad Andrea».

Lascia le due donne con le posate in mano.

Poco dopo, è davanti al tavolo verde, al casinò. Due milioni in fiches. Sfortunatamente c'è anche suo figlio seduto a un tavolo del bar. Non l'ha notato. Angelo punta tutto sul diciassette, che nella roulette fa parte dei cosiddetti orfanelli. Perde.

Nel frattempo, fuori di lì, sul palco del cinema, fa il suo ingresso Isa Miranda, in un abito nero di paillettes. Ritira il premio come migliore interprete femminile, sotto una pioggia di applausi. I flash sono accecanti, lei mantiene lo sguardo fiero, dritto. Sorride.

Ottobre 1949

Le temperature a Milano stanno già calando. Al mattino fa freddo. Angelo fa il solito tragitto, in auto con Barbaglia, da casa allo stabilimento in piazza Carlo Erba. Fuori dalla Scala resistono un paio di carrozze, le poche ancora in circolazione. I segni della guerra sulle facciate dei palazzi stanno via via sparendo. Gli addetti alla manutenzione del verde pubblico sono abbarbicati su lunghe scale di legno per rendere sicuri gli alberi dei viali dove, presto, passerà il giro di Lombardia. Dicono che anche quest'anno vincerà Fausto Coppi. Molti negozi però sono ancora vuoti, i vecchi proprietari non ci sono più. Sui marciapiedi, uomini in giacca siedono su fiaschette di vino poggiate al contrario.

Angelo apre la portiera. Deve tenersi il cappello per via della brezza, stringe a sé il cappotto color cammello. Lo raggiunge una pagina di *Oggi* portata dal vento, la ferma con un piede. Sorride. Era stata sua l'idea per il nome della testata. Ha appuntamento con Edilio Rusconi, il direttore. Non appena in ufficio, dice alla signora Raineri di farlo entrare.

«Entra entra. Come sta *el biundin*?» ride.

Rusconi si accomoda. È un uomo minuto, dai modi gentili, e quel soprannome lo diverte ancora.

«Bene, signor Rizzoli. Lei?»

«Non mi lamento. Le vendite?»

«Non siamo ai livelli degli scoop del '47 e dello scorso maggio, ma reggono bene».

Si riferisce all'intervista al bandito Salvatore Giuliano, al servizio fotografico a colori delle nozze della principessa Elisabetta d'Inghilterra firmato da Enzo Biagi, alla sciagura aerea di Superga dove ha trovato la morte l'intera squadra di calcio del Torino. Le vendite erano balzate a una media di centomila copie.

«Adopera i tuoi uomini affinché i numeri restino quelli che sono. Non possiamo permetterci cedimenti».

«Certo. Lavorano sodo».

«E vada anche lei a *lavurar*». Accende una sigaretta. Angelo si è messo in testa un obiettivo ben preciso: superare i numeri di vendita dell'imbattuto *Domenica del Corriere*. Niente di meno.

Sir Winston Churchill ha una vaga somiglianza fisica con il capo: qualcuno, in azienda, lo fa notare sottovoce, ridacchiando. Sarà per la corporatura, la calvizie, la preferenza per i papillon, la passione per il fumo, l'attitudine al comando.

'Da Stettino nel Baltico a Trieste nell'Adriatico, una cortina di ferro è scesa attraverso il continente' aveva dichiarato Churchill, in un celebre discorso, tre anni prima. E Angelo aveva temuto il peggio: una terza guerra mondiale, pronta a scoppiare da un momento all'altro, con l'Italia nel ruolo di paese di confine tra i due blocchi. Così aveva deciso di portare qualche valigia di contanti in Svizzera.

Inoltre aveva acquistato un'enorme tenuta con un allevamento di bestiame, in Sudafrica. Senza averla mai vista, senza essere mai stato in Sudafrica.

Quando alle elezioni dell'aprile del 1948 vince la Democrazia Cristiana, finalmente si sente più sollevato.

«Sì, sono Rizzoli. Come stai?»

«Sto per firmare la produzione di un film con un regista francese. Léonide Moguy, lo conosci?» All'altro capo del telefono c'è Peppino Amato.

«No».

«Fa lo stesso… il soggetto è una storia strappalacrime».

«E chi ti finanzia?» Angelo sa che Peppino è sempre a caccia di soldi.

«Tu? Se vuoi…» Peppino avverte il respiro pesante dell'altro dentro la cornetta.

«A Milano si lavora, a Cinecittà si gioca». Breve silenzio: «Lo produco io questo film».

«Mi fai felice, Angelo».

«Ma al solito: io metto i soldi e tu il nome. Gli utili…»

«Ce li dividiamo, *jamm'*» completa la frase l'altro. Terminando in una risata collettiva.

«Peppino…» Angelo torna serio.

«Dimmi, dimmi».

«Ma questo film ce l'ha un lieto fine?»

«Ahhh Angelo Angelo… cuore tenero… ce l'ha, ce l'ha».

Peppino è un uomo di fiducia del Commenda. Alto e stempiato, ha dieci anni meno di lui. Il suo è un nome d'arte, all'anagrafe è Giuseppe Vasaturo, un cognome che a Napoli, sua città natale, viene utilizzato per i figli di nessuno.

È simpatico e ha coraggio. È da qualche anno che i

due collaborano, sempre con la stessa formula: Angelo mette i soldi, Peppino il nome.

Qualche giorno dopo, una nuova telefonata.

«Peppino, devi assolutamente riuscire a intercettare De Sica. Credo che al regista piacerà per il ruolo principale. Vedrai».

«*Vabbuò*. Fammi mandare le specifiche su dove trovare De Sica a Venezia. Indirizzale all'hotel Mistral. Alloggerò lì».

Angelo mobilita la signora Raineri.

Passano due giorni. Peppino richiama: «De Sica ce l'abbiamo» annuncia. Ma la voce è strana, non sembra felice.

«Ottimo! Senti, Peppino. Per il ruolo femminile ce l'abbiamo un volto nuovo, giovane?»

«Sì, il regista ha già scelto».

«E chi è?»

«Si chiama Anna Maria Pierangeli. Ha diciassette anni. *Na' piccerella*. Moguy sta cercando di convincere il padre, che è contrario. Non la vuole una figlia famosa. Hai capito, Angiolett'? Pezzo di antiquariato *d'omm*!»

«Sì, posso capirlo».

«Vediamo un po'. Angelo, ci risentiamo allora».

«Aspetta... Che è successo? Ti sento turbato».

«Niente niente. Parla con la tua segretaria. Lei sa. Ci sentiamo presto».

Angelo fissa la cornetta, l'altro ha riattaccato.

«Pirla» dice sottovoce.

La signora Raineri arriva trafelata. Ha molto lavoro e poco tempo.

«Cosa le ha detto Amato?»

«Il signor Amato ha riassunto le sue spese e questa è la cifra per cui vuol essere rimborsato».

Angelo legge e strabuzza gli occhi.

Ricompone il numero.

«Ma te sei impazzito, Peppino! Tutti questi *danèe* per due giorni?»

«Angelo, stai calmo. Non t'agitare che non fa bene al cuore, capito?» Silenzio, un inquietante silenzio dall'altra parte. «Ho perso alla roulette» ammette, «di quei soldi tengo bisogno urgente».

«E li vuoi da me?»

«Senti, Angiolett'» dice un poco urlando, «se tu non mi avessi mandato a Venezia, non sarei andato al casinò; se non fossi andato al casinò, non avrei giocato; se non avessi giocato, non avrei perso. Quindi la responsabilità è tua».

Angelo riattacca. Batte il pugno sulla scrivania. Apre un cassetto. Prende la penna.

Luigi Rusca siede alla sua scrivania nella stanza accanto a quella del Commenda. Lavora per Rizzoli dal '46, dopo essere stato per anni l'anima della Mondadori, dov'era entrato nel '28 come uomo di fiducia di Senatore Borletti, con l'incarico di dare una raddrizzata alla gestione della casa editrice. Fervente antifascista, nel '43 era stato mandato al confino, ma dopo pochi mesi era tornato libero e aveva tenuto in piedi la filiale romana. Era poi tornato nella sua Milano e a quel punto i rapporti con l'Incantabiss, incrinati da tempo, si erano definitivamente rotti. Per Angelo, era stata un'occasione irripetibile.

Negli ultimi tempi, sta insistendo con Rusca, affinché rinforzi il settore libri per espanderlo, almeno quanto sta facendo Arnoldo.

«Inventa qualcosa!» gli dice spesso affacciandosi alla

porta sempre aperta. Come questa volta, irrompe senza bussare solo per salutarlo e sfumacchiare.

«Come sta Luigi?»

«Signor Rizzoli, ho un'idea».

Angelo accigliato chiede: «E di che si tratta?»

«Una collana popolare di classici destinata al grande pubblico».

«E quanto mi costerebbe?»

«I classici non hanno diritto d'autore, perciò...»

«Bene, bene. Mi piace l'idea di qualcosa che giovi alle persone. Sa, Rusca, tutti hanno il diritto di comprarsi il pane».

«Mi trova d'accordo, Commendatore. Tra l'altro, ne avevo già fatto parola in Mondadori, ma Arnoldo la bocciò».

«Al *gangster* non piaceva la sua idea?» L'interesse di Angelo cresce visibilmente.

«No, non era interessato».

«E io, se le dico di sì, cosa ci guadagno?»

Rusca si accende in volto, in preda alla passione. «Questa è un'iniziativa in nome della cultura!»

«E in nome della cultura la autorizzo a proseguire».

Il patto viene sancito da una vigorosa stretta di mano. Appena solo, Rusca si mette all'opera. Contatta Paolo Lecaldano, un uomo piccolo e scorbutico di sterminata cultura. L'idea di partenza è chiara: la guerra ha distrutto un'enorme quantità di biblioteche e libri, serve una collana economica di grandi classici della letteratura. Per Mondadori era un'idea avventata, ma Rusca aveva continuato a coltivare la sua fissazione.

Lecaldano studia la casa editrice tedesca Reclam, che ha da tempo lanciato una collana di tascabili economici. Per il nome butta giù un centinaio di ipotesi, ma ce n'è una che gli piace più di tutte. Anni prima esisteva una Biblioteca Universale Sonzogno, BUS, ma ora non c'è più. Così telefona al proprietario della Sonzogno per chiedergli: «Le dispiace se riprendo il nome della sua collana?»

«Sì, mi dispiace. Metta almeno un aggettivo, qualcosa di diverso».

E Lecaldano aggiunge semplicemente il nome dell'editore, Rizzoli.

Rusca e il compagno di progetto si recano dal Commenda. Sembra soddisfatto: «Sia chiaro, però. Non voglio vendere a più di cinquanta lire a volume».

I libri BUR, cinquanta lire per cento pagine, iniziano a uscire ogni settimana. Di piccolo formato, la copertina è morbida, grigia e beige. Solo titolo e autore, in carattere tipografico Bodoni. All'interno, il testo è stampato in Times.

Il successo è travolgente, fin da subito. Angelo è entusiasta.

«Rusca! Lei mi aveva detto che questa cosa serviva per la cultura. Qui invece si guadagnano anche i soldi, si fanno i *danèe*!»

SETTE

Vai a casa, c'è tua moglie che ti aspetta

Milano, 1950

Pinuccia e Andrea siedono in salotto, di fronte alla madre attenta ai movimenti dei camerieri. Angelo è chiuso nel suo studio a infilare somme, differenze, costi, ricavi. È un sabato sera tranquillo.

«Ha il mal di pietra» dice Pinuccia a bassa voce.

Andrea guarda la sorella e le fa un cenno, come a dire 'lo sai com'è fatto', e intanto ripensa a tutte le volte che il padre gli ha raccontato dei Martinitt, della fame, del freddo, della coda ai cessi, della tipografia tirata su dal nulla. 'Non come voi', e su quel voi gli si incrina sempre un po' la voce; in quel voi Angelo sente sempre un vuoto, quello lasciato da Rinella, 'voi che siete nati nelle lenzuola di seta'.

«Ha comprato anche un'azienda agricola qui in provincia, lo sapevi?» continua Pinuccia. «Che si aggiunge al palazzo in corso Venezia, quello che ha comprato dalla moglie di Ettore Bocconi. E poi c'è via del Gesù, sessanta stanze e millecinquecento metri quadri di giardino; che se ne fa di tutto quel giardino?»

«Dice che è un regalo per la mamma. Per le sue rose». Andrea prova a difenderlo, ma non riesce nemmeno a convincere se stesso. Ha trentacinque anni e ormai si è reso conto che suo padre non è esattamente quello che si definisce un marito ideale.

Da un paio d'anni Andrea è lontano dall'azienda, si sta occupando dell'istituto grafico Bertieri, alle spalle dello stabilimento. Un ruolo amministrativo, gliel'ha affidato suo padre; una sfida che non ha potuto rifiutare: riportare in utile l'istituto. Raffaello Bertieri, il proprietario, era morto improvvisamente nel 1941. Un uomo che si era fatto da solo, innamorato dell'arte tipografica. L'istituto era finito nelle mani della Unione Grafici e sarebbe andato in malora, se non fosse stato per l'intervento di Angelo, che ha fiutato l'affare.

Con i giusti agganci e il suo spirito manageriale, Andrea è riuscito a ridare nuova linfa alle commesse per conto terzi. Si stampano cataloghi e dépliant. Ci lavorano una quarantina di persone. Soprattutto, lui può respirare, lontano da suo padre. Può dimostrare che vale qualcosa, che non è solo 'il figlio di Rizzoli'. I suoi amici gli hanno raccontato spesso la storia di Crono, che ingoiava i suoi figli appena nati, per non rischiare di essere spodestato, e alla fine viene fregato dalla moglie, Rea, che sostituisce il suo ultimo nato, Zeus, con una pietra: e così perde il suo trono.

Andrea sa che sua madre, Anna, lo ama; e che cerca sempre di proteggerlo. Ma sa altrettanto bene che non si metterebbe mai contro il marito. E Angelo vuole avere l'ultima parola su tutto, controlla tutto, comprese le più piccole inezie di quell'istituto grafico. Di certo non scambierebbe mai un neonato per un sasso.

Ogni giorno lo convoca a rapporto. E non c'è mai una volta che si dimostri fiero di lui.

Una domenica sera, la cena sta per essere servita. Angelo siede a capotavola. Alla sua sinistra c'è Anna, alla destra Andrea, poi Pinuccia, Mimmo, Nicola. Angelo junior e Alberto, che hanno sei e quattro anni, sono accanto a Lucia. Per ogni posto a sedere, Anna ha sistemato un fiore.

Mentre silenziosi ingollano il solito riso in brodo con i fegatini, Angelo, quasi sovrappensiero, dice: «Ho pensato al silenzio».

«Al silenzio?» chiede Pinuccia.

«Sì, al silenzio. Quel palazzo, le redazioni, la tipografia sono cose mie, sì. E le ho costruite pezzo per pezzo. Ma senza la gente che ci lavora, senza i giornalisti, senza i tipografi, non valgono niente. Sono cose morte, inutili, silenziose appunto».

«Cosa vuoi dirci, Angiulìn?» Anna conosce molto bene il marito, più a fondo di quanto lui stesso possa immaginare. È preoccupata.

«Quella gente ha fatto la mia fortuna, gli devo qualcosa».

Il piccolo Angelo sgraffigna un tozzo di pane prima che sia arrivata la seconda portata; è una cosa che il nonno detesta. Ma questa volta non se ne accorge.

«Quindi costruirò delle case per loro».

«Per loro?» Ad Andrea la domanda esce dalla bocca quasi involontariamente.

«Sì, per tutti loro».

L'idea lo ossessiona. C'è una vasta area in via Valvassori Peroni, a quattro fermate di tram da piazza Carlo Erba, di fianco alla stazione ferroviaria di Lambrate. Ci farà costruire tre stabili di cinque piani senza ascensori, con ottanta appartamenti di varie dimensioni.

«Domani ho fissato un incontro con gli architetti».

Ti prego di dire ad Andrea di non guardarmi più biecamente come mi ha guardato l'altro giorno in garage. La colpa non è mia, ma di un crudele destino che ci vuole combattenti in campo avverso.

La lettera, indirizzata a Carraro, è firmata con una grande G all'interno della quale spuntano due occhi vispi, dei bei baffoni e una lacrima. È opera di Nino Guareschi.

Tornato in libertà dopo la guerra, ha ripreso il suo posto tra le fila delle redazioni rizzoliane. Negli anni ha maturato un'antipatia crescente per Andrea; di contro, apprezza Mimmo e la sua umanità.

Nino ha scritto un articolo tagliente sui possessori di auto straniere. Non è un caso. Andrea è stato travolto dal fascino dei prodotti d'oltreoceano: fuma sigarette americane, gira alla guida di macchine americane con targa originale, una Buick nera e una Cadillac grigia. Secondo Nino, per legge c'è l'obbligo di sostituirne la targa, ma nessuno se ne preoccupa, compresi i Rizzoli.

Dopo aver letto l'articolo, Andrea è furibondo. Vuole parlare con Guareschi a quattrocchi, ma Mimmo cerca di placarlo.

Ad Angelo non sfugge la baruffa nel corridoio: «Che succede?»

Mimmo tiene Andrea per un braccio mentre cerca di divincolarsi.

«Niente, Commenda».

«Ma come niente???»

Le urla di Andrea richiamano l'attenzione anche dei giornalisti dalle redazioni. Sbucano dalle porte a origliare.

«Stai calmo». Mimmo si volta verso il suocero e spiega l'accaduto in due parole: «Guareschi ha scritto un commento sulle auto americane e Andrea si è sentito preso in causa. Tutto qua».

«Tutto qua? Io lo mando via a calci nel culo quello scrittorino… ma chi si crede di essere!»

«Andrea, calmati. Hai sentito il segretario di Guareschi?» Il capo, in un colpo solo, ha messo al loro posto sia il figlio che il genero. «Non fare scenate. Ora tornate ai vostri affari. A Guareschi ci pensi tu, vero Mimmo?»

L'altro mortificato, fa un cenno affermativo e abbassa lo sguardo.

Guareschi è un personaggio difficile. A volte beffardo, altre completamente intrattabile: di certo non ama le gerarchie. Ma solo due anni addietro ha trionfato con il suo primo romanzo *Mondo piccolo*, le storie di Don Camillo ambientate tra la gente di paese della campagna emiliana. Per la casa editrice è una gallina dalle uova d'oro, perderlo significherebbe rinunciare a vendite e prestigio insieme. E Angelo sa perfettamente l'unico altro posto in cui potrebbe finire il suo nome: sulle copertine di Arnoldo Mondadori.

Il salotto è nella penombra. Lucia è sdraiata sul divano di seta color petrolio, guarda le pareti rivestite di quadri. Li ha scelti lei personalmente. Uno in particolare attira la sua attenzione: la veduta di un golfo col mare e il cielo di un azzurro intenso. Le ricorda le estati di molti anni fa, quando era felice, innamorata, desiderata. Ora vive in una casa sontuosa, ha una famiglia, ma rivorrebbe un giorno di quel tempo, anche un giorno solo. Nell'altra stanza, i ragazzi stanno litigando. Non si preoccupa, lo fanno spesso. Senza togliere lo sguardo dal dipinto, si accarezza la pancia: ha scoperto di essere nuovamente incinta.

È una gravidanza a rischio, il ginecologo le ha consigliato di restare a riposo. Andrea sa essere molto dolce; non è come il padre. Ma in questo periodo è interamente assorbito dal lavoro. La sera rientra tardi, senza energie.

L'istituto grafico è diventato un'ossessione. Lei ha capito bene perché: c'entra sempre il Commenda. Quando è a casa non parla d'altro. L'alternativa è il silenzio e a lei, in quel silenzio, sembra persino di percepire i suoi pensieri su entrate e uscite, acquisti, vendite, viaggi, costi, benefici. In questo, suo marito è esattamente come suo suocero.

Un giorno è Lucia ad andare da lui. Si è fatta accompagnare in taxi allo stabilimento. Suo marito è a colloquio da Angelo. La porta dell'ufficio è aperta e la voce del Commenda si sente forte e chiara fin dal corridoio.

«Ti ho già ben detto che non voglio ricevere telefonate da gente dell'istituto. Chiaro? È possibile che tu non sia in grado di gestire questa cosa senza di me? *Alùra!*»

«Ma io ho solo detto che dovevo parlarne con te».

«E allora *pirla* due volte! Ti ho detto che quella è roba tua! La devi gestire te!»

Lucia origlia. Intravede il marito, di spalle, in piedi davanti alla scrivania, le mani dietro la schiena, in silenzio, gli occhi bassi, come uno scolaretto in attesa della punizione. Vorrebbe intervenire, ma sa che sarebbe inutile.

Avverte un giramento di testa. Fa in tempo a reggersi alla maniglia della porta, poi si accascia. I due sentono un rumore, la raggiungono, cercano di rianimarla. Adagiandola sulla poltrona, Andrea nota il sangue che scorre sotto la gonna. Ciò che temevano è accaduto. Un aborto spontaneo.

Lucia resta ricoverata per due giorni in ospedale. Angelo e Alberto sono affidati alle cure di nonna Anna. Suo marito invece è accanto a lei, le sta vicino come può.

Agosto 1950

Anna, Andrea, Pinuccia e i nipoti: tutta la famiglia è in Liguria, a bordo del *Sereno*. Angelo invece prende un treno per Venezia, dove lo aspettano Peppino Amato, gli interpreti di *Domani è troppo tardi* e il regista Moguy. All'undicesima edizione della Mostra internazionale d'arte cinematografica è in concorso anche il loro film.

Nel suo completo di lino bianco, col sorriso stampato sul volto e decorato della immancabile sigaretta, Angelo si presenta alla proiezione. Ora lo riconoscono in tanti, non riesce a sedersi in disparte, lo costringono a raggiungere la prima fila.

Sullo schermo Anna Maria Pierangeli è splendida nella sua innocenza. Interpreta Mirella, una scolaretta timida e con le trecce. Gli occhi grandi, scuri, bucano lo schermo. La prima cotta per Franco, il protagonista, col tempo diventa amore. I due, ancora adolescenti si ritrovano in colonia estiva, un temporale li blocca per tutta la notte all'interno di una cascina. Al mattino vengono trovati, addormentati e colpevoli. Loro che si sono soltanto dati un bacio ora rischiano di essere condannati per aver commesso l'irreparabile. Vittorio De Sica, che interpreta un maestro buono, crede nell'amore puro tra i due ragazzi. Ma, poco prima del finale, Mirella corre leggiadra, vestita di bianco, verso il lago, attraverso il bosco. Il volto in preda alla febbre. Espressiva e convincente nella sua semplicità. Tenta il suicidio lanciandosi nel lago per paura della reazione dei suoi genitori. Franco, però, l'ha seguita e la salva dalla morte. Lieto fine.

In sala ci sono le due sorelle a dare manforte ad Anna Maria. Il padre le ha mandato dei fiori e due righe per congratularsi con lei. È solo un gesto di cortesia. La vita dell'artista non era nei progetti che aveva per la figlia.

La sera, nel ristorante dell'hotel Danieli, dove Angelo alloggia, un tavolo è riservato per due. Il Commenda, riposto il lino del mattino, indossa un abito scuro, elegante. Sistema i pochi capelli rimasti, la sua immagine si riflette nella curvatura del cucchiaio. Argento vivo lucente.

La sua ospite non tarda ad arrivare. La nota già all'entrata, mentre chiede al maître di sala dove trovare il signor Rizzoli. È molto giovane, non ha ancora vent'anni, segue l'indicazione e raggiunge Angelo al tavolo. Lui si alza, le bacia la mano, le sposta la sedia scavalcando il cameriere pronto dietro di lei e riprende il suo posto. Ordina subito dello champagne. Brindano. Lei ride e quando parla ha un forte accento veneziano.

Vuole fare l'attrice, dice. Vuole diventare come la Pierangeli o, meglio, come Isa Miranda.

A sentire quel nome, Angelo deglutisce a fatica; aveva creduto che non potesse ancora fare così male. E invece.

Propone alla giovane un altro brindisi: «Ai tuoi occhi verdi!»

Sta per allungare le dita a sfiorare quelle di lei, quando si sente chiamare.

«Angelo!»

«Luciana. Anche tu qui?»

«Piccola vacanzina». Il tono di Luciana Peverelli, la scrittrice, è accusatorio. Lo sguardo posato sulla ragazza.

«Sei sola?»

«No».

«Allora buona serata. Non vorrai far attendere i tuoi ospiti».

«Sì, buona serata a te. Saluta Anna». La freccia è scagliata. Sta per andarsene quando...

«Luciana, aspetta».

«Cosa c'è?» dice un po' stufata.

Con un gesto le chiede di chinarsi, poi le sussurra: «Vedi di darle una mano».

Lei non risponde, saluta e si allontana.

Tornato a Milano, Angelo chiama a rapporto nel suo ufficio il direttore dello stabilimento.

«Lei deve dare il buon esempio, Bombelli» storpiando come sempre il cognome del giovane Roberto Mombelli, «l'affitto è basso, bassissimo». Si riferisce alle case di via Valvassori Peroni, quelle che sta costruendo per gli impiegati. I lavori avanzano. Angelo però non aveva considerato l'imprevisto: nessuno vuole andarci ad abitare. È scomodo, di fianco alla ferrovia, e poi non vogliono abbandonare le loro abitazioni.

«Qualcosa deve essere pagato, perché, se si dà una cosa gratis, allora quella cosa perde di valore. Poi i soldi degli affitti finiranno in un fondo pensione al quale ho dato il nome della mia defunta figliola Rinella».

«Cosa dovrei fare, signor Rizzoli, secondo lei?»

«Lo sai...»

«Ma io... Va bene, ho capito».

Mombelli, senza replicare, comunica a tutti che sarà il primo a trasferirsi nei nuovi alloggi. Il lunedì seguente, il tavolo del Commenda viene inondato dalle richieste.

Il palazzo in via del Gesù, ricco di marmi, quadri e mobili di alto pregio, stile Luigi XVI, ospita, oltre alle due famiglie Rizzoli, anche due inquilini, uomini di fiducia del Commenda. Al pianterreno i coniugi Didier, ospiti fissi delle cene domenicali e delle partite a carte organizzate da Angelo. Nell'attico, una coppia deliziosa, Luigi e Carla Rusca.

Dalle finestre sul giardino, tutti possono godere di pace, silenzio e di un'ordinata e splendida distesa di rose a gambo lungo. L'artefice di tanta bellezza è Anna. È il suo rifugio.

Il bellissimo giardino, con il suo enorme prato, si trasforma ogni pomeriggio in un campo da calcio. Una squadra di ragazzini urlanti, tra cui i tre nipoti di Angelo, il figlio del portinaio e qualche compagno di scuola. Angelo junior ha sette anni, ma già lo chiamano Angelone, per via della sua mole, ereditata dal padre: è il più adatto in porta. Nicola ha un anno in più, sembra avere l'argento vivo addosso. Mentre ad Alberto, il più piccolo, viene affidato il compito di arbitro. A loro si è unito il cane Tommaso, regalo di Andrea ai figli. Un setter inglese che corre senza sosta, rischiando di falciare le gambe ai ragazzini.

In una breve pausa, col fiatone e le magliette sporche di terra, un compagno di classe chiede a Nicola: «Che lavoro fa tuo padre?»

E lui, senza indugi: «L'editore». È convinto che Rizzoli & C. significhi Rizzoli e Carraro.

Il compagno, di tutta risposta: «Non è vero! I Rizzoli

sono editori. Tu sei un Carraro!» Nicola ammutolisce. Ma allora suo padre che lavoro fa?

Anna s'affaccia di tanto in tanto a controllare le sue rose, è già accaduto che le danneggiassero. Nella sua liseuse rosa e i capelli raccolti in una treccia lunghissima, si aggira per le stanze. La cameriera la raggiunge: è l'ora della spazzolatura. Dalla finestra semiaperta entrano le voci dei ragazzi. Anna sorride. La presenza dei nipoti, con i quali è sempre dolce e affabile, è un richiamo alla felicità. La spazzola attraversa la chioma fluente con un movimento gentile e regolare per almeno mezz'ora, poi la cameriera divide i capelli setosi in tre parti, li intreccia. Anna si appresta a passarle una forcina dietro l'altra e la donna delicatamente le punta qui e là. Infine, le posiziona la retina, simile a quella di Angelo.

La partita, anche questa volta, finisce in lacrime.

'Pimmo', è così che chiamano Alberto, viene preso di peso dagli altri due cugini e lasciato cadere dritto nella fontana, tra risate e insulti.

Sentite le urla di Alberto, Anna si precipita in giardino. Lo prende per mano e gli sussurra: «Andiamo a cambiarci, *ninin*, prima che ti prendi il raffreddore». E, rivolgendosi ai ragazzini, urla: «Campo squalificato per un mese!»

Mentre rientrano in casa, Anna viene travolta da una forte emicrania. Ultimamente, arrivano senza preavviso, tanto forti da costringerla a letto, nel buio della sua stanza. Alla sua salute già cagionevole, si aggiunge un improvviso dolore alle gambe. Prega la cameriera di occuparsi del nipote e a piccoli passi tenta di raggiungere il divano. È durato un attimo, ora è passato. Respira piano. 'Non è niente' si ripete. Non è nulla paragonato al vuoto sempre più profondo custodito dentro di sé. Un'oscurità che la chiama ma che non riesce a vincerla, non ancora.

Milano, 1951

L'istituto Bertieri, grazie al lavoro di Andrea, si è rimesso in sesto. I conti sono in ordine, il figlio del padrone è stato bravo. Angelo decide di acquisirlo. Il nuovo corso viene sancito dal cambiamento del nome: adesso si chiama 'Rizzoli grafica'.

Per l'inaugurazione il Commenda non ha badato a spese, il nuovo traguardo va festeggiato con soddisfazione e orgoglio. Andrea è felice, finalmente è il momento di veder celebrati i propri sforzi.

Suo padre ha il calice sollevato in aria e si appresta a fare un discorso, ma non sta guardando lui. Il suo sguardo pieno di orgoglio è puntato su Renato Occhipinti, uno spilungone dalla parlantina sciolta. Lui e Andrea sono amici da anni. Renato era stato spedito al fronte russo; al ritorno non ha più trovato la sua famiglia, rimasta vittima dei bombardamenti. I Rizzoli lo hanno accolto come fosse un figlio – meglio di un figlio, pensa Andrea. Partecipa alle cene familiari della domenica, si ferma fino a tardi per la partitella a carte.

Con Renato, Angelo ha instaurato un rapporto speciale, l'ha persino assunto in azienda, senza consultare Andrea. Non gli avrebbe detto di no, ma anche quella volta il padre ha deciso da solo.

Una sera li ha visti. Angelo davanti alla scrivania di Renato che gli chiedeva: «Che ci fai ancora qui?»

L'altro che cortese rispondeva: «Ho quasi finito. E lei?»

«Spengo le luci. Bisogna risparmiare». Poi si avvicinava, gli faceva una carezza sulla testa. «Vai a casa, c'è tua moglie che ti aspetta».

Non ha mai avuto certe premure con lui. Per fortuna, accecato da quel ricordo, non ha ascoltato quello che il padre ha appena detto ai presenti.

All'ennesima alzata di calici, non brinda più. Si allontana con la scusa di aver terminato le sigarette. Sale in auto. Fine della festa.

Ho scritto Mondo piccolo *per far risaltare la differenza sostanziale tra la massa comunista e l'apparato comunista, per indurre cioè l'uomo della massa a ragionare col suo cervello e la sua coscienza.*

Il film deve essere onesto. Non deve ignorare la miseria, l'ingiustizia e l'egoismo, ma deve dimostrare che, per combattere miseria, ingiustizia ed egoismo, il sistema usato dai comunisti è completamente sbagliato. Non solo, ma con la scusa di eliminare un male ne crea uno infinitamente maggiore. Mondo piccolo *può suggerire esclusivamente un film politico ispirato a questi concetti. Io, pertanto, non darò mai la mia approvazione a un film che non risponde ai requisiti che ho cercato di esporre.*

N. Guareschi

Il successo del libro *Mondo piccolo* ha convinto Angelo e Peppino Amato a farne un film. Nino Guareschi è restio. Ha già rifiutato le sceneggiature proposte. Allo stesso tempo, anche diversi registi italiani, come Camerini, Zampa e De Sica, hanno rifiutato.

«Solo perché il film tira in ballo i comunisti! Puah!» Guareschi è contrariato da tutta questa ostilità. Ma i due produttori non si arrendono.

Peppino incontra a Roma Julien Duvivier, autore di alcuni film riusciti con Totò. Ha letto le storie del Don e di Peppino. Lo divertono, ma dice: «I racconti mi sono piaciuti ma mi sono reso conto che la loro trasposizione sarà più delicata di quanto pensassi in un primo momento. Manca un centro drammatico a questa serie di episodi, occorre stabilire una continuità narrativa senza privarli della loro spontaneità e del loro fascino». Questo significa altri guai in arrivo con Nino.

Peppino lo sa, così consulta Angelo che si prende l'onere di parlare con Guareschi.

«Nino, il francese dice che le storie di *Mondo piccolo* gli piacciono».

«Ma?»

«Ma vorrebbe poter riscrivere la sceneggiatura e i dialoghi».

Dopo quache secondo di silenzio assorto, Nino risponde: «Non se ne parla».

«Ma ragiona. Ci sono delle esigenze cinematografiche».

«Va bene. Ma voglio leggere prima di qualsiasi vostra approvazione».

«D'accordo».

Intanto il regista cerca un luogo nella Bassa dove girare.

La sceneggiatura approvata, però, ha scatenato in Nino un'amarezza profonda. Non è come dovrebbe essere. Lo scrive, ne parla con Angelo, non vuole più cedere i diritti.

Lui è così, niente mezze misure.

«Rizzoli! Il film deve essere onesto: non deve ignorare la miseria, l'ingiustizia e l'egoismo, ma...»

«Questo me lo hai già detto mille volte, Nino. Cosa devo fare? Dimmelo tu».

«Che si cerchino almeno degli attori credibili!»

«Ritienilo già fatto».

A settembre, a Brescello, in provincia di Reggio Emilia, iniziano le riprese di *Don Camillo.* Per la parte del Don è stato scelto Fernandel, un attore francese. Per Peppone tutti spingono per avere l'autore in persona, persino Duvivier.

Così Nino si presenta sul set con indosso una camicia a scacchi, un paio di pantaloni di fustagno e un fazzolettone rosso attorno al collo, in bocca un mezzo sigaro toscano.

«Eccomi, sono Peppone» dice.

Girano una scena, l'intervallo della partita di calcio tra la squadra della parrocchia e quella della sezione comunista. Il regista la fa ripetere quattordici volte. Già dalle prime battute non convince nessuno. Sembra annoiato. Praticamente recita se stesso. Non va bene.

Di una cosa tutti sono certi: se Peppone non può essere Nino, deve almeno avere i suoi baffi.

Tre giorni dopo, Peppino Amato ha l'onere di scrivere una gentile lettera di 'licenziamento':

Caro Guareschi, ti ringrazio della tua affettuosa comprensione e degli sforzi da te fatti per venire incontro ai nostri desideri interpretando tu stesso il ruolo di Peppone per il film Don Camillo. *Purtroppo i nostri impegni con l'attore Fernandel, il quale è a nostra disposizione per un periodo limitato di tempo, non si conciliano con le tue disponibilità di lavoro, dati i tuoi impegni giornalistici. Inoltre, come ben sai, non abbiamo potuto risolvere il contratto con l'attore Gino Cervi. Ferme restando le condizioni previste nel tuo contratto, per il ruolo di Peppone, presterai invece la tua opera quale consulente durante la realizzazione del film apportando, in esso, tutti i suggerimenti, modifiche di dialogo ed eventuali miglioramenti, o sostituzioni di scene alla sceneggiatura che giudicheremo di comune accordo validi.*

Nino incontra Gino Cervi e, per fortuna, di lui pensa sia un tipo gentile, gli piace.

Angelo è spesso sul set per controllare che Nino resti nei ranghi, ma più di una volta lo coglie in flagrante a litigare con il regista. Sempre la stessa scena: Angelo che chiede cosa è accaduto, l'altro che inveisce contro il regista parlando di soprusi alla sua storia, allo spirito del libro. Ma nonostante i litigi, le riprese vanno avanti.

Domenica 10 giugno 1951. Alberto non ha alcuna voglia di andare allo stadio con suo padre. Le discussioni tra loro si sono fatte serie. Andrea ha cercato, in tutti i modi, di far capire a suo figlio che non può continuare a essere juventino in una famiglia milanista. Alberto però non molla, sostiene che non si può tifare per una squadra che non vince mai uno scudetto.

«Ma questa volta siamo messi bene, benissimo, figlio mio!» Andrea lo dice ridendo, ma non riesce a mascherare una certa tensione. La partita di oggi è decisiva: «Dobbiamo battere la Lazio. Ma anche se dovessimo perdere… mi segui?»

«Sì, ti seguo, papà».

«Dicevo… se anche dovessimo perdere, potremmo comunque vincere lo scudetto. Siamo un punto avanti all'Inter. Se l'Inter perde siamo campioni d'Italia in ogni caso». Andrea, a questo punto, sta parlando da solo: «Però meglio contare solo su noi stessi, che confidare sulla fortuna. Insomma, dobbiamo vincere».

«Ma io tifo Juventus lo stesso. La Juve ha già vinto otto scudetti. Il Milan invece…» Alberto si mette a fare i conti con le dita: sono tre, e le mette di fronte agli occhi del padre, ridendo.

«È importante sostenere la propria squadra. È una fede! E tu dovresti tifare Milan, come tutti noi!» spiega serio, riferendosi, in realtà, a se stesso e a Mimmo, che assiste alla discussione. Il calcio lascia indifferente Lucia: si dichiara milanista solo per far piacere al marito.

Il piccolo non sembra convinto.

«Lo sai che allo stadio ci sono quei signori che passano tra le tribune e vendono la Coca-Cola, vero?»

«E va bene… vengo. Vengo, ma io non voglio tifare Milan».

«Allora facciamo una scommessa. Ti va? Se vinciamo lo scudetto, te diventi milanista per sempre. Se perdiamo, sei libero di restare juventino».

Alberto, a quel punto, non può sottrarsi alla solenne stretta di mano del padre. Si parte per lo stadio.

Sugli spalti si respira un'aria di festa trattenuta. La tensione è alle stelle. Il digiuno dura da quarantaquattro anni. Era il 1907 quando il Milan ha vinto l'ultimo scudetto. L'Italia era una monarchia. Non c'erano ancora state né la Prima né la Seconda guerra mondiale. Angelo Rizzoli era uscito dai Martinitt solo l'anno prima, e non gli importava nulla del calcio, aveva altri pensieri, come oggi; e non perde occasione per ribadirlo al figlio.

Lo stadio di San Siro è gremito in tutti gli ordini di posto. I tifosi rumoreggiano, intonano cori, le curve sono tappezzate di immagini di diavoli che schiacciano sotto i piedi il biscione, simbolo degli odiati cugini interisti.

Milan e Lazio scendono in campo. Andrea si accende una sigaretta. Mimmo lo imita. I giocatori sono nervosi.

Dopo quattordici minuti di gioco, i padroni di casa vanno in svantaggio. Lo stadio ammutolisce. Il caldo sembra farsi ancora più opprimente. Si riprende poco dopo: calcio di rigore per il Milan. Lucidio Sentimenti, il portiere biancoceleste, intuisce però la traiettoria del pallone e para. Le imprecazioni piovono da tutti i settori. Andrea si accende la seconda sigaretta, forse è la terza. Al ventiseiesimo minuto ci pensa il solito Gunnar Nordahl, il fenomeno svedese: 1-1. Ma non basta, il Milan deve vincere per essere sicuro di portarsi a casa l'agognato scudetto. Accade il contrario. Al trentanovesimo minuto, Primo Sentimenti entra nella porta avversaria con il pallone: 2-1 per la Lazio. Si va negli spogliatoi.

Durante la pausa, qualcuno cerca di capire quanto sta facendo l'Inter. Le notizie sono incerte. Gli aggiornamenti via radio, di solito, arrivano solo al termine delle partite. L'unica cosa sicura è che gioca contro il Torino, che quell'anno annaspa nelle retrovie della classifica: non promette affatto bene.

Il secondo tempo è una trafila di mischie furibonde, di assedi nell'area di rigore degli ospiti, di sigarette accese in tribuna da Andrea, che non urla mai, e da Mimmo, che perde la voce a furia di improperi.

La Lazio rimane in dieci per un'espulsione. Alberto non ci capisce nulla, tiene le dita incrociate, non sa bene il perché.

Non c'è verso, nonostante la superiorità numerica, il Milan non riesce a segnare. L'arbitro si porta il fischietto alle labbra. È finita. Il triplice fischio taglia un silenzio desolante.

I giocatori tornano a testa bassa negli spogliatoi. Antonio Busini, il direttore sportivo, li raggiunge; è così infuriato che sviene, e dev'essere soccorso.

Nessuno si cambia. Nessuno si toglie le scarpe. Stanno tutti con la salvietta in testa in silenzio, sulle panche. Attendono di avere notizie da Torino. Passano quasi dieci minuti.

Fuori, sugli spalti, il pubblico è un corpo solo animato dalla voce gracchiante degli altoparlanti dello stadio. Sono tutti pronti al peggio.

Milan-Lazio: 1-2. Ma quello lo sapevano già: era la tragedia che avevano visto svolgersi sotto i loro occhi.

Novara-Atalanta: 1-1. Pro Patria batte Como: 1-0. Padova perde con la Juventus: 0-1. Alberto è felice, ma resta immobile, come tutti gli altri intorno. Il silenzio è diventato un blocco di marmo. *Torino batte Inter 2-1.*

«Ha perso! Ha perso! Abbiamo vinto! Alberto, abbiamo vinto! Campioni d'Italia, campioni d'Italia!» Le urla di Andrea sono sommerse da un boato che rimbalza tra le curve e le tribune.

I tifosi invadono il campo, portano in trionfo i giocatori usciti dagli spogliatoi. Andrea esulta come non ha mai fatto nella vita. Abbraccia Mimmo, abbraccia chiunque gli capiti a tiro.

Prende in braccio Alberto: «Guarda! Questo è un pezzo di storia, figlio mio! Un pezzo di storia!» È talmente su di giri che suo figlio inizia a esultare a cavalcioni sulle sue spalle. Non ha mai visto il padre così.

*

A casa, Mimmo e Andrea ripercorrono la partita, con i sorrisi ancora stampati sui volti. Angelone ascolta.

La sera, prima di andare a dormire, Alberto lascia un disegno sul cuscino del padre: un diavolo rosso e nero e una scritta 'FORZA MILAN'.

OTTO

Fa' presto, dimmi tutto. Non mi nascondere niente

Venezia, agosto 1952

Angelo ha la solita sigaretta accesa e, insieme a Peppino Amato, è impegnato a stringere mani e cercare di raggiungere, non senza difficoltà, quella che gli hanno descritto come una grande promessa del cinema italiano: Federico Fellini. Accanto a lui c'è l'interprete principale della pellicola che stanno per proiettare in anteprima, *Lo sceicco bianco*: è Alberto Sordi, con un volto che ti rimane impresso e una parlata romanesca dal timbro inconfondibile.

Fellini sembra l'opposto: ha trentadue anni, è serio nel suo abito scuro e appare intimorito da tutto quel clamore. L'unica nota irriverente sono i capelli scompigliati.

Angelo, sorridente, gli si avvicina: «Ma guarda, un regista così giovane… Ed è bello questo film che ha fatto?»

«Spero di sì» risponde. «Ma lo deve decidere il pubblico».

Angelo annuisce. A rompere l'imbarazzo ci pensa Peppino: «Una commedia, quindi».

«Sì, direi di sì». Il regista è di poche parole.

«Andiamo via. 'Sto giovanotto mi ha già stancato» suggerisce sottovoce Peppino.

Angelo sorride divertito. Un regista timido non l'aveva ancora incontrato.

«Prendiamo posto. Cordialità» si congeda Amato, trascinando per un braccio il socio, che continua a osservare sottecchi quel timido ragazzo.

Nella sala cala il buio. Il mormorio aumenta a ogni minuto che passa e, alla fine della proiezione, parte un piccolo coro di fischi, a cui si aggiunge, quasi involontariamente, anche Angelo.

La sera resta solo nella sua suite al Danieli, non riesce a prendere sonno, attende l'alba. Ripensa al film, più che altro agli scorci di Roma che fanno da sfondo alla storia. Questa volta non ha prenotato nessun tavolo in un ristorante di prima classe. Niente appuntamenti galanti. La sua preoccupazione è rivolta ad Anna.

I medici le hanno diagnosticato un'osteoporosi. Dalle radiografie sono emerse alcune 'strane macchie', dicono, ma la parola che Angelo ha intuito sulle labbra di tutti gli specialisti da cui ha accompagnato la moglie è un'altra. Nessuno ha avuto il coraggio di pronunciarla di fronte al Commenda.

«Angiolett', ci abbiamo creduto e guarda. Che soddisfazione!»

All'altro capo del telefono c'è Amato. È euforico perché *Don Camillo* si sta rivelando un successo enorme. Persino Guareschi è incredulo, legge e rilegge sui giornali il conteggio degli spettatori nelle sale cinematografiche.

«Vero. Sono contento».

Dal tono non si direbbe. L'altro, togliendo spazio a un silenzio inatteso che rischia di farsi ingombrante, continua: «Io e te dobbiamo metterci in società. Seriamente, dico. Che ne pensi?»

«È un periodo strano, lo sai, con la salute di Anna...»

«Senti qua. Che ne dici di Dear Film?»

«Dea cosa?»

«DEAR: Distribuzione Edizioni Amato Rizzoli. Suona bene, no?»

Angelo non risponde, è distratto da un corvo che si posa sul davanzale della finestra.

«Dammi dieci milioni».

«Dieci milioni?»

«Ho pensato a Robert Haggiag, è un italo-americano che ha in mano l'esclusiva per l'Italia di un mucchio di film americani. E ci sono anche quelli di Chaplin. Lo conosci?»

«Questo Robert?»

«No, *jamm'* Angiolett'. Charlie Chaplin!»

«Sì».

«Allora che dici?»

«Fammici pensare, Peppino».

«Mi raccomando il verde». Angelo parla con gli addetti in tipografia. «Deve essere sempre quello». È un verde pisello, che in piazza Carlo Erba è stato ribattezzato verde Rizzoli.

L'azienda si sta espandendo, Angelo cambia anche il nome in 'Rizzoli Editore' rinunciando a quel '& C.' che aveva così difeso agli inizi, con il buon Pizio, quando pensava già ai suoi eredi.

Ma il colore resta. Gli ha portato fortuna.

La guerra in Corea ha triplicato i costi della carta. Angelo è abbastanza sicuro che le scorte basteranno a non mandare tutto in malora. Il baratro si è spalancato davanti a molti. Tra questi c'è Gianni Mazzocchi, l'editore di *Domus, Casabella, Il Mondo*; e dell'*Europeo*, su cui Angelo ha puntato gli occhi. La cifra richiesta è di tre miliardi di lire, per un pacchetto che comprende il settimanale e altre testate minori.

Angelo accetta. L'appuntamento dal notaio è fissato per il pomeriggio successivo. Quella notte però è preoccupato dal respiro di Anna, non era mai accaduto che fosse così in affanno. Prova a convincersi che sia un semplice malanno di stagione, ma non riesce a chiudere occhio. La mattina dopo telefona a Mazzocchi: «Senti, ho fatto i conti. Ti offro duecento milioni in meno».

«Non ci sto» sbraita, «avevi dato la tua parola e ora la stai cambiando. Quindi cambio opinione anche io: non vendo più!» e riaggancia.

Dopo due settimane, Angelo richiama.

«Tu mi vendi i giornali e io ti faccio capo di tutta la pubblicità con la garanzia di un minimo di un miliardo all'anno».

Il silenzio dura diversi secondi. Poi Mazzocchi risponde: «Rizzoli, alla mia età non cambio mestiere».

Il Commenda sfila tra gli sguardi preoccupati e sfuggenti dei suoi collaboratori. Non li nota. La sua testa è altrove. Arrivato alla porta del suo ufficio, saluta la signora Raineri, impegnata in una conversazione telefonica, solo con un cenno. Lei sembra farsi avanti, come se volesse fermarlo, dirgli qualcosa. La porta si richiude alle spalle di Angelo che, giunto alla scrivania, sbianca.

Distesa sul tavolo giace la prima pagina dell'*Avanti!*, il giornale dei socialisti: al centro c'è una sua foto in primo piano, bianco e nero. Lo sguardo fisso in camera. Il suo nome è scritto in grande e, sotto, uno stampatello recita 'MUSEO VIVENTE DEI MILIARDARI EVASORI'.

Si siede, sente un formicolio alle mani e la rabbia che monta. L'articolo è anonimo e contesta senza mezzi termini il reddito denunciato da lui stesso. Settantotto milioni all'anno sembrano pochi per chi possiede riviste, rotocalchi, collane editoriali, cinema, proprietà immobiliari, panfili. E poi le enormi somme puntate al casinò e perse senza battere ciglio. È mai possibile, si chiedono i socialisti, che al ministero delle Finanze abbiano tutti gli occhi bendati?

Non è un problema solo di Rizzoli – prosegue l'articolista – ma di tutta l'imprenditoria italiana. Le aziende non dichiarano il totale dei fatturati, raggirano il sistema, i bilanci sono stilati all'acqua di rose. Non esistono controlli. Le bustarelle sono una pratica diffusa, uno dei pilastri sotterranei che sostiene la ricostruzione industriale del Paese.

Angelo sferra un pugno sul tavolo che fa ribaltare la tazza di caffè, ormai freddo.

Apre il cassetto della scrivania, che per poco non gli resta in mano, afferra l'agenda, va alla lettera N, cerca il numero dell'ufficio di Pietro Nenni.

Si sono conosciuti all'inizio del secolo e per anni sono stati entrambi tra le fila dei socialisti. Pietro all'interno delle sedi, Angelo fuori. In comune hanno la loro infanzia fatta di miseria, dei colori e degli odori dell'orfanotrofio, di quel senso di rivalsa che li ha condotti uno verso l'editoria, l'altro verso la politica: un miliardario e un presidente di partito. Spesso si incontrano alla villa di Canzo, nel fine settimana, a giocare a bocce e parlare di attualità, dell'Italia, del mondo, della vita in generale.

Ora si sente tradito, accoltellato alle spalle. Guarda la cornetta del telefono, appoggia i gomiti sul tavolo, si tiene la testa con le mani.

La signora Raineri bussa alla porta dell'ufficio. Silenzio. Allora decide di fare qualcosa di inconsulto: entra senza aspettare oltre. Angelo nota subito il suo volto tirato.

«Non si preoccupi, Nella. Calunnie. Solo calunnie».

«Ha telefonato il dottor Malcovati. Sostiene che è una questione personale e che deve assolutamente parlare con lei». Anna è sua paziente. Angelo si alza di scatto.

Un'ora più tardi, il professore entra nella stanza, Angelo non lo lascia parlare: «Fa' presto, dimmi tutto. Non mi nascondere niente» e lo incalza risoluto, «dimmi che tumore è, e soprattutto cosa si può fare».

«No, signor Rizzoli».

«Avanti, senza giri di parole».

«Signor Rizzoli, c'è un equivoco» risponde interdetto, «sono qui per chiederle un prestito».

«Un prestito?» Angelo rilassa il volto e poggia la schiena alla sedia.

«Le chiedo scusa per il grave fraintendimento».

«Non preoccuparti, va' avanti. Di che si tratta?»

«Ischia».

«Ischia?»

Angelo ha avuto troppe cose per la testa nell'ultimo periodo. Si è dimenticato quasi completamente dei progetti sull'isola. Ha lasciato le terme e tutto il resto in mano al dottor Malcovati e ai suoi colleghi.

«Sì. Possiamo ampliarci».

«E quale sarebbe l'investimento?»

«Il rilancio delle terme di Lacco Ameno sta dando i primi risultati. Ma con gli altri soci non siamo d'accordo su molte cose…»

«Quali cose?»

«Ho proposto di rilevare le altre terme dell'isola: Casamicciola in primis».

«E quindi?»

«E quindi… non vogliono metterci altri soldi, ma è un errore non farlo».

Angelo si accende una sigaretta. «Di che cifra stiamo parlando?»

«Cento milioni» risponde Malcovati, d'un fiato.

«Un altro grosso investimento, dottore».

«Sì, lo so. Ma lei ha visto con i suoi occhi la meraviglia di quei posti. Le terme sono necessarie».

«Dottore, dobbiamo parlarne. Forse è il caso di entrare in società. Anche perché è da un po' che ci penso… Io un progetto per Ischia ce l'avrei» e stacca un assegno di cinquanta milioni di lire.

Era la fine dell'estate precedente quando Angelo si era accompagnato al dottor Malcovati per raggiungere Ischia. Prima di arrivare avevano fatto tappa a Capri e la differenza tra le due isole gli era saltata subito agli occhi: una nelle mani dell'espansione turistica e frequentata dalle star internazionali, l'altra povera, dimenticata, primitiva. Avevano attraccato senza clamore. Camminavano per le strade e la gente li guardava con un misto tra deferenza, diffidenza e ammirazione: non sapevano chi fosse l'uomo elegante vestito di bianco con la sigaretta in bocca. Salutavano tutti il dottore.

Gli uomini sostavano, nel caldo assolato, fuori ai pochi caffè e alle sale da biliardo, su sedie malmesse. Chiacchieravano tra loro, fumavano e bevevano, la pelle bruciata dal sole. Le scarpe lucidate a nuovo di Angelo avevano assunto il colore della terra. Le mosche si appiccicavano addosso in un fastidioso e ronzante abbraccio.

Dalle finestre aperte, nel primo pomeriggio, si erano

sentite le canzoni intonate dalle donne ai loro bambini, nenie incomprensibili ma ammalianti come il fruscio delle loro gonne mentre attraversavano la via cariche di cestini di paglia intrecciata dalle loro mani. La sera, le case erano illuminate solo dalla luce flebile delle candele. L'elettricità non raggiungeva tutte le case, sparse qui e là sulla roccia, in salita.

Angelo si era innamorato di tutta quella semplicità. Si era rivisto nello sguardo malinconico di ogni bambino che gli aveva sorriso, con la faccia sporca di sabbia e terra. Aveva rivisto la sua infanzia, i vestiti logori, sua madre, le sue sorelle, le carrozze parcheggiate fuori dal teatro. Quella felice miseria gli aveva aperto il cuore.

Il dottor Malcovati gli aveva mostrato l'abbandono in cui versavano le terme. E davanti a quella armoniosa desolazione, fatta di strutture fatiscenti provenienti da un passato glorioso, di incantevoli giardini abbandonati ma rigogliosi di natura, Angelo aveva detto: «Sono sicuro che a mia moglie questo posto piacerebbe moltissimo».

Era bastato un anno per far ripartire le terme di Lacco Ameno. Ora i piccoli albergatori locali fanno fatica a sostenere l'ondata di turisti.

Sono stati mesi complicati per Angelo. La malattia della moglie l'ha strappato bruscamente dai pensieri che aveva accarezzato sotto il sole dell'isola. Ma forse, adesso, con questa nuova richiesta di denaro di Malcovati, è arrivato il momento giusto per accelerare: Ischia deve rinascere e poi splendere. Lui deve realizzare un grande progetto turistico internazionale, con infrastrutture di lusso, per attirare gente ricca e famosa. I soldi, a queste persone, cadono dalle tasche. E gli abitanti potranno raccoglierli.

Angelo guarda la prima pagina dell'*Avanti!* Sorride

pensando agli amici socialisti. Prende il giornale e lo butta nel cestino.

Il sollievo dura poco. Le ombre sulla salute di Anna si allargano. Angelo l'accompagna dai migliori medici italiani, luminari che non riescono a dare una diagnosi certa.

Decide di viaggiare fino a Roma: con Anna, non c'è mai stato. Quello è un regno tutto suo, fatto di cene, di attrici e di risate. Ora è cambiato tutto. Vengono accolti nello studio del dottor Valerio Consigli.

In una stanza asettica, il medico le preleva il sangue. Anna ha il volto stanco, pallido. Nell'attesa dei risultati, tornano in albergo. La aiuta a stendersi, le toglie le scarpe. «*Maméta,* te la ricordi la casa di via Anfossi?» Anna sorride con gli occhi chiusi. «Non avevamo niente».

«Avevo te» sussurra lei, «e mi bastava».

Angelo sente il cuore fermarsi per un secondo. Non riesce a immaginare una vita senza di lei.

Il telefono squilla. È Consigli. Angelo ascolta. Ringrazia. Riaggancia.

«Dice che non è sicuro dei risultati. Secondo lui è meglio iniziare un trattamento di radiazioni». Dagli occhi chiusi di Anna sgorgano le lacrime. Angelo deglutisce. «Per sicurezza. Ha detto di farle per sicurezza». Le stringe la mano. «Starai bene, vedrai». Una promessa che suggella con un bacio sulla fronte della moglie. Scotta.

Tornati a Milano, Anna deve proseguire i trattamenti. I medici consigliano il ricovero. Angelo cade in un profondo silenzio, anche in stabilimento se ne accorgono. Non sembra più lui, dicono.

Parla con l'amico Nenni al telefono.

«Non sento più niente. Sono svuotato. Come la casa.

Sai, certe sere penso di restare a dormire qui, in stabilimento. Poi però mi sento ancora più solo e torno a casa».

«Vedrai che starà bene» lo conforta l'amico.

«Non so cosa farei se...»

«Nessun se, Angelo! Forza e coraggio».

«Ci proverò».

Gli occhi lucidi, la voce rotta. Angelo saluta e torna alla sua inquietudine.

«Signora Raineri, disdica tutti i miei impegni. Almeno per la prossima settimana».

Le stanze di via del Gesù si sono svuotate del profumo di rose. Angelo ha pregato il cameriere di occuparsi delle siepi, in attesa del ritorno di sua moglie.

«Non voglio che si ammalino anche le piante» dice.

Va su e giù per il corridoio, non sa cosa fare. E prima di andare a letto, apre la porta della camera di Anna. Vuota, buia, fredda.

Dall'armadio, con delicatezza, tira a sé uno dei vestiti di lei, tuffandoci dentro il viso.

Piange. Non può perderla. Non adesso. Meglio mai.

Le settimane passano e Angelo ha generato nuove abitudini: dopo la visita del barbiere, al mattino, prima di andare in stabilimento, Barbaglia lo accompagna al cimitero, a trovare Rinella.

«Porta pazienza, piccola mia. Lo so che anche tu hai bisogno di lei, ma noi, io ho bisogno di lei. Perdona il mio egoismo ma papà, senza *maméta*, non è niente. Niente».

Da quando Anna non c'è, le cene della domenica sono silenziose e meste. Anche i ragazzi, senza la nonna, sono infelici. Mangiano con la testa nel piatto, non si scambiano neppure una parola. Fino al giorno in cui Angelo finalmente parla: «Dobbiamo riportare un po' di gioia in questa casa. La fortuna tornerà, ma ci si deve impegnare. *Maméta* non accetterebbe mai queste facce da funerale. Su su, giochiamo a carte!»

Gli altri sembrano tirare un sospiro, se non di sollievo, quanto meno di speranza che pensavano il vecchio Angelo avesse perduta.

Niente Roma, niente Ischia, solo lavoro per settimane. Poi la telefonata dei medici.

«Può riportarla a casa. Le cure funzionano. Sua moglie sta decisamente meglio».

La prima notte con Anna di nuovo a casa, Angelo non dorme. Tiene l'orecchio teso per percepire il respiro di lei attraverso la parete che li separa.

Giunta l'alba, si alza, indossa la sua vestaglia bordeaux e si precipita alla porta di sua moglie. Apre lentamente, non vuole disturbarla, né spaventarla. Nel letto non c'è. È in piedi, accanto alla finestra, nella sua liseuse rosa, i capelli raccolti in una treccia lunghissima, il corpo magro.

La raggiunge.

«Buongiorno».

«Le mie rose».

«Le tue rose aspettavano solo te».

«Sono stati bravi».

«Sì, ma è mancata la tua mano. Sei mancata tu». Le cinge le spalle.

Poi lei si volta verso di lui e si stringono in un lungo abbraccio.

«Bentornata, mia cara *maméta*» le sussurra all'orecchio.

Salito in auto, diretto in stabilimento, chiede a Barbaglia di accostare. Scende e senza dire nulla si dirige verso l'entrata della basilica di San Babila. Accende una candela alla santa, è convinto che sia una donna. Le promette che non fumerà più.

Non ha mai aspirato veramente il fumo di sigaretta, ma ne accende comunque una sessantina al giorno.

È difficilissimo smettere. Gli sembra quasi che fosse la sigaretta tenuta al lato delle labbra a dargli tutta la sicurezza che aveva avuto nella vita. Prova a resistere. Sente che sta per cedere. Ma una promessa è una promessa, a un socio, a un debitore, a maggior ragione a una santa.

Allora si ingegna e prova con un bocchino al mentolo di colore giallo, al quale appone una sigaretta di plastica con tanto di cenere disegnata. Può andare.

Nei giorni successivi istruisce l'assistente della signora Raineri, Annamaria Jona, a comprarne quanti più scatoloni possibile, di modo da non restare mai senza. Non si sa mai. È lei a dirgli, timidamente, che Babila era un uomo, un vescovo dell'antichità. Angelo ringrazia: non fa molta differenza.

NOVE

Lei conosce la signorina?

Milano, 1953

Nella tipografia dello stabilimento di piazza Carlo Erba gli operai stanno installando una macchina doppia, la prima prodotta in Italia. Stampa diecimila copie all'ora, mentre le rotative più piccole girano per gli inserti.

Lunedì.

È il turno di *Annabella* e *Il calcio illustrato.*

Martedì.

Candido e *Bella,* una rivista femminile affidata interamente a Giorgio Scerbanenco.

Mercoledì.

È il giorno di *Oggi,* arrivato a seicentomila copie vendute. Il merito è di Rusconi e Angelo ne fa vanto, sfacciatamente, davanti ad Andrea: «Ecco, è Rusconi il figlio che avrei voluto avere».

Giovedì.

Si chiudono *Luna Park* e *L'Europeo.* Alla fine Mazzocchi ha ceduto e ha venduto ad Angelo.

Venerdì.

È la volta di *Novella, La Donna* e *La Settimana Incom.*

Sabato e domenica.

Si stampano riviste per conto terzi.

*

Alle quindici e trenta di una domenica di aprile, Andrea e Mimmo, con i figli al seguito, lasciano casa Rizzoli e si dirigono allo stadio di San Siro. È un pomeriggio ventoso. Alberto e Nicola urlano «Forza Milan!» dal finestrino dell'auto a ogni passante, ricevendo per la maggior parte delle volte dei gran sorrisi. Angelo junior è rimasto a casa, ha qualche linea di febbre, seguirà i risultati della partita alla radio.

San Siro come sempre è un coro festante. Gli spalti sono una baraonda di bandiere rossonere e di diavoli disegnati sugli striscioni. Ci sono anche molti tifosi juventini, affollano il settore degli ospiti.

Andrea scruta i volti in tribuna d'onore: Gianni Agnelli non c'è. L'affascinante e carismatico giovane presidente della Juventus, nonché nipote del maggior capitano dell'industria italiana, non si vede da mesi. Dopo l'incidente d'auto in cui è rimasto coinvolto l'estate precedente, ha riportato una brutta ferita alla gamba, ha dovuto subire diversi interventi chirurgici, dicono che la fase di riabilitazione sia a buon punto. E si spera che per il suo matrimonio in autunno sia di nuovo in piedi. Le notizie sono su tutti i giornali e le riviste, anche quelle stampate da suo padre, ma le cronache migliori Andrea le raccoglie al Clubino: lì si dice che, probabilmente, il rampollo di casa Agnelli zoppicherà a vita.

L'arbitro fischia l'inizio.

Per il Milan, dopo la festa dell'estate del 1951, sono arrivati tempi di magra.

Lo scudetto successivo è finito proprio alla Juventus di quel giovane che si fa chiamare 'Avvocato', senza averne i titoli.

Quello del '53, invece, sembra saldamente nelle mani dei cugini interisti. Mancano poche giornate al termine.

Ai diavoli non resta che lottare per il terzo posto con il Napoli.

Dopo soli undici minuti di gioco, Præst, l'attaccante danese della Juve, va in rete. Al quarantunesimo pareggia il solito Nordahl. Al sessantottesimo Boniperti riporta in vantaggio gli ospiti.

Andrea rivolge lo sguardo verso il presidente del Milan, Umberto Trabattoni: è impassibile. E resta in quello stato fino al triplice fischio finale.

In auto, al ritorno, Mimmo è infervorato: «Ti pare possibile? Anche quest'anno non andremo oltre il terzo posto. Non abbiamo la grinta, la voglia, il gioco. Non possiamo buttare la palla solo sui piedi di Nordahl e sperare che ci pensi lui».

«Lo so. Ci manca qualcosa...»

«Il Busini ha accennato un saluto. L'hai notato?»

«No, stavo osservando Trabattoni».

Alberto si fa sentire dal sedile posteriore: «Papà, io ti ho promesso di essere milanista a vita; però, se va avanti così, non sono più mica tanto sicuro...»

Andrea e Mimmo si guardano, ridono, poi tornano a immergersi nei loro pensieri.

Il martedì, Angelo è in partenza per Roma.

Anna, con l'aiuto della governante, prepara il bagaglio: «Due camicie bianche, il completo blu scuro, prendi il panciotto e quei due cravattini. Grazie». Si muove svelta, sa che il marito non ama attendere.

«Angiulìn, ma perché ti ostini ad andare in treno? Potresti farti accompagnare in auto».

«Presto, fate presto con quella valigia. Prima di partire devo passare in ufficio».

«Ma mi ascolti?»

«Cosa?»

«Perché il treno?»

«Vagone letto, *maméta.* Significa comodità. Domattina sono riposato e fresco come una delle tue rose».

«Ah, be'... non ci avevo pensato».

«E io sì».

«*L'è guzz, il Cumenda*» dice guardando la governante.

«Chi ha tempo non perda tempo, *maméta.* A presto. Stai bene». Angelo si è già infilato il cappotto e il cappello. Aspetta il bacio sulla guancia di Anna, prima di tirar su la valigia e scomparire.

Tutte le settimane, trascorre il mercoledì e il giovedì nella capitale. Ad attenderlo alla stazione Termini c'è il signor Luigi, il suo autista romano. Sale sulla 1400 e si fa portare in ufficio, in via Veneto, in una palazzina acquistata per ottocento milioni di lire. Ha assunto anche una segretaria, si chiama Marisa Di Masci, una donna graziosa con gli occhi chiari che sembrano quelli di Liz Taylor. Lei tiene in ordine le fatture che Angelo controlla accuratamente, una per una, per poi occuparsi dei preventivi delle nuove produzioni. Nelle stanze si aggira Peppino Amato accompagnato da qualche regista da presentare al Commenda che li ascolta disorientato quando parlano di flashback, di movimenti di macchina, di climax, di scenari comici. Angelo prova a sfogliare le sceneggiature, salta sempre alle ultime righe.

«C'è il lieto fine?»

«Eh, il signor Rizzoli vuole sempre il lieto fine, *è o' ver*?»

«Bisogna dare alla gente un po' di speranza, un po' di ottimismo!» risponde risoluto.

Il cartoncino della contabilità riservato al cinema è sempre della grandezza di un pacchetto di sigarette, anche se Angelo non fuma più. È un susseguirsi di voci e cifre, incomprensibili per chiunque, tranne che per lui. Lo controlla a mezzogiorno, ogni giorno.

«Sono un uomo di somme, Marisa. Che ci vuole fare?»

Nel pomeriggio si trasferisce sul set. Quando compare, l'attività si blocca. Lui saluta, sorride, regala monete o medaglie d'oro, e spesso dà della 'faccia di cretino' a uomini e donne. Dal set trascina regolarmente a cena più di dieci persone; ed è sempre lui a mettere mano al portafoglio. L'importante è non ordinare il caviale: «È uno spreco. E le acciughe sono più buone».

Nella capitale, Angelo è più leggero. Sbaglia nomi di libri, scrittori, registi, ma non se ne preoccupa. A Milano non riesce a togliersi di dosso quel senso di inadeguatezza, quella cultura che gli manca e che non può comprare, quell'antico odore di ignoranza, che per lui è così simile a quello della miseria, dell'orfanotrofio, del mesto funerale di sua sorella. A Roma, invece, si diverte e basta.

«Commenda, chi è la pisana?» gli chiede Walter Chiari, a cena.

«Una ragazza di Pisa».

«Bene, e cos'è quella cosa che si beve la sera prima di andare a letto?»

«La tisana!» rispondono tutti in coro.

«E cosa succede» incalza l'attore, «se uno si confonde?»

«Si prende la pisana e se la porta a letto. Che è senz'altro meglio della tisana...» chiosa Angelo con le lacrime agli occhi per il riso.

Walter e Angelo si sono conosciuti nel '49, a Milano, in Galleria: era l'inaugurazione della libreria Rizzoli e Walter era un giovane attore teatrale in cerca di impresari. Angelo era rimasto colpito dall'ottimismo travolgente, dalla voglia di vita e dalla leggerezza di quel ragazzo di venticinque anni. Nessuno riesce a far scompisciare dalle risate il Commenda come Walter Chiari.

Nonostante gli anni di differenza, il loro sembra un rapporto tra fratelli, opposti e complementari.

Tra una barzelletta e un bicchiere di vino, Walter chiacchiera con Angelo.

«Di Andrea che mi dici? Mi sembra che stia seguendo la via del padre, o sbaglio?»

Angelo afferra una bottiglia di vino e un bicchiere: «La bottiglia sono io, il bicchiere è mio figlio», e poi insiste: «Questo qui è un monte alto» indicando la bottiglia, «un monte alto come...»

Gli viene in soccorso Gigi De Santis: «Come il monte Everest».

E lui, che non si ricorda mai i nomi giusti, dice: «Ecco, io sono alto come il monte di Gigi» poi indica il bicchiere e termina: «Questo invece è il Col di Lana. Ed è mio figlio». Restano tutti sbigottiti.

Usciti dalla trattoria di Trastevere, i due, salutati gli altri, si incamminano verso Ponte Sisto.

«Come sta l'Anna?»

«Bene, direi. Molto meglio. Sono devoto a mia moglie, lo sai».

Walter pensa sia una battuta. Lui lo fulmina con lo sguardo.

«Ha sempre saputo tutto di me. E ha sempre accettato tutto. Ammiro la sua forza».

«Puoi ben dire. Non esiste più quel tipo di donne lì, sai?»

«Ma non dire scemenze, pirla!»

«Ti dico che è così».

«E io ti dico che guardi nei posti sbagliati. Devi cercare meglio».

Per un paio di minuti si sentono solo i loro passi sui sanpietrini.

«Sai, mi chiedo spesso perché mai Andrea è così diverso da me. Anche fisicamente, intendo».

«La conosci la teoria di Mendel?» chiede Walter.

«Non l'ho mai sentita».

«Lasciamo stare, te la spiego un'altra volta». Ancora qualche passo, poi Walter rompe di nuovo il silenzio: «Angelo, ma perché non lo lasci più libero nelle decisioni?»

«È presto».

«Ma Andrea ha già quarant'anni».

«Lo so. Ascolta, può non sembrare vero, ma io gli voglio bene».

«Ti credo, ma l'affetto va anche dimostrato».

«Ho costruito un impero per lui, per loro. Questo non basta?» Prende una boccata d'aria. Gli afferra il braccio e conclude: «Voglio molto bene anche a te, *pirla*!»

Walter ride, appoggia il palmo della mano su quella del vecchio amico: «Grazie, significa tanto per me».

«Sai qual è il mio desiderio più intimo? Andarmene prima di mia moglie».

«Andartene?»

«Morire prima di Anna. Non saprei vivere senza di lei».

«Non è ancora il tempo, Angelo. Sei fortunato. Anzi, ti sei costruito tu tutta la fortuna che hai. Devi godertela».

Si soffermano sul ponte, il Tevere è verde scuro e silenzioso come la notte. In giro, poche persone. Risuonano da lontano, portate dal vento, il suono di una chitarra e voci e risate. Angelo guarda l'orario, a breve il suo autista arriverà a prelevarlo, ma lui ha ancora voglia di parlare con l'amico.

«Proseguiamo, più avanti c'è un bar. Beviamo un whisky».

Walter lo asseconda. Attraversano il viale e s'infilano nel reticolo di viuzze del rione Regola: un susseguirsi di alti portoni di legno, muri scrostati e balconcini, una quiete ovattata li accoglie. Guidati dal marciare lento dei loro passi, avanzano.

«Ti racconto una storia. Quando ero piccolo spiavo i ricchi fuori dalla Scala. Ero ipnotizzato dalle loro carrozze, con i cavalli, il cocchiere e tutto il resto. Mi dicevo 'un giorno anche tu, Angiulìn...' Ora ho due palchi a teatro e le carrozze non ci sono più, ci vado in auto. Ho comprato una Rolls Royce nera con gli interni gialli apposta. Ma non è la stessa cosa. Essere elegante e felice dentro una carrozza col tiro a quattro: ecco una sensazione che non sono mai riuscito a soddisfare nella mia vita».

Angelo, con le mani in tasca, fa risuonare le monete.

Sulla soglia del bar, si soffermano ad ascoltare il vociare attutito provenire dall'interno. Angelo si sistema le maniche e il cravattino, mentre Walter gli chiede: «Scusa Commenda, ma perché non te la togli questa soddisfazione? Prendi una carrozza in affitto!»

«Sì, potrei. Ma a quel punto mi farei dare del *pirla*. E *pirla* non sono!»

Al ritorno viaggia con la luce del sole. E la sera del venerdì, Angelo è a Milano. Sarà la stanchezza, ma ha davvero voglia di tornare a casa, nonostante Roma gli manchi già.

Fuori dalla stazione lo aspetta Barbaglia, lo saluta, gli apre la portiera.

«Come è andato il viaggio signore?»

«Bene, grazie. Qui a Milano tutto bene?»

«Il solito, signor Rizzoli».

«Meglio così».

Angelo osserva la città che si muove lenta nella sera. Le macchine in coda agli incroci, i cartelloni pubblicitari agli angoli delle strade, le luci fioche sui marciapiedi impegnate a illuminare due giovani amanti mentre si apprestano a darsi un bacio.

«Svolta a destra, per favore».

«Certo signore».

«Si fermi poco più avanti. Torno subito».

Dall'altro lato della strada c'è un fioraio ancora aperto.

«Buonasera Alessandro».

«Buonasera a lei Commenda. L'aspettavamo».

Angelo lascia una manciata di banconote. Ringrazia e se ne va.

Un intenso profumo di rose si spande nell'abitacolo. Barbaglia osserva Angelo dallo specchietto retrovisore. Ha il viso stanco ma gioioso. Le rose per la sua *maméta* non possono mancare.

Milano, 1954

La sede del Clubino è nella Casa degli Omenoni, sorvegliata da otto sculture di uomini che sbucano dalla facciata come degli incubi; sono sopravvissuti a quattro secoli e alle bombe della guerra. L'accesso al club è riservato ai 'gentiluomini', c'è una votazione per essere ammessi, l'elenco segreto dei soci è la fotografia della Milano che conta. Un tempo composta da aristocratici e nobili, la città del dopoguerra ha una nuova classe imprenditoriale florida e nascente: famiglie borghesi, come quella dei Rizzoli.

Andrea aveva atteso con ansia il verdetto inappellabile dei soci. Suo padre era stato ammesso senza problemi, anche se non ha mai frequentato quei salotti. Quando il parere positivo l'aveva introdotto nella zona riservata ai soci, per lui è iniziata una nuova era. I più importanti nomi della borghesia siedono accanto a lui, da Pirelli a Borletti agli Agnelli. Un crogiolo di personalità, un elenco di contatti dal valore inestimabile.

Mimmo e Andrea varcano quella soglia ogni lunedì e giovedì sera, sfilano sotto i grandi lampadari di cristallo, ordinano un cognac e puntano dritti verso il tavolo verde.

Nessuna fiche. Si gioca direttamente coi *danèe.* Andrea vince e perde, senza scomporsi troppo, come tutti gli altri. Ha un grande amore per le macchine costose. Si è comprato persino un motoscafo, senza dire nulla a suo padre.

Ma se Andrea dovesse dire qual è la sua passione principale, a parte il Milan, risponderebbe la caccia. Nonostante la sua vista non sia proprio quella di un falco, con gli occhiali ha un'ottima mira. Sa attendere, ha un gran fiuto. Ha contagiato anche Lucia. I pochi fine settimana che dedica alla famiglia li passa con lei e i figli nei boschi del pavese, a sparare a piccole prede, lepri, conigli, quaglie.

A pochi passi dagli argini del Ticino, scoprono una grande tenuta, centocinquanta ettari, una riserva di caccia fondata alla fine dell'Ottocento. E adesso è in vendita. Negli occhi di Lucia, Andrea legge una luce che manca da tanto tempo.

«La vorresti?» le chiede timido, seduti in macchina con i ragazzi addormentati sul sedile posteriore.

«Sarebbe fantastico! Potremmo prendere anche dei cavalli!»

Andrea sorride.

«Guarda» dice lei sorpresa come una bambina, «ci sono dei cigni». Volta ancora un po' lo sguardo e: «Lì ci sono dei bei fagiani!» Andrea fa il gesto della pistola dal finestrino. Ridono.

«Quindi è un sì?»

«Per me è un sì, certo!»

«Devo parlarne a mio padre».

«Ovviamente».

«Ovviamente…»

Senza l'assenso di Angelo, non si compra nulla.

*

La nebbia copre quasi interamente il campo da gioco, ma secondo l'arbitro e i guardalinee si può giocare. Il copione, quest'anno, sembra ancora più triste. Il Milan può solo guardare l'Inter, la Juve e la Fiorentina che lottano per la prima posizione in classifica. Dagli spalti, Andrea tiene sempre un occhio al presidente Trabattoni. Sono quattrodici anni che ha in mano la squadra, e forse è il momento di lasciare posto a qualcun altro.

Si gioca contro la Sampdoria, San Siro è pieno, nonostante le delusioni e il freddo di metà febbraio. Gli ospiti ci impiegano solo dieci minuti per bucare la rete di Lorenzo Buffon. Andrea sta seduto, con lo sguardo fisso in avanti. Mimmo gli urta discretamente un gomito e con la testa gli fa cenno di voltarsi. Sembra stia venendo proprio da loro. Toni Busini, genero di Trabattoni e direttore sportivo del Milan, si sfila il guanto e li saluta calorosamente. Dopo i convenevoli, sono tutti e tre in piedi in mezzo ai tifosi. Busini va dritto al punto: «Mio suocero vuole lasciare la società e ho pensato a voi Rizzoli. Che ne dite?» rivolgendosi ad Andrea.

Mimmo sgrana gli occhi ed esclama: «Ma lei è matto!»

Un boato: Nordahl, sempre lui, ha portato il Milan sull'1-1. Nessuno dei tre esulta. Busini riprende: «Se avete a cuore la squadra quanto credo, dovreste almeno pensarci».

Mimmo aspetta che Andrea dica qualcosa, ma quello tace.

«D'accordo, ci penseremo».

«Tra due settimane annunceremo l'uscita di mio suocero dalla società. Siete i primi a cui do questa notizia».

«Mio cognato le ha appena detto che ci penseremo. Grazie». Andrea fa cadere il gelo.

A cinque minuti dalla fine, il Milan fallisce il rigore del possibile vantaggio: Nils Liedholm ha tirato proprio sui piedi del portiere.

In auto, di ritorno a casa, Mimmo rompe il silenzio: «Be', non sarebbe male».

«Cosa?»

«Il Milan. In mano nostra diventerebbe una grande squadra».

Per un po' si sente soltanto il rumore degli pneumatici sull'asfalto.

«Bisogna accennarne a papà. Chi lo sente poi, se viene a sapere che ci hanno offerto il Milan e non glielo abbiamo detto?»

«Ah, quindi lo compreresti?»

«Non lo so».

Lo sa bene, invece: lo farebbe subito. Sarebbe un sogno. Il primo sogno tutto suo.

Il fine settimana successivo, tutta la famiglia Rizzoli è a Sanremo. Lontani dal lavoro e dallo stress cittadino, si godono il sole timido di fine marzo. Alloggiano nelle suite dell'hotel Savoia, vista mare. Nella hall, circondati dalle pareti purpuree, Mimmo e Andrea tramano. Angelo cammina poco più avanti. Le donne e i ragazzini sono andati a fare compere.

«Andrea, l'hai mica detto al Commenda dell'offerta?» Parla forte per farsi sentire.

«Quale offerta?» Angelo drizza le orecchie. «Non so mai niente» protesta e rigira la finta sigaretta a bordo delle labbra, lasciando dietro di sé una scia al profumo di mentolo, mentre saluta con un cenno del capo tutte le persone che incontra.

«Sì, cioè… no, non gli ho detto ancora nulla» recita Andrea.

«Di che si tratta? Avanti!» Angelo, irritato dall'inutile timidezza di suo figlio, è impaziente.

«Busini ci ha offerto il Milan» dice Andrea tutto d'un fiato, tirandosi su i pesanti occhiali da miope.

«Il Milan?»

«Sì, la squadra di calcio» continua Mimmo.

«Non ci capisco niente io di calcio». Fa un cenno con la mano come a scacciare una mosca.

«Ci vendono la società per dieci milioni». Mimmo, coraggioso, insiste e la butta sui soldi, diretto.

«E chi se ne occuperebbe?»

«Noi!» dicono in coro.

«Ah, sì? E all'azienda chi ci pensa?»

«Ci sei tu». Il tono della risposta di Andrea è carico di cinismo. «Papà, io ci credo in questa impresa. Voglio portare la squadra dove non è mai arrivata. Darle il giusto valore. Il calcio muove le persone, scalda i cuori, più dei…» Vorrebbe dire i libri e le riviste, ma viene interrotto.

«Se si tratta di sperperare danaro con il 'futbol' fai pure…»

I due si guardano quasi increduli. Angelo non è mai stato così arrendevole. Tacciono per paura, non vorrebbero cambiasse idea. Forse è davvero invecchiato.

Continuano a seguirlo, i passi felpati sulla moquette. Angelo arresta il passo, si volta, punta il dito contro il figlio, con il vigore di sempre: «Due condizioni: la prima è che quest'affare non mi costi più di un milione l'anno, la seconda è che tu diventi presidente e tu, Mimmo, vice». Detta le sue regole e, mentre le parole fluiscono dalla sua bocca, sente che non c'è proprio da fidarsi di quei due: increduli, imbambolati davanti a lui che seguono il suo dito nell'aria.

Mimmo osa aggiungere una sua condizione: «Però Busini resta direttore sportivo. Lui se ne intende».

«Non so chi sia. Ma va bene. Tanto io metto solo i soldi, vero?»

Andrea e Mimmo annuiscono, si guardano, non riescono a nascondere il sorriso.

A Ischia la primavera non è timida, ma tracotante e rigogliosa. Uscendo da Lacco Ameno, seguendo la sgangherata strada provinciale, si raggiunge un'altura, su cui sorge Villa Arbusto, affacciata sul mare in direzione del golfo di Napoli e protetta dal monte Epomeo, un vulcano che non dà segni di vita da più di sette secoli.

Angelo l'ha acquistata, immaginando lunghe stagioni al sole con Anna, un rifugio per tutta la famiglia. Durante le sue prime visite sull'isola, in compagnia del dottor Malcovati, ha scoperto dal giovane sindaco del paese, Vincenzo Mennella, che nel tempo la villa è stata rifugio e palcoscenico di aristocratici, di artisti, di viaggiatori impegnati nei loro grand tour. Hanno calpestato la terrazza e il parco, godendo di quel panorama mozzafiato: il mare, il golfo di Napoli all'orizzonte, la spiaggia, le barche, il verde scintillante tutto intorno. Ora era ridotta a un cumulo di macerie. Ci sono voluti molta pazienza e impegno per risalire ai proprietari: quattordici eredi, da contattare uno a uno, da convincere uno a uno, quattordici diverse pratiche da chiudere per acquisire tutte le quote.

Ha subito pensato alle rose di *maméta* quando, per la prima volta, ha attraversato il parco.

Buchner, un archeologo, ha ammaliato Angelo con le sue ipotesi di ricchezze nascoste sotto le fondamenta dell'edificio, l'ha convinto a finanziare il progetto di scavo con un milione di lire. Angelo gli ha dato un anno di tempo.

«Caro Buchner, mi dica, cosa ha scovato sotto questa villa?»

Il professore conduce Angelo in un'ala della casa adibita a deposito dei reperti.

Il Commenda butta lo sguardo in giro e il professore inizia a illustrare le scoperte.

«Abbiamo rinvenuto pezzi di notevole pregio, come queste statuine appartenenti al periodo che va dall'VIII secolo a.C. al III d.C. Conservate in maniera ottimale».

«E questi cocci?»

«Oh, signor Rizzoli, non li chiami così. Benché siano effettivamente dei cocci, hanno un valore inestimabile! Cercheremo di ricostruirli. Sono la nostra storia, il nostro passato più lontano giunto fino a noi. Vede? Li abbiamo numerati».

«Mi aspettavo altro...» dice deluso.

«Oh oh oh, ma non è una caccia al tesoro!» cerca di sdrammatizzare l'archeologo.

«I pezzi di vaso non fanno notizia, caro il mio professore. Ora la prego di comunicare alla sua squadra di raccogliere questi... cimeli e di lasciare che i miei operai possano continuare a lavorare».

Buchner viene liquidato. Angelo è già altrove, nel parco della villa, dove ci sono altri due edifici. Li sta facendo ristrutturare per gli ospiti di famiglia.

Il verde della vasta flora mediterranea si mescola, lungo i sentieri del parco, alle piante rare provenienti da tutti e cinque i continenti. Angelo cammina a passo lento sotto il pergolato – riportato all'antico splendore, come i colonnati e la fontana – non vede l'ora di mostrare tutta quella meraviglia a sua moglie.

Gli viene incontro Gabriele, il capomastro. Lo ha soprannominato 'Ischia'.

Camminano nelle stanze vuote. Le suole calpestano gli antichi pavimenti dissestati, l'eco dello scricchiolio rimbomba.

«Dell'arredamento si occuperà Anna» dice, «è lei che ha il buon gusto in famiglia. Quindi fate presto».

L'aveva notata a Venezia l'anno precedente in una di quelle serate organizzate per attori, attrici e promesse del cinema, dove l'importante è avere una coppa di champagne in mano. Si erano scambiati solo qualche sguardo fugace. Angelo era stato trascinato via dalle incombenze.

La ritrova a Roma, ai provini del film *Puccini*, prodotto dalla Dear Film e diretto da Carmine Gallone. Lo sceneggiatore Leo Benvenuti vede in lei qualcosa che potrebbe interessare al Commenda, così gliela presenta.

«Lei è Myriam Bru, aspirante attrice».

Dopo il baciamano, Angelo resta in silenzio. La fissa negli occhi cristallini, serio.

Lei non tiene a lungo lo sguardo di lui, si gira verso Benvenuti e gli dice: «Allora il ruolo è mio?» Ha l'accento francese.

«Sa, signor Rizzoli, la signorina si è presentata per il ruolo di Delia».

Angelo non sembra troppo concentrato. «E come vi hanno trattata?» le chiede.

«Bene, grazie» risponde lei sfuggente.

«E dimmi, Leo, le hai accordato il ruolo?»

«Direi di sì».

«Signorina Bru, venite nel mio ufficio nei prossimi giorni. Parliamo di lavoro».

«Dice sul serio?»

«Il Commenda non scherza mai su queste cose» precisa Benvenuti.

«Ben detto, Leo».

«Commenda?» chiede lei.

«Lasciate stare, signorina, mi chiamano tutti così. Voi potete chiamarmi come volete. Allora vi aspetto». Le ribacia la mano e di lei resta soltanto il profumo.

Stupito, Benvenuti confessa: «Credevo la invitassi a cena».

Lo sguardo severo di Angelo lo trapassa, gelandolo. «Cosa sappiamo di lei?» domanda.

«Ventidue anni, nata a Parigi, ha vinto Miss Costa Azzurra, Moguy le ha consigliato di venire a Roma in cerca di fortuna. E poi ha quello sguardo; ma questo l'hai potuto notare anche tu».

Angelo non risponde.

«Marisa, ha chiamato una certa signorina Bru?»

È da una settimana che la segretaria dell'ufficio romano è tormentata dal capo.

«No, signor Rizzoli».

«Neanche Myriam?»

«No nessuna Myriam».

Glielo chiede almeno tre volte al giorno. Myriam non si è presentata.

«Chiami per gentilezza il signor Benvenuti».

«Leo, che fine ha fatto Myriam Bru?»

«Sul set. Perché?»

«Non si è ancora presentata nel mio ufficio».

«Ah, non te l'ha detto?»
«Cosa?»
«Rifiuta l'offerta».
«Non è possibile. E perché mai?»
«Davvero non saprei dirtelo...»
Resta in silenzio, poi riattacca senza salutare.
«Marisa, venga qui. Ho bisogno del suo aiuto».
Dopo qualche ora, sul set giunge un mazzo di fiori per Myriam. Il biglietto, scritto in inchiostro verde, contiene un invito a cena che la donna accetta.

'La più bella coppia del cinema italiano' recita la locandina del film *Ti ho sempre amato!* Nella foto, Myriam e Amedeo Nazzari occhi negli occhi. Il regista Mario Costa l'ha scelta come protagonista.
«L'ennesimo film strappalacrime» protesta lei.
«Il film che ti renderà famosa in Italia» sottolinea Angelo.
«Abbiamo gusti differenti».
«Sei così giovane e ingenua, Myriam cara. Ma io ti insegnerò tutto». Il tono paternalistico lascia la giovane attrice sommersa dai dubbi.
Quando il film è arrivato nelle sale nel 1953, la sua interpretazione di Maria, una brava ragazza, è stata giudicata superlativa. Il viso giovane, fresco, pulito ha ipnotizzato gli spettatori.
Sulle copertine delle riviste c'è lei, in posa, come una vera diva. 'La bella Myriam Bru' scrivono i giornalisti.
È passato un anno da quel loro primo incontro, durante il quale si erano studiati a lungo.
Lei, il corpo perfetto, i capelli corti ondulati, le spalle dritte, le labbra sottili e sensuali, lo sguardo del colore

del mare. In quell'occasione, Angelo, intimidito, le aveva chiesto come immaginava il suo futuro, lei aveva risposto di voler diventare famosa, «come Alida Valli». Ma non solo, voleva studiare lingue, fare equitazione e giocare a tennis. Al suono di quel nome, Angelo aveva sussultato, come sempre, e senza indugi aveva insistito, fino a convincerla, che per realizzare tutti i suoi desideri le sarebbe bastato fidarsi di lui. La giovane Myriam sperava di tornare in Francia, da sua madre, ma due anni di contratto con Rizzoli non le erano sembrati più una cattiva idea. L'uomo ruvido e incolto davanti ai suoi occhi era un genio romantico che, cena dopo cena, in una Roma dalle notti eccentriche, le aveva regalato gioielli, presentato registi e sceneggiatori, aperto le porte della celebrità.

E quegli occhi, i suoi occhi cristallini, riemergono nella mente di Angelo ogni volta che è lontano da Roma. Un legame speciale lo incatena a quel viso, a Myriam. E saperla lì nella capitale, preda di giovani rampolli e di attori squattrinati, lo preoccupa, lo rende nervoso. Tentenna quando si ritrova con la cornetta alzata, pronto a digitare il numero di telefono dell'appartamento che le ha regalato ai Parioli. A volte, la paura di perderla vince il suo coraggio di starle accanto, spettatore e artefice del suo successo.

Myriam, invece, ricoperta di attenzioni, non si accorge di quanto Angelo abbia scambiato l'essere premuroso dall'essere possessivo: è lui a decidere quali copioni fanno per lei, lui a dirle cosa indossare, lui a spingere i giornali a parlare di lei, l'ennesima sua creazione.

'Myriam Bru, la nuova stella nascente del cinema': questo il titolo. Appena sotto c'è una fotografia. Lei, in un abito bianco scollato, stretto in vita, la gonna a sbalzo decorata finemente, il trucco leggero.

'Gliel'ha consigliato Angelo' pensa Anna. Nella pagina successiva, eccoli assieme, seduti a un tavolo a uno di quegli eventi mondani che il marito frequenta, mai con lei. Sono a Venezia. La bambina e il produttore. Angelo nelle foto sembra avere meno capelli di quelli che ha. Suo marito sta invecchiando, ma lui non lo ammetterà mai.

Sperava di essersi lasciata alle spalle tutto questo. Più di uno le ha detto che Angelo ha avuto delle avventure. Non sa dire se le voci siano vere, ma forse non fa più differenza.

Posa la rivista sul tavolino, la chiude.

La sera, quando il marito rientra da Roma, con il solito mazzo di rose, lei lo rifiuta.

«Non stai bene, *maméta*?» chiede preoccupato.

«Il solito, Angiulìn, il solito».

Solo ora, Angelo nota accanto alla porta d'ingresso una valigia.

«Sei in partenza?» le chiede un poco in ansia.

«Sì, vado a Sanremo per qualche giorno. Al mare starò meglio».

«Ho un'idea migliore».

Lei tira su gli occhi.

«Sentiamo» dice annoiata.

«Vieni con me a Ischia».

«In mezzo ai cantieri dei tuoi progetti?»

«Be', questa volta ci vado per un progetto speciale e tu, mia cara, non dovresti mancare!»

Lei tace, le braccia incrociate.

«Non volevi il mare? Io ti do un'isola!»

Anna scuote la testa, ma non può nascondere un accenno di sorriso.

«Vieni, ceniamo. Domani si parte. Vedrai...» le carezza la schiena, «te ne innamorerai».

Dopo il viaggio in auto da Milano a Napoli, Anna e Angelo si imbarcano sul *Sereno.*

A bordo, lei stringe la mano al capitano e si raccomanda con lui. Indossa occhiali da sole e un tailleur rosa antico. Si accomoda su una delle sdraio posizionate sul pontile coperto, all'ombra, i capelli raccolti nascosti dal foulard. Angelo la osserva e rivede la donna che ha sposato oltre trent'anni prima. Non le ha ancora svelato il motivo di quel viaggio, sarà una sorpresa.

Mentre il panfilo avanza sul mare placido, la invita ad alzarsi. Uno accanto all'altra sulla balaustra, scandagliano il blu sotto di loro.

«Guarda, Anna». Non la chiama quasi mai così, con il suo nome. Indica la costa che si avvicina. «Guarda che colori brillanti!»

Lei sorride.

«Qui è sempre estate. Sarà la nostra casa».

«Sono contenta di essere qui con te».

«Anche io lo sono».

«Ma cosa mi nascondi?»

Ad Angelo trema per un secondo la voce mentre dice: «Niente».

La banchina del porticciolo pullula di gente: clienti delle terme, turisti in cerca di un ristoro. Angelo pensa ai suoi progetti per l'isola, vorrebbe chiudere gli occhi, riaprirli e trovare tutto già realizzato. Il comandante dà il via alla discesa.

«C'è il Commenda!» gridano i ragazzini, appena mette piede sulla terra ferma, nel suo abito bianco. Risplende al sole, come un re. La folla lo circonda, lo inonda di applausi.

In disparte, nascosta dietro gli occhiali da sole, Anna osserva la scena. Un'auto è pronta. Faranno un giro panoramico. Alla fine, ci sarà un appuntamento.

La prima sosta è lungo la provinciale, sul belvedere, nel parco di Villa Arbusto. Davanti a loro il mare scintilla sotto i raggi del sole e una lieve brezza li accarezza.

«Vieni. Devo mostrarti una cosa».

Risalgono in auto e, giunti al cancello della villa, Angelo la aiuta a scendere.

«Questa è casa nostra».

La quiete è ornata dal canto dei passeri, in cielo volano i gabbiani.

«Ti piace?»

Gli occhi di Anna si riempiono del verde del giardino.

Villa Arbusto è tornata al suo antico splendore. I muri esterni sono di un bianco accecante e le persiane verdi si confondono con la vegetazione. Angelo la conduce sulla terrazza.

«Qui daremo le nostre feste». Anna fa una smorfia impercettibile, lui se ne accorge. «Solo con i familiari e gli amici. I ragazzi si divertiranno. E guarda lì sotto» le indica un punto raggiungibile da una breve scalinata, «lì potrai curare le tue rose».

«È un incanto, Angiulìn».

«Sono contento che ti piaccia. L'ho comprata pensando a te, a noi». Controlla l'ora: «Adesso dobbiamo andare, dopo ti mostrerò gli interni».

«Aspetta!» lo ferma, e dopo tanto tempo lo abbraccia.

Lui le bacia la fronte. «Vieni. Le sorprese non sono finite».

Dopo qualche curva, l'auto accosta accanto a un cantiere edile.

«Che cos'è?» chiede lei.

«Aspetta e vedrai».

Uno accanto all'altra avanzano piano sul terreno sconnesso. Appena qualche metro e davanti a loro c'è un capannello di persone, uomini di chiesa, il sindaco con la fascia tricolore, qualche giornalista, c'è anche il dottor Malcovati.

«Ma cosa sta suc…»

Intercettati, i due vengono accolti da un applauso caloroso. È un pomeriggio torrido, sarà una cerimonia rapida.

Prende subito la parola il giovane sindaco, Vincenzo Mennella: «Ischia, alla sua antica celebrità, sta aggiungendone una moderna. Le bellezze del suo paesaggio, la virtù guaritrice delle sue acque termali, l'esultanza di vita ne fanno la rivale di Capri. E i turisti se ne stanno accorgendo. Oggi è qui con noi un uomo particolarmente affezionato alla nostra terra, alle sue radici, al suo futuro: il Commendator Angelo Rizzoli. Grazie per essere qui con noi in questo giorno così speciale». Invita ad applaudire. «Il nostro amico Rizzoli non è soltanto uno dei più grandi imprenditori della nazione, non è solo un uomo di cultura; è anche l'uomo grazie al quale, con la collaborazione di medici e specialisti, le terme sono tornate a nuova vita. Da oggi, inoltre, è la persona che ha donato a Ischia un ospedale moderno, per garantire le migliori cure ai turisti. Ma anche, e soprattutto, agli abitanti di questa splendida isola troppo a lungo dimenticata!»

Lo scroscio di applausi è interminabile.

«Come è suo desiderio, la nuova struttura porterà il nome della sua devota moglie, la qui presente Anna Rizzoli».

Le si ferma il cuore per un momento.

«Signora Rizzoli, si avvicini».

Mentre i chierici benedicono le pietre, il sindaco ne prende una e gliela affida.

«Sarà proprio la signora a posare la prima pietra. Prego».

Le mani di Anna tengono la pietra, come fosse una pepita d'oro. Tremano.

Accanto a lei, Angelo si tampona la fronte con il fazzoletto. Tutti chiedono ai coniugi di aggiungere qualche parola. Lei si ritira nelle retrovie: «Non sono fatta per parlare in pubblico. Ci pensa mio marito».

«Grazie, sindaco, per le belle parole. Grazie a tutti. Ischia è un luogo magico. Ed è per questo che la mia opera di riqualificazione non si ferma qui. Rimetteremo in funzione le terme di Manzi, grazie al caro amico dottor Malcovati. E nella piccola Lacco Ameno sorgerà un albergo di lusso che richiamerà le personalità di tutto il mondo. E porterà lavoro e benessere a tutti voi. Grazie di nuovo».

Applausi, strette di mano. Dal nulla sbucano dei musicisti.

Poi un gruppo di figuranti, vestiti in abiti tradizionali, che aprono le danze, ritmate dai tamburelli. Anna guarda la scena. Con il piede destro tiene il ritmo, un movimento impercettibile. Respira a pieni polmoni. Guarda suo marito, che parlotta con il sindaco stringendo la sigaretta finta in bocca. Si sente a casa.

Al rientro in azienda, Angelo trova sulla scrivania la lettera di dimissioni di Edilio Rusconi. Non capisce. *Oggi*, la rivista che dirige, ha moltiplicato i suoi numeri di vendita. Con il resto della redazione, da quello che sa, i rapporti sono ottimi. E lui non è mai stato ingiusto o troppo duro con quel biondino, l'ha sempre trattato come tutti gli altri. Anzi, l'ha sempre trattato meglio degli altri. «Quasi come un figlio» mormora tra sé e sé.

Nell'ufficio la luce è accesa, la giornata è buia, il cielo scuro minaccia pioggia. Rusconi bussa alla porta aperta, Angelo è seduto dietro la scrivania. La lettera firmata è in cima alla pila di documenti.

«Si accomodi». Il tono è freddo, distaccato.

«Grazie. Sono qui per salutarla». La voce di Edilio è ferma.

«Salutiamoci allora». Angelo sta per alzarsi.

«Sa, Rizzoli, lei mi ha sempre fatto paura. Ma al suo posto avrei fatto lo stesso».

«Cosa vuole dire?»

«Che di lei ho sempre apprezzato il non interferire con il lavoro dei suoi collaboratori. Lo considero un esempio di grande editore» continua.

«Lei lo sa che mi sta lasciando in un momento particolare, vero?»

«Capisco, ma mi faccia finire, per favore. Quello che voglio dirle è grazie. Il suo esempio e la possibilità di lavorare accanto a lei mi hanno fatto capire che voglio essere come lei. Un grande editore. Provarci almeno, ecco».

«Rusconi, io l'ho sempre stimata come uomo e come professionista, ma questa poi! Non le bastava il successo di questi anni?»

«Ma signore, è lei che mi ha dato modo di crescere e di capire cosa voglio fare da adesso in poi. Non le basta?»

Angelo tace. Il figlio che avrebbe sempre voluto sta tentando il volo e non sarà certo lui a tarpargli le ali.

«Le auguro ogni bene». Si alza, gli porge la mano. Non riesce a essere felice per lui.

Non appena solo, Angelo chiama l'amico Pietro Nenni.

«Angelo, eri nei miei pensieri. Come stai?»

«Ho sotto gli occhi le dimissioni di Rusconi. Se ne va per fare l'editore!»

«Dovresti essere contento. Ha imparato dal migliore».

«Non lo sono, non ci riesco. E poi...» Una mosca si posa sulla scrivania, sopra il solito foglietto con i conti. «E poi sono preoccupato per Nino».

«Guareschi?»

«Sì, è in carcere, ma questo lo sai. Possibile che non ci sia un modo per convincere il governo a ridurgli la pena? De Gasperi è morto. I giornali non ne parlano più da giugno. Sembra che tutti si siano dimenticati di lui».

Nino Guareschi era finito nei guai nel '50 per colpa di una bottiglia di Nebbiolo proveniente dai vigneti del senatore Luigi Einaudi, Presidente della Repubblica. I baffoni gli si arruffarono. Un Presidente che approfittava della sua carica per pubblicizzare i suoi vini era un oltraggio bell'e buono. Su *Candido* pubblicò una vignetta che gridava 'Brindate Einaudi!' scritto sull'etichetta di una bottiglia di vino. E poiché non aveva ricevuto la giusta attenzione, ne pubblicò altre: bottiglie di Nebbiolo come corazzieri che facevano ala a un omino alto con un bastone. Einaudi è claudicante, e non era difficile pensare che quella fosse la sua caricatura. Due deputati presentarono una interrogazione alla Camera: offesa al prestigio del Capo dello Stato. Uno Stato rinato da poco e retto da equilibri precari.

Poi si aggiunse anche l'accusa del Procuratore di Milano: 'Aver offeso in Milano l'onore e il prestigio del Presidente della Repubblica italiana'. Era il primo processo celebrato in Italia per oltraggio al Presidente e la risonanza sui giornali si fece internazionale. Prima c'è stata un'assoluzione, ma in appello, dopo molti mesi, Nino si era guadagnato una condanna a otto mesi di carcere. L'essere incensurato gli aveva risparmiato le sbarre a patto che nei successivi cinque anni non avesse subìto altre condanne.

Dalla salita al potere della Democrazia Cristiana nelle elezioni del '53, per Nino non c'era stata più pace: gli attacchi della stampa cattolica si erano intensificati. Il personaggio di Don Camillo piaceva alla gente, molto meno ai vertici del clero. E poi, lo scrittore aveva dichiarato pubblicamente e orgogliosamente di non aver votato per la DC: anatema!

Fino ad arrivare una domenica dello scorso gennaio. Nino aveva ricevuto alla porta di casa uno sconosciuto: «Mi manda un amico comune da lei soprannominato 'gentiluomo veneto'. Ha capito a chi mi riferisco? Le consegno, da parte sua, le fotocopie autenticate di due lettere scritte dieci anni fa, nel '44, e firmate da Alcide De Gasperi. Furono consegnate in un plico sigillato dallo stesso Mussolini al tenente della Repubblica sociale Enrico De Toma. Le legga». De Toma fu avvicinato, in seguito, dal controspionaggio nel tentativo di recuperare le lettere su ordine di De Gasperi.

Nino, ossessionato da quelle lettere, aveva iniziato a ispezionarle, tanto da convincersi della loro autenticità e decidere di pubblicarle su *Candido*.

Angelo nutriva forti perplessità sul carteggio, così aveva contattato Montanelli in cerca di consiglio.

«Ma scusa, sei tu l'editore, potresti bloccarlo!»

«Non posso farci proprio niente. Guareschi dirige il giornale ed è lui che deve decidere. Ma tu prova a parlargli» lo aveva supplicato.

Montanelli aveva parlato con Guareschi, ricordando che anche in Mondadori, la stessa persona anonima, aveva proposto un carteggio su Churchill, chiaramente un falso. Ma Nino, accecato dall'ira, non aveva cambiato idea.

Il 2 gennaio 1954 su *Candido* era stato pubblicato il documento, con il titolo *Il ta-pum del cecchino.*

La sera stessa era arrivato l'annuncio di querela per diffamazione.

Nino l'aveva combinata grossa.

Il 15 aprile era stata letta la sentenza del processo: 'Il tribunale, ritenuto Giovannino Guareschi colpevole di diffamazione, lo condanna a un anno di reclusione e centomila lire di multa oltre al pagamento delle spese processuali, al ristoro dei danni morali indicati nella simbolica cifra di una lira'.

A questo si erano aggiunti gli otto mesi della pena sospesa.

Angelo impugna più forte la cornetta del telefono: «Niente, non ha voluto patteggiare, né andare in appello. Ora è lì, nel carcere di Parma. Mi riprometto di andarlo a trovare, ma…»

«Ma fai già tanto per lui e sai che non potresti!» Nenni lo redarguisce. Angelo continua a stipendiare Nino rischiando una sanzione.

«Presto arriveranno, lo so. Ma io vorrei fare di più per lui. Sai cosa fece il giorno dell'incarcerazione? Ero andato a Roncole con Biagi, per dargli conforto, salutarlo. La sera, all'arrivo dei carabinieri, si rifiuta di essere accompagnato da loro. Urlava ‘Meglio da solo! Da onesto e libero cittadino. Non scortato come un malfattore’. La mattina seguente, ha preparato lo zaino e al suono del clacson del camioncino del suo amico, dopo aver salutato la moglie e i figli, se n’è andato. L’abbiamo seguito fino al piazzale del carcere. C’era tanta di quella gente… giornalisti pronti a linciarlo. Ma lui non ha guardato nessuno. A passo tranquillo ha superato il cancello».

«E De Gasperi non ha mai voluto saperne di ammorbidire la sua posizione. Diceva: ‘Sono stato anch’io in galera. Ci può andare anche Guareschi’» chiosa Nenni.

«Ripeto, ora che De Gasperi è morto, non si può fare nulla?» Angelo ha nel mirino la mosca. Si sta sfregando le zampette sul foglietto. Una manata. Niente da fare, è volata via.

«Ma… non saprei. Caro amico mio, Guareschi lo conosci meglio di me».

«Sì, non accetterebbe nessun accordo, nessuno sconto. Ha la testa dura. Ma dimmi, Pietro… di cosa volevi parlarmi? Mi dicevi che ero nei tuoi pensieri. Non credo volessi solo fare del romanticismo».

Adesso la mosca lo fissa dallo schienale della sedia di fronte, troppo lontano.

«C’è una fabbrica che mi sta a cuore. Naviga in cattive acque. E serve qualcuno con i mezzi per tirarcela fuori».

«Dimmi di più».

«Si tratta della cartiera di Marzabotto. So che non è vicina a te, ma ti chiedo di farlo per il bene di quelle povere famiglie. Hanno già sofferto durante la guerra, non meritano di restare senza lavoro. Una cosa simbolica. Puoi occupartene?»

«Fammi studiare la situazione».

*

A Ischia, la ristrutturazione di Villa Regina Isabella prosegue. Angelo spiega a Gabriele, il capomastro: «Questo sarà il primo di una serie di alberghi di lusso sull'isola. Lusso significa star. E io farò venire qui le star di tutto il mondo, vedrai».

Il panama in testa lo ripara dal sole, l'abito chiaro è inadatto alla polvere dei cantieri e delle strade assolate, Angelo viene interrotto nella sua supervisione ai lavori da un colpo di tosse alle sue spalle. È Mennella, con i suoi trent'anni e lo sguardo serio e disincantato. Stringe in mano un plico di fogli.

«Commendatore, buongiorno e bentornato. Ormai lo vediamo sempre più spesso».

«Oh, ecco l'appassionato sindaco di questo luogo incantato. A cosa devo la sua visita?»

Sventola i fogli. «I cittadini protestano».

«Come protestano?»

«Protestano. Mi hanno riferito che il signor Rizzoli vuol demolire le loro case, quelle che vanno su fino a Monte Vico».

«Case? Ma quelle sono baracche!»

«Vede, signor Rizzoli, quelle che lei chiama baracche, per loro sono case. Case costruite con anni e anni di fatiche, notti intere passate in mare a pesca».

«Senta, giovanotto, apprezzo molto la sua passione e la sua tenacia. Sono stato anche io come lei, sono stato come quella gente, e in fondo lo sono ancora». Il sindaco lo guarda poco convinto. «Io non voglio demolire le loro case. Voglio demolire quelle baracche e costruire delle case vere a tutta quella gente. Anche con l'acqua corrente. E non tireranno fuori una lira. Sarà tutto a spese mie».

«Qui non si tratta di soldi e di benessere. I pescatori sono stati chiari: non vogliono allontanarsi dal mare. La vede quella?» Indica la torre del municipio. «Quella è la loro sveglia, prima che canti il gallo. Senza non possono alzarsi per andare in mare. Non vogliono vivere lontani dalle loro barche, in caso di maltempo, dicono, devono correre in spiaggia a salvare barche e reti. Si capisce, è tutto ciò che hanno».

Angelo ci pensa un attimo.

«Mi faccia parlare con loro».

«Non vogliono parlare con lei».

«E allora mi lasci parlare con gli architetti. Ci sarà un modo per risolvere la questione».

«Lo spero. Facciamo in modo di non creare tensioni. Questo è un villaggio di brava gente, lei lo sa».

«Lo so. Vada, dica alla sua gente che faremo il possibile per non cambiare le loro abitudini».

Angelo e Gabriele osservano il sindaco allontanarsi tra la calura pomeridiana e il polverone tirato su dal vento.

«Parla come un professore, vero Commendatore?»

«Sì, ha studiato, ha tempra ed è in gamba».

«E come la risolviamo questa storia?»

«Le case le costruiamo lo stesso». Sorride. «Vedrai che capiranno. È successo lo stesso a Milano, con i miei dipendenti. Quando costruii loro gli appartamenti vicino allo stabilimento, sai che fecero? Disertarono! Nessuno voleva trasferirsi! Non volevo crederci, poi piano piano hanno capito…»

Gabriele scuote la testa.

«Riprendiamo a lavorare che c'è tanto da fare…»

*

I due raggiungono il sito dove il progetto di Angelo prevede di trasferire il rione. Ad attenderli c'è l'architetto Ignazio Gardella, che non dice neppure buongiorno: «Mennella mi ha comunicato la problematica dei civili».

«Ma come parla questo?» sussurra Angelo al capomastro.

«Senta» rivolgendosi all'architetto, «c'è poco da aggiungere. Il secondo albergo lo costruiremo qui, com'è nei piani. Lì la struttura principale, accanto un cineteatro, poi sfrutteremo il resto dello spazio per un campo da minigolf e qualche campo da tennis».

«Ma...»

Angelo non lo lascia proseguire.

«Lei, signor architetto, quando parlo io e poi parla lei, inizia sempre con un 'ma'».

«Ma lei mi sta facendo impazzire!»

«Le ho chiesto poche chiare cose, ma lei dopo due anni continua a far di testa sua. Anche lei mi sta facendo impazzire. Sa però qual è la differenza? Che io la posso licenziare».

L'altro sa benissimo che ribattere non serve a nulla.

«E dunque, caro Gardella, lei è licenziato».

«E adesso?» chiede preoccupato Gabriele, quando l'altro se ne va con la testa incassata nelle spalle.

«*Pirla* di un architetto».

Sta già pensando con chi sostituirlo.

Anna e Angelo sono a Canzo. Spalancano le finestre: la casa ha bisogno di aria. Dalla fine della guerra ci sono tornati raramente. Tra quelle mura sono tanti i ricordi, i momenti di paura, le notti insonni, ma anche le nascite, la famiglia unita. L'arredamento è nascosto sotto teli bianchi. Tutto intorno danza la polvere. Anna dà indicazioni alle due cameriere di occuparsi di liberare il mobilio.

Mentre il profumo di caffè si sostituisce all'odore di umido e polvere arriva Gabriele, il capomastro, invitato da Angelo.

«Anna, questi sono gli uomini che ho a Ischia. Onesti lavoratori, con il senso del dovere e della famiglia. Non è vero?»

Gabriele fa un cenno imbarazzato, presentandosi alla padrona di casa.

«*Maméta*, questi quadri e questi mobili» guardandosi attorno nel salone principale, «li dobbiamo portare nel nostro paese». Si riferisce all'isola.

Anna annuisce. «Gradite un caffè?» E li lascia soli.

Angelo è assorto davanti a un grande quadro con un'enorme testa di cavallo. Gabriele fa un passo verso di lui per sincerarsi che stia bene.

«Gabriele» gli mette una mano sulla spalla, «io dal niente ho costruito un impero, e invece i miei figli…»

«Il caffè è pronto». Anna torna con il vassoio e le tazze fumanti, nota il viso stranito dell'uomo e lo sguardo basso dell'altro. «Allora» osa, «quando torniamo sull'isola?»

«Prima devo andare a Roma. Ho tra le mani qualcosa di importante».

Di nuovo Angelo e quell'attrice in prima pagina. Lei ha quarantatré anni meno di lui. Anna è in salotto, chiude la rivista, afferra il fermacarte dal tavolino e lo lancia contro la porta a vetri, che va in frantumi.

Pinuccia si precipita da lei. Arriva anche la governante, che si mette a raccogliere i frammenti dal pavimento, senza fare domande.

«Mamma?»

Niente, nessuna risposta. Un silenzio catatonico e Anna torna nella sua stanza.

Pinuccia afferra la cornetta del telefono a muro, compone il numero dell'ufficio di suo padre a Roma.

«Le foto».

«Quali foto?»

«Le foto con Myriam Bru. Mamma le ha viste. È impazzita».

«Ora come sta?» La voce di Angelo si fa mesta.

«Come vuoi che stia?» Pinuccia tiene stretto il filo del telefono.

«Cerca di tenerla tranquilla. Falla ragionare. Io torno presto».

Gli occhi di Pinuccia ricadono sulla pagina di giornale abbandonata sul tavolino.

Compone un altro numero.

«Andrea?»

«Dimmi, Pinuccia».

«Hai visto le foto?»

«Intendi di papà e la Bru?»

«Perspicace!»

«Grazie. Cosa vuoi che ti dica? Sai com'è fatto...» Andrea sospira nella cornetta, Pinuccia sente una porta aprirsi e un vociare. «Ora devo andare, perdonami» riaggancia.

«Abbiamo comprato il Milan!» Andrea l'aveva quasi urlato dalla gioia.

Era una di quelle domeniche in casa Rizzoli, quando si attende di ultimare la cena per passare al tavolo da gioco: Angelo non aveva neppure proposto un brindisi. Aveva continuato a mangiare lasciando tutti in dubbio su come comportarsi. Gli applausi di Mimmo erano rimbombati nel silenzio.

Domenica 19 settembre: primo turno di campionato. Prima partita per Andrea da presidente. Su San Siro splende il sole.

Il Milan vince 4 a 0 contro la Triestina.

26 settembre, Genova: Milan batte Sampdoria 3 a 0.

3 ottobre: Milan 3, Atalanta 1.

10 ottobre: Catania 1, Milan 3.

17 ottobre: i rossoneri giocano di nuovo in trasferta; battono il Napoli per due reti a zero.

Sono cinque vittorie in cinque partite: l'avventura di Andrea e Mimmo non poteva iniziare meglio.

I giornali sportivi parlano di una nuova era, 'l'era dei Rizzoli'.

«Domenica il nonno viene qui a prenderti». Pinuccia si rivolge a Nicola.

«Perché?»

«Così lo accompagni allo stadio!»

«Ma perché io?» Nicola non è contento di trascorrere il pomeriggio con Angelo, non è esattamente quello che si definisce un anziano affettuoso.

«Perché il nonno non ha mai visto una partita di calcio e gli farà piacere stare con te. Dici sempre che te ne intendi!»

Suona il campanello della porta di casa Rizzoli-Carraro. Pinuccia si fionda ad aprire.

«Come stai, papà?»

«Bene, cara mia. Il giovanotto è pronto?»

«Arrivooo!» La voce di Nicola dal fondo del corridoio. A lunghe falcate raggiunge la metà del tragitto e poi scivola sul pavimento di marmo verso il nonno e sua madre.

«Nicola!» Un rimprovero lieve nascosto dietro un sorriso. «Andate, su, e divertitevi».

Mentre scendono le scale, Nicola supera Angelo che ne approfitta per tirargli uno scappellotto leggero, tenero. Il ragazzino porta la mano alla nuca e senza dire niente prosegue.

Allo stadio hanno accesso alla tribuna d'onore. I tifosi intonano già i cori. Andrea e Mimmo sono seduti al loro posto. Angelo saluta qualche volto conosciuto.

«Pieno è pieno questo stadio» dice.

«Sempre così» risponde Nicola con una punta d'eccitazione per l'inizio della partita.

«E chi gioca oggi?»

«Milan-Torino».

«E il Milan lo danno vincente?»

«Non siamo alle corse dei cavalli, ma sì! Sai come l'hanno definito questo mese i giornalisti? L'ottobrata vittoriosa!»

«E come è questa squadra?»

«Fortissima! Lo zio e papà hanno comprato Pepe».

«E sale ce l'hanno?»

«Juan Alberto Schiaffino! Lo chiamano 'Pepe', non lo conosci? È il centravanti più forte che c'è. Viene dall'Uruguay».

«Non so dove sia…»

«Ha vinto il mondiale quattro anni fa».

Angelo pensa a quanto può essere costato quell'affare.

«E chi è quel vichingo?»

«'Il Pompiere'?»

«E che cosa se ne fanno di un pompiere?»

«È il soprannome. Si chiama Gunnar Nordahl. È il capitano».

«E perché lo chiamano pompiere?»

«Non lo so».

Angelo si volta a cercare suo figlio, vuole chiedergli di quel pompiere, ma è circondato dai giornalisti. Un boato accoglie le squadre in campo.

«Signor Rizzoli, come neopresidente, cosa può dire ai microfoni della Incom?» Il giornalista passa il microfono ad Andrea.

Composto, lo sguardo dolce, tenuto basso, nascosto dietro le doppie lenti da vista, avvolto nel cappotto di cammello dal quale spuntano il colletto della camicia bianca inamidata e la cravatta scura, prende fiato: «Ho trovato nel Milan una cordialissima famiglia. Un solo proponimento: accrescere tra gli sportivi d'Italia le simpatie verso la nostra bella squadra». Le parole risuonano prive di spontaneità, ma sono sincere. Andrea ci crede davvero. Parlare in pubblico, però, non è il suo forte: per cui si è imparato le battute a memoria.

«A tuo zio non gli sono mai piaciuti i giornalisti» dice Angelo a Nicola che non lo sta ascoltando. L'arbitro ha fischiato il calcio d'inizio.

Lo stadio è in visibilio, le bandiere del Milan sono in maggioranza. Angelo cerca di seguire il gioco. Ogni tanto osserva il nipote per capire cosa fare, dove guardare. Al venticinquesimo minuto Schiaffino infila la palla sotto la porta avversaria in favore di Nordahl, il pompiere.

Lo stadio esplode: «Gol!» Nicola si alza in piedi, salta sul posto ed è così convincente che anche Angelo si tira su e festeggia. Quasi gli cade la sigaretta finta dal labbro.

Alla fine del primo tempo, il nipote scompare con il padre.

«Dove sei andato?»

«Con papà negli spogliatoi».

«E perché puzzi di fumo di sigaretta?»

«Quelli fumano come ciminiere!»

«Quelli chi?»

«I giocatori».

«Ah, be', *alùra* sono messi non bene! Meglio i cavalli. Quelli non fumano!»

Ricomincia la partita. Dopo pochi minuti, è il Torino a segnare e Angelo si alza in piedi e applaude al gol.

«Ma che fai?» Nicola lo tira per una manica, la faccia paonazza dalla vergogna, vorrebbe sprofondare.

«Non era gol?»

«Ha segnato il Torino!»

«Ma come? Non è quella la porta?»

«Hanno invertito il campo, ora noi dobbiamo segnare di là».

«Io questo 'futbol' non lo capisco...»

Al fischio finale dell'arbitro lo stadio è in festa. Dopo il pareggio del Torino sono arrivate tre reti dei rossoneri. I cori si fanno sempre più alti. Nicola corre da Andrea e da Mimmo, si abbracciano. I giocatori in campo finiscono in mucchio uno sull'altro.

Il nipote torna: «Commenda, sei partite sei vittorie! Che squadra!»

Angelo sorride con le mani in tasca, le monete tintinnano, ma in quel frastuono nessuno le può sentire. Lo sguardo su Andrea che, sempre discreto, festeggia la vittoria.

Suo padre è lì a osservarlo e lui lo sa. È stato più difficile del solito tenersi in equilibrio. Spera sia orgoglioso di lui, come un ragazzino.

Se tutto andrà bene, gli darà un nuovo nipotino. Lucia è in dolce attesa, l'ha scoperto in estate. Devono ancora dare la notizia al Commenda.

Dicembre. È buio nelle stanze di via del Gesù. Anna è sola. Suo marito tornerà da Roma soltanto venerdì e lei sente che è tempo di andare.

Al telefono gli dice: «Domani parto per Sanremo».

«Ma io torno tra due giorni».

«Devo cambiare aria».

Angelo sa che quando sua moglie usa quel tono, non c'è margine di discussione. Soprattutto, significa che qualcosa non va. Ma non si possono fare domande.

«Allora stai bene, cara *maméta*».

«Anche tu. Buonanotte».

Sul tavolino, accanto al divano, col tempo si sono moltiplicate le riviste con le foto di suo marito con quella ragazza.

Anna telefona a Pinuccia e le comunica la sua partenza.

«Tornerò per Natale».

«Vuoi che venga con te?»

«No, sto bene».

«Mamma...»

«Da' una carezza a Nicola».

Da Roma, stavolta Angelo torna a Milano con Myriam. Le ha regalato un vestito da sera, nero, lungo, che tiene scoperte le spalle, e una collana d'oro, un filo di luce sul collo magro, perfetto. È il giorno della festa di Sant'Ambrogio, la città è avvolta dal gelo, tutt'attorno al Castello Sforzesco ci sono le bancarelle degli Oh Bej! Oh Bej!

Per Myriam è la prima volta. Sembra una bambina, ipnotizzata dalle luci, dalle decorazioni, dagli assaggi di quel dolce, il panettone, che non aveva mai provato. «Oh Bej! Oh Bej!» continua a cinguettare guardandosi intorno. Glielo ha detto lui che significa 'come sono belli!' Stasera, alla Scala, si inaugura la stagione lirica. C'è *La Vestale* di Gaspare Spontini, la regia è di Luchino Visconti.

Angelo e Myriam s'infilano rapidi nel foyer. Lui cerca di evitare i flash, ma sa che non sarà possibile. Raggiunto il palco, ad attenderli ci sono una bottiglia di champagne e due flûte. Brindano. Le luci calano e sulla scena appare una magnifica Maria Callas nei panni di Julia la vestale. Accanto a lei, il debuttante tenore Franco Corelli, nei panni di Licinius. Le vestali cantano in coro le ire degli dèi, destinate a chi infrange i sacri voti. La tragedia sembra annunciata, ma al terzo atto, per i due amanti il destino ha riservato un finale felice. Angelo ha gli occhi lucidi.

Dopo lo spettacolo, a cena, Myriam spilucca dal piatto: «Angelo, ma tu con le attrici...»

E lui: «Non mi permetterei mai!»

Ha il volto in fiamme. Si sistema la cravatta. Lei lo guarda ammaliata. Non si dicono nulla.

Arrivano davanti all'hotel Principe di Savoia. Scendono entrambi dall'auto. Angelo si sporge al bancone della reception.

«Buonasera, c'è una stanza prenotata per la signorina Bru».

«Certo. Stanza 214».

Myriam è girata di spalle, lo specchietto aperto a sistemarsi i capelli e il trucco. Angelo le mostra la chiave. Lei gliela sfila dalle dita, fissandolo. Quegli occhi parlano, sono maliziosi. Si volta e prosegue verso l'ascensore, cammina a passi felpati sui tacchi alti. La segue. Lei si sfila la pelliccia, lasciando scoperte le spalle.

«Che aspetti? Entra». La sua voce è sensuale, ammaliante. Il suo corpo, illuminato dalla luce dell'ascensore, freme.

Angelo deglutisce. Sta combattendo contro l'istinto.

«Io non salgo, torno a casa».

«Ma...»

«È meglio così. Buonanotte. A presto».

I momenti di silenzio nell'ufficio di Angelo in piazza Carlo Erba sono sempre più frequenti. In uno di questi irrompe il trillo del telefono. La segretaria annuncia che all'altro capo c'è Beniamino Santi.

«Passamelo». Ha la voce affaticata. Santi è il suo uomo di fiducia per tutto quello che riguarda le terme di Ischia. È settimane che lo ammorba sempre con le stesse richieste. E a lui non piace ripetersi. Men che meno perdere tempo. Alla sua età, a maggior ragione. Si è fissato con i fondi della Cassa del Mezzogiorno.

Angelo va subito al sodo.

«Ancora con questa storia, Santi?! Io pago di tasca mia, *t'hee capì*?»

«Ma Commenda, mi ascolti. Marzotto sta costruendo uno dei suoi alberghi proprio a Ischia porto. E sicuramente sta usando quei fondi. Sono soldi caduti dal cielo».

Angelo non risponde. Per un momento, l'altro pensa

sia caduta la linea. Poi sente uno sbuffo, il respiro denso attraverso la cornetta.

«Vogliono darci duecento milioni di lire. A tasso agevolato. Se noi prendiamo questi soldi da restituire in trent'anni a un tasso del tre per cento e li investiamo in titoli di Stato che rendono il cinque, a fine anno ci rimborsiamo il mutuo e in più ci guadagniamo! Perché allora non li prendiamo?»

Santi non può vederlo, ma quel silenzio, sa, non può durare a lungo. Con le vene del collo ingrossate, Angelo esplode: «Si ricordi che non ho una lira di debito e, quando muoio, non voglio lasciare ai miei figli neppure una lira di debito. Per cui, caro Santi, lei rifiuta. Con le Casse e con le banche, io non mi ci voglio invischiare. Prenda carta e penna». Quello, a centinaia di chilometri di distanza, esegue. «Scriva così: il signor Rizzoli ringrazia e rifiuta. E si meraviglia della vostra proposta, non richiesta. Nessuno vi ha chiesto un finanziamento. E ci preme ricordarvi che, con quelle somme, si possono costruire ospedali e scuole e tante altre cose utili. Soprattutto, ricordatevi bene questa cosa: che la valorizzazione di Ischia è legata al mio nome. Sono stato chiaro?»

«Sì, chiarissimo. La saluto». Santi riattacca scorato. Ha fatto finta di scrivere; ma ha capito bene il succo della faccenda.

Angelo allunga il braccio sulla scrivania e, in un attimo, finisce tutto per aria.

DIECI

Non promettere ciò che non farai

Milano, 1955

L'Italia sta vivendo una crescita economica senza precedenti, qualcuno lo chiama già 'miracolo'. Il nuovo Presidente della Repubblica è Giovanni Gronchi, un uomo della sinistra democratica. A Roma è stata inaugurata la prima linea metropolitana italiana. A marzo è stata lanciata sul mercato la Fiat 600: in quattro ci si sta comodi, le vendite schizzano subito alle stelle.

Da un anno la RAI ha il suo regolare servizio di trasmissioni televisive. In casa Rizzoli, il televisore c'è, ma è spesso spento. Tranne in occasioni particolari, come il 25 aprile, il decennale della Liberazione, quando il Presidente del Consiglio Scelba ha rivolto il suo messaggio alla nazione attraverso la scatola magica. Anche la stagione lirica della RAI viene trasmessa: si inizia con la *Norma* di Bellini, la voce di Maria Callas raggiunge le case di tutto lo stivale.

A novembre, nello schermo, compare per la prima volta il viso di Mike Bongiorno. Il sabato sera, dopo cena, dai Rizzoli la partita a carte viene sostituita da *Lascia o raddoppia*: così vuole Anna.

Angelo conserva ancora negli occhi quel lampo imperioso di un tempo. Ma il suo passo si è fatto più lento, il corpo più tondo.

Come ogni domenica, pranza con la moglie. Il televisore resta spento – a lui non piace – e giocano a carte: è il loro compromesso. Alle cinque del pomeriggio si ritira nella sua stanza a leggere qualche copione cinematografico. Anna, invece, si dedica ai preparativi per la cena, alla quale, cascasse il mondo, tutta la famiglia è tenuta a partecipare. Prima il copritavolo, poi la sotto-tovaglia rosa, infine la tovaglia ricamata e decorata con pizzi e nastri. Al centro, una fruttiera d'argento. Per ogni posto c'è un fiore. I bicchieri sono di cristallo filettato d'oro, cinque per ognuno: champagne, acqua, vino bianco, rosso e da dessert. Le posate dorate. Tutte le volte, a tavola, ci devono essere il pane e la mortadella: una volontà di Angelo 'per non dimenticare da dove veniamo'.

Questa sera sfilano dalla porta d'ingresso Andrea, Lucia e i ragazzi, Pinuccia, Mimmo e Nicola, che ormai è un ometto di dodici anni, alto alto, come suo padre. Una cena intima, di solito sono più affollate.

Anna, con un cenno degli occhi, allerta il capocameriere di servire il cotechino con le lenticchie. Angelo ama mangiare, predilige i piatti pesanti.

«*Adess basta, Angiulìn, se no te manget tropp!*» gli dice, dopo che ha chiesto il tris. Un tono che congela il marito. Lo sguardo della donna è freddo, distante. Prova a evitarlo, portando il discorso su Ischia, sui progressi dei suoi faraonici progetti.

«Non è facile» dice lui, «c'è sempre qualcuno che fa pressioni: politici, collaboratori, persino quel giovane sindaco! Ma l'albergo si costruirà. Sarà un paradiso di lusso e di serenità. E poi c'è la nostra Villa Arbusto» allunga il braccio verso la mano di Anna, «vero, *maméta* cara?»

Anna d'istinto si tira indietro, poi annuisce e monta un sorriso forzato a favore di tutti i commensali.

Andrea non sembra interessato. In questo momento per lui conta soltanto la squadra, il Milan: la sfida è ripetere l'impresa dello scudetto appena conquistato. Vincere due volte è la cosa più difficile, glielo dicono tutti, anche Puricelli, l'allenatore uruguagio. Mesi prima ha puntato tutto su di lui, dopo aver esonerato quell'ungherese, Guttmann, alla diciannovesima giornata: i rossoneri erano in testa alla classifica ma avevano iniziato il girone di ritorno con una sola vittoria in sei partite. Andrea quel campionato lo doveva vincere a tutti i costi: lo doveva ai tifosi, a se stesso. Così aveva azzardato quella mossa, attirandosi critiche da tutte le parti. Ma i fatti, infine, gli avevano dato ragione. Ora si tratta di capire come migliorare la squadra senza stravolgerla, e centrare il bis.

Suo padre evita accuratamente di chiedergli del Milan: i soldi ce li ha messi lui e sa che il calcio non frutta come l'azienda.

Forse per la prima volta, Andrea non ha uno spasmodico bisogno dell'approvazione del padre. Si è dato un obiettivo e l'ha raggiunto. Ha vinto. Un successo che i tifosi e i giornali gli hanno riconosciuto. Non è più 'il figlio di Rizzoli'. È il presidente del Milan. E lo scudetto, questo traguardo, è solo il primo – lo ha promesso a se stesso – di una serie di altri.

È fiero di quello che ha fatto e di quello che può fare. Anche se non lo si direbbe, guardandolo mangiare a un centimetro dal piatto, piegato sulla sedia come se stessero per rubargli il cibo. Ogni tanto tira su gli occhiali con l'indice, non rivolge al padre neppure uno sguardo.

Accanto a lui c'è Lucia. È in dolce attesa, l'ha scoperto in estate, quando l'intera famiglia era in vacanza sul *Sereno*. È splendida, porta la luce in quella tavolata così riccamente imbandita. Da qualche tempo ha iniziato a dare una mano al suocero nella lettura dei copioni, compilando poi dei brevi riassunti. Ha fiuto per le buone storie, cerca di assecondare i gusti di Angelo per quelle strappalacrime e a lieto fine. Tutto sommato, come nelle favole, chi non desidera che le cose si aggiustino? Forse ha ragione suo suocero, bisogna dare speranza alla gente.

Quando la cena è terminata, i nipoti salutano il nonno: «Buonanotte Commenda», lo chiamano sempre così. Angelo non se la cava bene con il linguaggio della tenerezza, il suo amore per quei ragazzi che stanno diventando uomini lo concentra in un buffetto dietro la nuca, uguale per tutti.

Pinuccia abbraccia la madre, si scambiano qualche parola sottovoce. Poi, in via del Gesù, cala il sipario del silenzio. Anna si ritira nelle sue stanze, mentre i camerieri ripuliscono la sala. Angelo si prepara alla notte e, anche se di capelli non ne ha quasi più, indossa la solita retina che tante volte, in passato, ha fatto sorridere sua moglie.

La settimana successiva, al bar Cova, Andrea e Mimmo parlano della squadra. Il giorno di Santo Stefano scenderanno in campo contro la Juventus. Non si può perdere, la Fiorentina è in testa alla classifica e sta aumentando sempre più il suo distacco dalle inseguitrici. Una sorpresa per tutti: il presidente gigliato, Enrico Befani, si è arricchito con il settore tessile e ha investito moltissimo nella squadra.

Andrea sembra sovrappensiero. Gli occhi nel bicchiere di cognac. Mimmo sta parlando dei problemi del centrocampo.

«Ma mi stai ascoltando?»

«In realtà no. Scusami».

L'altro resta in silenzio, offeso.

«È da un po' che ci penso».

«A cosa?»

«Vorrei organizzare la società di calcio sul modello di un'azienda».

Mimmo fissa un passante oltre la vetrina. È già molto tardi.

«Vedi, ho intenzione di creare qualcosa che assomigli a una piccola città».

A quel punto Mimmo torna con l'attenzione dentro il locale. 'Forse Andrea non è lucido' pensa. Però ha bevuto a malapena quel solo bicchiere, che continua a fissare ostinatamente.

«Una piccola città tutta per la squadra. Con i campi di allenamento, la palestra, una piscina, ma anche case e scuole».

«E perché mai?» Le parole sono venute fuori quasi da sole dalle labbra di Mimmo.

«I calciatori, quasi sempre, vengono dalla campagna. E quando si trasferiscono in città non sono abituati, si distraggono, finiscono per giocare male la domenica. Ci farò costruire anche una chiesa».

'Ma senza mio padre non si può fare niente' pensa Andrea.

Lo sa bene. Intanto ordina un altro bicchiere per sé e per il cognato.

Il 1956 inizia con una capatina al casinò di Sanremo. Con gli assegni trasformati in gettoni, Angelo si aggira come uno sceicco per le sale da gioco, le conosce a memoria e, man mano che avanza, un codazzo di gente sempre più numeroso lo insegue fiducioso di ricevere, prima o poi, un generoso regalo.

Vince, perde, impreca, ride. Poi torna nella sua suite all'hotel Royal, compone il numero di Myriam, ma il telefono squilla a vuoto.

La mattina seguente sale in auto e, seduto accanto al fidato Barbaglia, si fa ricondurre a Milano. Convoca la signora Raineri e le fa devolvere all'orfanotrofio dei Martinitt l'equivalente della cifra perduta al gioco.

«La ricchezza» dice, «bisogna farsela perdonare».

Nel suo ufficio, Andrea sta tentando di decifrare i foglietti dei conti scritti in inchiostro verde da suo padre.

«Come mai ci sono questi soldi fermi in banca? Cosa significa 'Liq'?»

«Sono i soldi delle liquidazioni dei dipendenti. Se dovessi chiudere domani, saranno pagati dal primo all'ultimo» afferma risoluto il Commenda. Nonostante l'azienda sia ormai estesa come un impero, continua a controllare, come un tempo, tutte le fatture. Più volte Andrea ha cercato di fargli capire che è necessario inserire delle figure dirigenziali, e tutte le volte Angelo si spazientisce, dandogli del cretino.

Anche questa volta, con la porta aperta, urla alla segretaria ferma sulla soglia: «Non ne abbiamo bisogno! Ecco, vede? Mi burocratizzano l'azienda! No e no!»

Andrea è saturo, si tiene la testa tra le mani. Ha altri progetti per la testa, ci prova un'ultima volta: «Ma papà, ragiona...» E incassa la risposta di suo padre: «Il padrone sono me! *Capì?*»

È una frase che usa spesso ultimamente. È il titolo di uno degli ultimi film che ha prodotto, in cui c'è Myriam che interpreta Dolly, la graziosa cuginetta americana in vacanza dai suoi parenti italiani e innamorata di Robertino, suo cugino. Dolly, però, in America ha un promesso sposo che l'attende. Prima della partenza giura di rinunciare alle nozze per tornare da lui, ma una volta lontana si dimentica della promessa e si sposa.

Ogni volta che usa quell'espressione, Angelo sente nelle orecchie la risata acuta e frizzante di Myriam. E non vede l'ora di rivedere quegli occhi.

Lucia si è trascinata lungo il corridoio su e giù per tutta la notte. Non riesce a stare a letto, inizia a sentire le prime contrazioni. Neanche Andrea è riuscito a riposare. Ora, dopo giorni di pioggia e di grigio, fuori dalla finestra splende il sole, sembra sia esplosa la primavera in una notte.

S'incontrano in salotto per la colazione, ma lei non ha fame.

«Sento che il momento è vicino». È stravolta.

«Bene, siamo pronti, vero?»

«Lo sono. E tu lo sei?»

Andrea strofina il tovagliolo sulle labbra macchiate di caffè: «Ora devo andare, se ci sono cambiamenti non esitare a chiamarmi».

«Resta con me».

Davanti allo specchio, Andrea si sistema il nodo della cravatta. «Sai che vorrei. Ma non posso».

«Non vuoi…»

«Evitiamo di litigare. Ora siete in due, sono in svantaggio numerico» sorride.

Lei ha il volto tirato, lo guarda di traverso, non se la caverà con una battuta.

«Ma è sabato, potresti...»

«Ho delle urgenze per la squadra».

«Lascia andare Mimmo».

«Sarò di ritorno per pranzo».

Si scambiano un bacio leggero, Andrea allunga la mano sulla pancia e Lucia si lascia accarezzare.

«Passo da mia madre, le dico di salire a farti compagnia».

«D'accordo». Lucia ha la fronte imperlata, cerca di tenere il ritmo dei respiri. L'ultima immagine che Andrea ha di sua moglie è in vestaglia con la mano sulla pancia dolorante. Sarebbe dovuto restare a casa, lo sa, ma un impegno è un impegno.

Il telefono di via Andegari 4, la nuova sede del Milan, squilla. Un impiegato risponde. «È per il presidente!» urla.

Andrea non ha la sua solita calma serafica.

«Pronto? Mamma! Sì, arrivo subito». Guarda l'orologio. Sono passate due ore da quando ha salutato sua moglie: ora è in ospedale e sta per partorire.

In macchina cerca di fare più in fretta che può, ma in città sembra che tutti abbiano tirato fuori le auto della domenica, nonostante sia sabato. C'è traffico. Gli ci vogliono quattro sigarette per giungere nel parcheggio dell'ospedale.

Bussa alla porta della camera privata. Non sente nessuno rispondere, apre piano. Il letto è vuoto.

«Lucia è ancora in sala operatoria». È la voce di sua madre alle sue spalle.

«Come sta?»

«Come vuoi che stia una donna che sta per partorire, Andrea?»

Sbuffa, si accende una sigaretta in corridoio, accanto alla finestra, dove sosta una statua della Vergine Maria circondata da mazzi di fiori profumati.

Anna si accomoda su una panca proprio di fronte. Lo sguardo immerso negli occhi vuoti della Madonna. Il corridoio è tutto un pullulare di infermieri, dottori e partorienti.

Dopo appena un'ora, un medico, col camice bianco stirato perfettamente, viene verso di loro. Andrea sente il cuore balzargli in gola. Respira a fatica.

«Signor Rizzoli?»

«Sono io, mi dica».

«La signora sta bene».

«E il bambino?»

«La bambina, vorrà dire! Sta bene anche lei».

«Una femmina…»

«Tra poco verranno trasferite in camera, così potrà conoscere sua figlia».

Andrea è in lacrime.

«La ringrazio».

«Mamma, una femmina!»

Freme, non vuole aspettare ancora. Il tempo scorre. Ecco giungere Lucia in carrozzina con il fagotto stretto tra le braccia.

Scatta verso di lei.

«Come stai?» le dice premuroso sotto gli occhi attenti di Anna.

«Bene…» Lucia ha il volto stanco, ma lo sguardo felice.

«Il dottore mi ha detto che…»

«È una bambina». Scosta la copertina e gli mostra il viso angelico di sua figlia. «Ti presento Annina Rizzoli».

Entrambi si commuovono.

Anna si gode la scena. Le sarebbe piaciuto avere Angelo

accanto quando è nato tuo figlio, ma erano altri tempi: c'era la guerra.

Andrea accoglie la bimba tra le braccia.

«Ti abbiamo attesa per molto tempo» le sussurra a un orecchio, «sono il tuo papà».

«Una bella bambina. L'hanno chiamata Annina. Finalmente una femmina». Sul volto di Anna c'è un sorriso che non era così aperto da anni, da tempo quasi immemorabile. All'altro capo del telefono, Angelo. È a Ischia. Il suo albergo, il Regina Isabella, è terminato. C'è l'inaugurazione da organizzare. Si sta occupando in prima persona della ricerca del personale.

«Una benedizione!» dice ridendo alla moglie. «Troppi maschi a cui badare in casa nostra, vero *maméta*?»

«Sono tutti bravi ragazzi» sentenzia lei, «come i loro genitori». La battuta è in difesa di Andrea.

«Se lo dici tu…» risponde scettico. L'ultima parola è la sua.

Deve andare. Gabriele, il capomastro, lo attende davanti alla porta girevole dell'ingresso.

Mette la mano nella tasca dei pantaloni, tirando fuori un mazzo di banconote arrotolate. Prende mille lire, le mette nelle mani di Gabriele e gli ordina: «Va' a comprare dei sigari per quei nonni, va'».

Un uomo generoso, questo dicono di lui in paese.

Sospira.

A breve inizieranno le riprese del prossimo film.

La mattina seguente, Angelo si sveglia col sole negli occhi nella sua camera privata al Regina Isabella.

Villa Arbusto è pronta ma quella è la casa della famiglia, e ci andrà solo quando ci sarà anche Anna. Ha deciso così.

Il silenzio sembra moltiplicarsi nei corridoi e nelle stanze vuote. Non ci sono ancora ospiti. L'inaugurazione ufficiale sarà tra una settimana.

Dalla sua finestra si vede il mare. Al largo, il *Sereno* è un puntino all'orizzonte che si fa sempre più grande. A bordo ci sono il regista Mario Camerini, Vittorio De Sica, Peppino De Filippo, Isabelle Corey, Nadia Gray e il resto della troupe. E tra loro c'è anche Myriam Bru.

Bussano alla porta. È Mario, il vicecomandante. Sull'isola i vigili urbani sono cittadini che svolgevano altri lavori o giovani che hanno smesso di studiare. Mario, di mestiere, faceva il barbiere e, per arrotondare, lo fa ancora. Il Commenda ha sentito parlar bene di lui e lo ha assunto. Per prima cosa inizia con un panno caldo sul volto: dovrebbe tenerlo un paio di minuti, mentre il vicecomandante fa montare la schiuma nella bacinella, ma Angelo se lo toglie sempre dopo pochi secondi. L'altro si affretta. Spalma il viso del padrone dell'isola con un pennello. Inizia la rasatura.

La mano è ferma e sicura. L'operazione si svolge in silenzio. Alla fine Mario resta con il rasoio in pugno. Non c'è il panno su cui appoggiarlo. Angelo indica un mazzo di banconote da diecimila lire sul tavolino accanto alla finestra. «Prendine una». L'altro obbedisce e ci appoggia il rasoio pieno di schiuma. «Prendine altre se ne abbisogni». Mario non ha mai visto tutti quei soldi assieme. Una volta terminato il servizio, pulisce solo la prima banconota, la asciuga e se la mette in tasca.

Di nuovo solo, Angelo apre l'anta dell'armadio: i suoi abiti, cuciti dalle migliori sartorie di Roma e di Milano, sono stati divisi per colore e tessuto: a sinistra i lini chiari, a destra quelli scuri, al centro sono appese le camicie bianche, stirate e inamidate. Nel cassetto sono riposti cravatte e papillon, i suoi preferiti. Oggi deve essere impeccabile, ma non troppo formale. Preferisce uno spezzato: pantalone di lino bianco, camicia bianca e giacca scura. Non mette il cravattino. Infila il fazzoletto nella tasca della giacca e appone la spilla dell'ordine al merito sul bavero – è una delle sue spille portafortuna e adesso ne sente proprio il bisogno.

Quando si avvia verso il porto, il corso è già pieno di gente. L'isola sembra pronta a dare l'addio alla calma degli anni passati. I paesani seguono le operazioni di attracco del *Sereno*. I loro volti restano indecifrabili, forse non sanno nemmeno cosa pensare, cosa aspettarsi: il futuro ha gettato l'àncora proprio lì, contro ogni aspettativa.

La scaletta è già fissata alla terra ferma. Il primo a sbarcare è il regista Camerini. Angelo è circondato da ragazzini in calzoncini e magliette sdrucite che lo salutano: «Buongiorn' Commendatore!» Distrattamente, mette mano alle tasche dei pantaloni, facendo tintinnare le monete. Guarda quei piccirilli. Dà una moneta a ciascuno.

«Mario! Amico mio!» lo accoglie con calore. Si abbracciano. «La tua abitazione è pronta. Ti piacerà il parco di Villa Arbusto». È una delle dépendance della nuova villa di famiglia, l'ha fatta ristrutturare per il regista e la moglie.

«Commenda! Che gioia! Come sta?» È sceso anche Vittorio De Sica, con le braccia larghe e un gran sorriso, il panama in testa, il pantalone di lino beige e la camicia mezza sbottonata da cui sborda la canottiera.

«Non mi lamento. Qui l'aria è buona!» risponde distratto, il suo sguardo cerca di farsi spazio tra le altre persone in discesa: Antonio Cifariello e Raf Mattioli salutano il capannello di ragazzine urlanti, Paolo Stoppa accompagna sottobraccio Laura Carli che si tiene il cappello con la mano e sfoggia un sorriso da copertina. Poi c'è Peppino De Filippo con le mani in tasca e lo sguardo alto verso i monti. Isabelle Corey, Nadia Gray e Susanne Cramer appaiono una dietro l'altra, con le loro silhouette perfette, gli abiti griffati, ridono complici, pronte ad accogliere i flash dei fotografi. Ed eccola, ultima, Myriam Bru mentre scambia qualche battuta con un giovane attore, Maurizio Arena.

Si sistema il foulard in testa, dà un'occhiata alle suole delle scarpe, controlla che i tacchi siano a posto, liscia la gonna a balze larghe, imbraccia la borsa e con un lieve inchino ringrazia il mozzo che si sta facendo avanti per aiutarla nella traversata della passerella. Angelo si fa spazio tra la folla e la raggiunge. Sarà lui a condurla sulla terra ferma.

Lei gli regala un sorriso pieno e sincero.

«Benvenuta» le dice prima di appoggiare le labbra sulla mano.

«Caro Angelo, grazie».

Solo pochi secondi, poi viene travolta dalle ragazzine che vogliono salutarla, toccarla, diventare, un giorno, come lei.

Lui si defila. 'Avremo tempo' pensa.

La hall dell'albergo si anima in un viavai di artisti. Le maioliche del pavimento scompaiono sotto le suole e i tacchi delle scarpe eleganti. Mario Camerini, il regista, ammira i soffitti, vestito di bianco, con un cappello a secchiello e gli occhiali dorati. Le riprese inizieranno domani e dureranno diversi mesi.

L'isola si trasformerà in un set. Il titolo della sceneggiatura è deciso: *Vacanze a Ischia.*

Si iniziano subito a girare le scene in risciò. Raf Mattioli guida il mezzo, ma è soprattutto impegnato a corteggiare la bella Denise, interpretata da Myriam Bru. Gli pianta addosso i suoi occhi verdi attraverso lo specchietto retrovisore, mentre lei è seduta accanto a suo marito, Bernard Dhéran.

Angelo è sul set. Gli occhi giovani di Mattioli si incollano pure addosso a lui, lo tormentano.

Lei non lo ha degnato di uno sguardo.

Posa una mano sulla spalla del regista, comodo sulla sua sedia, e lo saluta. Ha una inaugurazione da preparare, giornalisti e invitati da accogliere. Le monete tintinnano nelle sue tasche e al ritmo del suo passo lo accompagnano verso l'auto che lo attende.

La sera, Myriam è così stanca da non accettare mai i suoi inviti a cena.

Le dice: «Dovrai pur mangiare!»

«Preferisco farlo in camera, ho bisogno di riposo».

Le fa portare piatti ricercati, vini di pregio, accompagnati da mazzi di fiori e biglietti scritti in inchiostro verde. Poche parole: 'Fai sogni d'oro'. 'Guarda il cielo stanotte, c'è una bellissima luna'.

Myriam non risponde mai. Il giorno in cui scopre che Angelo sta rientrando a Milano, però, bussa alla sua porta.

«Andiamo a fare una passeggiata» gli dice.

«Ma è tardi, fuori è freddo» risponde lui, risentito.

Lei lo prende per mano: «Pochi minuti».

Fanno un tratto di corso fino al mare. Una brezza accarezza il viso di lei, illuminato dalla luce pallida della luna. Le barche vuote ondeggiano sul mare placido.

Il silenzio è intimo, li unisce in un abbraccio. È Myriam a romperlo: «Mancherai qui. Questo posto senza te non è lo stesso».

«Mi mancherai anche tu, Myriam cara». La stringe a sé, ma lei si divincola.

Lui non capisce. Ha atteso così tanto, perché lo tratta così?

«C'è qualcosa che non va?»

«No, niente. Sono soltanto stanca».

Angelo si irrigidisce. «Allora dimmi perché!» Ha alzato il tono della voce, spaventandola.

«Vieni a trovarmi a Roma» gli dice, «è quello il nostro posto».

«Non posso. Ho molto da fare. E ora sei qui, ma… Tu, noi… Io non ti capisco, Myriam».

«Angelo, non lo so… è tutto così strano. Vediamoci a Roma, ti prego. Lo farai?»

Lui la osserva. È così giovane, irrequieta.

«Verrò presto».

Lei gli rivolge uno sguardo affettuoso, poi dice: «Rientriamo?» Myriam scorge un bagliore di fuoco nei suoi occhi. Ne è rapita, ma allo stesso tempo lo teme. Infine si volta per prendere la strada del ritorno.

Lui resta qualche passo indietro.

Prima di giungere all'entrata dell'albergo, le bacia la mano.

«Vai avanti tu».

«Buonanotte».

«Buonanotte».

La mattina seguente, Angelo impartisce le ultime disposizioni. Ha diviso gli ospiti in due gruppi: «Il gruppo A non deve pagare niente. Anticipi lei se necessario, poi saldo io». Il portiere annuisce. Dà uno sguardo nella saletta a destra, dove c'è il bar con una preziosa consolle, ma non c'è ancora nessuno. «Torno presto» dice agli inservienti che incontra uscendo. Indossa il panama e, appena fuori, nota un capannello di giornalisti con le macchine fotografiche puntate verso la facciata dell'albergo. Osservano le finestre e i balconi. Attendono che qualche celebrità esca a salutarli.

Qualcuno sussurra il suo nome: «C'è il Commendator Rizzoli». Lui saluta, entra in auto diretto al panfilo. Nonostante sia una splendida giornata di sole, è di cattivo umore. Il vento trascina via le note di una canzone romantica che un ragazzo con la chitarra sta intonando sul lungomare, per racimolare qualche spicciolo dai turisti che, già alle prime ore del giorno, nei loro vestiti eleganti, riempiono le strade del paese.

«Devi dirglielo! Io non ce la faccio più. Sono sicuro che tuo padre ha capito che nascondo qualcosa. Mi si legge in faccia. Lo sai come sono fatto».

Mimmo è agitato, trangugia del vino, quasi si affoga. Di fronte a lui, seduti al tavolo della trattoria, in una delle vie di Brera, c'è Andrea. Ha cercato più volte di convincerlo a parlare con suo padre. Quella storia del Milan e del centro sportivo, con le case per i giocatori, continua a occupare i loro discorsi, ma Andrea vuole aspettare. Non si sa bene cosa. Mimmo si è convinto in fretta: è una buona idea, un progetto che merita attenzione, nessuno ci aveva mai pensato prima. Il cognato, però, teme le ire del Commenda. Forse non vuole dipendere da lui, come al solito.

'Non è mai troppo tardi per tagliare il cordone ombelicale', una volta se n'è uscito con questa massima. Così, ha cercato altri finanziatori: le banche. E Mimmo sa perfettamente quanto il suocero odi i prestiti e i debiti. Se lo dovesse scoprire, allora sì che sarebbero guai seri.

Il cameriere porta due piatti di riso allo zafferano sormontati dall'ossobuco.

«Ci sono quasi» riprende Andrea con la bocca piena. «Ho individuato anche un bell'appezzamento di terreno. Anzi, dopo ci andiamo. Te lo mostro».

«D'accordo. Però senti, Andrea, Spadaccini e Polverini» gli altri due soci «sono già dalla nostra parte. Ora devi dirlo a tuo padre, non possiamo perdere altro tempo».

L'altro continua a mangiare senza dire null'altro.

In tarda serata, i due rientrano in ufficio. Angelo è ancora in stabilimento, la luce nel suo ufficio è accesa.

Bussano alla porta.

«Dobbiamo parlarti».

«Facciamo domani?» Angelo è immerso nei conti.

Mimmo guarda Andrea, che prende coraggio: «È una cosa urgente».

«Una cosa urgente… Be', sentiamo» e alza gli occhi dal foglio affollato di cifre.

«Papà, ho avuto un'idea per un progetto grandioso».

«Se si tratta di calcio, ti ho già dato abbastanza».

«Abbiamo vinto uno scudetto al primo anno di presidenza. Ne hanno parlato tutti. Il nome 'Rizzoli' era ovunque, su tutti i giornali».

Il padre lo osserva bieco: 'il nome Rizzoli è dappertutto da molto prima' sta pensando.

«Tu non capisci il valore del Milan. Non ti rendi conto di quanto il calcio possa trascinare la gente».

«Può essere. Ma quello che è certo è che, per ora, non ho visto un quattrino da questo tuo Milan, da questo fantastico gioco del calcio».

«Arriveranno… Ora però, devo chiederti di contribuire a realizzare un sogno». Andrea prende sempre più coraggio. Osa persino guardare suo padre dritto negli occhi. «C'è un terreno dove vorrei costruire un campo sportivo con piscine, case, scuole e campi dove allenare la squadra e le nuove leve. Una cosa mai vista prima!»

Mimmo resta alle spalle di Andrea, tutti e due in piedi.

«E il tuo compare cosa ne pensa?»

Mimmo spunta da dietro la grande figura del cognato e dice: «Ci ragioniamo da un po'. Mi sembra un progetto sensato».

«Ahhh ecco! Siete due *pirla*! Non dite niente e poi venite qui a batter cassa! È così?»

«Papà, ti chiedo solo quindici milioni. Al resto pensiamo noi».

«E gli altri soldi dove li prendi?»

Andrea abbassa di nuovo lo sguardo. Questa partita non se l'è giocata bene.

«Ci sono altri finanziatori: Spadaccini, Polverini e...»

Angelo lo fissa, pronto ad aggredirlo.

«Le banche???»

Il palmo si schianta contro la scrivania. Il frastuono rimbomba tra le pareti dell'ufficio.

«Io ti ho insegnato che le banche devono restare fuori. Cosa non hai capito?»

Questa volta, però, Andrea non è intimorito. «Papà, i tempi sono cambiati».

Angelo è spiazzato. Fissa il figlio, sembra voler trapassare le lenti dei suoi occhiali.

«Questi sono gli ultimi!» Apre il cassetto, prende il blocchetto degli assegni. «Non vi darò più un centesimo per questa follia. E le banche restano fuori. Intesi?»

La penna sigla l'assegno.

«E dove sarebbe questo terreno?»

«Nel Varesotto, a circa cinquanta chilometri da Milano. Sono centosessantamila metri quadrati. Il prezzo è buono».

Angelo nota una luce nuova negli occhi di suo figlio. Prova un sentimento che potrebbe sembrare affetto, forse orgoglio. Ma, qualsiasi cosa sia, decide di soffocarla.

«Non fatemi pentire».

Quando lasciano la stanza, Mimmo non ha il coraggio di guardare Andrea.

«La piscina con acqua marina del Regina Isabella deve essere prioritaria».

Angelo discute nel suo ufficio con l'incaricato dei bozzetti per la campagna pubblicitaria su Ischia.

«Va bene, signor Rizzoli».

«Per la réclame ho un'idea precisa».

«Mi dica».

«Immagina… una donna in costume da bagno, sdraiata a pancia in giù, con le manine sotto il mento e le gambette in su».

L'uomo lo guarda stranito.

Il Commenda si alza dalla poltrona, raggiunge il centro del suo ufficio. Indossa un vestito blu e, appuntata al lato sinistro del petto, la croce con i bracci dorati dell'Ordine al Merito della Repubblica come Grande Ufficiale. Si piega sulle ginocchia. Un po' a fatica si sdraia a pancia in giù sul pavimento lucido di marmo nero.

«Più o meno così». L'altro non sa come reagire. «Tutto chiaro?» aggiunge ridendo. «Vai. La porta te la lascio aprire da solo».

Angelo si rimette in piedi. Si stira i pantaloni all'altezza delle ginocchia, si risistema la giacca. Con le mani intrecciate dietro la schiena, fissa il quadro che ha fatto appendere al posto della vecchia Milano. È una veduta dai colori vivaci dell'isola di Ischia.

Bussano alla porta.

È Andrea.

«Cosa vuoi?» gli dice.

«Devo parlarti».

«Accomodati».

«Resto in piedi».

«Dobbiamo modernizzare l'azienda, papà».

«Non sai di cosa parli».

Angelo si distrae, pensa a Myriam. Passerà da Roma prima di tornare a Lacco Ameno. Ha voglia di vederla.

«È da mesi che cerco di farti capire».

«E infatti mi sembri un disco rotto».

«Ascolta, la contabilità è ancora fatta a mano...»

«Lo so, me ne occupo io».

«Non esistono moduli, i borderò sono pagati riunendo tutti i giornalisti e chiamandoli a uno a uno come a un'asta di bestiame...»

«Non vedo dove sia il problema. Funziona tutto».

«Abbiamo bisogno di dirigenti».

«Tu vuoi burocratizzarmi l'azienda! Non esiste!» I toni si scaldano.

«Va bene, ho capito». Andrea alza le mani in segno di resa. Sta per infilare la porta e prima di scomparire dalla vista di suo padre lancia un missile: «In Mondadori ne hanno già otto, di dirigenti. Qualcosa significherà, visti gli utili!»

Angelo resta a fissare la porta che il figlio ha chiuso dietro di sé. Lo fa per una mezz'oretta. Poi lo fa richiamare.

«Dimmi».

«E a chi daresti l'incarico?»
«Quale incarico?»
«L'incarico di dirigente, *pirla*!»
Andrea incassa l'insulto, fa un respiro, trattiene un sorriso. «Franca Matricardi».
«Una donna?»
«Sì. È laureata in ingegneria civile».
«Appunto! Ingegneria».
«Ma ha sempre lavorato in editoria. Si è occupata dei conti dell'*Europeo*. E l'ha fatto benissimo, lo sai pure tu. E poi...»
«Poi cosa? Vuoi dire che è colpa mia se è andata via? A lavorare alle dipendenze di quel *gangster*?»
«Non sto dicendo questo, ma...»
«Non dirlo, allora».
«Va bene» Andrea è affaticato, «ho parlato con lei e sarebbe disposta a rientrare da noi».
«Ci credo! Vuole più *danèe*!»
Muove nervosamente la sigaretta su e giù all'angolo della bocca.
Andrea attende, sta imparando a farlo, come un predatore.
«Procedi. Chiamala. Se accetta, avremo una dirigente. Se non accetta, non tornare mai più da me con una richiesta simile».
Appena fuori dall'ufficio, Andrea affretta il passo, slaccia leggermente il nodo della cravatta, sente le pieghe della bocca tirarsi verso l'alto. Accelera, prima che suo padre cambi idea.

Angelo è nel suo appartamento nei pressi del Foro Romano. Ha avvertito Myriam del suo arrivo nella capitale. Sono le cinque del pomeriggio e della donna non c'è traccia. A casa non risponde. Angelo ha provato a telefonare diverse volte. Poi, finalmente, il suono del campanello. Si sistema la cravatta, dà un'ultima occhiata allo specchio in corridoio e apre. Sulla soglia c'è Walter Chiari.

Si salutano con una stretta di mano. Dopo un secondo, l'attore è già sprofondato sul divano stile Luigi XIV.

La delusione gli si deve leggere negli occhi perché l'amico gli chiede: «Aspettavi qualcuno?»

«Sì, no… lascia perdere. Che cosa bevi?» mentre continua a fissare il telefono e l'orologio.

La mattina seguente è Myriam a chiamare Angelo.

«Scusami per ieri. Non mi sentivo bene».

«Potevi avvisarmi».

«Stavo male!»

«Io oggi parto per Ischia, non so quando ci rivedremo».

«Ti scrivo».

«Non promettere ciò che non farai» e riattacca.

Il *Sereno* brilla sulla linea dell'orizzonte, a bordo del panfilo c'è quasi tutta la famiglia: Anna, Lucia, i ragazzi e la piccola Annina, Pinuccia, Nicola e Mimmo. Angelo beve un caffè seduto sulla terrazza dell'albergo. Osserva quel puntino farsi sempre più grande, sempre più luminoso. Si gode l'aria che sa di sale.

Dà uno sguardo agli ospiti, poi si affaccia verso la piscina: dentro ci sono delle aragoste. In tutta fretta, va alla ricerca degli ingegneri che si aggirano nei dintorni. Sono loro i responsabili della messa a punto del sistema di condutture che porta l'acqua del mare all'interno. Li raggiunge nella sala colazione urlando: «Ma che avete combinato?»

Quelli non capiscono, si guardano spauriti.

«Nella piscina entra il pesce dal mare!»

«Come il pesce del mare?»

«Aragoste!»

Sconcertati, trovano il coraggio di dire: «Signor Rizzoli, deve essere stato uno scherzo».

«Uno scherzo? Ma quale scherzo?» Poi Angelo si blocca, nella sua mente prende forma il faccione di Peppino Amato. «Pirla di un uomo!»

Paonazzo, e senza chiedere scusa, prosegue a passo svelto alla ricerca del socio, un grande amante delle burle.

Ma non ha tempo, la sirena del panfilo annuncia che stanno per attraccare.

Villa Arbusto spalanca le porte alla famiglia Rizzoli.

Le tende bianche svolazzano al vento, le maioliche dei pavimenti riportate allo splendore. Alle pareti sono stati affissi i quadri e le foto di famiglia portati da Canzo: hanno una nuova luce. I mobili eleganti, in legno scuro, le lampade pronte a illuminare di una luce tenue le sere d'estate, i lampadari di cristallo a rendere gli ambienti regali.

Dalle finestre aperte si vede il mare.

Anna, con le braccia conserte, sta ferma a osservare tutte quelle sfumature di azzurro e di blu.

Una squadra di operai ha lavorato per tutta la primavera per ampliare la piazza di fronte alla chiesa di Santa Restituta. È stata installata una fontana, sono stati piantati enormi pini adulti, acquistati dall'amministrazione comunale. Non hanno una grande chioma, di quelle a ombrello che fanno tanta ombra.

Angelo incontra il sindaco Mennella. Osserva gli alberi, la sua faccia – in pieno sole – parla da sola.

«Non sono molto soddisfatto».

«Perché, Commendatore? È una bellissima piazza».

«Gli alberi devono servire a far bella la piazza oggi, non nei decenni prossimi!»

«Cosa vuol dire?»

«Che questi alberi non sono adatti. Non hanno la chioma giusta».

«Ma abbiamo speso trecentomila lire! Sono tanti soldi».

«Io non ho limiti di spesa, caro sindaco. Gabriele, vien qua».

«Mi dica, signor Rizzoli».

«Qui dobbiamo sostituire questi poveri alberi. Ci pensi tu a organizzare?»

«Certo… Spiantiamo e ripiantiamo quelli nuovi».

«Benissimo. Ricordati, Gabriele: devono avere la chioma a ombrello! Ci serve l'ombra!»

Sotto gli occhi di un sindaco allibito, Angelo impartisce ordini precisi.

«Ma signor Rizzoli, mi sembra uno spreco. Cosa ci faccio io con questi alberi?»

«Li piantiamo nel parco di Villa Arbusto. Le piace l'idea?» Il sindaco annuisce, gli stringe la mano e lascia Angelo che, parlando da solo, conclude: «Mica vorremo far sciogliere il trucco in faccia alle signore, no?»

Ridacchia, gioca con la sigaretta.

UNDICI

Non c'è due senza tre

Milano

Lo chiamano 'lo Sceriffo', forse perché somiglia a John Wayne, forse perché non è proprio un tipo accomodante. All'anagrafe è Giuseppe Ferruccio Viani, detto Gipo, classe 1909, un metro e novantatré di altezza, il nuovo allenatore del Milan. Andrea l'ha strappato alla panchina del Bologna: «È l'uomo giusto per ricostruire» ripete a Mimmo e a Busini. Serve un nuovo spirito di squadra, ora che Gunnar Nordahl è stato venduto: ha segnato duecentoventuno gol in sette stagioni e mezzo, era il capitano, ma ormai ha trentaquattro anni. Bisogna voltare pagina. E se si vuole vincere bisogna essere spietati, non cedere alle romanticherie, andare anche contro al sentimento dei tifosi.

È un azzardo. Ma Andrea ha imparato a rischiare sui tavoli verdi già da lungo tempo. Gli piace quella sensazione.

La fascia di capitano passa a un altro senatore della squadra, anche lui svedese, Nils Liedholm.

Viani ha un credo molto forte: il miglior attacco è la difesa. L'ha consolidato sulla panchina della Salernitana, lontano dalla nobiltà del calcio. In molti l'hanno criticato: questo 'catenaccio' non è certo un bello spettacolo da godersi sugli spalti. Ma i risultati gli hanno dato ragione. E, alla fine, quello che conta è vincere.

La stagione inizia nel migliore dei modi: tre partite, tre

vittorie. Poi una sanguinosa sconfitta con il Napoli. Un'altra con il Padova. Un pareggio striminzito con i cugini dell'Inter. La successiva partita con i campioni in carica della Fiorentina fa da spartiacque: è una netta vittoria per 3 a 0, in trasferta, di fronte a settantamila spettatori.

Le sorti del campionato sono decise alla quartultima giornata. Il 19 maggio al Milan basta un pareggio con il Torino per vincere il sesto scudetto della sua storia. Il secondo nei soli tre anni della presidenza Rizzoli.

Braccato dai giornalisti in tribuna per la festa tricolore, Andrea non sembra troppo felice. «Presidente, si è assuefatto così in fretta alla vittoria? Ci faccia un bel sorriso!» gli grida un fotografo. Lui si mette in posa. Ma sotto le linee del suo volto si muove già un pensiero nuovo: si chiama Coppa dei Campioni. Una competizione nata l'anno prima, con le migliori squadre d'Europa. Il suo Milan è arrivato fino alla semifinale, ma poi è stato battuto dal Real Madrid, che ha vinto anche la finale.

Quest'anno gli spagnoli sono ancora in finale, questa volta con la Fiorentina. Andrea non può accettare che sia quella squadra di provincia la prima italiana a salire sul tetto d'Europa. Non gli andrebbe giù. La partita è fissata per il 30 maggio, allo stadio Santiago Bernabeu.

I viola reggono per più di un tempo, sognano l'impresa. Il Real Madrid però è superiore e si impone per due reti a zero: Andrea, da solo, davanti alla radio, si distende in un sorriso.

«L'anno prossimo tocca a noi» dice a mezza voce, mentre spegne l'apparecchio.

Un'altra estate. Le radio trasmettono la voce di Renato Carosone che canta *Tu vuò fa' l'americano* su una base di boogie-woogie. La mattina del 26 luglio, i pescatori di Ischia, sulla terra ferma, preparano le loro barche allegoriche. Raggiungeranno il lato del Castello Aragonese dove si trova una piccola cappella intitolata a Sant'Anna. Lì, da tempi antichi, si recano giovani madri a rendere omaggio alla Protettrice delle partorienti, per beneficiare delle miracolose acque caldissime che sgorgano dal mare.

Non si sono mai visti così tanti turisti approdare sull'isola per le celebrazioni.

A Villa Arbusto si festeggia un doppio onomastico: *maméta* e la piccola Annina, che muove già i primi passi.

Angelo si sveglia presto. Quando Anna lo raggiunge sulla terrazza, nell'aria fresca del mattino, si sfila la giacca e gliela posa sulle spalle.

«Grazie, Angiulìn».

«Non devi ringraziarmi. Ti meriti molto di più. E io…»

«A me basta questo».

Un vaso colmo di fiori di campagna orna la tavola assieme al servizio di piatti decorato a mano e alle posate d'argento. La cameriera ha riempito i calici di limonata fresca. Ha portato pane, burro e marmellata. Dalla moka calda sgorga il profumo intenso del caffè scuro.

Nascosto sotto il tovagliolo, Anna trova un pacchetto blu di velluto. È un collier di perle e oro.

«Purtroppo oggi ho delle urgenze, ma tornerò presto».

Il viso di lei si rabbuia. Richiude la scatola, si volta verso il mare. La gioia è durata la fuga di un secondo.

Angelo la saluta con un bacio sulla fronte. Le stanze della villa stanno animandosi di strilli, schiamazzi e pianti.

«Buongiorno nonna!» dicono all'unisono Angelo junior e Alberto: ormai hanno tredici e dodici anni.

E Anna torna a sorridere.

*

Il telefono dell'albergo Regina Isabella squilla.

«Il sindaco Mennella ha chiesto di parlare con voi, signor Rizzoli» annuncia il portiere.

«Ma quell'uomo neanche nel giorno della festa della Santa riposa» sogghigna. Gli ricorda qualcuno.

«Mi dica, signor sindaco».

«Volevo comunicarle che l'amministrazione di Lacco Ameno è ancora interessata alla proposta per risolvere il disagio che la stradina crea alle nuove strutture».

Tra le terme e l'albergo omonimo corre infatti una stradina comunale. Prosegue fino a una rampa a scaloni che si inerpica sulla collina di Monte Vico e giunge fino al cimitero, proprio sulla collina. Ci transitano i muli con i carichi d'uva raccolta sui terrazzamenti e i cortei funebri a spalla fino al cimitero. Per evitare disagi agli ospiti del suo albergo, Angelo, anni prima, aveva incaricato un tecnico per studiare una variante. Il progetto prevedeva un costo di sette milioni e mezzo di lire. Avrebbe pagato tutto di tasca sua.

«Oh, bene signor sindaco. Mi dà una bella notizia».

«Solo che… non possiamo rinunciare all'accesso al cimitero. Quindi la chiamo per dirle che il progetto proposto non può essere accolto. In ogni caso, la somma da lei messa a disposizione è insufficiente. Ovviamente non pretendiamo che lei adegui la somma».

Angelo resta in ascolto, mentre nella hall osserva l'andirivieni di donne pronte a sfoggiare la loro pelle ambrata al sole in barca.

«Quindi come la risolviamo, Mennella?»

«Vorremmo che ritirasse la sua offerta, perché l'amministrazione ha già studiato una soluzione diversa».

«Spero che questa soluzione risolva il problema».

«Non si preoccupi».

«E posso chiederle come?»

«Creeremo un'altra variante, con i fondi della Cassa del Mezzogiorno, una trentina di milioni».

«Capisco». Un attimo di silenzio. «Ritirerò l'offerta. Mi interessa solo che il problema venga risolto». In realtà è risentito. Quando riaggancia esce dall'albergo, saluta i soliti fotografi appostati sulla piazza e inizia a camminare lungo il viale, verso il porto, senza una meta. Deve riflettere.

La costruzione del secondo albergo della Reginella è terminata. A breve verrà inaugurato. Accanto c'è il cine-teatro che ospiterà la migliore produzione cinematografica, quella dei suoi film. Gabriele lo saluta da lontano: è all'opera, assieme alla sua squadra di operai, per terminare i campi da tennis, il minigolf e l'autorimessa.

Angelo prosegue nella sua camminata, sfila di fronte alle palazzine fatte costruire per i dipendenti dei suoi alberghi. L'odore del fango portato dal vento raggiunge le sue narici. Anche quelle fangaie, usate per le cure termali, sono opera sua. Giunge alla piazza di Santa Restituta: all'ombra dei pini trovano ristoro i turisti che attendono l'inizio della festa.

All'improvviso viene accerchiato da un gruppetto di bambini urlanti: si fruga nelle tasche dei pantaloni di lino bianco e, come al solito, distribuisce gli spiccioli. In cambio, riceve dei mazzi di sorrisi sdentati.

Il sole sta quasi sparendo nel mare, quando Angelo torna a casa. Trova Anna intenta a dirigere i preparativi per la cena. La tovaglia bianca, il centrotavola di frutta e di fiori, tovaglioli di seta, piatti di ceramica, bicchieri di cristallo. Dalla finestra aperta giungono la musica e il vociare euforico della festa. Il Commenda si libera della giacca, poi della cravatta, resta in camicia, rigira le maniche. L'aria è calda stasera.

«Si sta bene» dice Anna.

Lui ha in mano due flûte di champagne.

«Auguri, *maméta* cara».

«Cin cin».

Per cena c'è una specialità locale: parmigiana di melanzane. Ma anche il solito pane e mortadella. Nicola, Angelone e Alberto sono abbronzatissimi. Passano tutto il tempo tra la spiaggia e il parco, hanno fatto amicizia con i ragazzi del posto e si accavallano nei racconti delle loro avventure sull'isola.

Angelo dà un colpo di tosse per attirare l'attenzione. Invita tutti a uscire in terrazza. Durante la cena non ha fatto altro che controllare l'orologio al polso.

Anna ha pensato a qualche appuntamento o all'attesa di una telefonata: ci è abituata.

Lucia esce con Annina in braccio, i ragazzi si siedono sul muretto, Mimmo e Pinuccia si tengono per mano e parlano sottovoce.

«Cosa aspettiamo, Commenda?» chiede Angelone.

«*Fa balla l'oeucc!* Sta' attento!» e gli indica un punto nel buio del cielo.

Mentre tutti sono assorti a fissare l'orizzonte, un fischio taglia e illumina il cielo. La prima di una serie di esplosioni colora i loro volti.

Negli occhi lucidi di sua moglie, Angelo legge una gioia che vorrebbe fermare per sempre.

I ragazzi battono le mani. La piccola Annina, prima spaventata, ora fissa il cielo ipnotizzata, i capelli biondi riflettono la luce dei fuochi d'artificio.

«In alto i calici!» suggerisce Mimmo.
«Auguri!»
«Auguri!»

Quella notte Angelo non riesce a dormire. Pensa ad Andrea che non è lì a festeggiare sua madre e sua figlia. Mimmo è venuto, anche se ripartirà già domani.

Ha un cerchio alla testa. E ogni mezz'ora ha dovuto subire il tormento del rintocco delle 'campanelle', come le chiama lui.

Al mattino, dopo il caffè bevuto in terrazza, esce senza salutare nessuno e, a piedi, raggiunge il municipio.

«Devo parlare con il sindaco».

«Ha un appuntamento?»

«No che non ce l'ho. Lei sa chi sono io?»

«Certo, signor Rizzoli. Provo a chiedere».

La segretaria, sgraziata nei movimenti, si allontana.

Angelo attende, impaziente, affacciato alla finestra, con la vista sulla piazza.

«Prego si accomodi, il sindaco l'aspetta».

Non ha tempo da perdere. Sarà diretto.

«Commendator Rizzoli, alla buon'ora. A cosa devo questa visita? Non sarà mica per la storia dei finanz…»

«Le campanelle».

Angelo lo interrompe, brusco.

«Le campanelle?»

Angelo guarda l'orologio. Manca un minuto alle nove. Resta in silenzio, lasciando che i secondi scorrano. La torre del municipio inizia a scampanellare. Nove rintocchi.

Attende.

«Mi dica, sindaco, è possibile abbassare il volume di queste campanelle?»

«Sta scherzando, Rizzoli? È l'orologio del municipio!»

«Le sembra che sto scherzando? Ho ricevuto lamentele. I rintocchi notturni disturbano il sonno degli ospiti».

«Le ho già spiegato l'importanza di quell'orologio, mi pare».

«Certo, ma se i miei ospiti non riescono a riposare... lei abbassa il volume».

«Rizzoli, guardi, non mi va di mentirle. Per questo problema, chiamiamolo così, non ci posso fare nulla. Vedrà che ci faranno l'abitudine».

Di nuovo fuori, per un secondo, tra la folla, ad Angelo pare di scorgere Myriam. Ma non è lei. 'Chissà come sta' pensa. Sono giorni, settimane forse, che non si scambiano neppure una parola. Le campanelle suonano ancora: nove rintocchi e mezzo.

Settembre. Annina piange, Lucia la culla dolcemente. Nicola, Angelone e Alberto sono già partiti a caccia di tesori nel parco. Pinuccia si è raccomandata con loro: «Non vi allontanate troppo». Ma erano già abbastanza distanti da non sentire.

Anna sosta accanto alla finestra, le piace perdersi nei colori accesi del paesaggio.

Il trillo del telefono irrompe tra il garrito dei gabbiani.

Lucia ha appena adagiato la bimba nella culletta. Si appresta a rispondere: «Capisco. Non preoccuparti. Certo, lo farò». Riattacca. È scura in volto.

Angelo, passato dalla villa per un pranzo rapido, pronto a tornare al lavoro, sta salutando Anna con un tenero bacio sulla guancia. La moglie spera che non abbia notato la nuora, la sua espressione alla fine della telefonata; ma si sbaglia.

«Chi era al telefono? Lucia?» chiede indossando il cappello.

Lei quasi sottovoce risponde: «Era Andrea».

«Cosa ti ha detto?»

«Che non verrà. Resta a Milano. Vi porge le sue scuse e vi saluta calorosamente».

«Per quale motivo, di grazia?»

«Non me lo ha detto, ma sembrava preoccupato».

Angelo mette le mani in tasca. Il sopracciglio alzato. Controlla l'orologio. Solo qualche secondo di silenzio.

«*Maméta*, parto subito. Vado a Milano. Torno il prima possibile».

La bimba ricomincia a piangere. Anna piega la testa. Lo sapeva.

Non appena arrivato a Milano, Angelo convoca Andrea nel suo ufficio. Attende che sia lui a parlare, ma il figlio fuma senza aprire bocca.

Il silenzio si carica di elettricità, Angelo non vuole fare il solito errore, vuole evitare di dargli addosso ancor prima di ascoltare. Attende.

Poi Andrea trova il coraggio: «Abbiamo un problema».

«Vorrai dire che *hai* un problema».

«No. Abbiamo. I lavori al campo sportivo tardano a cominciare».

«Come mai?»

«Burocrazia».

«Cioè?»

«L'architetto Viani e l'ingegner Crescentini dicono che i soldi per realizzare il progetto sono insufficienti. Bisogna ridimensionare, oppure...»

«Oppure?»

«Oppure chiedere dei prestiti alle banche».

Angelo fa uno sforzo titanico. Prova ad alzare una diga contro la rabbia che monta. Si limita a una domanda: «E tu? Cosa hai pensato di fare?»

«Non lo so ancora». Ma in realtà Andrea ha già provveduto, non rispettando il patto con suo padre.

Silenzio. Poi la diga crolla.

«Andrea!» urla, ma il figlio non sente. «Andrea! Non devi fare debiti! Quando sarò morto…»

Non aveva mai sentito pronunciare quella parola al padre, forse non si era mai immaginato che quel suo padre di granito potesse morire.

«… quando sarò morto potrete fare quello che volete. Ma finché vivo, questa famiglia non fa debiti». Sull'ultima frase la voce ha preso una strana vibrazione. Se ne sono accorti entrambi. Angelo ritorna proprio su quel punto. «E tu non hai nessuna idea di cosa significhi pensare alla famiglia!»

«Cosa vuoi dire?»

«Voglio dire che ho fatto tutto per il vostro benessere. E tu? Ai tuoi figli ci pensi mai?»

«Certo. Che discorsi…»

«Andrea, non provare a infangare il nome dei Rizzoli per il 'futbol'. *T'hee capì?*»

«Ci proverò».

«No, Andrea. Non devi provarci. Devi riuscirci. O devi fermarti prima, adesso». Angelo vorrebbe lanciare tutto per aria, ma raggiunge uno stato di calma ancora più inquietante. «Fai la scelta giusta. E ora puoi andare».

Angelo ha le vene del collo ancora gonfie, quando bussano di nuovo alla porta. Sobbalza. È Leo Longanesi. L'ha fatto chiamare lui. Se n'era dimenticato. Dopo aver creato la sua casa editrice, Leo nel '50 ha inaugurato *Il Borghese*, una rivista di costume, con un taglio molto intellettuale; 'troppo intellettuale' pensa Angelo. Conta sull'appoggio di grandi firme del giornalismo: Montanelli, Missiroli, Savinio e persino Guareschi. In quelle pagine, Leo si espone, esplora le ombre della rinata democrazia italiana, le contraddizioni del boom industriale, rimpiange un certo furore contadino con gli occhi di chi, contadino, non è mai stato. Si è trovato in difficoltà finanziarie e senza appoggi politici, costretto a rinunciare alla sua casa editrice: l'ha venduta.

Poggia la tazzina del caffè. Siede di fronte ad Angelo che, senza mezzi termini, gli propone di rientrare in azienda.

«Voglio una nuova collana di libri».

Mondadori ha accelerato. Fa uscire un libro dopo l'altro. Una vera e propria fabbrica di cultura capace di intercettare sempre nuove fette di lettori. Longanesi ha il nome, ha la statura giusta per rivaleggiare con la corazzata del *gangster*.

«La chiamiamo 'I libri di Leo Longanesi'. Che te ne pare?»

«Non lo so, ci devo pensare. Ho ancora la rivista da gestire».

«Leo, quella roba lì la devi chiudere. Non ha futuro».

Longanesi resta in silenzio, sa che il Commenda, in fondo, ha ragione.

«E poi la casa editrice che porta il tuo nome non è più tua. Cosa vuoi fare? Morire di fame?»

Di nuovo silenzio.

«Senti Leo, domani riparto per Ischia».

«Ma se è appena tornato».

«Lo so. Vieni a vedere cosa ho messo in piedi. Te ne

stai tranquillo, al sole, a pensare a questa proposta, ti fai un po' di cure termali. Vedrai che l'aria buona e una manciata di fango ti rimetteranno in sesto».

Al mattino, partono assieme.

Le calde serate settembrine, sull'isola, sono ricche di ospiti e di serate danzanti. La terrazza del Regina Isabella pullula di celebrità. Finalmente Angelo può inaugurare la piscina. Ha aspettato che la madrina scelta arrivasse da oltreoceano. La nuotatrice Esther Williams è una divinità in costume da bagno e pareo, pronta al primo tuffo. La chiamano già 'la stella subacquea'.

Il complesso musicale interrompe la musica al cenno della mano di Angelo. Tutto è pronto. Ogni ospite è in piedi, le coppe di champagne strabordano, gli occhi puntati sulla star pronta al tuffo. Prima le fotografie, però. All'unisono, tutti scandiscono il conto alla rovescia: tre, due, uno. La donna sparisce nelle acque e poi riemerge, i capelli bagnati mostrano la fronte lucida, il trucco un po' sbavato. È meravigliosa.

Avvolta in un accappatoio candido, batte le mani in direzione di Angelo. L'applauso si moltiplica. Tutti invocano il nome di Rizzoli.

Angelo dice che basta così, ma si gode il momento di celebrità.

Un cenno all'orchestrina e riparte la musica. Suonano *Come prima* di Tony Dallara, il successo di un ventunenne molisano baciato dalla fortuna.

Ma è solo l'antipasto.

Dal buio, compare sul palco Nilla Pizzi, la 'Regina della canzone italiana', così è stata presentata l'anno prima nella sua lunga tournée americana.

Saluta. Si avvicina al microfono. Intona *Guaglione.* Incantati, gli ospiti seguono il ritmo con le mani, qualcuno balla. Leo Longanesi, quasi involontariamente, canta il ritornello.

Angelo guarda il mare, scuro; sembra lontano, ma non lo è.

Il fine settimana successivo tocca all'inaugurazione della sala Reginella. È la prima serata cinematografica. Angelo ci tiene moltissimo. E ha chiamato il più grande di tutti.

È quasi mezzanotte quando il *Sereno* attracca sull'isola. La banchina è invasa di gente, i giornalisti sono in prima linea. La folla urla: «Arriva Sciarlotte, arriva Sciarlì!» Sulla passerella compare un uomo piccolo che sorride agitando la mano. I fotografi si stringono attorno agli ospiti. Nella calca, Angelo cerca di farsi strada a forza di gomitate. Riesce a raggiungere Charlie Chaplin. Si stringono la mano, sorridono agli obiettivi, vengono storditi dai flash mentre una fanfara suona *God Save the King.* Gli occhi dell'attore americano brillano divertiti, un po' beffardi. La maschera di Charlot lo ha abbandonato, adesso è un vecchio signore che sorride molto.

Il Commenda non conosce una parola d'inglese, ma accanto a lui c'è De Santis a fargli da interprete. Si dirigono verso il Regina Isabella.

Chaplin e sua moglie Oona scompaiono nella camera più lussuosa. Riemergeranno nel primo pomeriggio. Hanno prenotato una Vespa con carrozzino e parasole per una passeggiata sull'isola. Alle cinque, li attendono per il tè a casa Rizzoli.

Anna ha preparato tutto alla perfezione. L'artista resta estasiato dalla bellezza dell'arredamento di Villa Arbusto. Pinuccia e Nicola seguono Chaplin e sua moglie che si aggirano per le stanze della villa come fossero in un museo. L'attore viene attratto da un organetto del Settecento. Un gioiello d'antiquariato. «Wonderful» continua a ripetere.

La sera arriva in fretta, Angelo è nervoso. Ha acquisito per l'Italia i diritti di distribuzione di *Un re a New York*, l'ultima pellicola di Chaplin. È riuscito a ottenere la prima continentale, non solo la prima italiana.

La minuscola sala del cinema è al completo. L'ingresso è adorno di bandiere. Si spengono le luci. Si sente il lieve ronzio delle bobine. Lui e Pinuccia sono seduti uno accanto all'altra, come quella prima volta al cinematografo.

Il pomeriggio dopo, Charlie Chaplin sta per lasciare l'isola.

«Questo è per lei, signor Chaplin. Per ringraziarla di essere stato qui con noi».

Angelo parla e De Santis traduce. C'è anche Pinuccia, che indica l'organetto veneziano del Settecento, sormontato da un fiocco rosso.

Chaplin ha gli occhi lucidi dalla gioia, continua a ripetere: «Thank you… thank you… Wonderful».

«Soltanto una notte, te ne prego».

Quando tutti dormono, Angelo chiama Myriam. Il silenzio delle ultime settimane ha instillato in lei la paura di perderlo. Così gli chiede di raggiungerla. E lui non sa dirle di no.

Al mattino, dice ad Anna che deve partire in tutta fretta. Assieme a Longanesi, che ha terminato la sua settimana di vacanza, salgono sul vaporetto per Napoli, poi sul treno per Roma, dove si separano. Angelo scende, Leo prosegue per Milano. Non gli ha ancora dato una risposta per la collana di libri. Si salutano promettendosi di rivedersi in stabilimento entro un paio di settimane.

Ad aspettare Angelo c'è il suo autista. Si fa accompagnare a casa di Myriam. Lei apre la porta in lingerie.

Lui la guarda, poggia sul tavolo una scatola di velluto blu.

«Non dovevi». È un collier di diamanti.

«Un regalo non si rifiuta mai. Basta dire grazie».

«Grazie».

Si accomodano sul divano. Lei sfiora con la pelle nuda della gamba il lino dei suoi pantaloni. Si avvicina al suo volto, le labbra con un rossetto fresco. Lui si tira indietro.

«Myriam. Cosa vuoi da me?»

«Tutto».

«Ti ho già dato tutto quello che potevo: gioielli, fama, persino una casa».

Lo sguardo di Angelo è altrove e non nota quello supplichevole di lei.

«Abbracciami» gli chiede e, senza aspettare un cenno, gli si raggomitola accanto. Col capo posato sul cuore di Angelo, sente il battito accelerare, poi tornare regolare.

«Restiamo così per un po'. Ti va?» Myriam chiude gli occhi, mentre Angelo allunga la mano per spegnere l'abat-jour sul tavolino.

La signora Raineri ha urgente bisogno di parlare con Angelo. Compone il numero di Villa Arbusto. Anna risponde e le comunica che suo marito non c'è, sta a Roma.

Così la segretaria chiama gli uffici di via Veneto. Il signor Rizzoli non si è ancora presentato, ma lo avvertiranno.

Un paio d'ore dopo, Angelo alza la cornetta, in piedi.

«Signora Raineri. Sono Rizzoli».

«Signor Rizzoli, buongiorno».

«Mi hanno detto che mi cercava».

«Sì, purtroppo devo darle una brutta notizia».

«Chi è morto?» Lo dice quasi per scherzo.

C'è un momento di imbarazzo. La donna non sa come dirlo.

«Il signor Longanesi». La telefonata è disturbata. Angelo pensa di aver capito male.

«Chi?»

«Un infarto, stamattina».

«Di grazia, mi ripete il nome?»

«Leo Longanesi. Non hanno potuto fare niente».

Angelo si siede, sente le gambe cedergli.

«L'ho salutato ieri…»

È incredulo. Passano lunghi secondi.

«Preparate un telegramma per la famiglia. Poi mandate dei fiori per il funerale. Io rientro il prima possibile».

«Certo. Non si preoccupi».

Angelo inizia a singhiozzare. «Leo» trova la forza di dire guardando la cornetta che gli restituisce solo il silenzio.

All'arrivo in stabilimento, Angelo saluta mestamente i suoi dipendenti. Al funerale di Leo, quella mattina, c'era molta gente, soprattutto giornalisti e collaboratori. Montanelli gli si è avvicinato, sapeva che era stato a Ischia. Lui l'ha guardato, l'altro ha capito. Non l'avrebbe saputo nessuno, non dalla sua bocca, almeno.

La moglie era distrutta. L'ha abbracciata. Le avrebbe voluto dire 'Scusami'. Per cosa? Per averle tolto quell'ultima settimana di vita da passare insieme, prima della fine.

E nel ripensare a Leo, in macchina, gli era presa la nostalgia di quella giovinezza ormai perduta; la paura improvvisa della fine e la certezza di non avere molto tempo ancora per realizzare i suoi progetti, per stare con la sua famiglia, per vivere.

Quando l'autista ha fermato l'auto, gli ha chiesto di proseguire. Dando indicazioni precise si è fatto accompagnare in piazza Carlo Erba. Non è neppure sceso, ha soltanto aperto il finestrino cercando l'aria del passato. Forse Leo sarebbe sbucato all'improvviso per salutarlo.

Sulla scrivania affollata dell'ufficio c'è il solito mucchio di riviste che prepara la signora Raineri. Angelo ne nota subito una, non è delle sue. Somiglia molto a *Oggi*. Si chiama *Gente* ed è il primo numero del settimanale della 'Rusconi e Paolazzi editori'. La sfoglia.

Batte il pugno sul tavolo: lo sapeva che sarebbe andata così. La rivista finisce nel cestino.

Il telefono squilla, la segretaria gli annuncia una telefonata da Roma.

«Pronto?» Non riesce a stare seduto. Sfrutta tutta la lunghezza del filo per spostarsi da un lato all'altro della stanza.

All'altro capo c'è il socio Robert Haggiag, si occupa del mercato cinematografico americano. I rapporti tra loro sono sempre più tesi. Recentemente Angelo ha chiesto più spazio alle pellicole di sua produzione. L'altro aveva preso tempo ed eccolo tornare sull'argomento.

«Il comparto americano non è d'accordo. Te l'avevo detto, Rizzoli: gli accordi sono accordi».

«Un accordo è un accordo quando tutti sono contenti. E io non lo sono».

«Ma se i tuoi film vanno bene, cosa vuoi di più?»

La verità è che vanno così bene da spaventare gli americani. I numeri al botteghino oltreoceano sono redditizi e molti film italiani incassano più degli altri.

Quando partono gli insulti tra loro, l'unico in grado di placarli è Peppino. Ma adesso non c'è, e nessuno dei due ha intenzione di mollare l'osso.

Su una cosa sono in sintonia. Angelo dice: «Basta! Metto fine a questa farsa. È il momento di camminare ognuno per la sua strada». L'altro è d'accordo. Sembra tutto semplice. Ma ci sarà molto lavoro per le squadre dei loro avvocati.

Fuori dalla porta ci sono Mimmo e Andrea.

«Sia così gentile» dice Mimmo alla segretaria, «sa dirmi con chi sta parlando il Commenda?»

La donna, indecisa sul da farsi, si limita a rispondere che è una telefonata da Roma.

Quelli si guardano.

«Dici che è arrabbiato?»

«Tu che dici?» Le urla del padre sono un segnale inequivocabile. «Forse è meglio tornare più tardi, quando si sarà sbollentato» suggerisce Andrea.

«Eh… e non sa delle banche…»

Andrea prende Mimmo per il polso, stringe. «Vuoi fare silenzio?» Lancia uno sguardo alla donna. «Lui non lo deve sapere».

«Speriamo non lo venga a sapere, vorrai dire». Il fatto è che a Milanello i lavori avanzano, ma i soldi sembra non bastino mai, così Andrea continua ad attingere alle banche mantenendo il segreto.

La voce di Angelo non si ode più, tutto tace, poi qualcosa s'infrange sul pavimento e i due decidono di allontanarsi senza neppure salutare la signora Raineri.

*

«Peppino, sono io».

«Angelo, come stai? Ho saputo di Longanesi».

«Un brutto colpo per tutti».

«La morte coglie all'improvviso» chiosa Amato.

«Ascolta, Peppino. Con Haggiag ho chiuso».

«Non mi dire… avete litigato di nuovo?»

«Sì, e per l'ultima volta! Non voglio più avere niente a che fare con quel signore lì. Sto pensando a una società tutta mia».

Peppino tace.

«Ti chiamavo per farti una domanda».

«A disposizione… se posso».

«È mai possibile che non riusciamo a fare un film con quel tipo lì… come si chiama?»

«Chi? Il francese?»

«Ma quale francese? Quel giovanotto che ha già vinto l'Oscar».

«Ah, ma tu parli di Federico Fellini».

«Esatto».

«Ma che, Angiolett', mo' ti sei messo in testa che vuoi l'Oscar?»

Angelo tace.

«*Vabbuò*, ho capito… ci parlo».

«Ottimo».

«Angiolett', senti un po'».

«Dimmi».

«Quello chiede un sacco di soldi».

«E io glieli do. Se mi fa vincere l'Oscar io gli do tutto quello che vuole».

«E proviamoci…»

«Riusciamoci, vorrai dire».

Nel frattempo, Angelo si è versato del cognac. «Peppino… Quanti ne ha vinti già?»
«Due».
«Ah, be’… *alùra…*»
«Cosa vuoi dire?»
«Che non c’è due senza tre!»

DODICI

Scusami

Bruxelles, 1958

La *Gazzetta dello Sport* ha organizzato una carovana per i tifosi milanisti verso Bruxelles. Un viaggio lungo ed estenuante, una combinazione di aerei e treni, per poter raggiungere lo stadio alle diciotto del 28 maggio. C'è la finale della Coppa dei Campioni. Il Milan di nuovo contro il Real Madrid, che ha vinto le prime due edizioni.

Allo stadio Heysel c'è il tutto esaurito.

Andrea è seduto al suo posto, ai suoi lati ci sono Mimmo e Businì.

È stata una stagione pessima. Il campionato è terminato da tre giorni: ha vinto la Juventus degli Agnelli, i rossoneri sono finiti molto più indietro, addirittura noni.

Ma questa sera può cambiare tutto: nel poker sarebbe un all-in.

'Questa volta tocca a noi' continua a ripetersi in testa Andrea, che però resta silenzioso per tutto il primo tempo. Le due squadre giocano studiandosi nervosamente. Nessuna vuole scoprirsi troppo. Si va negli spogliatoi a reti inviolate.

Un venditore ambulante propone delle patatine fritte ad Andrea: lui rifiuta, ha lo stomaco chiuso e la bocca impastata dal fumo delle sigarette.

I giocatori tornano in campo.

Il copione sembra lo stesso dei primi quarantacinque minuti. Poi un sussulto. Un cross da destra di Danovi, Schiaffino si avventa sul pallone, tira al volo: gol!

Andrea urla. E con lui urlano i milanisti presenti allo stadio: quelli venuti dall'Italia, insieme agli emigrati e ai loro figli, trasferiti in Belgio per lavorare nelle miniere.

Nel quarto d'ora successivo attacca solo il Milan: ma è il Real a segnare, su un rovesciamento di fronte, con Di Stefano. Parità. È una doccia fredda. Dopo quattro minuti, però, la riscossa: Ernesto Grillo, il fuoriclasse argentino acquistato all'inizio della stagione, riporta avanti i diavoli. Anche stavolta dura poco, pochissimo: neanche un minuto e il Real pareggia di nuovo. Tutto da rifare. Si va ai tempi supplementari.

La beffa arriva al diciassettesimo minuto, quando sono tutti stremati. Un calcio d'angolo per il Real Madrid, una carambola in area, un tiro che Andrea – dalla tribuna – non riesce a scorgere. Soldan, il portiere preferito al titolare Buffon, è battuto.

La coppa va al Real Madrid, per la terza volta di fila.

Andrea scende negli spogliatoi. Vuole consolare i ragazzi e l'allenatore: si sono battuti con valore. Ma riesce a dire soltanto: «Potevamo vincere. Potevamo vincere».

«Potevamo vincere» ripete anche ai suoi figli e a Lucia, una volta tornato a Milano, due giorni dopo, a cena.

Angelo junior gli assomiglia molto. Gli mancano cinque diottrie che lo costringono a indossare occhiali dalle lenti pesanti. Ha ereditato anche la sua stessa corporatura robusta. Ha quindici anni, è timido, introverso. Sta frequentando le scuole statali, il liceo classico, e gli insegnanti dicono che è molto dotato e intelligente.

Alberto invece ha preso tutto da sua madre. Un ragazzino di tredici anni vivace e spigliato.

«Sai papà, Angelone è stato bravo nella recita» dice al padre.

«Lascia perdere» gli suggerisce il fratello.

Andrea sembra non averlo nemmeno sentito, ma Alberto non si arrende.

«C'erano pure i figli di Borletti. Mi stanno antipatici».

Lucia interviene: «Pimmo, ma cosa dici? Li conosci appena».

«Mi stanno antipatici lo stesso».

«Angelo ha recitato la parte di un principe. È stato bravo davvero. Avresti dovuto vederlo!» Lucia ha deciso di dare man forte al figlio. «C'erano proprio tutti. Le migliori famiglie milanesi riunite nel teatro della Cassa di Risparmio. Ci siamo divertiti, è vero ragazzi?»

Annuiscono. Il padre non ha ancora battuto ciglio.

Angelo prende del pane, urta il bicchiere, l'acqua finisce sulla tovaglia. Andrea sembra ridestarsi da un sogno, spinge indietro la sedia, urla contro al figlio: «Stai più attento! *Pirla!*»

Un attimo dopo chiede scusa con un fil di voce.

Lucia resta immobile. Osserva suo marito lanciare il tovagliolo nel piatto, alzarsi e chiudersi nello studio. «Continuate a cenare» ordina ai ragazzi.

Bussa alla porta, ma lui non risponde. Allora entra. Basta il suo sguardo per far capire tutto al marito.

«Lucia, ho mal di testa e nessuna voglia di ascoltarti». Si accende una sigaretta.

«Non ci sei mai. Loro sentono la tua mancanza. Lo capisci questo?»

Lui non risponde.

«Mi sembri tuo padre».

Annina dorme già. Andrea vorrebbe andare a guardarla, nel suo lettino, accarezzarle il viso come fa ogni notte. Ma resta chiuso nel suo studio.

Estate 1958. A tutto il personale dell'albergo Regina Isabella è stato imposto l'assoluto riserbo. Non si era mai visto un ospite del genere. Invitarlo sull'isola non è stata un'idea di Angelo, ma di Enrico Mattei, presidente dell'ENI. La sua abilità e la sua audacia nei confronti delle Sette sorelle – le mastodontiche compagnie che reggono il mercato del petrolio, dunque i destini del mondo – affascinano il Commenda. L'ha conosciuto a Roma, nel modesto appartamento d'albergo in cui risiede: un salottino in cui riceve ospiti prestigiosi arrivati da tutto il mondo; tre poltrone, un tavolo e un telefono. Gli aveva chiesto: «Che gusto c'è a vivere così?» e Mattei non aveva risposto.

L'incontro segreto è tra lo Scià di Persia Reza Pahlavi e Maria Gabriella di Savoia. C'è un matrimonio da combinare.

Lo Scià si imbarca a Napoli sul *Sereno*, attracca a Ischia Porto e in auto blindata viene accompagnato al Regina Isabella. In attesa del suo arrivo, nella hall, c'è Angelo vestito di bianco con un fiore rosso all'occhiello.

Di fronte allo sguardo imperscrutabile di quell'imperatore, Angelo resta pietrificato. Poi s'inchina come gli hanno detto di fare e gli stringe la mano.

All'amico Benvenuti, dopo le formalità dice: «Lo sapevo che non dovevo incontrarlo».

«E perché mai?»

«Perché io non so una parola d'inglese né di francese. Lui mi ha parlato in francese e io non sapevo rispondere!»

«Ma è andato tutto bene. Ischia gli piacerà, vedrai…»

«Leo» l'espressione del suo volto, dopo lo sfogo, si è rasserenata, «mi avesse almeno parlato in scià!» Ridono.

Mattei e lo Scià di Persia si chiudono la porta della saletta riservata alle spalle. Fuori resta un piccolo manipolo di uomini della sicurezza. La principessa non presenzierà all'incontro.

Angelo attende nella sala bar, seduto al suo solito tavolo.

La sigaretta al lato delle labbra rischia di cadergli quando, sulla porta, la vede. I capelli raccolti in un foulard, gli occhiali da sole e un vestitino corto che lascia scoperte le gambe. Angelo deve controllare l'emozione. Sotto gli occhi attenti dei suoi dipendenti, le si avvicina, ma non troppo.

«Ciao Angelo».

«Cosa ci fai qui, Myriam?»

«Sono venuta a trovarti».

«Mi fa piacere, ma… non è un buon momento».

«Non sarò di alcun disturbo. Non preoccuparti». Ha il volto teso.

«Vieni. Prendiamo un caffè».

Si rivolge al giovanotto al bar e indica la terrazza. Spera che abbia capito.

La brezza è piacevole. Il sole fa capolino da dietro la montagna. Presto farà caldo. Fa segno a Myriam di uscire.

«Puoi scusarmi un momento?» le dice.

Compone il numero di Villa Arbusto.

«Anna, sono io. Stasera mi fermerò a dormire qui in albergo. C'è molto da fare».

«Ma domani riparto».

«Lo so…» sospira e poi tenta di rimediare, «farò di tutto per venire a salutarti al porto».

Anna resta in silenzio.

«Ho quell'ospite che sai. Ora devo andare, mi chiamano. A domani».

La cornetta ancora all'orecchio. Anna riaggancia e si sposta lenta verso la finestra. Osserva il mare. Lo stesso mare che ora ha di fronte anche Angelo, sul terrazzo.

«Myriam, ho chiesto se c'è una camera libera, ma è tutto pieno. Questa volta non posso farci proprio niente, è una situazione particolare».

«Dormirò nella tua suite».

«Sai che non posso farlo. Se qualcuno dovesse vederci entrare o uscire assieme...»

«Non ti facevo così prudente».

«Be', ora sì». Angelo finisce il suo caffè. Appoggia la tazzina sul piattino, senza guardare quel volto splendido, davanti a sé.

«Angelo» ha la voce più sottile del solito, «ho conosciuto un uomo».

Il piattino sobbalza, un movimento minimo, ma che rompe il silenzio.

«E chi sarebbe?»

«Bucholz. L'attore».

Di nuovo silenzio. Angelo sposta gli occhi verso la hall. Non si muove ancora nulla. Sarebbe il momento perfetto per interrompere quella conversazione.

«Mi ha proposto di sposarlo». Tiene gli occhi bassi. Sembra che stia per mettersi a piangere.

«Fai quello che devi fare».

«Bisogna che mi faccia una famiglia; è quello che voglio».

«E io ti dico che sbagli a farla con lui».

«E perché mai? Non lo conosci neppure».

«Perché è un attore, un artista. Queste persone non sanno davvero che cosa sia una famiglia, come si costruisce». Muove nervosamente le gambe. Per un attimo, si convince ingenuamente che quel suo discorso abbia funzionato. Lei gli afferra una mano e la stringe a sé.

«Sei gentile con me. Lo sei sempre stato. Ti devo molto».

Dalla terrazza si vede il *Sereno*, attraccato al molo.

«Forse dovresti tornare a Roma».

«Non mi trattare così, ti prego. Ho bisogno che tu mi capisca».

«Myriam, cosa vuoi che ti dica?»

«Vieni con me a Roma...»

«Non posso».

Restano qualche secondo con gli occhi negli occhi. Per un momento, perso nel blu di quello sguardo malinconico, Angelo si sente indifeso, disarmato, più leggero. Si lascia accarezzare la guancia, le prende la mano, chiude gli occhi. Vuole conservare quel calore, quell'attimo sospeso, senza futuro.

«Ci rivedremo» promette lei.

«Addio» sussurra lui.

Mattei e lo Scià sono ancora rinchiusi nella suite. Angelo ordina ai camerieri di servire loro una cena con pesce appena pescato, ostriche e champagne. Tutto sfila sotto gli occhi attentissimi degli uomini della scorta.

Escono dalla stanza solo a mezzanotte. Raggiungono il porto immerso nel buio e s'imbarcano sul *Sereno*, verso Napoli.

Hanno appena mollato gli ormeggi, quando uno scossone rischia di farli cadere. Lo Scià e Mattei si guardano negli occhi: per la prima volta, sono solo due uomini. Pensano al peggio. Un attentato. Restano immobili. Vengono trascinati in una cabina senza affaccio sul mare, mentre, tutto intorno, si scatena la macchina della sicurezza. Il *Sereno* ha speronato una paranza che navigava a luci spente. Le urla in dialetto ischitano degli uomini in barca riempiono il buio. «State calmi!» grida qualcuno da bordo, molto più in alto. Vengono lanciati i salvagente e messi in salvo. I sette marinai, zuppi e infreddoliti, si trovano al cospetto dell'imperatore: ci ha tenuto a controllare di persona che stessero bene. Loro non sanno come comportarsi; non riconoscono quell'uomo dai tratti mediorientali, ma intuiscono perfettamente che sia qualcuno di molto, molto importante.

La paranza, intanto, sta colando a picco, salutata da un concerto rumoroso di bolle. Il panfilo è praticamente intatto, solo qualche graffio.

Angelo è nella sua suite. Pensa a Myriam e a come si sono salutati. Deve lasciarla andare. È giusto così. Il telefono squilla. Una vedetta del porto lo aggiorna sull'accaduto. Si riveste di tutta fretta. Appena i sette marinai mettono piede a terra, li fa convocare. Questa volta sanno perfettamente chi è l'uomo che hanno davanti. Apre il portafoglio: dà centomila lire a ognuno. Li guarda. Chiede quanto vogliono per la barca speronata. Non rispondono, non sanno che cosa rispondere.

«Quattordici milioni vanno bene?» Stacca l'assegno.

Il mattino seguente, sul *Corriere della Sera* un articolo riporta nei minimi dettagli l'accaduto. Angelo spera non si alzi un polverone. I soldi non sempre bastano a risolvere i problemi.

Anna intanto è già sulla terra ferma. Non sono riusciti a salutarsi.

Roma, ottobre 1958

Nella capitale il sole si insinua tra i palazzi, nelle vie. Non è come stare sull'isola. Ora che è nella stessa città di Myriam, Angelo sta combattendo con la voglia, il bisogno di vederla. Nella sua casa al Foro Romano si presenta Peppino Amato: ne è contento, il suo socio sa come distrarlo. E oggi sfoggia un sorriso ancora più ampio del solito, condito da un'espressione sorniona.

«Allora» lo esorta Angelo, «parla!»

«Notizie ottime, Angiolett'. Fellini ha sbattuto la porta in faccia a De Laurentis».

«Quel giovanotto mi sorprende...»

«Ha quarant'anni. Non è mica così giovane...»

«Prosegui...»

«Dicono che De Laurentis abbia già tirato fuori parecchi soldi. Ma che abbia insistito per avere Paul Newman nel cast del prossimo film, al posto di Mastroianni. Il tuo amico giovanotto gli ha detto di no. Un no categorico! *Capit'?*»

«E come sarebbe questo prossimo film?» gli fa il verso.

Peppino apre la sua ventiquattrore e un pacco di fogli finisce sul tavolo accompagnato da un rumore sordo.

«L'ho letto, ma tu non devi leggerlo! Perché se lo leggi, poi decidi di non farlo. E allora guarda che ci faccio io a 'sto copione!» E sotto lo sguardo allibito di Angelo, scaglia con forza la sceneggiatura contro la parete. I fogli volano e atterrano sparpagliati, Peppino si avvicina al volto di Angelo, quasi minaccioso: «Ma anche se non ti piace, se non ci capisci niente, tu questo film lo devi fare! Capito? Lo devi fare! Perché sarà una cosa *granda, granda assaj*».

«Lo farò leggere a mia nuora» gli dice.

«Vedi tu. Basta che questo film si faccia».

Angelo chiama il cameriere a raccogliere i fogli sul pavimento, glieli fa ordinare seguendo i numeri di pagina.

Nel viaggio verso Milano, in treno, Angelo inizia a sfogliare la bozza di copione. Aveva ragione Peppino: non ci capisce niente.

Con il plico tra le mani, Angelo sale al secondo piano di via del Gesù. È un pomeriggio grigio. Gli manca il sole del sud. Bussa alla porta.

«Lucia, ti disturbo?»

«No, entra pure. Vieni, ti preparo un caffè».

Lo ha sempre affascinato il portamento di sua nuora: così aristocratico.

«Andrea dov'è?»

«Puoi immaginarlo» risponde lei a labbra strette, pentendosi subito.

«Ancora quel suo futbol!»

Lucia cerca di deviare il discorso.

«A cosa devo questa visita?»

Angelo posa il copione sul tavolo e le dice: «Mi sembra una cosa dell'altro mondo, non sta né in cielo né in terra. Sono convinto di perderci con questo film, ma sono ugualmente costretto a farlo».

«E perché?»
«Quel regista ha già vinto l'Oscar».
«Fellini?»
«Proprio lui».
«Be', allora ne ha vinti due».
«Ecco, appunto: non c'è due senza tre».
Lei posa la tazzina, guarda il suocero. Legge il titolo: «*La dolce vita.* Ti farò sapere a breve. Il titolo non è male».

Roma, ottobre 1958

Federico Fellini supera la soglia dell'ufficio della Dear Film di via Veneto. Si libera dal cappello, la capigliatura arruffata lo fa apparire più giovane, saluta con accento romagnolo. La voce è sottile, timida. Lo sguardo però è fiero. Peppino gli stringe la mano, gli chiede se vuole un caffè. I giochi si stanno facendo seri. Il regista, prima di iniziare qualsiasi contrattazione, è chiaro e diretto: interpreti, location, musiche e scenografi deve deciderli lui. Su questo non transige.

Dalle finestre chiuse giunge il chiacchiericcio della via.

«Ci vieni ancora a via Veneto la sera?» chiede Peppino.

«No, in realtà non mi è mai piaciuta».

«Troppi fotografi immagino».

«Ma… qualcuno di loro mi è anche amico. Non è quello, è che… lasciamo stare. Andiamo avanti. Allora? Siete d'accordo alle mie richieste?»

Peppino si agita, afferra la giacca, si alza e la lancia per terra. Uno dei suoi gesti teatrali.

«Tu mi vuoi rovinare, *guagliò*! Tu mi vuoi vedere nudo!» e inizia a sfilarsi la cravatta che finisce accanto alla giacca.

Fellini resta impassibile. Conosce il personaggio.

«Questo contratto è una condanna a morte! Guarda,

piuttosto che firmare me lo mangio!» Peppino porta i fogli alla bocca. «Mi bevo pure l'inchiostro!» Afferra la bottiglietta e la rovescia sul mento, sulla camicia, ovunque.

Fellini scuote la testa. Si accende una seconda sigaretta. Si alza e, senza dire nulla, se ne va.

Appena in strada, sente una voce pronunciare il suo nome.

«Fellini! Fellini!»

Alla finestra Amato, ricoperto d'inchiostro, gli urla: «Federi', quanto *si' fesso*! Torna su!»

Qualche giorno dopo, Angelo arriva per presenziare alla firma del contratto. Prima di salutarsi, mentre stringe la mano del regista, lo guarda negli occhi: «Caro artista, ho letto questa tua cosa e non ci ho capito niente. Però non ho fatto *La strada* e hai preso l'Oscar; non ho fatto *Le notti di Cabiria* e hai preso l'Oscar, non posso non fare questo film!»

«La rispetto e la ringrazio per la fiducia, signor Rizzoli».

La stretta di mano si scioglie, è l'inizio della loro avventura.

Nel suo appartamento al Foro Romano, dopo un sonno agitato, Angelo si sveglia con un cerchio alla testa. La colazione è servita in soggiorno. In vestaglia di lino blu, si accomoda sul sofà dinnanzi al tavolino dove giacciono uno accanto all'altro i ritagli degli articoli di giornale che parlano di lei e del suo uomo. Nelle foto appaiono affiatati, forse persino felici. Beve il caffè, scotta. Va verso il telefono.

«Pronto?»

«Sono io».

«Angelo…»

«Non dire niente. Tra due ore passo con l'autista a prenderti. Vieni con me per il fine settimana a Ischia».

«Ma…»

«Myriam, me lo devi. Per l'ultima volta».

«D'accordo».

Un viaggio in treno fino a Napoli. Poi la traversata a bordo del *Sereno.* Non si sono detti una parola.

Al Regina Isabella, Angelo ha prenotato una stanza per Myriam, vista mare. Il cielo è terso, fa ancora caldo, nonostante sia autunno. Lei fa per chiudersi la porta dietro le spalle. Lui le dice solo: «Ci vediamo alle otto e mezza per cena».

A tavola non sono soli. Con loro la solita combriccola: Beniamino Santi, l'architetto Luciano Tufaroli, Gigi De Santis e Benvenuti. Angelo ordina spaghetti all'amatriciana e una bistecca, per due. Lui mette la testa nel piatto e spazzola tutto. Myriam sposta con la forchetta il cibo nel piatto, non tocca nulla, stretta nel suo vestitino nero elegante.

Angelo ride alle battute dei suoi commensali, sembra che voglia dire loro qualcosa, ma tace. Al termine della cena, ordina la bottiglia del miglior champagne.

De Santis chiede: «Che festeggiamo?»

E Angelo risponde: «Lo sposalizio di Myriam che domani ci lascia».

«E con chi si sposa?» domanda un altro.

«Con Bucholz!» risponde il Commenda. Tutti restano con i bicchieri a mezz'aria. Angelo vuota il suo, senza brindare. A Myriam non resta che vincere il pianto.

La mattina dopo, è pronta con la sua valigia, ha gli occhi gonfi. È di una bellezza nuova, più triste, più matura. Incontra De Santis, gli dice: «Ho ordinato dal giardiniere una pianta di arancio. L'ho già pagata. Vorrei che lei scegliesse dove piantarla. Deve essere piuttosto in vista».

«Certo signorina, lo consideri fatto. Si sente bene?»

Sembra non lo stia ascoltando: «Così, quando viene qui, vede la pianta e si ricorda di me». Si soffia il naso.

È quasi Natale. Alla porta dell'appartamento ai Parioli, Myriam riceve una visita inaspettata. Un uomo in giacca e cravatta le sorride appena. È disorientata.

«Buongiorno, signora Bucholz. Sono un collaboratore del signor Rizzoli. Mi ha inviato qui per inventariare tutto quello che c'è in questo appartamento: mobili, suppellettili e gioielli».

«Vuole togliermi tutto».

L'uomo non risponde. Continua a muoversi e a scrivere sul suo taccuino.

«Vuole umiliarmi…»

In primavera, a Ischia, la natura è in fiore.

«Qual è la pianta della Myriam?»

Gigi gli indica l'arancio.

«Ottima scelta. Mi piace qui».

«Grazie, signor Rizzoli».

Angelo osserva l'alberello fino e indifeso. Poi a labbra strette, sussurra: «Scusami…»

TREDICI

Dobbiamo rivedere l'accordo

Milano, 1960

Tostapane, aspirapolvere, lavatrice, televisore. Il Miracolo economico fa irruzione nelle case degli italiani e le cambia per sempre. A sud, migliaia di giovani fanno la valigia e la caricano su un treno diretto verso il nord, verso il sogno del progresso. A Milano, nuove fabbriche e nuove palazzi si mangiano i prati.

Lo stabilimento Rizzoli di piazza Carlo Erba non basta più: lo spazio è ormai insufficiente per quell'alveare movimentato che ronza intorno alle rotative.

Angelo ha da poco compiuto settantuno anni.

A est della città, vicino al Lambro, ha comprato un enorme appezzamento di terreno e, per tutto il corso del 1959, ha seguito i lavori di costruzione. Il progetto prevede la realizzazione di un mastodontico fabbricato lungo centocinquanta metri e alto quattro piani. Un parallelepipedo percorso da infiniti corridoi che conducono a decine e decine di stanze, di diverse forme e dimensioni pronti a ospitare i dirigenti e tutte le redazioni. All'ingresso una doppia scala ellittica accoglie ospiti e dipendenti. Non c'è nessun ascensore. Alle spalle, è sorta un'altra immensa struttura a pianta quadrata, occupata dalla tipografia.

«Ostinato com'è, continua a sostenere che non servono! Gli ingegneri sono stremati, non sanno più che pesci prendere». Andrea è seduto dietro la scrivania, sta parlando con Franca Matricardi, la direttrice.

«Non vuol cedere».

«Già... Tra l'altro racconta ripetutamente la stor...»

«Di quando era giovane e rimase bloccato per tante ore in quell''aggeggio infernale'. Cito: 'Una paura della madonna!'»

«Ecco, vede? Lui fa sempre così...» Andrea vorrebbe andare avanti, esporre il suo disagio, ma preferisce fermarsi.

«Quindi che si fa?» riattacca lei.

Andrea si schermisce. «Io sono sicuramente la persona meno adatta alla missione. Sarebbe un fallimento assicurato. Ci provi lei, mio padre l'ascolta».

La mattina dopo, durante l'ispezione al cantiere del nuovo stabilimento, Franca Matricardi sale al terzo piano. Attende il Commenda e quando è a portata di voce gli dice: «È bellissimo. Sembra proprio un teatro di posa. Peccato che ci sia quella colonna che disturba» indicando qualcosa verso il fondo. Lui smette di fissare l'impalcatura su cui due operai sono abbarbicati.

«Quale colonna?»

«Quella là. Venga, venga a vederla».

Angelo risale a forza di gambe le scale. Con il fiato corto, giunge dalla donna che si fa trovare in piedi sul penultimo gradino.

«Dov'è la colonna?»

E lei, con l'abilità di un'attrice navigata, fa finta di scivolare, aggrappandosi a una trave per non cadere.

«Sta bene?»

«Credo di sì, credo di sì, grazie». Si liscia la gonna e modella la voce su un tono sempre più preoccupato. «Certo, Commenda, che di gambe rotte ne dovrà pagare parecchie…»

«Quali gambe rotte?»

«Quelle dei suoi dipendenti! Per arrivare fin qua c'è solo la scala. Sa quante cadute!? C'è il rischio di avere anche dei morti sulla coscienza!»

Ha capito di averlo in pugno.

Lui tace, infatti.

Qualche ora più tardi, la direttrice è convocata insieme a Mimmo e ad Andrea. Angelo punta il dito dritto sulla faccia del figlio: «Con tutti gli ingegneri che paghiamo, tocca sempre a me pensare a ogni cosa! Oggi la Matricardi stava quasi per rompersi una gamba a causa di quelle maledette scale! Li volete far mettere quegli aggeggi, sì o no?»

I tre si fanno segni con gli occhi e, appena fuori dai radar di Angelo, si stringono le mani e gioiscono per la riuscita del piano.

Pochi giorni dopo, installano gli ascensori.

È l'alba dell'ultimo venerdì di gennaio 1960. Le strade sono deserte e il freddo pungente. In piazza Carlo Erba è stato inciso per tutta la notte l'ultimo cilindro, una commessa per *TV Sorrisi e Canzoni*. Mentre le rotative girano ancora, i muratori sono già all'opera per smontare il reparto. C'è caos, gente che non dorme da giorni e a qualcuno saltano i nervi. Angelo stranamente non si vede.

Sta camminando attorno allo stabilimento, il naso arrossato, le mani avvolte nei guanti, cerca di fotografare ogni centimetro richiamando alla memoria i ricordi che quelle mura custodiranno anche dopo di lui: gli inizi, le bombe, la ricostruzione, i successi, i litigi, il suo ufficio con vista sulla tipografia, i corridoi mai deserti, le luci da spegnere ogni sera.

Sosta davanti all'entrata. È davvero l'ultima volta che varca quel portone.

Un nodo gli stringe la gola. Da quel punto riesce a sentire il suono delle rotative, è come ascoltare un tamburo nascosto in un antro. Chiude gli occhi, si abbandona a quel ritmo. Poi, in un attimo, il silenzio. Intanto la città si sta risvegliando.

Angelo si sfila un guanto e con il pollice raccoglie una singola lacrima, che gli è arrivata quasi sul mento.

Il lunedì mattina, nella nuova sede in via Civitavecchia, le macchine per la stampa si rimettono in moto come se non fosse accaduto nulla. In realtà è cambiato tutto.

Verso le dieci del mattino, Angelo scende dall'auto. Il freddo è tagliente, lì, in aperta campagna, l'umidità del Lambro impregna le ossa. Un timido sole invernale finge di scaldare ogni cosa, compresa quella scritta, che svetta nel suo verde brillante sopra il parallelepipedo di cemento: 'Rizzoli'. Dietro le finestre accese si muovono i suoi dipendenti.

Al piano terra il grande atrio, al primo le redazioni e gli uffici amministrativi, al terzo le redazioni dei periodici femminili. Il secondo è ancora vuoto. Il Commenda non ha ancora confidato a nessuno a cosa servirà. Dà un'occhiata attorno e, a piccoli passi, si dirige verso l'ingresso. Ad accoglierlo, nel grande androne, c'è la sua prima pedalina tipografica – un enorme e pesante marchingegno di ferro – posizionata all'incrocio tra le due scale che portano ai piani.

«Sono stato fortunato» ripete sottovoce, mentre negli occhi ha le immagini di quella traversata per la città, col carretto e il suo socio, Pizio; è morto da pochi anni, non lo vedeva da molto tempo.

«Si metta in posa, signor Rizzoli!»

Ottorino Monastier, uno spigliato grafico, strappa Angelo dal flusso dei suoi ricordi, ha una macchina fotografica appesa al collo.

«Ma che fai, *pirlone*? Non sono mica una primadonna io!» E il riverbero della sua voce fa il giro dello stabile. Si mette in posa. «Così va bene?»

L'altro inizia a dirgli: «Un attimo, un po' più a destra, a sinistra, alzi il mento…»

«Monastier, *alùra*, la scatta o no questa foto?» Lo dice immobile, a labbra strette. Ecco il flash, la vista annebbiata per pochi secondi.

«Grazie, signor Rizzoli».

«Voglio vederla non appena la sviluppi».

«Certo».

«Monastier!» lo chiama mentre sta salendo la grande scalinata. «Che ne dice?» Fa roteare l'indice in tondo, indicando lo stabile.

«Meraviglioso, Commenda».

Angelo annuisce, si poggia al corrimano e sale verso il suo nuovo ufficio.

L'odore di mobilio si mescola a quello polveroso della carta: fatture, copie dei periodici, lettere, fogli di contabilità giacciono dentro faldoni appoggiati sul pavimento. Tutto da sistemare.

Siede sulla sua poltrona, la scrivania di legno scuro ancora spoglia. Alla sua destra, un tavolino su cui hanno trovato posto due telefoni. Uno per i numeri interni e l'altro per le chiamate esterne.

Apre il cassetto, ne estrae il ritratto di famiglia. Sistema la cornice davanti a sé. In quel bianco e nero vede un giovane uomo con il fuoco negli occhi, quello della rivalsa, del riscatto. Accanto c'è Anna, nel fiore degli anni, il viso magro, non sorride, ha in braccio Rinella. In primo piano ci sono Pinuccia e Andrea. Sfiora i volti dei figli.

Il trillo del telefono lo fa sobbalzare; ha una tonalità diversa rispetto a quello del suo vecchio ufficio. Si affretta a rispondere. È Peppino Amato. C'è una prima da organizzare.

Via Veneto, a Roma, è la via della 'dolce vita': con i suoi i bar, i ristoranti, i locali notturni, gli eccessi, i vestiti eleganti della nuova élite cinematografica, gli incontri casuali, gli scandali e le vanità. Quelle notti brave sono illuminate dai flash instancabili dei fotografi pronti a immolare la prossima succulenta vittima, da vendere a riviste e periodici.

Federico Fellini racconta la dolce vita proprio nel momento in cui si sta sgretolando.

La sua pellicola è stata proiettata in anteprima per gli addetti ai lavori nella sala cinematografica all'interno della residenza romana di Angelo. Era metà gennaio. Tra i presenti c'era anche una giovane donna in compagnia di un'amica. Non l'aveva mai vista e non era tra gli invitati. Angelo aveva chiesto ad Andrea se la conoscesse: era Giulia Maria Crespi, l'erede dei proprietari del *Corriere della Sera.*

Allo scorrere dei titoli di coda, era calato un silenzio

troppo prolungato. I pareri dei giornalisti, sussurrati a mezza voce, erano contrastanti. Angelo sapeva che fare domande dirette non sarebbe servito a nulla: nessuno riesce a essere sincero di fronte a lui. Anche Peppino era preoccupato: aveva sfoggiato il suo solito repertorio di battute, ma i suoi sorrisi erano tirati. Hanno investito tanto, troppo. Bisogna vincere l'Oscar.

Il 5 febbraio a Milano è una serata gelida. Il cinema Capitol è illuminato più del solito. Un corteo di auto eleganti affianca il marciapiede. C'è tutta la Milano che conta, compreso Virgilio Ferrari, il sindaco.

Qualcuno dice che stanno arrivando. I fotografi si accalcano intorno a un'auto che rallenta e poi si ferma: uno dopo l'altro scendono Federico Fellini e Marcello Mastroianni, entrambi in smoking, per ultima Anita Ekberg, che indossa una lunga pelliccia e un lungo abito bianco, finemente decorato, senza spalline e con la vita strettissima. Poco dopo, compare anche Maria Callas con un vestito nero di seta, al collo un triplice giro di perle, la pelliccia e fini guanti neri. Cammina accompagnata da Antonio Ghiringhelli, suo marito. La piccola marea dei fotografi e dei curiosi si precipita nella loro direzione.

Un cartello apposto in un angolo specifica che il biglietto della prima milanese della *Dolce vita* costa duemila lire. Angelo ci tiene a ripetere, orgoglioso, a tutti gli ospiti che l'intero incasso verrà versato a beneficio dei Martinitt.

Quando le luci si spengono, in sala cala il silenzio, qualcuno tossisce.

Dopo due ore e quarantacinque di film, a dieci minuti,

dalla conclusione, quando la macchina da presa indugia nella descrizione particolareggiata di una festa in una villa, con ubriacatura generale e spogliarelli, qualcuno urla: «Basta!»

«Uno schifo!» gli fa eco un'altra voce.

«Danneggia l'Italia» dicono i più composti.

Qualcuno fischia, non si capisce se all'indirizzo della pellicola o dei contestatori. Però nessuno se ne va. Angelo, seduto accanto al regista, stringe i pugni. Sta sudando freddo. Si costringe a non distogliere gli occhi dallo schermo. La scena del parricidio ha sconvolto anche lui. Gli appare l'immagine della statuetta dorata del premio Oscar che si sgretola in pezzi sempre più piccoli. Serra i denti e con la coda dell'occhio cerca l'espressione del volto di Fellini, illuminata dai suoi stessi fotogrammi. Sembra rilassato, incurante. Alla fine della lunghissima proiezione, alcuni timidi fischi si mescolano agli applausi. E l'uscita dalla sala si svolge in un silenzio sospeso.

Angelo e il regista scendono insieme dallo scalone, sotto gli sguardi scuri delle persone che nel foyer aspettano di ritirare i cappotti dal guardaroba. I fotografi scattano ancora qualche foto alla giunonica Ekberg. Nell'attesa dell'auto, un signore in smoking si avvicina a Fellini e gli sputa addosso. Un'aristocratica signora gli chiede scusa: «A nome di tutti i milanesi. Il gesto di quel signore là è una vergogna per tutta la città! Complimenti per il film».

Qualcuno urla: «Rizzoli comunista!», Angelo si volta per seguire la voce, ma c'è troppa ressa, impossibile individuare chi sia stato. Amato, questa volta, cerca di non dare troppo nell'occhio.

La mattina seguente, tutti i giornali parlano del film. I critici sono divisi. Del resto, dopo un'attesa di un anno e mezzo, è facile abbandonarsi alla suggestione e gridare al capolavoro, o per reazione muovergli critiche troppo aspre. L'uscita nelle sale è la scintilla di un incendio già scritto, e destinato a durare nel tempo. Angelo, con l'inchiostro verde, si segna un appunto: 'nuovo accordo da proporre a Peppino. Per lui il settanta per cento di tutti gli utili italiani. Io mi tengo tutti i guadagni per l'estero'. Una settimana dopo, il patto è siglato. Mancano due mesi all'assegnazione degli Oscar.

Andrea cerca di tenersi alla larga dal padre. Con la complicità di Mimmo è riuscito a tenere nascosti i prestiti chiesti alle banche per terminare il progetto 'Milanello', il centro sportivo di cui va così fiero. Angelo non lo deve sapere.

La società e la squadra funzionano perché tra tutti c'è rispetto, stima e serietà. E quel centro sportivo così all'avanguardia gioca un ruolo centrale. O, meglio, lo giocherà: è costato più di seicento milioni e non è ancora attivo, per colpa di una trafila di beghe burocratiche che gravano tutte sulle spalle di Andrea.

Con Lucia si vede poco. Ogni tanto le propone di andare fuori città, nella tenuta a sparare ai conigli. Lei, sempre più spesso, rifiuta. Preferisce le serate di gala, il teatro, stare in mezzo alla gente.

Anche Angelone e Alberto imparano ad andare a caccia. Ci vanno un fine settimana al mese. Uno dei pochi momenti di condivisione con il padre.

«Cinquant'anni fa eri un piccolo tipografo e adesso guarda dove sei…»

Angelo è felice di incontrare di nuovo Pietro Nenni,

amico di lunghissima data, l'unico socialista che continua a frequentare.

«Lavoro e fortuna, il segreto è tutto qui» replica Angelo senza nascondere un certo orgoglio e spalancando le porte della nuova Rizzoli.

«Vieni. Ti faccio fare un giro».

Nenni ha un sorriso stampato in faccia. Il Commenda gli mostra anche le zone esterne: la mensa, il campo sportivo.

«Guarda là» gli indica due stabili proprio di fronte. Sei piani, gli appartamenti sono di centoquaranta metri quadri, un lusso. «Ho in mente di costruirne altri, con appartamenti più piccoli ma coi doppi servizi: extra lusso! Sono per i miei dipendenti».

«Magnifico, Angelo. Hai pensato a tutti».

«Gli affitti sono bassissimi e finiscono in un fondo pensione per integrare quella dell'INPS. È un modo per farmi perdonare il troppo denaro guadagnato».

Rientrano, e dal primo piano salgono al terzo. Da una delle finestre che dà sugli stabili di fronte, Nenni nota un parchetto in mezzo al cemento. Al centro c'è una fontana, con una statua. È troppo distante per capire cosa raffiguri.

Nenni la guarda, con l'indice poggiato sul vetro della finestra.

«È la statua di una bambina sfortunata… ma che ora è felice. Come la mia Rinella. Rinella, la chiamo così ogni volta che la guardo».

Dopo le parole di Angelo cala il silenzio. I due uomini fissano un punto da qualche parte oltre il vetro, ma è come se si stessero abbracciando. Poi continuano con il giro delle redazioni.

Novella con la direzione di Giorgio Scerbanenco, *La Donna*, *Annabella*, *L'Europeo*, *Oggi* che è nelle mani di Emilio Radius e *Candido* che sta per sgretolarsi. Nenni stringe la mano a qualche compagno di partito. Poi segue Angelo al secondo piano, che è stranamente vuoto.

«Cosa farai qui?» chiede curioso.

«Settimanali e libri non bastano più, se si vuole restare competitivi» gli confida, «voglio aprire un quotidiano».

Nenni lo ascolta con attenzione, le mani incrociate dietro la schiena.

«Il mercato dei periodici, prima o poi, non sarà brillante come in passato».

«Certo, capisco le tue intenzioni».

«Ma ho già fatto un passo falso». Le linee del volto di Angelo si accartocciano. «Volevo entrare come azionista nel *Corriere della Sera*. Avevo proposto alla Giuseppina Crespi di riunire le testate del suo gruppo e le mie sotto un'unica società. Una cosa mai vista. Avremmo potuto dettare le leggi della pubblicità, i prezzi delle inserzioni, capisci?»

L'altro annuisce.

«Non hanno voluto nemmeno approfondire la mia proposta. Ci sono rimasto male».

Nenni fa un'espressione come a dire: che ci vuoi fare? Lo sai come funziona il gioco…

«Penso ancora al modo in cui mi hanno messo alla porta, quell'arroganza. Non mi ritengono alla loro altezza, capisci? Sai che c'è? Il quotidiano me lo faccio da solo!» Indica il vuoto intorno a sé.

«E tuo figlio che ne pensa?» Nenni sa dove affondare il dito.

«Andrea è impegnato con il Milan. Sei il primo al quale racconto tutto».

«Ti ringrazio per la fiducia. Ma devi parlarne prima con la tua famiglia. Farete la scelta giusta. Siete i Rizzoli, no?»

*

Ogni volta che torna sull'isola, Angelo si rilassa solo per pochi minuti, prima di essere risucchiato dalle incombenze. Ha fretta di parlare con Peppino. Lo sta aspettando per la colazione sulla terrazza di Villa Arbusto.

Osserva Anna tra le rose. Nonostante gli anni, mantiene un portamento elegante, che trasmette freschezza. Ha in testa un grande cappello di paglia per proteggersi dal sole. Di tanto in tanto alza lo sguardo verso di lui. Sente la tensione emanata da suo marito, riesce a percepire il calore dei suoi pensieri, sempre quel fuoco negli occhi. Ma è anche preoccupata: non riposa mai. Sembra instancabile. Ma gli anni lasciano il segno su tutti.

La sedia scivola sul pavimento di cotto, Anna alza ancora lo sguardo. È arrivato Peppino. Si stringono la mano. Si accomodano. Iniziano a parlare. La questione riguarda gli utili del film di Fellini.

«Non mi aspettavo le file ai botteghini» attacca Angelo.

«Ehhh, tu non ci volevi credere che sarebbe andata bene».

«Gli incassi crescono a vista d'occhio».

«Molti *danèe*». Peppino sghignazza.

Cala il silenzio. Poi Angelo prosegue: «Dobbiamo rivedere l'accordo».

L'aria tra i due si fa di marmo.

«Non se ne parla».

I toni si scaldano.

«L'accordo va rivisto. Non mi far insistere».

«Angiolett', i patti sono patti, non mi puoi fare fesso!»

«Peppino, sii ragionevole. Lo sai come è andata con l'America».

«E che colpa ho io se il film è andato bene e i soldi se li sono fregati gli americani, *jamm'* Angiolett'!»

«Colpa? Io non ti sto incolpando di nulla! Ma noi abbiamo un accordo da ritoccare».

«Non se ne parla».

L'incendio negli occhi di Angelo divampa in un istante.

«Lo sai che potrei rovinarti, Don Peppino».

«Siamo passati alle minacce? Bene, me ne vado».

«Non ti azzardare».

«Ciao Angelo. Penso che non abbiamo davvero più niente da spartire io e te».

Pochi istanti dopo, Anna gli si avvicina; lui le fa cenno di lasciarlo solo.

Quella notte non dorme. Uno, due, tre, quattro, cinque rintocchi delle campanelle. L'alba è vicina.

Le estati a Ischia, per i tre cugini Rizzoli, hanno un sapore selvatico, hanno il calore delle fughe notturne e delle uscite segrete. È un pomeriggio di inizio settembre. Nicola, Angelone e Alberto si stanno annoiando. Sono bloccati in un noiosissimo pranzo di famiglia con il regista Camerini, sua moglie e le due figlie: una ha quindici anni, l'altra diciassette. Escono sul balcone. Nicola se ne viene fuori con una nuova idea, un'avventura, un modo per uscire di lì.

«Hi fi!»

«Che cosa vuol dire?» chiede Alberto.

«Un club, a Ischia Porto» risponde Angelone.

«Ci sto!» quasi urla Alberto, che forse non sa nemmeno che cosa sia un club.

«Ma siete sicuri? Lo sai che in quel club non ci possiamo entrare. Siamo minorenni!» Angelone fa la parte della coscienza, ma è solo pigro e non vuole rogne con sua madre che, da lontano, li sta fissando come se avesse già capito tutto.

«Dai Angelone! Abbiamo tutti le facce da maggiorenni». Nicola lo dice fissando Alberto, con un tono non troppo convinto. «E invitiamo anche le due figlie di Camerini».

I tre sorrisi sono una firma sul loro accordo segreto.

«Tu tieni gli occhi bassi e non guardare tua madre. Capito?» continua Nicola. «Al resto penso io. Tenetemi il gioco». Subito si fa avanti, va verso gli adulti e, rivolgendosi a Pinuccia, le dice: «Mamma, noi andiamo. Dobbiamo finire i compiti per le vacanze. Anna, Anna Maria, venite con noi?» Le due ragazze afferrano al volo.

Pinuccia squadra il figlio: «Sicuro?»

«Sicurissimo».

«Bene. Ma alle nove si cena».

«Non tarderemo! Ciao».

Salutati i genitori, i cinque prendono un taxi.

Il locale è vuoto, buio e puzza. Ordinano quattro Gin Fizz e una Coca per Angelone.

La musica li attira in pista. Alberto resta a guardare i cugini avvinghiati alle due sorelle in un lento. Sospira. Lui le vorrebbe entrambe per sé. Mentre è perso nel suo amore platonico, la pista viene illuminata da un raggio di sole, improvviso come un fulmine a ciel sereno. Ecco entrare la madre e la zia delle due ragazze, prenderle per il braccio e schiaffeggiarle davanti a tutti. Non si sa chi è più imbarazzato, se le ragazze o i ragazzi.

Ritornata l'oscurità, i tre dignitosamente chiedono il conto e vanno via. Quando la notizia arriverà alle loro madri saranno guai seri. Nel frattempo, però, tornano verso Villa Arbusto: sfumacchiano, ridono, saltano, si rincorrono. Nessuno di loro tre sa che quella è l'ultima estate felice.

QUATTORDICI

Non è possibile

Roma, 1961

«Senti un po', artista» lo chiama così, «lo compreresti tu un giornale se si chiamasse *Buondì*?»

Fellini non ha il tempo di rispondere, perché Angelo prosegue. Si alza in piedi: «Pensa che bello, tu vai all'edicola e dici: *Buondì*. E l'edicolante, se non è un maleducato, ti risponde: 'Buondì!' E allora tu: non buondì buondì, ma *Buondì* il giornale!» Resta un attimo in silenzio, poi guarda il regista e tutti e due scoppiano a ridere. Ormai sono soci. Dopo la rottura con Peppino, Angelo ha fondato la Cineriz. Poi, preso dall'entusiasmo, ha aperto insieme a Fellini la società cinematografica Federiz: l'ambizione è quella di lanciare dei giovani, di trovare nuovi talenti. Dividono un ufficio arredato in stile contemporaneo: un equilibrio precario tra gli accesi colori delle suppellettili minimaliste e la serietà dei mobili di radica scura. I due non sono mai d'accordo sulle proposte giunte, e così non hanno ancora prodotto niente. Nonostante ciò, sembrano affiatati e inseparabili.

«Ti ho voluto qui oggi perché ho una proposta». Ha riflettuto a lungo Angelo prima di invitarlo nella sua dimora romana.

«Angelo, io sto bene come sto». Questa volta di fronte a lui c'è Indro Montanelli.

«Ascolta. Sto mettendo in piedi un mio quotidiano».

«Ah sì? E come si chiamerà?»

«Ci sto ancora pensando... Ma tu devi venire a fare il direttore. Ti darò la cifra che vuoi».

«In tutta sincerità? Il *Corriere* non è battibile al momento, e poi non ho nessuna intenzione di fare una guerra a un giornale in cui mi trovo bene».

«Il *Corriere* dici? Ma le cose cambieranno. Il mio sarà un quotidiano per tutti. Senza bandiere».

Montanelli alza un sopracciglio. «Davvero credi di farcela a restare lontano dalla politica? Lo sai meglio di me che non è semplice».

«Questo è il mio più grande desiderio, Indro. Ci devo almeno provare, prima di... prima di passare la mano».

«Non mi resta che augurarti tanta fortuna».

«E io ti ringrazio, ma mi permetto di insistere sulla mia proposta. Prenditi qualche giorno per pensare».

«No, Angelo, davvero... Mi sembra un tradimento, capisci?»

Angelo si arrende.

«Capisco e ti rispetto per questo».

«Però posso darti un nominativo».

Gianni Granzotto ha quarantasei anni, dei modi da gran signore e lo sguardo sincero nascosto dietro spesse lenti da vista. È anche un volto televisivo, uno dei primi in assoluto: prima inviato della RAI all'estero e, da pochi mesi, conduttore di *Tribuna elettorale*, che sta riscuotendo consensi e successo.

Vestito in un abito scuro di cashmere a quadri, si presenta all'appuntamento alla Tomba di Nerone, un ristorante in fondo all'Appia Antica.

«Dammi del tu».

«Ci provo...» Per lui il Commenda è un anziano e agli anziani si dà del lei, in segno di rispetto.

«Andrò subito al sodo». Lo dice mentre versa per entrambi del vino rosso della casa. «Vorrei fare un giornale popolare, come quelli inglesi che vendono più di un milione di copie... e non chiedermi i nomi, perché non li so pronunciare».

Granzotto si bagna appena le labbra. Angelo continua: «Mi rendo conto che l'Italia legge poco. E sai perché? Perché da noi i giornali sono fatti per le minoranze, non per la massa della gente. Io voglio invece un giornale che interessi tutti. E tu, che sei molto conosciuto pure in quella scatola che chiamate televisione, saresti la persona perfetta per dirigere questa iniziativa».

L'altro annuisce. Ha acceso una sigaretta, la tiene tra le labbra facendo scivolare la cenere sul vestito.

Angelo gli mostra il cartoncino su cui ha segnato dei numeri con il solito inchiostro verde: «Ho previsto di perdere due miliardi di lire all'anno per i primi tre anni. Il pareggio sarà raggiunto alle centoventimila copie vendute».

L'altro alza appena un sopracciglio. Sa perfettamente che quel punto di pareggio è piuttosto alto.

«Lo so, lo so... Ma c'è la mia cartiera di Marzabotto. Ecco, quella mi rende proprio due miliardi l'anno. Quindi, io cancello i due miliardi della cartiera ed è come non averli mai avuti. Li metto per coprire le spese del quotidiano». Si pulisce la bocca con il tovagliolo. «Granzotto, ti si raffredda la pasta».

«Ma come lo chiamerebbe questo giornale?»

«Non è ancora deciso; ci penseremo insieme».

Dentro di sé, Granzotto ha già preso la decisione di lasciare la RAI: la televisione porta al successo rapidamente e altrettanto rapidamente brucia, se ne è accorto subito.

Due giorni dopo, accetta la proposta e predispone il suo trasferimento a Milano.

«Quindi, questo nome per la testata?»

Andrea prova a inserirsi nel dialogo fitto tra suo padre e Granzotto. È stato nominato amministratore delegato dell'azienda nell'indifferenza generale. 'Tanto finché è vivo il padre, non cambierà mai nulla': questo il pensiero di tutti. Ma quando il padre non c'è, Andrea prova a mettere in moto il processo di rivoluzione all'interno della società. Un passettino alla volta, in maniera quasi impercettibile. È partito dal ridimensionare alcuni stipendi che Angelo aveva concordato in passato. Solido dell'esperienza nel Milan, si sente sicuro, deciso.

«Del nome discutiamo dopo» lo azzittisce Angelo.

«Uscita coordinata a Roma e Milano». Granzotto sta prendendo appunti.

«Sì, e pagine vivaci piene di titoli e richiami. Come quei giornali inglesi. Poi un inserto settimanale a quattro colori. Tanta cronaca».

«Papà, ma perché non compri un quotidiano già esistente, magari con i conti in rosso? *Il Giorno*, ad esempio...»

Angelo non gli risponde e continua a discutere con l'altro di qualità della carta, del taglio degli articoli che devono assomigliare a quei modelli proposti da Riccardo 'Ricas' Castagnedi, esperto di grafica e pubblicità, che il Commenda ha mandato in giro per l'Europa in lungo e in largo in cerca di proposte utili al nuovo quotidiano.

*

Una settimana dopo, Andrea bussa alla porta del padre. I loro uffici sono uno accanto all'altro. Angelo ha preso l'abitudine di tenere la porta aperta, per sentire ciò che succede. Per controllare. Il figlio, questa volta, ha un'espressione soddisfatta. Gli dice che ha appena comprato un aereo.

«Un aereo?» Angelo è sorpreso. Gli sembra una spesa eccessiva.

«Sì, per l'azienda. Un Cessna bimotore».

«Io ancora mi chiedo come fanno a non cadere...»

«Lo utilizzeremo per i nostri spostamenti. Magari anche per andare all'estero. Che ne dici?»

«Io in treno viaggio benissimo».

«Ma ci sono posti che in treno non puoi raggiungere, papà».

«Per esempio?»

«Be', vorresti l'Oscar, no? Dovrai pur arrivarci in America!»

Angelo resta in silenzio.

«Rappresenta una strategia importante averne uno. Per battere la concorrenza».

All'ultima parola, Angelo ha tirato su la testa, una vecchia abitudine, quasi un riflesso inconsapevole.

La voce di Andrea è pacata. Dopo aver conquistato l'attenzione del padre aggiunge solo un po' di pathos: «Se vogliamo sfruttare l'impatto del colore sul pubblico dobbiamo aumentare le edizioni speciali. E noi sappiamo che, con le edizioni speciali, la prima giornata della rivista in edicola decide le sorti delle vendite. Il problema è arrivare per tempo in tutta Italia, giusto?»

L'altro annuisce. Non ha mai ascoltato tante parole di seguito pronunciate da suo figlio.

«L'aereo può decollare in qualsiasi momento e arrivare in tempi brevi un po' ovunque».

Il padre sembra essersi convinto e lui cerca di nascondere la sua incredulità, mordendosi la lingua per non ringraziarlo. Dopo tutto, l'amministratore delegato è lui.

Appena Andrea esce dall'ufficio, Angelo chiede alle sue segretarie di preparare un cartello da affiggere in ascensore: 'DA OGGI L'AZIENDA POSSIEDE UN AEREO. MA È OPPORTUNO CHE LO SI USI IL MENO POSSIBILE'.

Andrea lo legge il giorno dopo, e scuote la testa. Si toglie gli occhiali, chiude gli occhi e con il palmo della mano si avvolge le tempie.

Nicola Carraro ha appena terminato il liceo. È stato rimandato in italiano agli esami, così ha dovuto recuperare dopo l'estate. È il primo dei nipoti a entrare in azienda. Ha diciannove anni e poca voglia di restare a lavorare in famiglia.

Al primo colloquio con suo nonno, Angelo gli chiede: «E dimmi, cosa vorresti fare nella vita?»

«Lavorare, certo. Ma prima mi piacerebbe imparare l'inglese e girare per gli Stati Uniti».

«Ce l'hai la *tusa*?»

«Veramente sì. Adonella Colonna di Palliano».

«Nome nobile. E com'è? Bella?»

«Alta, bruna, occhi verdi».

«È intelligente?»

«Certo che lo è!» Nicola sembra infastidito dalle domande del nonno.

«Allora la tua cara Adonella capirà se il suo bel fidanzatino, nato tra lenzuola di seta, inizia dalla gavetta».

«Ma Commenda… e l'America?»

«Anche tu con questa America?! Ci penserai più avanti. Da domani sei in reparto rotative. E timbri il cartellino. Puntualità, mi raccomando. Io controllerò di persona».

«Ma…»

«Niente ma… ora vai».

Nino Nutrizio: Mimmo l'ha conosciuto allo stadio qualche anno prima. È il direttore della *Notte*, il quotidiano milanese del pomeriggio, finanziato da Carlo Pesenti, un imprenditore bergamasco che il Commenda chiama 'il cementiere'. In breve tempo, Nino è diventato ospite fisso di casa Carraro. La scorsa estate ha passato quaranta giorni a Villa Arbusto. Ormai è uno di famiglia.

Il Commenda gli confida, in una serata di giochi a carte, che di Mimmo non si fida, lo ritiene uno scansafatiche. «E a mio figlio passo cento milioni al mese, pensa… ma non gli bastano». Un tempo non si sarebbe sbottonato così.

Nino assiste a qualsiasi tipo di discussione in famiglia: sul cinema, sullo sport, sui giornali. E a lui capita spesso di parlare bene della Fiat e del suo principale.

Andrea, gli Agnelli li ha osservati a lungo e da lontano. E forse, l'opinione che ha di loro è l'unica cosa che condivide con suo padre. «Un brutto esempio di capitalismo italiano» sentenzia. Il padre aggiunge: «E poi quel Gianni è più impegnato a fare il playboy nei locali di mezzo mondo: donne e bella vita allontanano i pensieri dall'azienda!»

Nutrizio prova a chiudere il discorso con una battuta: «Non c'è amore tra cavalieri del lavoro!»

Il Commenda nutre una forte antipatia anche per

quel Pesenti. Ha accettato comunque di incontrarlo, dopo che Nino gli ha proposto una commessa di stampa del suo quotidiano.

«Le tipografie interessate alla stampa della *Notte*, in questo momento, sono antiquate. Ho pensato a voi Rizzoli che avete un impianto moderno».

Il sabato pomeriggio, in via Civitavecchia, arriva il cementiere, accompagnato da Nutrizio. Angelo e Andrea gli fanno fare un giro dello stabilimento. Arrivati alle rotative, Nino si rivolge ad Andrea: «E qui come facciamo?» indica la bocca della rotativa. Andrea, perplesso, non risponde.

«I nuovi impianti ci sono già?»

«Quali nuovi impianti?»

«Quelli per unire la rotativa ai banchi di spedizione. Ora distano… quaranta metri l'una dagli altri. Ci vorrà qualcosa per raccordare questi due punti!»

«Ma dov'è il problema?» Andrea risponde candidamente. «Facciamo come abbiamo sempre fatto: gli operai prendono le copie dalla rotativa, le mettono sui carrelli e le trasportano fino ai banchi».

Sul volto di Nutrizio cala un sipario impenetrabile. E inizia a pensare che i Rizzoli non hanno affatto idea di come si stampi un quotidiano.

Dopo tre giorni dalla visita, è Andrea a dover comunicare al padre la decisione presa da Nino: «Mi hanno detto che preferiscono lasciare le cose come sono. E si scusano per la perdita di tempo».

«Bugie! Quel cementiere… lo sapevo che non c'era da fidarsi».

I rapporti tra i cugini non sono più stretti come poco tempo fa. Crescono in fretta. Hanno amici diversi. Però, tutti e tre sono ancora obbligati alle cene domenicali in via del Gesù, con partitella a carte inclusa. Nicola è diventato insofferente ai racconti di suo nonno, allora cerca di parlare del Milan trovando subito appoggio da suo padre. Da sua madre e dal Commenda, invece, riceve furiose occhiatacce.

Angelo odia essere interrotto e continua a essere diffidente nei confronti del calcio e delle prodezze della squadra guidata da suo figlio, con i suoi soldi. Andrea, come al solito, preferisce il silenzio.

Angelone assomiglia sempre più al padre. Frequenta il liceo classico Berchet. È bravo in tutte le materie, specie in matematica. Divora libri e ha una memoria strabiliante. Ogni tanto cita qualche passaggio dai classici, e il nonno chiosa dicendogli: «Tu hai preso troppo dai Solmi».

Lucia sorride, contenta: «Vuol diventare professore!» e si conquista l'ennesima occhiata storta del suocero. Come ben sa, il destino di suo figlio è già stabilito, ed è dentro l'azienda.

C'è qualcosa che non va nel suo corpo: i genitori l'hanno portato da un dietologo che è riuscito a fargli perdere venti chili. Quel dimagrimento così repentino, però, gli ha causato un problema al cuore. «Niente di cui preoccuparsi» ha detto il medico, «ma vostro figlio deve riprendere a mangiare normalmente». 'Normalmente', però, per Angelo significa in maniera esagerata.

E poi c'è questa misteriosa malattia agli occhi, saltata fuori da qualche mese. Il ragazzo non riesce ad afferrare gli oggetti, perde l'equilibrio e spesso vede tutto sfocato. Andrea e Lucia non hanno detto nulla ad Angelo e Anna, per non farli preoccupare, ma al centro medico di Ginevra gli specialisti hanno parlato di lesioni in più punti del sistema nervoso. Durante l'ultima visita, la settimana prima, le cose sono precipitate.

«Signora, signore, ci dispiace. Il nostro mestiere e l'etica ci obbligano a essere franchi con voi. La malattia di vostro figlio è molto rara. Non è curabile. E sta progredendo a un ritmo rapido».

Era calato un silenzio disperato. Con uno sforzo sovrumano, Andrea l'aveva rotto: «Quanto?»

I medici avevano capito: «Sei mesi di vita. Ma possiamo fare in modo che le sofferenze siano lenite il più possibile».

Questa domenica, in via del Gesù, prima che arrivi il dessert, Angelo junior rompe un calice: non è riuscito a metterne a fuoco il gambo e lo ha urtato facendolo cadere. Lucia si alza in piedi: «Dobbiamo darvi una notizia... non bella».

Sono tutti immobili, il fiato sospeso.

«Ecco» la donna tentenna qualche secondo, dopo aver visto la suocera mettersi una mano sul petto, «ecco... purtroppo Angelone è molto malato». I singhiozzi di Anna risuonano immediati.

Angelo cerca di restare in ascolto, stringe la mano di sua moglie, prova a mantenere la lucidità.

«Si tratta di sclerosi multipla a placche».

«Avete sentito altri pareri?» La voce di Angelo è un sussurro che cerca di non frantumarsi.

«Sì, ma la diagnosi è chiara. Non possiamo fare molto».

«Non è possibile».

Angelone, per tutto il tempo, ha tenuto gli occhi bassi, senza dire nulla.

QUINDICI

Mi congratulo con lei per il suo quarto mandato

Ci sono cose che i soldi non possono comprare: Angelo, in fondo, l'ha sempre saputo. Ha perso una figlia, Rinella, e quella consapevolezza l'aveva investito con una forza tremenda. Ma poi, nel flusso dei giorni, delle nuove ambizioni, delle imprese, se ne era di nuovo dimenticato. Come capita a tutti.

Sgomento, dopo la notizia ricevuta da Lucia, cerca di concentrarsi sui suoi impegni. Parte per Brescello dove stanno girando un nuovo film di Don Camillo e Peppone, ma appena giunto, incrociato lo sguardo del suo amico Leo Benvenuti, non resiste: «Angiolino muore, Angiolino sta morendo. E se lui muore, non riuscirei a sopravvivergli, me lo sento». Ha gli occhi inondati di lacrime, si tocca il petto. Lascia il set, ritorna a Milano. Si fa preparare una valigia leggera: va in Svizzera, a trovare il nipote, è lì per una sessione di cure. E vuole parlare lui stesso con il dottore. Tornerà presto, dice.

Barbaglia lo lascia in stazione, si salutano frettolosamente. D'improvviso Angelo si accorge di aver scordato il passaporto. Corre verso la fila dei taxi, scavalca la coda e gli improperi delle persone, si fionda sul primo disponibile.

Quando ritorna in stazione gronda di sudore, il cuore palpita così forte che pare voglia schizzare fuori dal petto. Riesce a salire in carrozza. Sul sedile, inizia a sentirsi male. Gli manca il fiato. Che sia un infarto? Morire su un treno per la Svizzera: la fine non se la immaginava così. La morsa al petto aumenta. Angelo si arrende, inizia a guardare fuori dal finestrino: è pronto.

Mentre inizia a comparire la campagna, però, il dolore piano piano si quieta.

Nella clinica dove è ricoverato il nipote, Angelo si rivolge al medico per un consulto. Gli ausculta il petto: bronchite. Gli consiglia di approfondire. Il suo cuore sta bene. Le funzionalità sono regolari, ma si frantuma alla vista del nipote disteso nel letto, che sorride appena, attaccato alle flebo di cortisone. I dottori dicono che sta reagendo alle terapie; ma non vogliono dare nessuna illusione alla famiglia.

Di nuovo a Milano, Angelo si sottopone a ulteriori controlli. Dalle lastre emerge una macchia sul polmone. Torna quella parola che nessuno vuol pronunciare: 'tumore'. Tutto pare precipitare nello stesso momento. Tranne Anna: tocca a lei restare forte, salda, per suo marito, per suo figlio, per suo nipote. Continua a ripetere: «Non giungiamo a conclusioni affrettate. Una cosa alla volta. Aspettiamo le diagnosi finali».

E dinnanzi a quella del marito, qualche giorno dopo, tira un sospiro di sollievo: era soltanto un po' di catarro.

Alberto ha quindici anni, il suo carattere è gioviale come quello del nonno. Il suo rendimento scolastico è pessimo. Sono mesi difficili in casa. La camera di suo fratello è sempre vuota. Lui cerca di passare più tempo possibile fuori, con gli amici. Va a sparare nella tenuta di Sedone, allo stadio a vedere il Milan, non si perde nemmeno una partita, qualche volta va anche all'ippodromo, soprattutto per guardare le donne attraenti che frequentano l'ambiente. Da qualche tempo ha occhi solo per una. Si fa chiamare Ljuba Rosa, anche se all'anagrafe è Maria Luisa. Non ha ancora trent'anni. Un sorriso tagliente, due occhi che non si possono più dimenticare, un corpo atletico, di un'eleganza innata ma anche, in qualche modo, selvaggia.

Lui la spia mentre lei, nel tondino, accarezza il cavallo pronto per la gara, in attesa del fantino. La prima volta, l'ha vista montare a cavallo e dopo pochi secondi è stata disarcionata, finendo a terra. Si è rialzata dolorante, ma in qualche modo fiera, circondata da alcune persone accorse ad aiutarla. Un uomo, che agli occhi di Alberto poteva essere suo padre o il nonno, le si è avvicinato e l'ha invitata a risalire in sella. Quell'uomo era Ettore Tagliabue: suo marito.

«Andrea sta spendendo troppo. A mia insaputa chiede anche prestiti alle banche. Crede che non lo sappia?» Angelo ne parla con Granzotto. «Ho visto mia sorella morire di fame e ora vedo mio figlio con le mani bucate. Per lui i soldi non hanno nessun valore».

C'è un altro problema, che Angelo non vede come tale, perché è anche un suo vizio: Andrea gioca. E gioca sempre di più. Al Clubino, quasi tutte le sere a blackjack. Due volte alla settimana al casinò di Campione. È ipnotizzato dalla roulette, perde spesso. Tutte le volte, smaltita l'adrenalina, si accomoda al ristorante, cena con un'omelette e una birra, da solo.

La malattia del figlio l'ha destabilizzato, ha mandato in frantumi il rapporto già incrinato con Lucia. Ormai sembrano vivere su due mondi lontanissimi. Il Milan è il suo rifugio. Lontano dal dolore, da quella casa che gli sembra un deserto, lontano dall'azienda, da suo padre, ma anche dalla vertigine dei tavoli verdi che – alla fine – lo lascia sempre con un senso di nausea, una sensazione da post-sbornia.

Il 1962 è l'anno del quarto scudetto. Il terzo è arrivato nel 1959. A metà stagione i rossoneri erano quarti in classifica: la rimonta è stata folgorante. Merito della grinta che Nereo Rocco, l'allenatore, è riuscito a trasmettere alla squadra. Del piglio da leader di capitan Cesare Maldini. Del senso del gol di José Altafini, fuoriclasse brasiliano che finirà in testa alla classifica dei marcatori. E merito anche di un ragazzino di nemmeno vent'anni, che gioca dietro le punte: Gianni Rivera.

«Abbiamo vinto troppo. Forse dovremmo considerare l'idea di andarcene con il pavese a riva, come dicono i marinai» suggerisce Mimmo. Anche il socio Polverini è d'accordo.

Andrea però in uno scatto d'orgoglio risponde: «Sì. Ce ne andremo. Ma non prima di aver vinto ciò che nessuna squadra italiana ha ancora vinto». Si riferisce alla Coppa dei Campioni. Non riesce nemmeno a pronunciarla ad alta voce. L'hanno sfiorata quattro anni prima. Andrea non ha ancora digerito quella sera allo stadio Heysel. Ricorda il viaggio di ritorno a casa, la delusione insopportabile. L'ossessione del riscatto non l'ha più abbandonato.

L'intervista di Andrea Rizzoli, presidente del Milan, viene trasmessa in televisione.

«In questo angolo della Brianza, stiamo costruendo qualcosa di importante. Sono persuaso che lo sport abbia una grande funzione sociale, che una partita giocata sotto la neve o il solleone valga quanto una settimana di marce durante il servizio militare. Il vivaio dei calciatori che creeremo qui a Milanello conoscerà non solo la grammatica, la storia e la geografia, ma anche cosa è una cambiale, un conto corrente, una qualsiasi operazione bancaria. Perché i soldi bisogna conoscerli bene, se si vuole imparare a tenerli poi nelle mani. Con questi ragazzi che per l'età potrebbero essere miei nipoti, agirò come un padre di famiglia. Grazie a tutti».

Sullo sfondo si sentono gli applausi. Angelo spegne il televisore.

«Predica bene e razzola male» dice, rivolto allo schermo ormai nero. I suoi debiti con le banche non mentono: ha deciso di non dire nulla al figlio, vuole scoprire fin dove si spingerà, tirando il freno a mano solo quando sarà necessario.

'Agirò come un padre di famiglia': quelle parole risuonano nella sua mente delineando il quadro catastrofico della vita di Andrea: il matrimonio in crisi, Alberto adolescente e distante – e forse non è solo questione di età – e Angelone malato.

Angelo sa che cosa significhi perdere un figlio. Sembra quasi una maledizione di famiglia. Andrea dovrebbe stargli più vicino. In fondo, però, sente di poterlo capire. Di capire quel tipo di reazione. Ma non lo ammetterebbe mai.

La donna distesa sulla sdraio indossa un bikini bianco che non lascia spazio all'immaginazione. Le gambe affusolate, il seno perfetto, i capelli scuri sciolti sulle spalle. La pelle dorata risplende al sole. Gli occhi sono nascosti dietro grandi occhiali scuri, dai quali emerge il naso fine. Le dita sfiorano l'addome mosso a ogni respiro.

Sulla terrazza vista mare dell'Excelsior di Venezia la colazione è servita da camerieri in tenuta da gondoliere: cotolette fredde, pesci in gelatina, mousse di fragole e vino bianco. Sono le dieci del mattino. Andrea, in compagnia di alcuni amici, è lì perché suo padre l'ha preteso.

Da qualche tempo è più sollevato. Quella previsione, quella condanna per suo figlio, 'sei mesi di vita', fortunatamente si è rivelata sbagliata. I medici gli ripetono comunque di tenere i piedi per terra, di non abbassare la guardia, per sé e per il ragazzo che sta per compiere diciannove anni.

Alla Mostra internazionale del cinema, quest'anno ci sono due film in concorso prodotti dalla Cineriz: *Mamma Roma* di Pier Paolo Pasolini e *Eva* di Joseph Losey.

La donna con il bikini bianco: è lei. Ormai Andrea ne è certo. C'è anche la sua amica, Marina, sdraiata sul lettino a fianco. Lui si tiene all'ombra, nascosto a osservarla. Gli hanno passato un calice di vino freddo, nelle sue mani si sta scaldando rapidamente. Con gli occhi piccoli, socchiusi, spreme la memoria alla ricerca di quella prima volta. Dov'erano?

Era la tenuta di caccia di proprietà del marito. Un invito a cena. Una serata estiva, pettinata da una piacevole brezza. C'era un lungo tavolo in giardino, apparecchiato con tovaglie di cotone di un bianco accecante, bicchieri di fine cristallo, piatti di ceramica con il bordo dorato, tante candele. Fiori colorati al centro della tavola. La padrona di casa gli aveva indicato il posto alla sua sinistra, mentre a destra aveva invitato a sedere Gianni Agnelli. Lucia sedeva un po' più in là accanto a due signore milanesi che aveva già conosciuto a teatro. Rideva spensierata. Ogni tanto regalava ad Andrea qualche occhiata, così, per controllare che stesse bene. Era molto tempo fa.

Lui era silenzioso, come al solito, ma dopo un paio di bicchieri di un ottimo Bordeaux e qualche generoso antipasto di selvaggina, aveva trovato il coraggio di rivolgere lo sguardo alla padrona di casa. Era giovanissima. Forse venticinque anni. Conversava con Gianni Agnelli con una disinvoltura sorprendente: si parlava di calcio. «Io, però, caro Avvocato, sono tifosa del Milan». E in quel momento aveva lanciato un sorriso furtivo ad Andrea, che per poco non si rovesciava il vino sulla camicia bianca.

«Però, cara Ljuba, non chiamarmi così...» aveva ripreso quell'altro, con la sua erre moscia e come se fosse su un palcoscenico, che sapeva dominare alla perfezione, «lo sai che non sono avvocato, mi manca l'abilitazione». Risate.

Lei aveva chiamato il cameriere, aveva fatto riempire i calici di tutti e proposto un brindisi alle due squadre più forti d'Italia.

Alla fine della cena, in auto, Lucia aveva commentato qualcosa sulla generosità e sulla qualità di padrona di casa di Ljuba Rosa. Andrea aveva solo annuito; prima di salutarla, le aveva offerto un posto fisso nella tribuna d'onore di San Siro. Lei lo aveva ringraziato, sfiorandogli un braccio.

Qualche tempo dopo, forse sette o otto mesi, Andrea era in visita per fare beneficenza all'Istituto Neurologico 'Carlo Besta'. Girando tra i corridoi dei reparti, in una stanza, aveva notato il corpo fragile di lei, Ljuba, respirare sotto le lenzuola bianche che sapevano di disinfettante, il viso addormentato e pallido. Era rimasto spiazzato e immobile per qualche secondo. Poi le si era avvicinato con cautela, per non svegliarla. Lei aveva aperto lentamente gli occhi e, meravigliata, aveva alzato la mano in segno di saluto. Con un fil di voce, Andrea aveva chiesto cosa le fosse accaduto. Lo sguardo di lei si era oscurato, l'unica luce proveniva dal diamante che indossava all'anulare. Non era in condizione di spiegargli e lo aveva pregato di chiedere al medico, che intanto lo attendeva nel corridoio. Poi aveva richiuso gli occhi e si era rigirata nel letto. «Torno domani» le aveva detto, «per un saluto». Non aveva potuto vedere il sorriso spuntato sulle labbra di lei.

Il giorno seguente si era presentato con una scatola di cioccolatini. Si era informato su quanto le fosse accaduto: aveva trovato il marito in compagnia di una donna. Ne era rimasta tanto sconvolta da cadere nel baratro: un esaurimento nervoso.

«Lei, Ljuba, è giovane, bellissima, ha il mondo in mano. Reagisca» le aveva detto.

La donna, con voce rotta, aveva risposto: «Sono sola al mondo» e dopo una dolorosa pausa, che aveva spezzato il cuore di Andrea: «Non merito tutto questo».

Quella volta Andrea non se n'era andato subito. Gli occhi di Ljuba gli chiedevano di restare. Lui, senza pensarci troppo, gli aveva parlato di Lucia, sua moglie, di come le cose con lei non fossero più come un tempo. Era la prima volta a dirlo ad alta voce.

I minuti erano scivolati via, avvolti in un silenzio colmo di un'inconsueta serenità. I loro respiri si erano fatti regolari, andavano all'unisono.

«Grazie per essere venuto a trovarmi».

Si erano salutati con una stretta di mano.

«Ci rivediamo, allora. Ma non qui. È una promessa».

Lei aveva sorriso, prima di rigirarsi e tornare in un vuoto nuovo. Diverso.

Quando era uscita dall'ospedale c'era lui ad aspettarlo. Le aveva aperto la portiera della sua Alfa Romeo. Lei, gracile come un pulcino, si era infilata in auto, lo aveva guardato con gli occhi grandi pieni di gratitudine e di gioia. Le aveva proposto un giro per le strade di Milano e, mentre l'auto attraversava la città, non avevano smesso per un momento di parlare e sorridere. Le aveva mostrato la sede della casa editrice e gli alloggi dei dipendenti, promettendole che presto avrebbero fatto visita insieme al suo ufficio.

L'auto accostata al marciapiede, la scritta 'Rizzoli Editore' svettava sulle loro teste, lei che lo abbracciava, d'improvviso. Il cuore di Andrea stretto in una morsa di emozioni contrastanti. Era riuscito soltanto a sfiorarla con il suo abbraccio.

Da quel giorno avevano iniziato a scambiarsi lunghe telefonate nel silenzio della notte, quando nessun orecchio indiscreto poteva ascoltare le loro parole nuove. Poi c'era stata la malattia di Angelone. Andrea aveva scelto di distaccarsi: nessuna frattura; solo, quelle telefonate erano diventate sempre più rade, fino a scomparire.

«Andrea! Andrea!» quella voce lo scuote, lo riporta al presente, a Venezia. Il vino che ha in mano è caldo. Lo appoggia sul tavolo. Ne prenderà un altro più avanti. La voce è quella di Marina, l'amica di Ljuba, che si è messa a sedere sulla sdraio, col braccio alzato cerca di attirare la sua attenzione. Lui tentenna, si avvicina alle due donne. Ljuba ha il sole negli occhi. Ha visto Andrea appena ha tirato su gli occhiali.

«C'è una festa nell'appartamento che ci ospita. Perché non ci raggiungi stasera?» gli dice.

«Sono qui per mio padre. Cerco di liberarmi, ma non so…»

Ljuba lo guarda come si guarda un bambino, con tenerezza.

«Invece perché non facciamo due passi sulla spiaggia?» le propone.

«Adesso?»

«Adesso, sì».

Lei guarda l'amica, che è tornata a sdraiarsi e si è rimessa gli occhiali scuri.

«Va bene. Andiamo».

Mentre lasciano l'hotel, Angelo sta scendendo dal taxi. Vede suo figlio, cammina con una donna: sorride, capita raramente. Fermo sul marciapiede cerca di ricordare dove l'ha vista. Sì, sul trenino che porta a Cortina d'Ampezzo. Lei era sola. Angelo era rimasto colpito dalla sua bellezza, dall'espressione fiera del suo volto: «Ma perché lei non fa l'attrice?» le aveva chiesto. Ljuba aveva riso, poi era salita su una limousine, con Ettore Tagliabue. 'Che ci fa una ragazza così bella con un cavallaro?' aveva pensato. Angelo sbuffa. Infine, supera la porta girevole dell'hotel e ad accoglierlo c'è una trafila di strette di mano. Lo attende una grande serata al cinema.

Sul bagnasciuga, Andrea si è tolto le scarpe e la giacca. In maniche di camicia, guarda dove mette i piedi, fissa le orme che hanno lasciato i piedi di lei, mezzo passo avanti. Avanzano in silenzio. Lei con le braccia conserte. Si sente solo l'andirivieni delle onde.

«Bello qui…»

«Meraviglioso» risponde lui, senza sapere cosa ci sia attorno a loro. Il mondo è scomparso.

Al rientro in hotel, dopo aver accompagnato Ljuba nell'appartamento degli amici da cui sta e averle promesso di ritrovarsi più tardi, Andrea incontra il padre che gli sbarra la strada: «Non so cosa tu stia combinando, ma stai attento». Andrea pensa alle banche, a quei prestiti che ha fatto di nascosto. «E non mancare alla proiezione del pomeriggio».

La sala è gremita. Le musiche barocche fanno da colonna sonora al film del giovane Pasolini. Sullo schermo il viso espressivo di Anna Magnani. Le sue grida strazianti soffocano i respiri in sala. Angelo, per tutta la durata del film, non fa altro che guardarsi attorno alla ricerca di Andrea, che non c'è.

È da Ljuba a bere champagne, mangiare ostriche e ridere. Affacciati al balconcino sul Canal Grande.

«Ora devo andare».

«Di già?»

«Devo rientrare a Milano».

«Ci vedremo presto?»

«Ti chiamo stasera. Intanto, puoi guardare il cielo alle sette in punto. Passerò a salutarti in aereo. Volerò basso così potrò vederti ancora».

Le bacia la mano, ornata con il solito diamante.

«A presto».

Alle sette, il rumore di un piccolo aereo disturba la quiete del canale. Ljuba prende un foulard e inizia a sventolarlo. Lui dall'alto la riconosce. Sorride col cuore in gola.

Andrea si è comprato un porta sigarette con un congegno che si apre ogni sessanta minuti. Un modo per provare a fumare di meno. Alle undici in punto, nel suo ufficio di Milano, il marchingegno si apre, attivando una musichetta. Lui estrae la sigaretta. Poi un'altra, ne fuma due di seguito.

Sul *Corriere* è comparso il suo nome, per la prima volta, nell'elenco dei maggiori contribuenti di Milano. Naturalmente, suo padre è al primo posto. Dopo una sfilza di nomi, con un reddito appena superiore ai cento milioni, chiudono la lista lui e Mimmo.

Dovrebbe guadagnare di più, ne è convinto. Ce la sta mettendo tutta. Suo padre non molla di un centimetro, continua a ripetere: «Dobbiamo sviluppare il settore dei libri! Siamo troppo indietro rispetto a Mondadori!»

Andrea ci ha provato ad allargare il numero degli scrittori, a pubblicare libri di qualità, ma il risultato è stato uno scontro diretto con Mimmo, che al contrario crede nella filosofia dei 'pochi titoli ma dal successo garantito'.

Finita la seconda sigaretta, prende carta e penna. Scrive a Ljuba. Ha preso l'abitudine di farlo ogni mattina. Le sue lettere iniziano tutte così: *Cara Bambi.*

Il trillo del telefono lo costringe a interrompersi. È Angelo, lo vuole al suo cospetto. E subito si trascina verso l'ufficio a fianco: il Commenda è entusiasta, ha in mano un plastico, un modellino in piccola scala dei nuovi impianti per la stampa del quotidiano ancora senza nome.

«Papà. Te lo dico da tanto e te lo ripeto. Secondo me, questa iniziativa del quotidiano è troppo dispendiosa. Ti rendi conto? Due miliardi solo per gli impianti!»

L'entusiasmo di Angelo si spegne come un fuoco fatuo. S'irretisce: «Ora che sei un vincente non dovrebbero spaventarti le sfide».

«Ma non mi spaventano affatto! È solo che… non siamo editori di quotidiani, non abbiamo le competenze» dice con una fermezza sconosciuta al padre, «è un errore partire da zero. Potrebbe essere un boomerang. Perché, piuttosto, non optiamo per comprare un quotidiano già esistente?»

Angelo sembra non aver colto la domanda. Resta immobile, con lo sguardo perso sul modellino.

«Saremmo perfettamente in grado di riportare a pareggio un giornale che perde! Non credi, papà?»

Angelo resta in silenzio.

«Ho finito» dice, paonazzo e pronto ad accogliere lo sfogo del padre.

«Ti riferisci al *Giorno*?»

Andrea annuisce. Si aspetta una sfuriata. Invece Angelo tace e lo lascia andare.

«Cosa ne pensi?»

Angelo ha illustrato a Granzotto l'idea di Andrea.

Granzotto sbuffa: «Sarà dura convincere Mattei a venderlo». Silenzio. «Forse bisognerebbe agire su Fanfani».

«Fanfani? Il Presidente del Consiglio?» chiede Angelo.

«Lui. È il nostro uomo».

«E come fai a saperlo?»

«L'ha letta la mia intervista a Mattei dell'estate scorsa? Quella che abbiamo fatto a Ischia?»

«No. Ma mi fido di te, Granzotto. Io resto ai margini. Vedi che puoi fare».

A Ischia l'estate dura fino a ottobre. È un giorno caldo, speciale per Angelo. Sono quattro anni che aspetta questo momento. L'ospedale, costruito con il suo contributo economico, verrà finalmente inaugurato.

Ricorda ancora quando ha scoperto che quarantamila abitanti dell'isola non avevano alcun supporto medico ospedaliero. D'inverno, una donna era deceduta perché a causa del mare grosso non era stato possibile ricoverarla d'urgenza a Napoli. «Lo costruisco io» aveva detto. E per lui, tra il dire e il fare non c'era di mezzo il mare, ma al massimo qualche ora.

Ora l'isola ha un nuovo ospedale di tre piani, con centoventi posti letto e attrezzature di ultima generazione. È stata predisposta anche l'attivazione del pronto soccorso.

Angelo, vestito di bianco, emozionato, ha la solita sigaretta finta tra le labbra, l'inconfondibile sorriso, accecato dal sole. In tasca conserva il telegramma ricevuto quella mattina da sua moglie.

Caro Angelo, ti scrivo tanto sono grata e commossa per aver dato il mio nome a questo ospedale – Stop – speravo farti una improvvisata et partecipare alla cerimonia. Ti sono vicina ugualmente con il pensiero et col cuore. Ti ringrazio et ti abbraccio tua Anna.

Alla presenza del vescovo, medici e funzionari pubblici, mescolati agli amici di lunga data – molto pochi – e a comparsate pronte a ritagliarsi la benevolenza del Commenda – moltissime – Angelo si avvicina al microfono: «Sono orgoglioso di questa opera utile alla popolazione. L'ospedale intitolato a mia moglie Anna Rizzoli è per tutti voi». Ha la voce rotta dalla commozione ma prosegue: «Sono un uomo fortunato, nato povero. Col desiderio di fare qualcosa di buono per gli altri». Scoppia in lacrime, è costretto ad abbandonare il palchetto. «Scusate» dice tra i singhiozzi, mentre il Presidente Fanfani lo richiama per appuntargli al petto la medaglia d'oro come riconoscimento per la sua generosità. Si stringono la mano con vigore. Il giorno dopo hanno un appuntamento privato a Villa Arbusto.

Insieme al Commenda ci sono Andrea e Granzotto. Sulla tavola in terrazza è stata imbandita una ricca colazione: tre diversi tipi di marmellata, panini al latte ancora fumanti, uova sode, latte caffè e limonata. Per i più temerari, anche del vino bianco. Siedono uno accanto all'altro: il padrone dell'isola e il Presidente. La scorta fa capolino di tanto in tanto.

Tra il rintocco delle campane e il mastichìo sommesso, Angelo apre la conversazione.

«Le piace?»

«Dice il pane? Molto morbido, grazie».

«No, intendevo l'isola».

«Be', come ben sa, non è la prima volta. Ma è sempre piacevole tornarci».

«Mi fa piacere. Mi congratulo con lei per il suo quarto mandato».

«Grazie, Rizzoli. Il Presidente Gronchi ha pensato di nuovo a me. E non potevo che accettare questa responsabilità».

«Ecco, speriamo duri un po' più del precedente...» Dopo all'incirca un anno, il terzo mandato era stato sciolto.

Angelo voleva fare una battuta, ma l'altro non la prende bene: «Ci vuol tempo e menti giuste per far bene. Lo scorso giugno abbiamo attuato una rivoluzione, approvando la legge per la nazionalizzazione dell'energia elettrica. Non tutti l'hanno presa bene. Ma è una mossa che darà i suoi frutti, mi creda».

Fanfani beve un sorso di limonata e si complimenta per la giusta dose di zucchero.

Ancora le campanelle. Angelo non ha molto tempo a disposizione.

Avanza la richiesta, alla quale Fanfani risponde: «Posso provarci, ma Mattei è uno che non si lascia convincere facilmente».

Dopo pochi minuti, la scorta lo riconduce in auto.

Passano due giorni, il telefono di Villa Arbusto squilla. È il Presidente: «L'operazione può andare avanti. Mattei è disponibile. Ha ancora qualche perplessità nel cedere la maggioranza. Preferirebbe vendere una quota di minoranza. Ma è disposto a discuterne».

Angelo non sa come ringraziarlo.

Granzotto organizza l'incontro con il presidente dell'ENI per il 28 ottobre, pochi giorni dopo. Angelo prepara i bagagli.

Mentre è in viaggio da Catania a Milano, l'aereo personale di Enrico Mattei, in fase di avvicinamento alla pista di Linate, durante una pioggia a dirotto, prende fuoco e precipita nella campagna di Bascapè.

SEDICI

Quanti soldi hai, pischerla?

Angelo ha settantadue anni e due sogni ancora da realizzare: un quotidiano tutto suo e un premio Oscar. *La dolce vita* aveva ottenuto quattro candidature, ma alla fine era tornato da Hollywood solo con il premio per i 'migliori costumi per un film in bianco e nero'.

Fellini aveva subito proposto una nuova sceneggiatura. Angelo non l'aveva neppure letta, gli aveva detto di sì e aveva iniziato a sborsare il necessario per le riprese.

All'inizio del 1962, in via Civitavecchia, al secondo piano, sono state installate le nuove rotative. Granzotto, però, è ancora l'unico dipendente della redazione del nascente quotidiano.

«Questa settimana arriveranno anche le quaranta Linotype che ho ordinato».

«Bene».

«Cos'hai, Granzotto?»

«Ma niente… è che pensavo: per fare un quotidiano bisogna assumere una redazione».

«Un nuovo giornale è come una bella donna» sostiene Angelo, «se tu hai per le mani una signora piacente e la spogli lentamente» Granzotto è imbarazzato ma lo lascia proseguire, «indumento dopo indumento, alla fine ti trovi nella situazione migliore per poter sferrare l'attacco. Ci vuole insomma la giusta preparazione. Così anche per lanciare un giornale. Per non fare buchi nell'acqua, la preparazione è tutto!»

«Però, Commenda, se mi permette, stando nella metafora: almeno conoscere il nome di questa bella signora… ecco, aiuterebbe».

«… e noi non ce l'abbiamo ancora. Lo so. Lo ripeti sempre. Dimmi chi ti serve».

«Per iniziare, un caporedattore».

«E hai in mente qualcuno?»

«Sì, Gaetano Afeltra, è stato a lungo nel *Corriere*».

«Non lo conosco. Mi fido di te. Però, il quotidiano nascerà il prossimo anno, non prima».

«E poi…»

«Cos'altro?»

«E poi ci vorrebbe un direttore amministrativo».

«Ma quale direttore amministrativo, Granzotto! Ci sono io!»

«Ma non può farlo» si è già pentito di aver osato tanto, perciò corregge subito il tiro, «è un lavoro a tempo pieno».

«Granzotto, ma come non posso farlo io?» Angelo è spazientito. «Ma se qui faccio tutto io!»

«Signor Rizzoli, mi creda, non è una questione di fiducia. È una questione di tempo a disposizione. Di focalizzazione, capisce cosa intendo?»

«Hai già un nome?»

«Il direttore amministrativo del *Mattino* di Napoli, tale Egidio Stagno».

Angelo decide di incontrarlo qualche settimana dopo a Ischia. Sulla terrazza del Reginella, gli va incontro urlando: «E lei sarebbe quello che mi dovrebbe fare l'amministratore a me?»

Stagno, nell'imbarazzo, non sa cosa dire. Alla fine del colloquio si lasciano senza un accordo. La famiglia Crespi, proprietaria del *Corriere della Sera*, sta iniziando a temere la nuova iniziativa di Angelo. Così si sussurra, tra i bene informati.

Dopo un mese, Stagno viene assunto dal *Corriere* come nuovo direttore amministrativo. Ad Angelo non importa. «Meglio così» ripete. E poi una giovane giornalista dell'*Europeo*, Oriana Fallaci, a cui il Commenda vuole molto bene, gli ha proposto un altro nome, quello di suo zio Bruno, che aveva fatto il direttore di *Epoca*, prima di litigare con i Mondadori.

La pioggia di novembre batte contro i vetri e gli infissi nuovi di zecca dello stabilimento. I neon illuminano i corridoi e le stanze. Le macchine tipografiche – linotype di ultima generazione, che stampano a quattro colori, una novità assoluta – sono ferme, silenziose. Nell'immenso atrio, Angelo, Andrea e Granzotto accolgono l'arrivo di Gaetano Afeltra stappando una bottiglia di champagne. «Che sia di buon auspicio!» dice il Commenda.

Il futuro caporedattore viene guidato da Angelo nell'immancabile giro ai piani. La sua voce rimbomba mentre salgono le rampe di scale, fermandosi di tanto in tanto a prendere fiato. Gli uffici delle redazioni sono un formicaio di gente. Al loro passaggio, Angelo approfitta per dare qualche indicazione. Nella tipografia si sofferma a parlare con gli operai. Agli occhi di chi lo guarda è un ottimo comandante. Tiene tutti in riga, ma è ancora l'uomo alla mano e con la battuta pronta, come spesso lo hanno descritto.

«Adesso l'accompagno nella sua stanza» gli fa strada.

L'ufficio è arredato con mobili antichi, un paio di poltrone, un tavolino e una scrivania. Angelo ci batte il palmo sopra: «Sa di chi era questa?»

Afeltra muove solo la testa, non lo sa.

«Glielo dico io! Era di Mario Missiroli, quando dirigeva *Il Secolo*, negli anni '20».

Afeltra, legato profondamente a Missiroli, è commosso: «Grazie. Sono onorato».

«Benvenuto» gli stringe la mano, e prima di lasciarlo aggiunge: «Afeltra, lei è amalfitano, giusto?»

«Sì, signor Rizzoli. Ma vivo da molti anni a Milano».

«E che ne pensa di Ischia?»

«Lei l'ha resa unica».

«Quello è il mio paese». Lo dice mentre è già oltre la soglia e l'eco della sua voce rimbalza sonoramente.

«Un attimo, Commenda» Granzotto cerca di trattenere ancora per un attimo Angelo.

«Dimmi».

«Per la teletrasmissione».

Non è la prima volta che viene fuori quella parola magica. Sulle prime, Angelo non ci aveva dato troppo peso. Una diavoleria moderna. Ma poi aveva capito che, per un quotidiano, la velocità è tutto. Non è come per i periodici.

«La teletrasmissione, sì. E allora? Qualcosa di concreto?»

«Ho pensato che potremmo andare a dare un'occhiata a Londra» risponde Granzotto.

«Londra?»

«Il *Manchester Guardian* utilizza la teletrasmissione. Ed è un quotidiano che sta in piedi da tre generazioni».

«Va bene. Organizza questo viaggio. Prenditi i fondi che ti servono. Con te vengono anche Andrea e mio nipote».

Angelone sta meglio da qualche mese. Il Commenda ha pensato a un miracolo. I medici hanno parlato di una ripresa più che sorprendente, ma hanno detto al ragazzo che il pericolo c'è e rimarrà per tutta la vita. L'hanno sottolineato più volte. Fare controlli costanti, avere un'alimentazione adeguata, non lasciarsi andare agli eccessi. Andrea e Lucia avevano sorriso, finalmente. Avevano pianto entrambi. Si erano abbracciati: ma non avevano più trovato il calore di un tempo.

«Angelo parla bene l'inglese, vi sarà utile».

Il volo di linea Milano-Londra è affollato. Angelone e Andrea siedono accanto vestiti con i loro abiti migliori. Con loro, Afeltra, Granzotto e Bruno Fallaci.

L'aereo privato di Andrea è già predisposto: li porterà rapidamente da Londra a Manchester, alla sede del *Guardian*, questa stessa notte.

Appena atterrati, Granzotto assume il controllo della spedizione: «Prendiamo un taxi e andiamo a pranzo».

Ma appena a bordo del black cab, Andrea lo anticipa comunicando al tassista un indirizzo preciso. Granzotto non fa domande, guarda Angelo junior che ha stampato in faccia un sorriso.

Quaranta minuti dopo, il tassista si volta e dice: «This is the Wembley Stadium».

Andrea e il figlio scendono, pregando il tassista di attendere solo qualche minuto. Gli altri tre restano a bordo.

S'incamminano sull'asfalto bagnato dalla pioviggine. Ogni cosa è ricoperta di un sottile velo di acqua. Lo stadio è silenzioso. Attorno non c'è molto. Andrea con le braccia dietro la schiena lo osserva nella sua imponenza. Poi posa una mano sulla spalla del figlio, sospira: «Ci verremo il prossimo anno. Il 22 maggio. Milan contro chi lo sa».

Angelone non stacca gli occhi dal gigante di cemento di fronte a lui. «Sarebbe stupendo».

«Lo sarà».

Quando rientrano in taxi, Afeltra mette un microfono immaginario di fronte alla bocca di Andrea: «Allora, presidente Rizzoli. Ce la farete, finalmente, ad alzare la Coppa dei Campioni?»

Andrea sistema il nodo della cravatta e risponde: «Dobbiamo farcela». Lo dice con un tono imperioso. Ad Angelone ricorda quello del nonno.

La visita notturna allo stabilimento del *Manchester Guardian* è molto istruttiva. I cinque italiani sono introdotti alla scoperta della teletrasmissione. Mentre camminano tra le rotative, la guida spiega e Angelone, affascinato da ciò che ascolta, traduce: «La regola aurea è che il giornale deve uscire puntuale». E gli altri annuiscono.

«Altra regola è che deve uscire ovunque nello stesso momento».

«La teletrasmissione ci consente di superare le difficoltà della distribuzione a distanza» Angelone tossisce, «abbreviando i tempi della diffusione dei quotidiani su scala più ampia».

«Avete domande?»

Tacciono, sono esterrefatti dalla velocità delle rotative e dalla presenza davvero risicata di operazioni manuali.

A visita ultimata, dopo aver consumato un tè nella sala ristoro, prima di salutarli la guida parla della famiglia Scott, storica proprietaria del quotidiano. Angelone traduce.

«Con l'arrivo al potere della terza generazione della famiglia Scott, il quotidiano ha cambiato proprietà». Un'ombra attraversa gli occhi di Andrea.

L'amica Vivì è nel salotto di casa Rizzoli, al secondo piano, in compagnia di Lucia. Annina è nella sua camera con la tata. La sentono ridere e cantare 'giro giro tondo'. Lucia non sta bene e la sua amica glielo legge in faccia, nelle occhiaie, nei capelli disordinati.

«Lo sai che con me puoi parlare, vero?»

«Ti ringrazio Vivì... è che Andrea...» non sa se affrontare quell'argomento, significherebbe farlo diventare reale. Si blocca.

«Lucia...»

«Andrea rientra sempre più tardi. Accampa scuse: una volta la squadra, un'altra l'azienda, un'altra ancora il padre e il quotidiano. Ma sai, io lo vedo mio suocero rincasare. E non torna certo alle quattro del mattino!»

Lucia si copre la bocca con il palmo. Sta per piangere.

«Ma Andrea è stato sempre così, no? Tra il Clubino e gli affari, quando mai è rientrato presto?»

«Vero, ma un tempo telefonava. Per dirmi che mi pensava. Per chiedermi dei ragazzi».

«Cara, quelle sono cose che fanno gli innamorati. Poi passano gli anni e ci si inizia ad amare in maniera diversa». Sorride con dolcezza, mentre si accende una sigaretta posizionata al termine di un lungo bocchino.

«Forse non ci amiamo più».

«Che sciocchezza è mai questa?»

«Ho il dubbio che ci sia un'altra donna...»

Vivì è al terzo cherry di fila e si fa servire il quarto. Non sa bene cosa dire.

«Non ne ho la certezza, ma Andrea è diverso ultimamente. Sembra… sembra felice».

«Buon per lui!» Alza il calice. Lucia la guarda come per incenerirla.

«L'ho sentito bisbigliare nel cuore della notte al telefono. Non possono essere affari». Si è alzata e ha cominciato a camminare su e giù per il salone.

«Mamma! Mamma!» Annina interrompe la conversazione per mostrarle un disegno.

«Vieni, piccola, la mamma è impegnata ora». La tata ha notato l'espressione di Lucia. «Mi scusi, signora».

«Lucia, lo vuoi un consiglio spassionato?» riprende l'amica. «Divertiti anche tu! Sei nel fiore degli anni. Esci! Fai qualcosa!»

«Vivì, io non voglio essere come mia suocera. Grande donna, ha tenuto in piedi un matrimonio nonostante tutto, ma io non sono come lei. E Andrea non è come suo padre. Non lo accetterei».

La bimba è sfuggita di nuovo dal controllo della tata, abbraccia la gamba di sua madre. Lucia la prende in braccio.

«Vado, Lucia».

«Vivì…»

«Non ne farò parola con nessuno, tranquilla».

«Ljubetta, stasera andiamo a ballare al Nepentha?» le ha chiesto mentre erano in macchina nel cuore della notte per le strade deserte di Brera. Lei vestita con un abito corto, la pelliccia e gli stivali. I capelli raccolti, ai lobi due orecchini di oro e smeraldo, al collo un collier di pietre preziose e all'anulare il solito diamante.

«Sei sicuro?» L'ha guardato quasi incredula.

«Lo sono» le ha risposto posandole una mano sul ginocchio.

All'ingresso della discoteca, Ljuba non passa inosservata. La conoscono in molti. Andrea finisce subito sullo sfondo: un accompagnatore come quelli prima di lui. Ljuba è un'anima libera e averla accanto, solo per sé, è un privilegio. Prova un sentimento sincero e sente che anche per lei è lo stesso; glielo dice quello sguardo malizioso, che si fa spazio tra la folla e crea un silenzio, solo per lui, in mezzo al frastuono. La prende per mano, si dirigono al bancone del bar. Al terzo Dom Pérignon, Andrea inizia ad ancheggiare. Lei ride. Lui la invita a ballare. Non l'aveva mai fatto in vita sua.

In mezzo alla pista, abbracciati, persi occhi negli occhi, entrambi dimenticano di non essere soli.

La notte lascia il posto all'alba di un nuovo giorno. Andrea riaccompagna Ljuba a casa e, prima di salutarsi, le chiede: «Tra due giorni devo partire per Parigi, ti va di venire con me?»

Lei risponde con un'altra domanda: «Lo sai che da oggi tutta la città saprà di noi?»

«Non mi importa». La bacia appassionatamente. Poi la guarda scomparire nell'ingresso del palazzo.

«Il mio Andreone! Il mio bravo Andreone!» Angelo abbraccia il figlio. «Avete visto come è bravo mio figlio Andrea? È diventato addirittura più allegro!»

Nella tipografia del secondo piano, Andrea e Mombelli hanno passato gran parte della giornata a giocare con le rotative per controllare tutti i punti in cui il colore è fuori registro, cercando una soluzione con il fiato sul collo del Commenda. Alla fine, una soluzione è stata trovata.

È una delle rare volte in cui riceve i complimenti pubblici del padre. Andrea però è distratto. Pensa a Ljuba. Al momento in cui tutti verranno a saperlo. A Lucia e ai suoi figli. Non la ama più, ma non vuole mandare tutto per aria. Suo padre l'ha ripetuto diverse volte negli anni: «Noi Rizzoli siamo una famiglia unita! Non come i Mondadori».

Il viaggio per Parigi è fissato per l'indomani. Un'altra delle idee di Granzotto per il quotidiano: prendere accordi con i più importanti quotidiani esteri in modo da utilizzare le loro notizie in tempo quasi reale. Angelo ha approvato. Quella proposta a Ljuba... è stata una pessima trovata. L'euforia di quella notte ha lasciato spazio ai dubbi. Ma Andrea sente di non potersi tirare indietro. Ha varcato un confine, indietro non si torna. E forse va bene così.

Afeltra, Granzotto e Bruno Fallaci hanno raggiunto la capitale francese con un volo di linea. Andrea con l'aereo privato, c'era anche Ljuba con lui. Nel momento del decollo gli ha stretto la mano, guardando fuori dal finestrino. La sera hanno in programma un incontro con Pierre Lazareff, proprietario di *France-Soir*, una cena al ristorante sulla Tour Eiffel.

Andrea chiede a Granzotto: «Ti spiace se porto una signora al ristorante con noi?»

«Ma figurati!»

Arrivano all'appuntamento con una Rolls-Royce presa a noleggio, le donne sono due, entrambe bellissime: Ljuba Rosa e Marina Cicogna.

Afeltra, Granzotto e Fallaci sono impacciati alla presenza di quelle ospiti. Gli argomenti di conversazione, tutti lavorativi, vengono interrotti per non annoiarle. Il silenzio è ancora meno gestibile. Poi Marina rompe il ghiaccio: «Mi pare di averla già incontrata...» rivolta a Granzotto.

Ljuba ride coprendosi la bocca con la mano, le risponde: «Ma certo, l'hai visto in televisione. È un giornalista importante!»

La cena prosegue con malcelato imbarazzo, pian piano svanito grazie al vino.

Andrea, silente come sempre, parla all'orecchio di Ljuba: «Mi raccomando a ciò che dite».

Lei lo trafigge con lo sguardo, poi risponde in modo che tutti possano sentirla: «Andrea, ma rilassati! Si vede che sono dei bravi ragazzi!» Alza il calice e insieme brindano.

Prima di salutarsi, le due donne propongono una serata danzante, l'indomani. I tre uomini non esitano ad accettare.

Il giorno seguente si firmano le carte: Lazareff è propenso all'accordo. E per festeggiare, si va a pranzo nel lussuosissimo ristorante di proprietà di Pierre Cardin.

Afeltra, Granzotto e Fallaci si ritrovano seduti allo stesso tavolo in compagnia delle due signore della sera precedente, alle quali si sono uniti Umberto Agnelli e la moglie, Antonella Piaggio. Andrea è in soggezione. Ljuba mentre ride gli passa una mano dietro la nuca, ammicca, gli manda segnali inequivocabili, che gli altri non possono che notare.

Nel pomeriggio Andrea fa giungere nella stanza della donna un pacchetto. Le due amiche lo aprono insieme. Dentro c'è un anello di smeraldi, che sembra illuminare la stanza intera.

«Ljuba, non puoi accettarlo» la redarguisce Marina.

«E perché mai?»

«Perché sappiamo tutte e due come finirà».

«No, io non lo so. Dimmelo tu».

«Per quanto sua moglie non mi stia particolarmente simpatica, è sua moglie, e non la lascerà mai».

Il 2 gennaio 1963, un'Appia seconda serie parcheggia davanti allo stabilimento Rizzoli. Dall'auto, regalo della maturità da parte del padre, esce Angelo junior.

Indossa un cappotto sotto il quale ha un abito scuro e la camicia bianca. Tira su gli occhiali dalle spesse lenti, sale gli scalini e, dopo un bel sospirone, varca la soglia. È il suo primo giorno di lavoro. Ha vent'anni e anche per lui il Commenda ha riservato la gavetta e il cartellino da timbrare. Il suo mentore sarà Mombelli, al quale Angelo si è raccomandato di essere severo.

«Deve essere trattato come tutti gli altri. Con una sola eccezione: non si deve stancare troppo. E al primo segnale di cattiva salute, fosse anche una tosse o un raffreddore, tu mi vieni ad avvisare. Intesi?»

Angelone incrocia suo cugino Nicola: sembra essersi ben inserito. È garbato, simpatico, ricorda molto suo padre. Ha ricevuto un nuovo incarico che lo appassiona: la pubblicità. E ha scoperto che lavorare anche la domenica frutta un bel po' di soldi.

Roma, gennaio 1963

'Non c'è due senza tre'. Ogni volta che Angelo vede Fellini se lo ripete nella testa, ma non lo dice mai ad alta voce di fronte al regista. Men che meno questa sera.

Mentre la dolce vita, o ciò che ne resta, si consuma sull'asfalto e nei locali di via Veneto, nella saletta di proiezione di proprietà della Cineriz, proprio sulla stessa strada, i cento posti sono occupati dagli interpreti, dagli uomini della troupe, e da qualche selezionatissimo giornalista. Questa nuova pellicola è molto attesa. Angelo lo sa, Fellini lo sa. La prima ufficiale sarà il mese prossimo, Angelo non ha ancora visto il film.

Si accomoda accanto al regista, lo guarda e gli dice: «Caro artista, spero proprio di non assistere questa volta a scene crudeli». Si guarda intorno. Sorride. Si sbottona la giacca, mette le mani nelle tasche, attento a non far rumore con le monetine, e attende. Il proiettore inizia a macinare, le luci si smorzano lentamente e appaiono le immagini di *Otto e ½*.

Protagonista del film è Guido, un regista sui quarantacinque anni, famoso, ricco, sposato, con un'amante quieta, e quante altre donne vuole intorno. Ha da fare un film, ha pensato confusamente a un qualche soggetto di fantascienza, una nave spaziale che porti su un altro pianeta i resti dell'umanità decimata dalla peste atomica. Una malattia, e la paura della morte, improvvisamente lo bloccano. Subito un incubo: di restare soffocato nell'auto, e l'umanità che assiste al lugubre spettacolo. Vola in cielo, ma qualcosa lo lega: un impegno di responsabilità, che non riesce ad affrontare, ma al quale non può sfuggire: la sua vita privata, il film, gli attori che pendono da lui, i piani di lavorazione. Come consigliano i medici, va a curarsi in una stazione termale, e lì rimette in discussione tutto. È in crisi il suo talento, le idee sono nebbiose, non sa come portare avanti il film. Finzione e realtà in lui si confondono sempre più.

Quella stessa sera, Angelo e Federico vanno a cena da soli.

«Non ho capito nemmeno questo film. Però mi affascina».

«Lo prendo come un complimento, Angiolino».

Ridono entrambi.

«Senti, artista. Io ce l'ho in testa un soggetto per il tuo prossimo film».

«Ma se questo deve ancora uscire in sala!»

«Mi porto avanti. Ascoltami. Tanti anni fa ho letto un libro. Si chiama *Incompreso.* È la storia di due bambini orfani di madre, una storia bellissima. Fammi un film tu che sei bravo. Sono serio».

«Sì, l'ho letto anch'io quel libro. È un raccontino, molto patetico, anche bellino forse, ma io non sono capace a farlo».

«Come non lo sai fare? Lo fai con il piede sinistro, anzi, lo fai per telefono. Tu sei bravo, non ti costa niente girarlo, la gente ha bisogno di cose buone. Guarda, sono disposto a darti la cifra che vuoi. Ti sommergo di soldi!»

E Fellini: «Non è un problema di soldi, è che il soggetto non mi dice niente».

«Se non vuoi i soldi per te, allora costruiamo una casa di riposo per artisti poveri, la chiamiamo 'Casa di riposo Fellini'».

L'altro ride. Il Commenda invece sorride e basta.

«Angiolino, davvero, un film del genere non mi ispira. E poi a me non interessa fare soldi, a me interessa averli».

Angelo si fa serio: «Ma sei proprio un bel tipo! Per avere i soldi, prima bisogna anche farli!»

«A te piace farli, a me averli. Se vuoi tu li fai e poi me li passi».

Il Commenda resta un po' deluso. Abbozza una risata. Ma lui a quel libro, a quella storia continua a sentirsi profondamente legato.

Luglio, sabato pomeriggio, gli uffici di via Civitavecchia sono semideserti. Angelo si aggira come in un luogo sconosciuto. Persino le sue segretarie si sono date il turno di mezza giornata. I suoi passi rimbombano nei corridoi e seguono il ritmo delle rotative: quelle non si fermano mai, sono rassicuranti. Ma non hanno più il suono di un tempo, quello di piazza Carlo Erba. Tutto è cambiato. Quando girava nella vecchia tipografia c'era sempre, tra gli operai, qualcuno con cui parlare, anche solo una battuta; qui non conosce così bene i nuovi dipendenti.

Dalla finestra si vede la fontana, alza la mano, saluta la sua Rinella. Sente dei passi dietro di lui, poi più niente. Si volta.

«Che ci fai qui, Pimmo?»

«Niente» risponde Alberto.

«E allora, visto che non hai di meglio da fare, cosa ne diresti di andare alle corse dei cavalli?»

Non gli sembra vero. «Bene, certo Commenda, andiamo!»

Appena fuori, Alberto nota che non ci sono né la macchina né l'autista.

«Non ho avuto cuore di chiamarlo, ormai il sabato pomeriggio è di riposo. Sta diventando vecchio pure lui...»

Il nipote lo guarda come per assicurarsi che sia ancora suo nonno, la stessa persona.

«Prendiamo la tua auto. Non mi spiaccicherai contro un muro *nè*? Tra tutti i modi di morire, alla mia età, questo proprio no!»

La vecchia Fiat 600 è parcheggiata poco più in là. Si avviano.

«Con quest'auto passiamo inosservati e le donne non ci daranno la caccia!» ride. «Quanti soldi hai, *pischerla*?»

«Sessantamila».

«Te ne do altri sessanta e facciamo società».

Raggiungono l'ippodromo, poi la cassa.

«Come fai a scegliere il cavallo su cui puntare?» chiede al nipote.

«Guardo i risultati delle ultime corse».

Si siedono su una panchina, studiano la prima corsa.

«Signor Commendatore, buon pomeriggio!» Un signore ben vestito li avvicina. «Mi chiamo Ignazio e su questo biglietto che ho tra le mani c'è il nome di un cavallo vincente. Arriverà tra i primi tre nella prossima corsa. Lei lo gioca piazzato e vince sicuro. Però, a me spetterebbe una piccola percentuale alla fine della corsa, naturalmente. D'accordo?»

Angelo attende che finisca di parlare, con gli occhi rivolti alle punte delle sue scarpe. Poi solleva il capo:

«Vede, caro lei *comesichiama*, io ho avuto tanta fortuna nella vita. Ma la fortuna aiuta gli audaci, non i *pirla* che si fanno fregare da uno come lei». Gli fa segno con la mano di sparire e quello se ne va.

Alla cassa puntano sul cavallo che danno per vincente. La corsa viene annunciata, i due si posizionano in un punto di osservazione comodo. Partiti. Angelo si infuoca, Alberto anche.

Vincono. Si stringono la mano, sorridenti. La loro piccola società divide il guadagno. C'è un bel sole caldo. Angelo sistema i soldi nelle varie tasche. Diecimila lire le tiene da parte: «Questi sono per i fiori alla *maméta.* Ci vediamo domani sera a cena. Verrà anche tua madre? È almeno un mese che non si fa vedere».

DICIASSETTE

Pensavo fosse più pesante

Londra, 22 maggio 1963

'Gentili telespettatori italiani e della Svizzera italiana, qui Londra, stadio di Wembley, vi parla Nicolò Carosio. Sono le quattordici e cinquantasei ora estiva del meridiano di Greenwich. Sta per avere luogo la finale tra Milan e Benfica dell'ottava edizione della Coppa dei Campioni d'Europa, alla quale hanno preso parte ben trenta nazioni. Inquadrata in questo momento dalle telecamere, la squadra del Milan, in divisa bianca con risvolto scuro al collo. Il cielo sereno, la temperatura ideale, il campo ottimo. Spettatori circa sessantamila. In tribuna il Duca di Gloucester che rappresenta Sua Maestà la Regina Elisabetta; il presidente dell'UEFA Gustav Wiederkehr; molti i presidenti delle federazioni europee. In tribuna d'onore è seduto Andrea Rizzoli, il presidente del Milan, con il vice Carraro. Gli è vicino il commissario tecnico della nostra nazionale, Edmondo Fabbri.

'I capitani, Maldini per il Milan e Coluna per il Benfica, si scambiano le insegne e una stretta di mano. In mezzo a loro il signor Holland, inglese, che dirigerà il confronto.

'Il calcio di inizio è per il Benfica, vincitore delle ultime due edizioni della Coppa, dopo il dominio incontrastato del Real Madrid, durato ben cinque anni.

'L'arbitro attende le quindici esatte e... lancia i giocatori nella contesa'.

Sono le quindici e diciotto minuti, sedici e diciotto in Italia, quando Torres, attaccante del Benfica, innesca con un passaggio preciso Eusébio, il più temuto fra i portoghesi, che con un diagonale preciso batte Ghezzi, il portiere milanista.

Le tribune si popolano dei fantasmi di cinque anni prima: quella della finale persa. Angelone, disperato, guarda il fratello: Alberto impreca contro gli avversari, contro la sua stessa squadra, che sembra inerme, contro la sorte. Mimmo si guarda intorno, sperso, cerca lo sguardo di Andrea che, invece, resta calmo, seduto. Ai suoi piedi un tappeto di mozziconi. Ha capito perfettamente qual è il problema: il giocatore con la maglia numero 10, quell'Eusébio che si sta portando a spasso tutta la difesa rossonera. Se n'è accorto bene anche Nereo Rocco, e sta studiando una contromossa.

Finisce il primo tempo: Benfica 1 – Milan 0.

Al rientro in campo, il centrocampista rossonero con la maglia numero 6 si piazza in una posizione più arretrata: ha ventiquattro anni, è figlio di una contadina e di un operaio della Bassa Bergamasca emigrato a Cusano Milanino. Fino a pochi anni fa alternava gli allenamenti con il lavoro da apprendista tipografo. Si chiama Giovanni Trapattoni. Rocco gli ha dato un compito ben preciso: marcare a uomo Eusébio, stargli addosso, mordergli le caviglie, annullarlo. E così accade. L'inerzia del match cambia completamente. Al cinquantottesimo minuto, con una girata, José Altafini agguanta il pareggio per il Milan. Lo stadio esplode. Angelone sorride. Alberto urla di gioia, Mimmo lo abbraccia. Andrea resta sempre seduto, calmo, si accende un'altra sigaretta.

Dopo otto minuti, Rivera imbecca di nuovo Altafini, che ha una prateria davanti a sé, e corre, corre, ha di fronte solo Pereira, il portiere portoghese, tira, Pereira para, il pallone finisce di nuovo sui piedi di Altafini, che ribatte in rete e questa volta è gol: 2 a 1 per il Milan! Dopo trenta minuti di passione, l'arbitro fischia la fine.

I tifosi italiani invadono il terreno di gioco, rincorsi dai gendarmi inglesi. Sventolano bandiere, abbracciano e baciano i loro idoli, preda di una gioia incontenibile. Il Milan è campione d'Europa, lo diventa su un campo leggendario, con gli applausi della platea più esigente del mondo.

Alla premiazione, Gianni Rivera si presenta con un lungo trench scuro, non si sa dove l'ha recuperato, i tifosi si sono presi sia la sua maglia che i suoi pantaloncini. È il capitano, Cesare Maldini, ad alzare per primo la coppa sulla gradinata, dopo aver raggiunto i Rizzoli: Mimmo gli stringe la mano. Angelone e Alberto gli dicono che sono stati fantastici, che sono l'orgoglio di tutta l'Italia. Andrea guarda Maldini negli occhi, gli dice: «Grazie, capitano». Rischia di scoppiare in lacrime. Riesce a trattenersi.

Angelo ha seguito tutta la partita in poltrona, scalpitando. Al triplice fischio ha fatto un piccolo urlo di gioia, Anna l'ha guardato con un sorriso sorpreso. Si è persino commosso quando hanno inquadrato i suoi ragazzi stretti in un abbraccio, lì in tribuna.

Si alza, spegne il televisore ronzante. Con le mani in tasca, si avvicina alla finestra, la apre. Da lontano, c'è come un fruscio in sottofondo, che si fa sempre più forte, sempre più vicino: sono le voci dei milanesi scesi in strada per festeggiare.

*

Il giorno seguente, l'aeroporto di Linate è invaso di tifosi, sono più di cinquemila ad accogliere la squadra tra lo sventolio di bandiere rossonere. I diavoli sono tornati con la Coppa più prestigiosa. 'Milan, Milan! Milan!' è un coro assordante, che sembra non volersi spegnere mai.

Di fronte alle telecamere e ai microfoni, questa volta Andrea è perfettamente sicuro di sé: «Ero certo di questa vittoria. Il merito è di tutti. Dei ragazzi, dell'allenatore, di tutti quelli che hanno lavorato dietro le quinte, a Milanello, il centro sportivo che abbiamo inaugurato quest'anno». Fa una pausa quasi teatrale. «Ora però è tempo di lasciare la poltrona della presidenza a qualcun altro». Si alza un brusio. «Abbiamo vinto tutto quello che c'era da vincere, ora posso andarmene con tanti ricordi, senza rimpianti. Ho preso in mano il Milan perché ho ritenuto di fare qualcosa per la città. E ci siamo riusciti. Grazie a tutti». I giornalisti provano a incalzarlo con nuove domande sul futuro. Lui, finalmente, sorride; e se ne va.

«Dovremo fare una combinazione con la Nigeria». Nemmeno Angelo, che ha convocato questa ennesima riunione per il primo quotidiano Rizzoli, sembra convinto mentre pronuncia queste parole.

«Con la Nigeria?» Andrea e Granzotto sono sbalorditi.

«Sì, ci sono degli americani interessati a finanziare l'operazione. Noi facciamo il giornale in italiano, lo traduciamo in inglese e poi lo vendiamo in Nigeria».

Il boom degli anni appena trascorsi sta lasciando il passo a tempi meno felici per tutta l'editoria. A Granzotto il progetto puzza di bruciato.

«Parliamoci chiaro, Commenda. Cosa sta succedendo?»

Angelo tace. Tossisce: «La cartiera di Marzabotto sta rendendo meno di quello che mi attendessi. Quindi gli utili necessari per finanziare il giornale sono minori di quelli previsti».

Granzotto fa un'espressione enigmatica. Andrea resta impassibile.

«Ma non c'è da preoccuparsi, il quotidiano lo faremo ugualmente. Perché il sottoscritto ha da parte, all'estero, almeno una decina di miliardi. Non ho bisogno delle banche, io». E lancia uno sguardo rapido su Andrea che viene colto di sorpresa e incassa. «Non ci sarà bisogno di nessun nome per la testata» aggiunge, «ho ripreso contatti per acquisire *Il Giorno*. Vediamo che cosa succede. Ora lasciatemi solo».

Per qualche settimana, la nascita di Ginevra ha spazzato via le ombre da casa Rizzoli. Nicola e Adonella si sono sposati lo scorso anno, in inverno. I testimoni erano Andrea e Renato Occhipinti. Un matrimonio da favola con oltre seicento invitati.

Questo lieto evento ha riportato un po' di allegria nelle cene della domenica: da quando i nipoti sono cresciuti non si fa che parlare di lavoro oppure si ascolta il silenzio.

Rivolto alla figlia, durante la solita partita a carte, alla quale fa da sottofondo il televisore acceso, Angelo dice: «Non sognatevi di farmi chiamare bisnonno! *Capì?* Commenda andrà benissimo!»

Pinuccia ride. «Invece io mi farò chiamare orgogliosamente nonna» guardando Mimmo in attesa di una sua battuta che però non arriva.

Quella che stanno vivendo è una tregua temporanea,

lo sanno tutti. Le voci su Andrea e sulla sua giovane amante girano. Sono arrivate all'assente Lucia da tempo.

Squilla il telefono della segretaria di Andrea, all'altro capo una voce di donna chiede di lui.

«È in riunione» risponde.

Andrea trova l'appunto sulla scrivania, compone in fretta il numero della camera del Ritz di Parigi: «Cosa c'è, Ljuba? Ho una conferenza lasciata a metà».

Silenzio.

«Andrea, ho fatto degli esami clinici...» È agitata.

«Stai male?»

«No, no. Sto molto bene: aspetto un figlio».

Secondi eterni di silenzio.

«Avevi detto che non potevi averne».

Quelle parole gelano la donna. Ma è troppo felice. Ci passa sopra. «Infatti è un miracolo!» risponde con voce acuta.

«Torna subito a Milano» dice categorico. Poi, senza altro da aggiungere, Andrea riaggancia.

È sotto shock. Chiuso nel suo ufficio per ore, pensa a cosa diranno suo padre, sua moglie, sua madre... Non vuole dare dispiacere ai figli. Non vorrebbe far soffrire nessuno. Ma questa notizia non si potrà tenere segreta.

Esce dallo stabilimento quando non c'è più nessuno. Nel silenzio dei corridoi, seguito dall'eco dei suoi passi, si rende conto di una cosa semplice: da qualche parte, sotto tutti gli spessi strati della preoccupazione, è felice.

Eugenio Cefis, ex braccio destro di Mattei, a Ischia ci va due volte l'anno. I fanghi lo aiutano ad alleviare i dolori di una vecchia ferita di guerra alla schiena. Angelo ha studiato i suoi spostamenti, così si fa trovare proprio all'uscita delle terme.

«Dottore. Dottor Cefis. Buongiorno!» Gli stringe la mano.

«Commendator Rizzoli, buongiorno».

«La stanno trattando a dovere?»

«Come sempre, grazie».

«Bene. Cosa ha in programma oggi?»

«Mah, in realtà nulla. Leggerò i quotidiani e mi rilasserò. Meglio approfittarne finché posso…»

«Mi sembra saggio. Senta, Dottor Cefis, io… lei…» Prende fiato e glielo dice senza mezze misure: «Lei mi deve vendere *Il Giorno,* altrimenti io esco con un nuovo quotidiano».

Cefis, vicedirettore dell'ENI, non risponde. Continua a camminare, mentre Angelo cerca di tenere il passo.

«Dottore. Lei non mi può rifiutare questa cosa. Il giornale perde una barca di soldi e si tratta di soldi pubblici, di soldi di tutti. Soldi che invece possono essere investiti meglio per costruire case, ospedali, scuole! Mi sta ascoltando?»

«Rizzoli, quella del *Giorno* è un'operazione anche possibile. Ma come ho detto anche a suo figlio in altre occasioni…»

Lo interrompe bruscamente: «Lasci stare mio figlio! Ora sta parlando con me».

«Mi lasci andare, Rizzoli. Davvero, non è il momento e neppure il caso».

Angelo lo vede allontanarsi. Se fosse nel suo ufficio, a Milano, si sfogherebbe con una sonora manata sulla scrivania. Invece si ritrova a passeggiare, lento, affaticato e pensieroso, lungo il corso, osservando ciò che Lacco

Ameno è diventato: un paese vivo, ricco, allegro. Il verde smeraldo della natura si staglia sullo sfondo delle piccole case dalle facciate dipinte con colori freschi, dai toni pastello. È stato bravo. Guarda il mare, quella distesa di azzurro e oro, la costa non troppo distante del golfo.

Quello del '64 è un inverno rigido. Nevica da settimane su tutto il Nord Italia. Molte strade sono impraticabili. L'auto di Granzotto e Afeltra procede a passo d'uomo. Il viaggio da Milano a Villa Sedone è un inferno.

Da quando ha saputo che Ljuba aspetta un figlio da lui, Andrea si è ritirato nella tenuta. Si ricorda ancora di quando lui e Lucia decisero di acquistarla. C'era voluto un po' di tempo per trovare il coraggio di chiedere i soldi a suo padre, ma alla fine l'aveva fatto e quelle mura conservano l'eco di giorni felici e di ragazzini urlanti. Sospira, mentre attende l'arrivo dei suoi ospiti, guardando tutto quel bianco fuori dalle ampie finestre.

«Com'è andato il viaggio?» Andrea parla sottovoce, come a non voler disturbare il riposo di qualcuno. Ha il viso provato dai pensieri. In azienda, i pettegolezzi sulla sua avventura sentimentale hanno alimentato la confusione, creando una paralisi e un clima di indecisione ai vertici.

«Bene. Tu piuttosto?» chiede Afeltra.

Andrea tiene lo sguardo basso, non risponde. E con un gesto li invita a prendere posto a tavola, dove ci sono caffè fumante, biscotti e una bottiglia di Macallan aperta.

«L'avevo detto a mio padre che sarebbe stata un'operazione a perdere...»

Granzotto tira su il sopracciglio. «Andrea, ma proprio tu?»

«Cosa vuoi dire?» Gli occhi supplichevoli. Non vuole altre colpe.

«Ma niente… pensi davvero che tuo padre non sappia nulla dei tuoi debiti con le banche?»

Di fronte gli si spalanca un baratro. Non ha ancora pranzato, ma si versa un paio di dita di whisky.

I due non si sono spogliati delle loro giacche. La stanza è riscaldata da un camino acceso, ma fa comunque freddo. Andrea si sposta accanto al fuoco scoppiettante, i due lo seguono. Si riempiono anche loro i bicchieri. È Granzotto a prendere in mano la conversazione.

«Andrea, qui c'è da valutare seriamente l'operazione nei suoi tempi tecnici. Ho delle domande da porti e in base alle tue risposte prenderò certe decisioni». Tira fuori il pacchetto delle sigarette dove ha appuntato la scaletta. «Ci sono le assunzioni, la gestione degli impianti, la firma dei contratti all'estero».

Andrea risponde con rumorosi borbottii. Gli è caduta la testa. Si è assopito per un attimo.

«Perdonatemi, è che non dormo molto, ultimamente. Dicevamo?»

Granzotto e Afeltra si guardano allibiti. Vuotano i loro bicchieri.

«Io mi dimetto! Mi dimetto! Non resto un minuto di più in questo posto!» Mimmo esce dall'ufficio del suocero sbattendo la porta. Il diverbio mette in subbuglio l'intero stabilimento. Mimmo si sente messo da parte. Ha capito che dopo vent'anni a capo del settore libri, suo suocero non lo vuole più. «O io o lui» ha detto ad Angelo, nel suo ufficio.

«Lecaldano non si muove dal suo posto» aveva risposto il Commenda poco prima. Al che, Mimmo era esploso.

Col sottofondo delle urla del genero, Angelo, paonazzo in volto, alza la cornetta e compone il numero della tenuta. La voce addormentata di Andrea lo rende ancora più nervoso.

«*Alùra, pirla.* Cosa hai deciso di fare?»

Silenzio.

«Andrea, tua moglie vuol fare i bagagli. Si porta via la bambina. Devi fermarle».

Il respiro affannoso gli dice che è ancora lì.

«Ho appena litigato con tuo cognato. Vuol dare le dimissioni».

Il suono di un cerino che si accende, la prima boccata di sigaretta. Lo sbuffo.

«Andrea, hai capito che cosa ho detto? Oramai tutti sanno della relazione con la Ljuba. Cosa continui a nasconderti? Codardo!»

Un bicchiere che si riempie. Il suono del ghiaccio a contatto con il cristallo. Nessuno sa ancora che lei è incinta.

«Ti ha messo alle strette, vero? Come tuo cognato: o lei o la famiglia. Sbagliato! Andrea, è tutto sbagliato! E tu che stai facendo? Niente! Come al tuo solito! Qui si sfascia tutto in un attimo, sai? E la colpa è soltanto tua! Pinuccia e il marito difendono i tuoi figli, stanno cercando di proteggerli, cosa che né tua moglie né te siete capaci a fare…»

Uno sbuffo, una porta che cigola, il respiro pesante.

«… io davvero non ti capisco. Pensi che si risolva tutto senza fare niente? Ma cosa ti ho insegnato?» La voce di Angelo ha un lieve cedimento, poi prosegue: «Tua madre mi sta dando addosso perché dice che ti difendo. Ma io non difendo te. Difendo la famiglia. E l'azienda. Ricordati sempre che sei il figlio di Rizzoli!»

Angelo beve un sorso d'acqua, ha la gola graffiata. Dall'altra parte, un singulto. Andrea sta piangendo.

«Fai l'uomo! E risolvi questa questione. Risolvi tutto. Chiaro?»

Singhiozzi silenziosi.

Angelo ha la fronte avvolta dal palmo della mano, gli occhi socchiusi. Sta cercando altre parole. La cornetta poggiata stretta all'orecchio.

«Qui a tenere le redini ci sono ancora io. Fa' ciò che ti ho detto».

Attende un secondo e riattacca.

Aprile 1964

Oggi. Il quotidiano di domani: è questo il nome che Angelo ha scelto. E prima di ricevere le ufficiali dimissioni di Granzotto, aveva ordinato un pannello luminoso da apporre all'esterno della sede. Giace lì, ancora spento.

Qualche giorno prima, Angelo è tornato a Ischia, la sua isola felice, per riprovare a convincere il dottor Cefis. Gli ha fatto un'offerta di due miliardi e mezzo, in contanti, per l'acquisto del *Giorno*. Si sarebbe preso in carico pure i debiti, pari quasi al triplo del valore di vendita. In cambio, l'ENI gli avrebbe ceduto il cinquanta per cento della proprietà del giornale. La risposta di Cefis era stata diretta: «Chieda al governo l'autorizzazione a trattare».

Angelo, con il figlio asserragliato nella sua tenuta in campagna e la famiglia in mezzo al terremoto, ha scritto una lettera al Presidente Aldo Moro affinché intercedesse nella proposta.

L'antico amico Nenni, in una delle loro telefonate, l'aveva avvertito: «Non sarà facile, Angelo. Il Presidente pare anche interessato alla tua proposta, ma… ma ci sono pressioni esterne per bloccare la vendita».

«E di chi si tratta?»

Nenni è titubante, non sa se dirglielo.

«Avanti, non fare il prezioso con me. Di chi stiamo parlando?»

«I Crespi, quelli del *Corriere*».

«Hanno paura, è chiaro».

«Se Moro potesse vendere lo farebbe certamente a te. Ma… il mio consiglio è di congelare questa situazione».

«Congelare?»

«Angelo… non fare niente. E aspetta».

«Il parere del Consiglio dei ministri è negativo. Mi spiace, Rizzoli». È proprio Moro a chiamare il Commenda, la settimana dopo.

Angelo ci mette un po' a metabolizzare quelle scarne parole. «Sappia che state commettendo un grosso errore. Con i soldi che investite per tenere in piedi quel giornale già morto potreste costruire cinque ospedali! Ma, naturalmente, siete padroni di fare quello che volete».

Un attimo di silenzio, da tutti e due i capi del telefono.

«Sa che le dico, Presidente? Lei ha la mia completa disistima!»

Attacca.

Passano pochi giorni. Angelo, a breve, volerà in America con Fellini per la serata finale degli Oscar. Non l'ha detto a nessuno. Scaramanzia.

Alle undici del mattino di una sorridente giornata di sole primaverile, convoca il consiglio di amministrazione. C'è anche Andrea, non si vedeva da un po'.

«Cari amici, grazie per essere accorsi così, senza preavviso. Come sapete, ho investito nel progetto del quotidiano molti miliardi, usciti direttamente dalle mie tasche. E anche questa volta non abbiamo fatto debiti con le banche». Il suo sguardo cade inevitabilmente sul figlio. «Ma sono giunto alla conclusione che non siamo più nelle condizioni per proseguire. Per cui l'avventura termina qui. Arrivederci e grazie».

Si alza e se ne va.

Raggiunge le scale e si ferma in cima alla rampa e, rivolto ai dipendenti, chiamati a raccolta poco prima, inizia a parlare.

«Signori e signore, ho dovuto prendere una decisione importante che mio malgrado non è quella che mi auguravo. Dopo molti sacrifici, ripieghi, consigli, viaggi, tentativi andati a vuoto, sono giunto alla conclusione. Purtroppo, *Oggi. Il quotidiano di domani* non vedrà mai la luce».

I mormorii lo interrompono, poi prosegue.

«È mio dovere continuare a dare l'esempio. Quando ci si rende conto che l'impresa non può più essere perseguita, è meglio arrendersi. Lasciar perdere e andare avanti. E io l'ho fatto, anche per il rispetto che nutro per tutti voi». La voce roca, provata, sincera. «Bisogna saper dire: 'Mi fermo'. Per il bene di tutti. Spero di avere modo di godere ancora di tante soddisfazioni, nel tempo che ho ancora da vivere. Ma questa del quotidiano è una storia finita. Grazie a tutti. Tornate a lavorare».

Qualcuno inizia a battere le mani, pian piano lo scroscio si accresce. Angelo è commosso.

Barzini si accosta a lui: «Commenda, ho una domanda per lei».

«Mi dica».

«E i sette miliardi già spesi?»

«Non li abbiamo più».

Los Angeles, aprile 1964

Il console d'Italia a Los Angeles, Tito Da Prato, ha organizzato, a poche ore dall'assegnazione degli Oscar, un ricevimento nella sua residenza. Un modo piacevole per ingannare l'attesa. Ha predisposto delle auto che conducano la troupe, il regista e Angelo fino alla sua porta.

La compagnia di *Otto e ½* non immaginava di ritrovarsi in un appartamento stracolmo di gente. Nella zona giorno, attori e attrici fumano, ridono e bevono champagne.

Angelo è provato dal viaggio e dal jet lag. Non riesce a concentrarsi. Pensa solo alla premiazione. Fellini ringrazia il console davanti alle telecamere, alza il calice, sembra rilassato. Giulietta Masina gli è accanto, visibilmente commossa e, quando i giornalisti le domandano se pensa che il film vincerà la statuetta, sorride, poi dice: «Non c'è due senza tre!» Una frase che Angelo ha ripetuto nella testa come un mantra per tutto il viaggio sopra l'Atlantico e che ora, ad ascoltarla dalla voce della dolce Giulietta, ha un nuovo sapore. D'innocenza e di speranza.

L'addetto stampa è costretto a rimanere accanto ad Angelo. Lo ha pregato di non lasciarlo solo, qualora qualche americano si avvicini a lui e voglia scambiare due parole.

Gina Lollobrigida, accompagnata dall'attore Michael Dante, attende impaziente di essere intervistata dal giornalista Ruggero Orlando che sta parlando con la bella Sandra Milo, interprete nel film nei panni dell'amante.

Virna Lisi, elegantissima, sta raccontando a Fellini della sua esperienza cinematografica americana insieme a Paul Newman.

Dopo il discorso beneaugurale del console, il Commenda ringrazia e invita i suoi a ritirarsi per il cambio d'abito in albergo. «Ci aspetta una lunga nottata!» dice a voce alta con un sorriso tirato in volto.

Stringe dieci, cento mani, infila la porta e, prima di salire in auto, si volta come una star per un ultimo saluto.

L'auditorium di Santa Monica brilla di luci e di strass. Angelo siede in prima fila, sempre scortato dal suo ufficio stampa. Il regista e sua moglie, con il resto della troupe italiana, occupano qualche fila dietro.

L'orchestra apre la serata con un lungo preludio musicale. Sul palco sale Jack Lemmon, il presentatore.

La categoria dei film stranieri è praticamente l'ultima a essere annunciata e premiata. La notte sembra non finire mai. Di tanto in tanto, Angelo verifica l'ora da entrambi gli orologi ai polsi, si sente perso.

Quando Lemmon torna sul palco, esordisce con un «Good morning», il pubblico ride divertito. Angelo li imita. Muove nervosamente una gamba, ha la gola secca, sente le punte delle dita intorpidirsi. I minuti trascorrono e Angelo si rende conto di avere ancora stampato in volto un sorriso tirato. Cerca attorno uno sguardo amico, ma gli occhi sono puntati tutti sul palco dove sta salendo Julie Andrews, che da poco ha debuttato al cinema nei panni di Mary Poppins. Elenca i film finalisti. Poi Lemmon la affianca con in mano una busta: contiene il nome del vincitore.

«And the winner is... Italy for Federico Fellini with *Eight and half*».

Giulietta Masina getta indietro il capo con la bocca aperta e gli occhi lucidi, socchiusi, si spella le mani nell'applauso. Fellini la guarda incredulo per un secondo, si alza in piedi, ha un'espressione seria e composta, attraversa la platea sotto interminabili applausi.

Sul palco ci arriva con le spalle curve, intimidito come fosse la prima volta. Cerca un punto tra il pubblico, le luci non gli permettono di intercettare nessun volto amico. Le note dell'inno di Mameli, che l'hanno accompagnato fin lì, proseguono. I componenti della troupe sono in piedi: urlano, si abbracciano, saltano.

Angelo resta immobile, seduto, lo sguardo dritto di fronte a sé. Per un attimo, scompare il palco con il regista che ha impugnato la statuetta, scompaiono gli applausi, le luci, tutto.

Riprova quella vertigine improvvisa del volo. Poi il panico lascia il posto all'incredulità. I pugni stretti si allargano, le dita tornano a colorarsi di vita. Sfiora l'orologio, vorrebbe chiamare *maméta* per dirle che ce l'ha fatta. Qualcuno gli tocca una spalla, la vista offuscata dall'emozione, sente «You won, Rizzoli!», risponde «Grazie» ma non sa cosa gli abbiano detto. È giunto sulla vetta ambita e da lassù rivede scorrere la sua vita: una linea tracciata con inchiostro verde, punteggiata di obiettivi. L'Oscar era uno tra i più imponenti: un'ossessione abbracciata ancor più stretta dopo l'amarezza per il quotidiano mai nato. Sembra levitare quando, commosso, sorride alla donna di fianco a lui, non sa chi sia, si è alzata. Si tira su anche lui. Applaude, applaude più forte che può al regista, alla troupe, a se stesso e sa, che da questo momento, anche in America non sarà più uno sconosciuto.

Si riaccomoda, le braccia conserte, il sorriso di sempre stampato sul volto. Pervaso da un senso di felicità, si prepara ai flash, ai brindisi, all'alba di un nuovo giorno. Il giorno in cui ha vinto tutto.

Qualcuno ha chiamato i taxi che riporteranno tutti in albergo.

Angelo fa un cenno a Fellini. Gli chiede di accompagnarlo. Puntano verso l'oceano. C'è una leggera nebbia. Il Commenda alza il bavero del cappotto, infila il cappello, dà una pacca al regista, gli dice: «Caro artista…» Poi cerca una battuta delle sue, ma non la trova. Il regista posa lo sguardo su di lui colmo di ammirazione e di stima. Ci riprova: «Caro artista, tu oggi mi hai reso felice». Gli prende la statuetta dalle mani, la guarda, la bacia. «Pensavo fosse più pesante».

DICIOTTO

Sei anni dopo

25 settembre 1970

La grande Erre verde si staglia contro un cielo velato, in via Civitavecchia, a Milano. È una tiepida giornata. L'estate è appena finita. Le finestre dei palazzi tutt'attorno serrate. La gente si è riversata per strada. Attende in fila il proprio turno per accedere all'immenso atrio dello stabilimento, per rendergli omaggio.

Si è spento a ottantuno anni il cavaliere del lavoro Angelo Rizzoli. Il Commenda. La morte lo ha colto all'improvviso nel buio della sera. È stata buona con lui. Ha trascorso la sua ultima bella stagione a Ischia, la sua isola.

Sono diverse centinaia le persone accorse per salutarlo un'ultima volta. I suoi dipendenti sono commossi, attoniti. La coda avanza lentamente, in silenzio, entra nell'azienda.

La sua prima pedalina è stata spostata al piano terra. L'atrio è stato trasformato in camera ardente. Sulla bara, una corona di fiori e un nastro argento con la scritta 'La tua Anna'.

Al primo piano, nell'ufficio di Nicola si sono riuniti i tre cugini. Sono diventati adulti. Il nonno se n'è andato per sempre, ma nessuno di loro ci crede ancora.

Nell'ufficio del Commenda c'è Andrea, si sta accendendo una sigaretta seduto alla poltrona di suo padre. Vorrebbe restare lì tutto il giorno, forse anche di più. Sa che è impossibile. Il corteo sta per dirigersi verso la chiesa.

'Ora tocca a me' ha pensato, senza nessun orgoglio.

Apre il cassetto della scrivania, all'interno c'è un pacchetto di filtri: l'odore di mentolo gli invade le narici. Lo richiude in fretta. Si alza. Esce. Accosta la porta.

Un gruppo di militari solleva e carica a braccio il feretro. È davvero l'ultima volta: Angelo sta lasciando la sua azienda. Vittorio Buttafava, il direttore di *Oggi*, pronuncia brevi parole di cordoglio, la voce spezzata.

«Un uomo pragmatico. Senza di lui non sarà più la stessa cosa. Grazie Commenda per tutto ciò che ha fatto per noi. Sentite condoglianze alla moglie, ai figli e ai nipoti».

Ai due lati dell'auto si sono disposti i dirigenti della Rizzoli.

Il corteo si muove lungo la via. Davanti ci sono i Martinitt: sono molti meno di un tempo, ma le loro divise sono rimaste immutate. Sventolano i gonfaloni. Il carro funebre trabocca di corone di fiori.

Appena dietro c'è Pinuccia, lo sguardo dritto di fronte a sé, verso la bara, le guance rigate dalle lacrime. Al suo fianco Andrea. Stringe la mano di Ljuba. Con loro c'è la piccola Isabella, ha sei anni, è l'unica vestita di bianco in un mare di abiti scuri. Mimmo è poco dietro, si guarda attorno come se stesse cercando qualcuno. Angelone piange ininterrottamente. Alberto e Nicola riescono a mantenere un'espressione composta, con grande sforzo. Le telecamere sono avide di dolore.

Il fiume oscuro avanza. Da Roma, in rappresentanza del governo, sono arrivati l'onorevole Emilio Colombo, i ministri Ripamonti e Viglianesi. Un po' defilato, commosso dietro gli occhiali da sole, c'è Pietro Nenni. È venuto anche l'onorevole Giulio Andreotti. Federico Fellini, accompagnato da Giulietta Masina, ha scelto di confondersi nella folla. Così ha fatto anche Walter Chiari, che si stringe ad Alida, da cui ha appena avuto un figlioletto: il Commenda, nonostante le precarie condizioni di salute, aveva insistito per fargli da padrino. Isa Miranda resta nascosta dietro un paio di occhiali scuri. Myriam Bru non è venuta. Con Nereo Rocco c'è Cesare Maldini, ora è un suo vice in panchina. C'è anche Giorgio Mondadori, in rappresentanza del padre, che ormai fa molta fatica a muoversi.

Al passaggio della salma, i cittadini fanno il segno della croce. Qualcuno bisbiglia: l'ex moglie del figlio non c'è. È proprio così, Lucia e Annina non ci sono.

La parrocchia San Gerolamo Emiliani, in via Pusiano, è gremita di gente. Molti restano fuori. Anna ha atteso nella chiesa vuota, seduta al primo banco. Suo marito attraversa la navata sostenuto dai suoi collaboratori. Lei vuole alzarsi. Pinuccia la aiuta. Il feretro fa una sosta accanto a loro. Anna tocca il legno freddo. «Ora sono di nuovo insieme» dice con un filo di voce. Angelo e la piccola Rinella, di nuovo insieme.

Suonano le campane a morto. In via Civitavecchia, nella cartiera di Marzabotto, a Ischia, gli operai e gli addetti si fermano in segno di rispetto. Le librerie Rizzoli tengono le saracinesche abbassate.

La salma, infine, raggiunge il cimitero Monumentale, dove Angelo ha fatto costruire la tomba di famiglia, per stare tutti insieme. Anche la sorella Antonietta riposa lì da pochi anni.

Nel testamento, a mano, in inchiostro verde, ha scritto, rivolto ai figli:

Il vostro papà vi vuole tanto bene e vi augura una vita sana e felice e spera col cuore che vi vogliate sempre bene. E anche che vi ricordiate della vostra mamma, che merita da voi tanto affetto, rispetto e considerazione.

E infine:

Sono stato un uomo fortunato.
A. Rizzoli

EPILOGO

Una settimana prima

«Sto morendo».

Anna gli stringe la mano. Angelo, di ritorno da Ischia, è stato trasferito direttamente alla clinica Columbus di Milano, stanza 257.

«Devo parlare con i ragazzi». Li chiama tutti così. «Solo loro. Nessun altro».

Anna annuisce e il giorno dopo, al mattino, sono tutti al suo cospetto.

Andrea arriva con Alberto e Angelone. Pinuccia con Nicola. Chiudono la porta.

Il Commenda, sotto il lenzuolo e le luci al neon, sembra essersi rimpicciolito.

Li invita a farsi avanti. Anna resta seduta in un angolo. Lo circondano. Lentamente, lui raccoglie le forze, guarda i nipoti: «Siete bravi, sono molto soddisfatto di voi». Poi fissa Pinuccia, che trattiene le lacrime. Gli trema il labbro, ormai scarno, senza la sigaretta all'angolo. Trova le forze per dirle: «Tu sei la più forte. So che saprai cosa fare». Lei si avvicina e lo abbraccia.

Poi guarda Andrea. «Non ho finito». Anna si agita sulla sedia, fissa le schiene dei figli e dei nipoti.

«Ho pensato… che… forse dovremmo vendere tutto».

Andrea fa no con la testa, ha sul volto un sorriso amaro.

«Nonno!» dice secco Angelone. Non l'ha mai chiamato così. «No. Sarebbe un errore».

«Se vendo tutto… potrete godere dei soldi, iniziare nuove imprese, farne ciò che volete. I Rizzoli editori finiscono qui. È un regalo che voglio farvi: la libertà». Angelo tossisce.

Alberto si fa coraggio: «Noi siamo pronti per portare avanti l'azienda, il tuo nome».

«No, non lo siete».

«Ma c'è papà!»

Angelo resta in silenzio.

Pinuccia interviene: «Forse papà ha ragione». Guarda il fratello, non riesce a decifrare l'espressione dei suoi occhi dietro le lenti spesse.

«Questa volta no! Non ha ragione». Nicola ora si rivolge direttamente al nonno: «Ci hai insegnato tutto. Quello che abbiamo lo dobbiamo a te. Ma noi vogliamo che la Rizzoli resti, che viva a lungo. E ce la faremo, te lo promettiamo».

«Non promettete. Ascoltate, la fortuna mi ha aiutato, ci ha aiutato, ma i tempi sono cambiati. Ora è tutto così… complicato. Forse è meglio…»

«Papà, basta!» È la voce di Andrea, ma non sembra nemmeno la sua. «Porteremo avanti il tuo lavoro, il nostro lavoro».

Angelo sembra titubare. Chiude gli occhi spesso, assentandosi. Poi li riapre.

«L'unica promessa che dovete farmi è questa: le banche devono restare fuori. La Rizzoli è dei Rizzoli. Solo dei Rizzoli. E così deve essere sempre».

Li fissa tutti, uno a uno. Il suo sguardo li trapassa. Sembra tornato giovane. Ad Andrea sembra di essere tornato bambino. Ma quell'attimo dura poco.

«E ora andate a lavorare».

Ringraziamenti

Ho pensato che non avrei avuto sufficiente spazio per comporre un elenco di persone privo di dimenticanze.

E allora, ringrazio le storie lette fin qui da quando ne ho memoria, le quali hanno fatto di me una lettrice, prima che una scrittrice.

Grazie alla vita, alle intuizioni, alla fortuna – ché ci si può credere o no, ma è lì che ci osserva.

Ringrazio il Commenda che, da quando lessi della sua avventura con la pesante pedalina trasportata con fatica su un carretto per le strade di Milano, mi ha felicemente tormentata con i suoi aneddoti.

Un ringraziamento speciale lo devo a Marco per tutto; a Nicola Feninno mio fidato editor e amico; al lungimirante Stefano Izzo e a tutta la squadra Salani.

E, se siete giunti fin qui, a voi il mio più sincero grazie.

Indice

Certificato PEFC
Questo prodotto è realizzato con materia prima da foreste gestite in maniera sostenibile e da fonti controllate
PEFC
PEFC/18-31-226
www.pefc.it

Questo libro è stampato col sole

GRAFICA VENETA

Azienda carbon-free

Fotocomposizione: Alessio Scordamaglia

Finito di stampare
nel mese di aprile 2024
per conto di Adriano Salani Editore s.u.r.l.
da Grafica Veneta S.p.A. di Trebaseleghe (PD)
Printed in Italy